LA FRO

Toni Zambudio, journalist
madrilène, est envoyé à Ciudad Juarez pour couvrir une des plus grosses affaires criminelles qu'ait connues le Mexique. D'effroyables meurtres de jeunes femmes ont été commis ; toutes ont été violées, et horriblement mutilées avant de mourir et ont été retrouvées aux abords d'une ville où règnent en maître les narcotrafiquants et la police, la criminalité, la corruption et la misère. Toutes les victimes sont originaires des bidonvilles et travaillaient dans des *maquiladoras*, multinationales occidentales délocalisées du côté mexicain de la frontière.

La police, ayant d'abord cru à l'œuvre d'un serial killer isolé, a mis sous les verrous un contremaître d'une des *maquiladoras*. Mais ce dernier revient sur ses aveux et les crimes continuent. Puis c'est le gang des « Diablos », une secte satanique, qui a été arrêté. Mais, les preuves sont minces.

Zambudio, qui n'est convaincu ni par la culpabilité du contremaître, ni par l'hypothèse du groupe de tueurs en série, a de sérieux doutes sur la validité des expertises légales et décide d'orienter son enquête vers les victimes elles-mêmes. C'est le début d'une longue plongée dans ces bidonvilles en plein désert qui s'étendent à perte de vue. Mais quel rapport avec les meurtres ? Bien sûr, les conditions de travail ne sont pas très saines, mais les femmes sont employées dans des entreprises prestigieuses, au-delà de tout soupçon, non ?

Patrick Bard est journaliste et photographe, il a publié de nombreux articles (textes et photos) dans la presse française et étrangère, notamment sur la frontière américano-mexicaine à laquelle il a déjà consacré une exposition et un album de photographies. Il est également auteur de nouvelles (Gallimard, « La série noire » et Arléa) et certains de ses textes ont été adaptés pour le théâtre. La Frontière *est son premier roman.*

Du même auteur

Masques à jazz
L'Échiquier d'art, 1990

Paris-Chansons : les 100 plus belles chansons de Paris
(en collaboration avec Régine Deforges)
Spengler, 1993

Blues Mississippi Mud
(en collaboration avec Patrick Raynal)
La Martinière, 1993

Aubrac
Chamina, 1995

La Banlieue des quatre dimanches
(en collaboration avec Thierry Jonquet)
Éditions du Parcours, 1998

Causses
Freeway, 1998

Route 66
(en collaboration avec Jean-Pierre Reymond)
EPE-Barthelémy, 2001

El Norte
Marval, 2002

Mongolie, le vertige horizontal
Autrement, « Mondes », 2002

Patrick Bard

LA FRONTIÈRE

ROMAN

Éditions du Seuil
*27, rue Jacob, Paris VIe*

TEXTE INTÉGRAL

ISBN 2-02-060438-8
(ISBN 2-02-040271-8, 1re publication)

www.seuil.com

Aux femmes du Mexique, à Bertha Ferrer…
À Thierry Jonquet et Solange Kornberg.

Pour Édith Bard (1924-2001)

Vous voulez venir en aide aux miséreux.
Je veux la fin de la misère.

VICTOR HUGO

Car lorsque tu regardes au fond de l'abysse,
l'abysse regarde aussi au fond de toi.

FRIEDRICH NIETZSCHE

Tijuana
El Paso
Ciudad Juárez
ÉTATS-UNIS
Matamoros
GOLFE
DU MEXIQUE
OCÉAN
PACIFIQUE
MEXICO

Avertissement de l'auteur

Ciudad Juárez est bien la ville violente décrite dans le roman. De la même façon, les conditions de travail des ouvrières de la frontière, aussi incroyables puissent-elles paraître, correspondent strictement à la réalité. La série d'assassinats dont il est question ne relève, hélas, pas que de la fiction, et plus d'une centaine de femmes ont mystérieusement disparu dans les dernières années à Juárez. Des dizaines d'entre elles ont été retrouvées mutilées, violées et assassinées. Certains responsables de ces meurtres ont été identifiés et arrêtés, mais l'ensemble de l'affaire n'a jamais été complètement élucidé.

Les ressorts romanesques et le dénouement de cet ouvrage sont donc de pure fiction, tout comme les personnages, même si certains traits de caractère ont été empruntés à des personnes existantes.

PREMIÈRE PARTIE

LA VILLE OÙ LE DIABLE A PEUR DE VIVRE

Frontière américano-mexicaine.

7 septembre 1996. Ciudad Juárez, État de Chihuahua, Mexique.

En comptant aujourd'hui, ça faisait dix jours.

Dolores Guevara s'appuya au lavabo crasseux, le regard perdu dans le labyrinthe des fêlures de la céramique.

Là où aurait dû se trouver un miroir, deux carreaux de faïence manquaient.

Elle s'était abîmée dans la contemplation du plâtre boursouflé que l'humidité décollait du mur. Une quinzaine de femmes vêtues comme elle de blouses roses s'entassait à grand-peine dans le local exigu, devant une porte close. À intervalles réguliers, la porte s'ouvrait, une des femmes sortait, sac à main sous le bras, tandis qu'une autre allait s'enfermer à son tour dans les toilettes séparées par des cloisons à mi-hauteur.

Les visages aux pommettes hautes étaient indéchiffrables.

La lumière verticale, artificielle, accrochait des reflets d'or sur les peaux olivâtres couvertes d'une fine pellicule de sueur.

L'une des femmes se tourna vers Dolores.

– Toujours rien ? elle chuchota.

– Non. Tu me l'as apporté ?

L'autre balaya la pièce d'un bref mouvement circulaire de la tête et glissa discrètement un sachet de plastique dans la poche extérieure de la blouse de Dolores.

Après que chacune d'elles eut séjourné dans le réduit malodorant, elles quittèrent ensemble la pièce pour emprunter un couloir aux murs fraîchement repeints de jaune.

Les semelles de leurs chaussures de sport crissaient sur le revêtement plastifié gris posé sur le sol de béton. Elles débouchèrent dans une salle d'attente meublée d'une vingtaine de chaises pliantes en contreplaqué et prirent place en silence, fixant une porte entrouverte.

Ici, pas de table basse, ni de revues usées à force d'avoir été feuilletées.

Nulle conversation à voix basse. Rien d'autre que le bourdonnement d'un tube de néon défaillant, une rumeur lointaine de machines.

Une voix féminine aboya un nom.

Une des blouses se leva, franchit la porte, la referma derrière elle, puis ressortit presque aussitôt pour quitter la salle d'attente et disparaître par le couloir.

Elles n'étaient plus que trois lorsque la voix l'appela.

Dolores Guevara jeta un regard de noyée à sa voisine de gauche et pénétra dans le bureau.

Une table, un ordinateur, un téléphone, une lampe à abat-jour.

Ni fenêtre, ni siège pour s'asseoir devant la table.

La surveillante, vêtue d'une blouse et d'un bonnet de coton blancs, l'attendait en pianotant sur le clavier. Les informations apparues à l'écran se reflétaient dans les verres épais de ses lunettes. Elle recula le fauteuil à roulettes d'un geste sec du pied.

– Alors ? Tu les as eues, cette fois ?

– Oui, madame, répondit Dolores en tendant le sachet de plastique transparent qu'elle venait d'extraire de sa poche.

La surveillante ganta ses mains de latex pour examiner la chose à la lueur de la lampe.

Dolores remit en place une mèche de courts cheveux noirs qui lui chatouillait la nuque. Les ailes de son nez légèrement épaté frémirent lorsque l'autre releva la tête.

– Tu te fous de moi ?

– Non, madame, je vous jure que…

– Il est sec, ce sang, coagulé depuis trois heures au moins.

Elle brandissait le tampon périodique ensanglanté prisonnier de la poche.

– Baisse ta culotte !

Le visage de Dolores se ferma.

– Si je refuse ?

La surveillante montra la porte du menton.

Très lentement, les doigts de Dolores Guevara firent sauter les boutons de la blouse rose. Puis disparurent sous une robe-chasuble pour ramener sur ses mollets déjà striés de varices sa culotte vierge de toute souillure.

La femme se leva, fit le tour de son bureau et releva d'un index inquisiteur l'ourlet de la robe. Puis elle se pencha en avant afin de vérifier qu'aucun fil ne pendait de la sombre toison offerte à son regard.

– Tu connais le règlement. Tu dois subir un test de grossesse. Allez, rhabille-toi et reviens me voir avant la fin de la semaine. Avec le résultat.

Tandis qu'elle sortait à pas lents en se rajustant, Dolores entendit appeler un autre nom. Sa lèvre inférieure fardée de rouge tremblait encore un peu.

« Plus de règles, plus de travail. Il n'y a pas de place ici pour les femmes enceintes. »

Chacun des mots employés par le directeur des ressources humaines lors de son embauche, six mois auparavant, résonnait encore dans son esprit.

Depuis, à deux reprises, la pointe acérée d'une aiguille

à tricoter avait fouaillé son utérus. La dernière fois, elle avait bien failli y rester.

Et l'autre qui ne voulait jamais faire attention.

Le claquement sec de la pointeuse oblitérant sa fiche hebdomadaire la tira de son hébétude. Elle rejoignit son poste de soudure dans l'atelier envahi par le vacarme des machines.

Dimanche 18 février 1997.

Toni Zambudio avait connu des étés madrilènes moins brûlants que l'hiver de Juárez. C'était du moins ce qu'il avait pensé en plantant les talons de ses santiags dans le tarmac en fusion de l'aéroport mexicain une semaine auparavant, alors qu'un vent incandescent charriait depuis le Sud des rafales de poussière chauffées à 35 degrés. L'air, sur la ville, sentait le kérosène et les solvants.

Il dormait encore, bien au chaud entre les couvertures, dans son appartement de l'*avenida* Principe de Vergara proche du centre de Madrid, quand la sonnerie du téléphone l'avait tiré d'un rêve étrange où il était question d'une dispute avec son ex-femme.

– Toni, je te réveille ?

– Quelle question ! Qu'est-ce qui se passe ? avait-il demandé d'une voix endormie.

– Rapplique au journal, on a besoin de toi. Tu pars au Mexique, avait ordonné son chef de service avant de raccrocher.

Zambudio s'était assis au bord du lit en bâillant. Il était resté là un moment à se gratter la tête, observant la photo encadrée sur la table de nuit, de Fina et de ses deux fils.

Fina. Les interminables nuits de bouclage les avaient

éloignés l'un de l'autre sans qu'il puisse rien y faire. Il pensait à son divorce en cours – décidément la nature a horreur du vide –, aux devoirs qu'il n'avait pas aidé à finir, aux bobos qu'il n'avait pas soignés, aux multiples rougeoles, oreillons et grippes qu'il avait négligés, obsédé qu'il était par son travail. Encore un ou deux ans et Juan atteindrait l'âge des premières amours.

Malheureuses, forcément malheureuses.

Le réveil à côté de lui marquait 07 : 30. Le Mexique. Merde, alors.

La solitude lui pesait.

On était vendredi. Il avait imaginé, si son voyage était programmé pour la semaine suivante, qu'il pourrait peut-être avoir les enfants pour le week-end.

– N'y compte pas, tu pars demain soir, lui avait répondu d'un ton péremptoire Perez, le chef de la rubrique étranger. Écoute, je sais que tu travailles habituellement sur la justice en national, mais bon, tu es excellent pour les papiers criminels et c'est un très gros coup, donc tu vas là-bas. On a encore un billet en échange-marchandise avec AeroMexico, on va l'utiliser. Tu seras à pied d'œuvre dimanche matin. De toute façon, Montoya qui aurait pu partir à ta place est en Belgique sur les suites de l'affaire Dutroux.

– C'est quoi, l'histoire ? avait fini par demander Toni.

– Voilà, ça fait un an qu'on sait que des tueurs violent et assassinent des jeunes femmes à Ciudad Juárez avant d'abandonner leurs cadavres dans le désert. On a découvert la première en août 95, dans un terrain vague à la lisière de la ville, c'était pas beau à voir. Au début, la police a cru à un unique serial killer. Ils avaient arrêté le contremaître d'une usine, qui avait reconnu les meurtres. Seulement, une fois le type sous les verrous, les crimes ont continué. À ce jour, on a retrouvé cinquante-trois corps de femmes violées et mutilées aux quatre coins de la ville. En deux ans. Toutes jeunes et originaires des bidonvilles. La police vient d'arrêter une bande de loubards du coin, « Los Diablos ». Ils ont l'air d'être à l'origine des meurtres. C'est un truc très moche. La plus grosse affaire, sans doute, de l'histoire criminelle du Mexique. Je veux une enquête en béton armé là-dessus. Nous avons du sexe, de la violence à l'état pur, une ville frontière, tous les ingrédients d'un vrai polar.

Zambudio avait regardé le ciel plombé par la fenêtre du bureau.

Le week-end avec les gamins s'éloignait à tire-d'aile. Ciudad Juárez. Rien que d'y penser…

– Tiens, l'avait secoué Perez. Voilà un papier paru il y a une semaine sur notre affaire dans *The Nation*, un quotidien de la gauche américaine. Ça te fera de la lecture dans l'avion. Je veux toute l'histoire avant le procès.

La bise de février ébranlait les auvents des marchands de *chocolate con churros*. Les mains posées sur sa bedaine au fond des poches de son manteau, Toni avait marché dans Madrid, incliné vers l'avant pour mieux résister aux bourrasques, en pensant à ce qu'il raconterait aux enfants.

Et à Fina. Il ne savait même pas combien de temps il resterait absent.

Guère plus, sans doute, d'une dizaine de jours.

En fait, cinq jours plus tard, son enquête était à peu près bouclée.

À la descente de l'avion, son premier geste avait été d'allumer une cigarette – la peste soit de ces long-courriers non-fumeurs – et d'aller boire une Corona glacée pour apaiser son gosier desséché par dix heures de vol climatisé.

Son estomac surmené avait protesté. Trop de sandwiches pris en vitesse au comptoir, au milieu de la nuit, trop d'alcool, de café, de nicotine. Trop de déjeuners de boulot, aussi. Et quinze kilos superflus.

La ville s'était transformée. Le gros bourg qui regardait les États-Unis en chien de faïence par-delà le Río Bravo, dont il n'avait jamais compris pourquoi il s'appelait Rio Grande sur la berge américaine, était monté en graine.

Ciudad Juárez avait envahi la plaine d'inondations, la ville avait étendu ses tentacules sur des hectares de désert, les bidonvilles s'accrochaient aux montagnes face aux buildings étincelants d'El Paso, Texas. Un nuage de pollution jaune sale barrait la vue au-delà, vers les montagnes de la Sierra Blanca.

Il avait loué une Volkswagen Sedan à l'aéroport, une de ces coccinelles qu'on fabriquait encore au Mexique, et le type de l'agence de location lui avait ébauché sommairement un plan pour qu'il puisse rejoindre le motel La Vela, sur le Paseo Triunfo de la República où le journal lui avait réservé une chambre.

Déstabilisé par la conduite acrobatique et klaxonnante des automobilistes autochtones, il s'était vite égaré. Il avait traversé des parcs industriels, des banlieues faites de *colonias*, de quartiers misérables, avant d'aboutir à la Zona Rosa, un îlot flambant neuf d'hôtels luxueux, de restaurants chic où se trouvait son motel. Face à La Vela, l'enseigne triomphante d'un McDonald's voisinait avec les néons tapageurs d'une discothèque et d'un complexe commercial.

Un boulevard à quatre voies conduisait au vieux centre et aux ponts qui, franchissant le fleuve, menaient aux États-Unis.

Le bagagiste empressé avait monté sa valise jusqu'à la chambre tandis que Zambudio remplissait les formulaires d'usage à la réception. Il lui avait abandonné 20 pesos de pourboire avant de refermer la porte.

La climatisation dispensait un air polaire à travers la pièce.

Après l'avoir coupée, il était allé jusqu'à la fenêtre, l'avait fait coulisser pour laisser entrer un peu de chaleur, avait observé un moment un couple qui s'ébattait bruyamment dans une piscine turquoise bordée par un grand jardin planté de palmiers. Les cris des enfants qui jouaient dans la cour de l'école voisine montaient jusqu'à lui.

Fina n'avait que très moyennement apprécié son départ précipité et l'avait fait savoir par un silence prolongé. Elle avait seulement ajouté d'un ton glacial : « Et moi, qu'est-ce que je fais des gosses ? Ils vont être déçus, ils t'attendaient, tu sais. »

Il n'avait su que répondre, nom de Dieu, il pouvait presque voir le combiné du téléphone se couvrir de givre quand elle lui parlait. Ils s'étaient rencontrés à trente ans, alors qu'il était déjà journaliste à *El Diario*.

Et bon journaliste.

Elle avait cru épouser le futur rédacteur en chef du plus grand quotidien d'Espagne, mais Zambudio ne supportait pas d'être enfermé dans un bureau. Ce qu'il aimait, c'était la rue, le terrain, l'odeur des commissariats, l'ambiance des tribunaux.

Ils s'étaient dépêchés de faire deux enfants, Diego et Juan, respectivement dix et treize ans.

Lorsqu'il avait refusé un poste de chef de service au journal, elle avait commencé à lui reprocher son manque d'ambition. Ils vivaient encore dans l'appartement acheté avant la naissance des garçons, aussi ces derniers partageaient-ils toujours la même chambre.

Fina avait fini par se lasser.

Et puis il avait bouclé cette enquête fabuleuse sur le GAL, la police parallèle qui assassinait des membres de l'ETA. On avait mentionné son nom pour un prix, on parlait de lui pour remplacer le rédac'chef adjoint, démissionnaire. Il avait une nouvelle fois décliné l'offre et Fina avait réalisé qu'elle n'aurait jamais le mari dont elle avait rêvé.

Dès lors elle n'avait cessé de se plaindre de ses absences répétées, qui n'étaient même pas utiles à sa promotion sociale, elle l'accusait d'être égoïste – mais pense aux enfants, au moins – et s'était montrée de plus en plus distante avec lui.

Six mois auparavant, elle était partie. Avec les garçons. Elle avait entamé une procédure de divorce.

Elle ne l'avait pas quitté pour un autre, c'était ce qui lui avait fait le plus mal. Depuis, il s'était parfois demandé s'il aurait pu empêcher les choses d'arriver, s'il y avait un moyen de rattraper leur histoire en courant.

Est-ce qu'il était encore amoureux, au moins ? Il ne le savait même plus.

Zambudio avait écrasé sa cigarette sur le rebord de la fenêtre et l'avait expédiée d'une chiquenaude dans le jardin.

Le voyage l'avait sonné.

Il avait allumé la télé et s'était allongé à même le dessus-de-lit en chenillette orange, s'abîmant dans l'abrutissement procuré par une *telenovela* à l'eau de rose. En comparaison, les pires soap operas américains faisaient figure de films minimalistes. Son regard s'était égaré un moment sur les murs nus, à l'exception d'une affiche de corrida. Cette chambre lui fichait le bourdon.

Pour s'arracher à la morosité qui le gagnait, il avait parcouru une fois de plus son agenda.

On avait de la considération pour la presse, à Ciudad Juárez.

Il avait obtenu depuis Madrid une entrevue avec le chef de la police, dès le lendemain.

*

Lundi 19 février 1997. Siège de la police.

> Le corps présente de nombreuses traces de morsures humaines, notamment à l'intérieur des cuisses et dans la région pubienne. Le ventre de la victime a été ouvert du sternum au nombril. Les intestins ont été sortis de la cavité abdominale et les organes génitaux internes ont été découpés. Le foie et le cœur sont manquants. Une arme tranchante a été plongée à plusieurs reprises dans le sein gauche. Des traces de rotation indiquent que l'assassin s'est acharné sur les blessures. Des excréments humains ont été retrouvés dans la bouche de la victime. L'examen rectal et vaginal révèle des traces abondantes de sperme.

Ça, c'était pour les cadavres découverts dans un état de relative fraîcheur.

Pour les autres, le médecin légiste s'était montré moins précis.

Tout tenait en vingt épaisses chemises cartonnées, sur quelque cinquante centimètres de hauteur, en équilibre instable. L'horreur intégrale bien rangée, par ordre chronologique.

Toni avait parcouru en diagonale les photocopies des rapports de police et de médecine légale. L'identification des corps n'avait pas toujours été une mince affaire. Certaines fois, il ne restait qu'un squelette auquel adhéraient encore quelques lambeaux de chair épargnés par les charognards.

Pourtant, de Catalina Cruz, la première jeune fille retrouvée, à Sara Gutierrez, la dernière victime en date, la plupart des procès-verbaux étaient du même tonneau. Cinquante-trois jeunes femmes violées, torturées, mises à mort. Pour près de cinquante pour cent des victimes, l'identification avait été rendue impossible par l'état des corps.

Selon le rédacteur d'un des nombreux rapports de synthèse, une partie de ces filles aurait pu être issue d'une vague d'immigration récemment arrivée dans le Nord pour y trouver un travail. Peut-être même pour passer aux États-Unis.

Toni consulta les fiches d'identification : visages reconstitués par les dessinateurs de l'identité judiciaire, liste de vêtements portés par les victimes : « Jeans Lee, taille 38. Sous-vêtements Fruit of the Loom, chaussures Reebok. » Un véritable inventaire de l'industrie textile mondialisée. Suivaient des rapports concernant l'examen des traces de sang et de sperme dans les véhicules des suspects interpellés.

Zambudio avait refermé le dossier.

Le mètre cinquante-deux d'Alfonso Pazos, le chef de la police de Ciudad Juárez, disparaissait presque entièrement derrière le fragile échafaudage de chemises cartonnées, bien qu'il se tînt debout. Le petit homme rond et affable avait accueilli Toni avec empressement.

L'idée que son nom fût mentionné dans un grand quotidien européen le remplissait visiblement d'aise. Ses moustaches courtes et huilées en frémissaient de plaisir à l'avance. Il avait fait monter des cafés par un subalterne. Enfin, ce qui prétendait tenir lieu de cafés. Et celui de Zambudio avait eu du mal à passer. Les rapports d'autopsie étaient presque pires que les photographies en couleurs, pourtant insoutenables.

Le journaliste avait sorti de sa poche un petit magnétophone qu'il avait posé sur un coin de table.

– J'aimerais quelque chose de moins formel, si vous n'y voyez pas d'inconvénient, avait objecté le chef de la police.

Sans faire de commentaire, Toni s'était contenté de remballer l'appareil et d'extraire d'une autre poche un petit carnet de notes et un stylo.

Il avait aussi demandé s'il pouvait fumer. Son interlocuteur avait acquiescé d'un signe de tête et la tonsure sur le haut de son crâne s'était illuminée sous la lumière du plafonnier.

– Bien. Si ma mémoire est bonne, tout a commencé lorsqu'un de vos agents a découvert le corps d'une jeune fille dans le désert, un jour d'août 1995. Ça a été le début de l'affaire. Je suggère que nous partions de là, comme si je ne savais rien de plus. Je préfère avoir votre version des faits de vive voix, c'est meilleur pour mon papier, plus vivant. Vous comprenez ?

Nouvel acquiescement. Alfonso Pazos avait passé une langue rose sur sa moustache, avait pris son élan et s'était lancé :

– De fait, le 23 août 1995, un policier en patrouille a découvert à la lisière ouest de la ville, au-delà de la Colonia Anapra, le corps ligoté et mutilé de Catalina Cruz, une jeune fille de seize ans, qui avait été vue pour la dernière fois quelques jours auparavant. Le corps à moitié nu était dans un état de décomposition avancée, à cause de la chaleur, ce qui explique que nous ayons mis plusieurs jours à l'identifier. Elle était originaire d'un autre bidonville, la Colonia Fronteriza, et travaillait dans une *maquiladora*, une de ces filiales de multinationales venues du monde entier s'installer ici, où la main-d'œuvre ne coûte rien.

L'incompréhension, dans le regard de Zambudio, avait dû être tangible.

Pazos avait hoché la tête.

– Les usines sont installées tout au long de la frontière et assemblent des micro-ondes, des télés, des voitures qui seront ensuite commercialisés sur le marché américain, ce qui est aujourd'hui très facile, depuis la signature des accords de l'ALENA. Des usines-tournevis, en quelque sorte – la colère dans sa voix était à peine perceptible –, et c'est bien pire depuis la dévaluation du peso.

– Mais je pensais que la frontière était plus surveillée que jamais, avait objecté le journaliste.

– En effet, *señor*. Ces accords n'incluent pas la libre circulation des individus. Seule celle des marchandises est facilitée. Aussi les *maquiladoras* se sont-elles multipliées en quelques années. Elles fournissent beaucoup d'emplois ici et permettent à nombre de gens de survivre. Mieux, et vous l'avez sans doute constaté : la ville explose sous la poussée des immigrés venus du Sud pour se faire embaucher dans les usines. On les appelle *maquiladoras*, ou plus familièrement *maquilas* en référence au terme argotique *maquilar*, un dérivé de *maquinar*. En gros, soumettre quelque chose à l'action d'une machine. Et donc, Catalina Cruz travaillait pour Somermex, une boîte *gringa*. Elle avait été violée, on avait ensuite enfoncé divers objets dans son vagin avant de l'étrangler. Et pour finir on l'avait décapitée. Dans les semaines qui ont suivi, nous avons découvert onze autres corps, derrière des bâtiments industriels, dans le désert, à proximité des *colonias*. Certaines de ces filles étaient à peine des adolescentes, quatorze ans tout au plus. Elles présentaient toutes les mêmes caractéristiques : minces, de type indigène ou métis, les cheveux longs. Nous avons compris très vite que nous étions en présence d'un tueur en série doté de fortes tendances fétichistes. Plusieurs de ces cadavres étaient dans un tel état que nous n'avons même pas pu toujours savoir de quoi elles étaient mortes, ni même les identifier. Finalement, nous avons eu la chance, si j'ose dire, de tomber au printemps 96 sur sept nouveaux corps, en meilleur état. Celles qui n'avaient pas été étranglées avaient été achevées de plusieurs coups de couteau. Elles présentaient des traces de morsures profondes à l'intérieur des cuisses et aux seins, des morsures humaines, et leurs tétons avaient été arrachés. Tous les corps avaient été transportés après le décès. On n'a pas retrouvé d'arme à proximité. Toutes ces jeunes filles appartenaient à des familles pauvres, la plupart étaient des ouvrières des *maquiladoras*, comme Catalina Cruz. Au mois de mars 96, nous en étions arrivés à dix-neuf victimes et le pays était en ébullition, vous savez, le syndrome « que fait donc la police ? ». Nous avions sur le dos tous les jours le maire, les associations des familles de victimes, les féministes et que sais-je encore. La situation politique est réellement très compliquée ici. Le PAN[1] s'est emparé une première fois de la mairie avec l'appui des catholiques. Puis le PRI[2] leur a repris la municipalité. Je vous laisse imaginer les réactions du PAN qui ne demande qu'à reprendre le pouvoir : vous n'êtes même pas capables d'assurer la sécurité de nos femmes, et patati !... Tout le tremblement, en somme.

– Il vous fallait un coupable.

– Et de toute urgence, nous étions tous sur des sièges éjectables. Nous avions arrêté un premier suspect, en octobre 95. En reconstituant les dernières heures des victimes, nous en étions arrivés à la conclusion que certaines d'entre elles avaient fréquenté les bars du centre-ville.

1. PAN (Partido Acción Nacional) : Parti d'action nationale, parti de la droite libérale, dont l'actuel président, Vicente Fox, est le leader.

2. PRI (Partido revolucionario institucional) : Parti révolutionnaire institutionnel, au pouvoir depuis la révolution mexicaine et jusqu'aux élections de l'an 2000, gagnées par le PAN.

– Vous voulez dire les bars de la Zona Roja, de la zone de prostitution ? s'était étonné le journaliste. Ça cadre mal avec l'idée qu'on se fait de la jeune fille mexicaine traditionnelle.

– Oh là là, détrompez-vous, *señor* Zambudio. L'eau du Río Bravo a coulé sous les ponts. Comprenons-nous bien. Je n'accuse pas les ouvrières d'être des prostituées, mais certains bars qui ne sont pas officiellement des *cantinas*, qui peuvent même être des discothèques chic de la Zona Rosa, sont propices aux rencontres, et, vous le savez, les petits cadeaux entretiennent l'amitié.

*

Vendredi 23 février 1997. Motel La Vela.

À l'évocation de la conversation qu'il avait eue avec le chef de la police, Toni revoyait les vamps à peine pubères qui déambulaient le soir de son arrivée sur les avenues du centre-ville, boudinées dans leurs mini-jupes, montées sur des talons aiguilles, la blessure sanglante du rouge à lèvres sur leurs lèvres pulpeuses.

Il se redressa sur sa chaise et consulta sa montre : 19 : 00.

Dans un peu plus de vingt-quatre heures, son avion l'emmènerait loin de Juárez et de ses fantômes.

Après-demain, il serait de retour à Madrid, lesté d'un carnet de notes bien rempli destiné à la rédaction d'un second article. Il soupira et creusa le dos en se tenant les reins. En attendant, il fallait terminer le premier. Il relut le chapeau et la première partie de son texte. Dix feuillets, maxi, avait décidé Ferrer, le rédacteur en chef. Bon.

Ses doigts volaient sur les touches de l'ordinateur portable avec un petit bruit discret, un crachin sur un toit de tôle. Il s'arrêta, feuilleta les pages de son carnet, revint sur l'entretien avec le chef de la police.

– Elles sont pousse-au-crime, parfois, vous savez, *señor*, avait continué Pazos en lissant ses moustaches. Enfin, toujours est-il qu'au fond d'elles-mêmes ce ne sont encore la plupart du temps que des enfants, fascinées autant qu'effrayées par l'onde de choc que provoquent leurs déhanchements provocateurs et leurs œillades assassines. Parfois elles ne se rendent pas compte. C'est ainsi qu'une des adolescentes que nous interrogions a avoué s'être laissé entraîner chez un homme qu'elle avait rencontré dans un bar de l'avenue Vicente Guerrero nommé « *Mujeres* », « Femmes ». En tout bien tout honneur, pensait-elle naïvement. Bien sûr, le type lui a sauté dessus à peine la porte refermée. La fille s'est débattue et là où ça devient intéressant, c'est quand il lui a dit qu'elle aussi finirait « comme les autres putes, au milieu du désert ». Elle nous a accompagnés chez lui et nous l'avons appréhendé. C'était un Libano-Américain, répondant au nom de Fouad El Aziz. La cinquantaine, contremaître chez Cortez Electronics, une *maquila* américaine. Bel homme, un peu le genre Omar Sharif : il aurait pu décrocher un rôle de riche séducteur dans une *telenovela* mexicaine, si vous voyez ce que je veux dire.

Zambudio avait levé les yeux au ciel.

Dehors, une voiture avait brusquement dérapé, tous freins bloqués.

Le journaliste s'était raidi dans l'attente du choc qui ne venait pas. Le hurlement des pneus avait fait place à de sonores claquements de portières et à un échange de jurons bien sentis.

– El Aziz a tout nié en bloc. Certes, il a reconnu avoir fréquenté les prostituées de Juárez, mais qui n'a jamais péché..., avait continué le chef de la police. Il était installé ici depuis deux ans, mais il avait passé les vingt dernières années aux États-Unis. Nous avons demandé un extrait de son casier à nos collègues américains. Et là, c'est devenu encore plus intéressant. Notre homme avait un passé chargé. Agressions sexuelles. Il avait purgé une peine de six ans dans un pénitencier de Floride pour viol aggravé de coups et blessures. Inculpé de nouveau en 93 pour une seconde tentative de viol, il avait fui à Midland, Texas. Là, il travaillait en tant que chimiste. Après quoi, il avait réussi à se faire muter dans la filiale mexicaine de son groupe, ici, à Juárez. Nous étions sûrs de tenir notre homme. Enfin, presque.

– Le problème, c'est que les crimes n'ont pas cessé, puisque au printemps 96 vous avez découvert de nouvelles victimes, comme vous me l'avez dit, avait objecté Toni.

– Ça, c'est un des problèmes. Hélas, pas le seul. D'une part El Aziz continuait à nier en bloc, d'autre part les empreintes de morsures relevées sur les victimes ne correspondaient pas à sa dentition. Nous n'avions pas d'autre témoignage que celui de la petite allumeuse qui nous avait raconté son histoire. Nous avons supposé qu'il avait dragué ces filles à la sortie des usines, dans des bars. Mais pas un témoin, rien, *nada*. Quand les nouveaux crimes ont été découverts, le pire a été pour nous de constater qu'ils présentaient exactement les mêmes caractéristiques que les précédents. Nous en sommes arrivés à la conclusion que le Libanais avait des complices en ville.

– Ça ne cadre pas très bien avec les habitudes monomaniaques des tueurs en série, objecta Zambudio. Ce sont généralement des solitaires.

– En effet, et nous étions persuadés que certains de nos agents un peu trop zélés avaient essayé de faire entrer au chausse-pied leur version des faits dans la tête d'El Aziz qui a fini à un moment par reconnaître un des meurtres avant de se rétracter devant le juge d'instruction.

Toni avait eu du mal à masquer un sourire ironique. Il pouvait imaginer la taille du chausse-pied en question.

– Ce n'était pas si facile, le gouverneur de l'État, lui aussi membre du PAN, nous avait vraiment mis la pression, *señor* Zambudio, avait sèchement poursuivi Pazos. Alors, nous nous sommes penchés sur l'affaire de Matamoros, survenue en 89.

– J'ai lu quelque chose là-dessus dans l'avion. Une secte satanique, je crois. J'avais ça dans la documentation préparée par le journal à mon intention.

– Tout à fait. Et ces meurtriers en série-là n'étaient pas des solitaires. Ils avaient des complices jusqu'à Mexico. À l'époque, cette affaire avait été résolue avec la collaboration du FBI. Ce n'est pas que nous en ayons été enchantés, mais un *gringo* figurait au nombre des victimes. Nous avons donc repris contact avec eux, à Quantico, en Virginie. Ils nous ont dépêché un expert, un sociologue spécialisé dans les sectes. D'après leur programme d'analyse des crimes violents, le VICAP, vingt pour cent des serial killers opèrent en bande. Ce qui étaye notre hypothèse sur la culpabilité d'un El Aziz aidé de complices aussi tordus que lui. Mais il y a mieux : nous avons fini par recueillir les témoignages tant attendus. Et que disent-ils, ces témoignages ? Que certaines des victimes auraient été vues au bras de jeunes élégants habillés à la mode *ranchera*, des culturistes qui s'exhibaient dans des boîtes de strip-tease masculin de Juárez pour Américaines en chaleur. Ces types en costume de cow-boy appartenaient à une bande, « Los Diablos ». Fin avril 96, un samedi soir, nous avons encerclé le « Maverick's », un bar du centre-ville fréquenté par les ouvrières des *maquilas*, et appréhendé 150 personnes, dont des filles de douze ans ! Après un tri effectué sur la foi de nos témoins, nous avons arrêté neuf membres de ce gang. Et vous savez quoi ? Les empreintes dentaires du chef de la bande, *El*

Satán, un sobriquet particulièrement adapté, correspondaient aux traces de morsures relevées sur le corps de la dernière victime en date, Sara Gutierrez. Et deux autres témoins ont depuis certifié avoir été enlevées et violées par des membres du gang, avant de réussir à s'échapper. Nous avons découvert des traces de sperme et de sang dans les voitures des prévenus. Et pour finir, ils ont avoué être les auteurs d'un certain nombre de meurtres, et ils ont chargé El Aziz pour les autres. Ils prétendaient qu'il les avait payés pour lui servir de rabatteurs et qu'ensuite il avait lui-même tué les filles qu'ils lui avaient amenées. Cette fois nous les tenions, nos coupables !

– Vous parliez de cette secte, à Matamoros. Le FBI a-t-il trouvé ici quelque chose de semblable ?

– Secte, gang, peu importent les mots, cher monsieur. Nous parlons toujours d'un groupe de tueurs en série.

– C'est vous qui le dites. El Aziz est tout de même revenu sur ses aveux, ainsi que les membres du gang, si je ne m'abuse. Il me semble que c'est un problème.

Alfonso Pazos avait soudainement arboré une mine chagrine. Il s'était levé, s'était approché de la fenêtre. Il lui tournait encore le dos, lorsqu'il avait mis fin à l'entretien.

– Vous êtes décidément bien sceptique, *señor* journaliste, avait-il lâché en guise de conclusion.

Vendredi 23 février 1997. Motel La Vela. 19 : 30.

Zambudio s'ébroua, massa ses tempes douloureuses.

Les petits écrans, ça vous fichait une de ces migraines. En plus, il commençait à avoir un creux. Il relut ce qu'il avait écrit, coupa l'ordinateur, traversa la pièce envahie par la fumée de cigarette, entrouvrit la fenêtre et quitta la chambre.

Marcher l'avait toujours aidé à écrire, une manière de ruminer ses idées avec ses pieds.

De toute façon, il avait besoin d'une pause. Le portier lui ouvrit la porte avec des mimiques obséquieuses. Il lui abandonna encore 20 pesos.

À part le glauquissime fast-food d'en face, il n'y avait rien dans les parages qui fût à même de satisfaire ses exigences. Un taxi en maraude attendait devant le motel.

Mieux valait laisser la coccinelle au parking et se faire conduire au centre.

La ville avait envahi les collines pelées.

Les maisons basses faisaient la part belle aux bidonvilles au fur et à mesure que l'on se rapprochait du désert. Les quelques immeubles modernes occupaient le nouveau centre, à deux pas du cœur ancien de la ville, construit en bordure du fleuve.

Au fur et à mesure qu'ils roulaient, la physionomie urbaine se modifiait. Passé les rutilants grands magasins

Sanborn's, le boulevard se rétrécissait, les immeubles devenaient bas, mal entretenus.

Il se fit déposer à l'angle de l'avenue Guerrero. La chaleur était un peu tombée, les ombres d'antiques demeures aux façades d'*adobe* s'allongeaient sur le trottoir à la lueur naissante des réverbères. Il contempla un moment la perspective de la rue, les fenêtres protégées par des grilles de fer forgé, les ornements de stuc entrelacés en motifs compliqués, les toitures à l'espagnole, en tuile romane.

Tout ici était comme nimbé de poussière. À Juárez, elle recouvrait également le sol, les toits, les feuilles des rares arbres et même, semblait-il, les gens, drapant la ville entière d'un linceul poudreux qui atténuait les couleurs les plus vives. C'était la façon qu'avait le désert de se rappeler à vous, même quand vous ne pouviez pas le voir.

Sur le trottoir d'en face, un carrossier fermait son éventaire. Peinte sur le rideau de fer, la gueule bleutée d'un revolver de deux mètres de haut mettait le passant en joue. Sous la fresque, le commerçant avait écrit en grandes lettres rouges : « Ceci est un avertissement. »

Toni s'arrêta à la devanture d'une *taquería* et commanda des *fajitas* à la viande grillée. Son estomac vide et malade se manifestait bruyamment.

Le problème, c'est que rien ici ne se consommait sans une dose homéopathique de *chile*, pas même une salade de fruits ! L'absorption des *fajitas* eut pour conséquence de déclencher une coulée éruptive le long de son œsophage. Il fallait qu'il prenne quelque chose.

Et, bien sûr, il avait quitté l'hôtel comme un voleur, sans rien emporter qui pût le soulager. Il s'arrêta devant une pharmacie dont la porte était barrée d'une grille percée d'un guichet et appela.

Une vendeuse obèse parvint à s'extraire de derrière le comptoir et vint jusqu'à lui.

– Je voudrais entrer pour acheter quelque chose contre les brûlures d'estomac, s'il vous plaît.

– On n'entre pas ici. Il y a trop d'agressions. Je vais vous servir par le guichet.

Renonçant à répondre, Zambudio se contenta de hausser les épaules.

Ville de merde.

*

Mardi 20 février 1997. Juárez, quartier des affaires.

L'avocat d'El Aziz s'appelait Adrian Cuauhtemoc Camerón et c'était un trou-du-cul prétentieux. Il avait accordé un rendez-vous à Toni le lendemain de son entrevue avec Alfonso Pazos. Son cabinet était situé dans un quartier d'affaires excentré fraîchement sorti du sol, sur Rincón del Campanario. Toni avait garé sa VW au milieu des Jaguar, Mercedes et autres BMW assoupies sur le parking livré à la fournaise de midi. Il s'était senti à peu près aussi à sa place qu'un iceberg en plein désert, au milieu de tout ce luxe étalé sans complexe.

Camerón était grand, mince, bodybuildé et doté d'un léger strabisme divergent.

Il devait dormir avec un filet sur la tête pour plaquer ses cheveux noirs sur son crâne effilé et sa moustache était visiblement domestiquée par un barbier. Il portait un sombre costume trois-pièces qui avait dû coûter pas moins de quatre ou cinq ans du salaire d'un ouvrier.

Son plus grand malheur dans la vie était sans doute de ne pas devoir son teint mat aux effets d'une lampe à bronzer. Il avait posé sur son bureau Régence d'élégantes mains manucurées ornées d'une discrète alliance. Son œil gauche fixait un point éloigné, tandis que le droit sondait Zambudio comme s'il s'était agi d'un étron tombé du ciel sur l'acajou ciré du meuble ancien.

La climatisation était réglée sur une température pré-arctique et l'enfoiré ne frissonnait même pas.

– Que puis-je faire pour vous ? s'était-il enquis.

À ce moment précis, une devinette était revenue en mémoire à Toni : qu'est-ce que vous avez, quand vous avez un avocat enterré dans le sable jusqu'au cou ? Réponse : pas assez de sable. Il avait souri et commencé son interview.

Camerón s'était d'abord montré persuadé de la culpabilité de Fouad El Aziz :

– C'est une personne très instable. Lorsque j'ai accepté de le défendre, je n'avais pas d'idée préconçue. Mais il était assez rapidement passé aux aveux. Bien sûr les interrogatoires de la police sont parfois très musclés, mais on n'avoue pas une chose aussi grave si l'on est innocent, même sous la pression. Aussi avais-je pris la décision de plaider coupable. Surtout avec des antécédents pareils. Cependant, d'une façon incompréhensible, il s'est rétracté, malgré mes conseils, et je n'ai jamais pu l'en faire démordre. Il ne voulait rien entendre. J'ai donc fait mon travail, qui s'est borné à partir de là à dénoncer les violences dont il se prétendait victime auprès d'associations de défense des droits de l'homme.

– Mais sans grande conviction, objecta Toni.

– Monsieur Zambudio, avait répondu l'avocat ulcéré, je suis un professionnel. En plaidant coupable, et en arguant de ses précédentes condamnations restées sur lui sans effet, j'aurais pu convaincre le jury de lui épargner la perpétuité, et le faire condamner à être soigné dans un centre spécialisé. Vous savez, ce pays n'est pas si barbare. Aux États-Unis, il aurait certainement traîné des années dans le couloir de la mort avant son exécution. Surtout au Texas. La peine capitale n'existe pas au Mexique, je vous le rappelle. Mais la perpétuité n'est pas une sinécure. Connaissant les prisons de ce pays, je puis vous l'affirmer. Cependant, tout au fond de moi, j'étais ébranlé. J'ai fini par douter. Et aujourd'hui, je suis absolument convaincu de l'innocence de mon client.

Toni avait cherché en vain à accrocher le regard de l'avocat, sans parvenir à savoir lequel des deux yeux le regardait :

– Un témoin l'accuse tout de même de tentative de viol et de menaces de mort. Je ne vais pas vous l'apprendre, tous les meurtriers en série sont de grands mythomanes. Des psychopathes, conscients, machiavéliques.

– Certes, avait répondu l'homme de loi, mais pour ce que j'en sais, les serial killers sont généralement très fiers des meurtres qu'ils commettent. Leur but final est la reconnaissance. Ça correspond peu à la personnalité de mon client. À supposer qu'il fût coupable, il ne pourrait qu'appartenir à la catégorie des psychotiques qui agissent sous la pression et oublient leur geste la minute d'après. C'est pourquoi ma première idée avait été de plaider coupable et d'invoquer des circonstances atténuantes liées à sa santé mentale.

Un partout. C'était un trou-du-cul compétent.

Ça devenait intéressant.

– Mais, si je me souviens bien des distinctions entre psychopathe et psychotique, chez les assassins en série, le second agit toujours seul contrairement au premier, avait argumenté Toni. Donc, que vient faire le gang « Los Diablos » dans le paysage ?

L'avocat avait paru embarrassé par la question.

– On n'a jamais pu prouver que mon client et ces types se connaissaient, avait-il répondu d'un ton moins convaincu. Bien sûr, ils ont pu se croiser, la ville n'est pas si grande et tous étaient des noctambules avérés. Mais de là à en faire des complices… À mon avis, le dénommé *El Satán* n'a accusé mon client que pour se dédouaner de ses actes.

– Alors cette bande aurait agi seule ?

– Ça, cher monsieur, adressez-vous à leur avocat et vous en saurez plus long à ce sujet. Je ne suis chargé que de la défense de Fouad El Aziz qui, en l'occurrence, est innocent. Et les éléments ne manquent pas pour apporter de l'eau à mon moulin.

Adrian Cuauhtemoc Camerón avait poussé une chemise cartonnée vers Toni qui commençait à grelotter, vêtu d'un simple polo à manches courtes.

Une des victimes avait été cataloguée par la police comme « Hondurienne supposée » en raison d'une étiquette « *made in Honduras* » trouvée sur son T-shirt.

N'importe quoi.

Une correspondance circonstanciée entre le FBI et les *federales*, ainsi qu'entre le FBI et la *Judicial*, précisait que l'administration américaine avait bien, sur demande du gouvernement mexicain, expertisé les véhicules suspects lors d'un examen effectué à El Paso, Texas, mais que, malgré des recherches poussées, aucune trace de fluide corporel n'avait pu être relevée. Les Américains avaient mis en garde la police mexicaine sur la minceur des preuves récoltées. Le procureur de Juárez avait répondu que les suspects avaient formulé des aveux très clairs au sujet des meurtres. Suivait une copie d'un rapport de la Commission mexicaine des droits de l'homme qui lui avait été adressée : les suspects avaient été arrêtés sans mandat, l'assistance d'un avocat leur avait été refusée et, pour comble, ils avaient été frappés durant leur interrogatoire, du moins l'affirmaient-ils, ajoutant qu'on leur avait enfoncé la tête dans la cuvette des toilettes, braqué une arme sur la tempe et menacé de les tuer s'ils n'avouaient pas.

Consternant.

Toni avait levé sur Camerón un regard admiratif.

– Dossier vide, aveux obtenus par l'usage de la torture et mesures de rétorsion. Ça la fiche mal. Ils n'iront pas loin avec ça, jaugea fièrement l'avocat.

De fait, l'enquête des flics prenait l'eau de toutes parts.

– Vous travaillez en relation avec votre collègue, celui qui défend les membres de ce gang ?

– Nos intérêts pourraient se révéler, comment dire… divergents.

Zambudio jeta un regard circulaire autour de lui.

– Votre client est-il riche, maître ?

– Pas assez pour se payer mes services. J'ai accepté de plaider gratuitement.

– Quelle générosité !

– Détrompez-vous, monsieur Zambudio. J'ai signé avec un éditeur américain un contrat très avantageux sur cette histoire. Une fois le procès terminé, je vais écrire sur la plus grande affaire criminelle de l'histoire du Mexique un livre qui me rapportera des droits d'auteur extrêmement juteux.

Un authentique bienfaiteur de l'humanité.

Il lui avait quand même indiqué l'adresse du cabinet d'avocats qui avait en charge la défense des « Diablos ».

Toni s'était retrouvé sur le parking, aspirant goulûment la fumée bleue d'une Fortuna, goutte au nez, ébloui par le soleil, avec l'impression d'avoir effectué un séjour au pôle Nord. Quand il avait esquissé le simple geste de sortir son paquet de sa poche, l'autre l'avait congelé du regard.

Vendredi 23 février 1997. Juárez, centre-ville. 20 : 00.

La pharmacienne lui avait vendu des tablettes de Maalox à sucer.

Tout en marchant, Toni alluma une cigarette pour chasser le goût désagréable du médicament. Les rues se remplissaient avec la nuit. Des couples, des jeunes filles en hauts talons, sanglées dans des vêtements trop petits de deux bonnes tailles, déambulaient sur les trottoirs défoncés. Un vendredi soir à Juárez.

En suivant du regard les ondulations de croupe d'une adolescente qui ne devait pas avoir plus de quatorze ans, il se fit la réflexion que décidément le Mexique avait bien changé. Il déboucha sur la place d'Armes, dominée par la mission de Nuestra Señora de Guadalupe, un début d'érection gonflant la braguette de ses jeans.

Aux feux rouges, des Indiens Tarahumaras faisaient la manche, chassés des montagnes de Chihuahua par le froid hivernal.

La place était restée la même, avec ses marchands ambulants qui vendaient bonbons, chewing-gums et lacets. Sous les arcades coloniales, les cireurs de chaussures attendaient toujours le client. Il prit place sur un des sièges.

Indifférent à sa présence, lustrant le cuir en cadence, le *limpiabotas* sermonnait son voisin désœuvré :

– Tu te rends pas compte, cette fille que tu as baisée, elle avait pas seize ans !

– Tu peux parler, toi ! Et ton histoire avec cette femme mariée ?

– Attends, c'est pas pareil, j'y suis pour rien. J'étais chez elle, j'ai eu envie d'aller à la salle de bains, elle avait laissé la porte ouverte, elle était assise sur le trône, j'ai pas pu résister, elle l'avait fait exprès, tu penses ! Et puis je pouvais pas prévoir que son mari allait arriver et nous surprendre.

– Tu mourras par la queue, Antonio.

– Faut bien mourir de quelque chose. Voilà, *señor*, ça vous fera 15 pesos.

Dans les jours qui avaient suivi son entrevue avec Adrian Cuauhtemoc Camerón, Zambudio avait enduré quelques sérieuses déconvenues.

D'abord, la technique l'avait trahi. Son petit magnétophone de poche, une merveille de technologie nippone achetée au free-tax de Madrid le jour de son départ, était tombé en panne de manière inexplicable, et il avait été condamné au retour à l'âge de pierre et à l'usage du stylo à bille. Ensuite, le cabinet Alma de Oca, chargé de la défense des membres du gang « Los Diablos », n'avait pas souhaité le rencontrer :

– Nos clients ont été victimes d'une machination, voilà le message que nous voulons transmettre à la presse. La culpabilité de Fouad El Aziz, et la sienne seule, ne fait pour nous aucun doute, et nous sommes sûrs d'être disculpés lors du procès.

Bon. Au moins, il y aurait de l'ambiance au banc des accusés. Le *señor* Alma de Oca était peut-être aussi un trou-du-cul, mais en plus il n'avait aucun sens des relations et c'était un mauvais avocat, avait pensé Zambudio. Il avait alors essayé d'obtenir un rendez-vous auprès d'Ernesto Gandolfo, le juge chargé de l'instruction, et s'était fait proprement éconduire.

Un vague assistant lui avait fait comprendre que le magistrat était furieux à l'idée que Toni se soit entretenu avec Alfonso Pazos, et surtout qu'il ait eu accès à certaines pièces du dossier avant le procès. Certes, l'instruction était terminée, les assassins sous les verrous et les meurtres avaient cessé, mais c'est auprès de Gandolfo qu'il lui eût fallu se présenter avant toute autre démarche.

L'unique information que le journaliste avait pu tirer de cet entretien téléphonique était la date du procès lui-même. Le 11 mars, El Aziz et *El Satán* comparaîtraient devant le tribunal de Juárez afin de répondre aux accusations de meurtres, viols et actes de barbarie.

Zambudio avait alors décidé d'orienter son enquête vers les victimes elles-mêmes, et de raconter l'histoire de l'une d'entre elles. Il lui fallait du grain à moudre.

Le jeudi 22, il s'était rendu sur la tombe de la première des jeunes femmes assassinées.

Les indications du gardien, à l'entrée, avaient été vagues, aussi avait-il erré un moment dans l'immense cimetière avant de tomber sur la modeste sépulture de Catalina Cruz.

Les couronnes de papier multicolores confectionnées à l'occasion du jour des Morts commençaient à peine à se faner sur la croix de bois simplement plantée en terre. Sur une photo couleurs déjà un peu délavée, protégée par une enveloppe de plastique transparent, une sage adolescente au sourire radieux fixait le photographe de ses yeux sombres.

Ses cheveux noirs étaient lâchés sur ses épaules, une frange barrait son front.

Elle était vêtue d'un sobre chemisier blanc et photographiée en studio sur un fond bleu azur. Les pommettes hautes, le teint ocre disaient le sang indien en elle.

Zambudio avait longuement interrogé du regard l'image punaisée au bois de la croix. Il avait contemplé le sable, à ses pieds. Des bougies posées à même le sol éclairaient, par l'intérieur, des cylindres de verre ornés d'images de la Vierge de Guadalupe, « Reine du Mexique, Impératrice des Amériques », ou de saint Michel Archange terrassant le démon.

La cire rouge, par transparence, inondait de sang les scènes pieuses.

Quelqu'un avait déposé là un morceau de papier, bloqué par une pierre.

> Saint Michel Archange, défends-nous dans la bataille. Sois notre protecteur contre le mal et les tentations du diable. Que Dieu Tout-puissant brise Satan, nous t'en prions humblement ; et Toi, Prince Céleste, par le pouvoir de Dieu, renvoie aux enfers Satan et tous les esprits malins qui errent par le monde en quête de la ruine des âmes. Amen.

Il avait remis en place la prière écrite d'une main maladroite, presque enfantine.

Sous les cierges, sous la terre, gisait le corps en charpie d'une jeune fille de seize ans.

Et avec lui les secrets de son martyre, et celui de sa mort.

Ses parents avaient posé là, au pied de la croix, une pauvre plaque gravée.

CATALINA CRUZ
1979-1995
À NOTRE FILLE

Toni s'était imprégné longuement de l'atmosphère qui régnait ici, avait pris quelques notes, penché en avant sur la tombe, avant de quitter le Campo Santo.

Décidément, il détestait les cimetières.

De retour à son hôtel, il avait relu attentivement l'article paru dans *The Nation*, celui que Perez lui avait remis avant son départ de Madrid quelques jours plus tôt.

Au départ, la police de Juárez n'avait relié entre eux qu'une douzaine de meurtres depuis le cas Cruz. Mais un collectif féministe, *Alianza de las Mujeres*, ému par les crimes, avait regroupé de vieux articles parus dans la presse et établi des liens avec d'autres assassinats survenus dans les années précédant la vague de meurtres. L'Alliance des femmes avait recensé, sur les trois dernières années, pas moins de cinquante-trois victimes. Suivait un entretien avec Guadalupe Vidal, la responsable du collectif. Selon la journaliste américaine qui avait rédigé l'article, la police, empêtrée dans une guerre des services interminable et accusée de sévices sur les suspects, pataugeait lamentablement.

On n'était en fait plus du tout sûr de qui avait assassiné qui, on parlait de trafic d'organes, bref, c'était carrément n'importe quoi. El Aziz et « Los Diablos » seraient probablement condamnés, mais le faisceau de preuves rassemblées contre eux était si fragile, les expertises si douteuses que jamais l'on ne pourrait être certain à cent pour cent de leur culpabilité.

Zambudio avait refermé le journal en soupirant : « Putain, ça craint », et avait continué à compulser ses dossiers. Pepe Ortega, son vieux copain du service de documentation, avait travaillé comme un lion. C'était copieux. Outre les articles de journaux concernant les crimes, Ortega avait compulsé tout ce qu'il avait pu trouver sur Ciudad Juárez.

Un article du *Los Angeles Times* avait retenu brièvement son attention.

Une usine européenne, Cerraduras Locks, rachetée

depuis par Cortez Electronics, un groupe américain, avait provoqué des naissances d'enfants atteints du spina-bifida, une déformation fœtale de la moelle épinière, en inondant le quartier de produits toxiques. Bon Dieu ! Le *L. A. Times* rappelait en conclusion qu'un accord signé par le Mexique et les États-Unis stipulait qu'aucune matière dangereuse ne pouvait être stockée dans un rayon de cent kilomètres de part et d'autre de la frontière.

Effrayant, certes, mais c'était de la gnognote à côté des meurtres.

Toni avait cherché dans l'annuaire posé sous le téléphone le numéro du collectif de femmes dont il était fait mention dans l'article du *Nation.*

Une voix féminine, d'âge mûr, avait fini par répondre sur un ton légèrement éraillé qu'en effet, on était bien au siège de l'Alliance des femmes.

– Vous avez de la chance. Normalement, il n'y a pas de permanence, ici. Nous n'en avons pas les moyens. En fait, je passais relever le courrier et... mais que puis-je faire pour vous, *señor...* ?

– Excusez-moi. Toni Zambudio. Je suis journaliste et j'enquête sur les meurtres en série de Juárez pour un quotidien espagnol, *El Diario.* J'aurais souhaité parler à Guadalupe Vidal, s'il vous plaît, et prendre rendez-vous avec elle. Je désire l'interviewer sur le rôle du collectif *Alianza de las Mujeres* dans l'évolution de cette affaire. Comment puis-je la joindre ?

– Eh bien, vous avez doublement de la chance. Vous êtes en train de lui parler. Je fais tout ici, c'est incroyable. Coursier, dactylo, standardiste, femme de ménage et éventuellement porte-parole, quand j'ai le temps. Je vous écoute, avait-elle ajouté d'une voix lasse.

Bien sûr, elle connaissait le journal de Toni – qui ne le connaissait pas ? – et, en plus, les rares fois où elle avait eu l'occasion de le lire, elle l'avait apprécié. Malheureusement, elle était débordée et ne pouvait le rencontrer avant le week-end, même avec la meilleure volonté du monde. Elle lui avait finalement accordé un rendez-vous le dimanche, à midi.

Ils déjeuneraient ensemble avant que Toni attrape l'avion de seize heures pour Madrid. C'était serré, mais puisqu'il n'y avait pas le choix, avait répondu le journaliste, on ferait avec. En revanche, il avait dû batailler ferme pour qu'elle accepte de lui expliquer comment trouver la famille Cruz.

Elle avait fini par lui indiquer la meilleure façon de se rendre à la Colonia Fronteriza, aux portes du désert.

– De toute façon, ajouta Guadalupe Vidal, vous allez vous paumer, et vous devrez demander votre chemin. Bon courage, et surtout ménagez-les, ils ont beaucoup souffert. À dimanche, *señor* Zambudio.

Vendredi 23 février 1997. 16 : 00.

La présidente de l'Alliance des femmes lui avait conseillé de se rendre à la station « Catedral », devant la vieille mission de Nuestra Señora de Guadalupe, et là, d'attendre le bus numéro 8, puis de le suivre en voiture jusqu'à la Colonia Fronteriza où vivait la famille de Catalina Cruz.

Zambudio avait roulé derrière le véhicule poussiéreux et délabré jusqu'à ce qu'il attaque la lente montée qui partait à l'assaut des collines désertiques couvertes de bidonvilles.

Les gaz d'échappement s'engouffraient par les vitres brisées de l'autobus bondé.

Toni conduisait lentement. Après avoir dépassé le marché central, il avait emprunté l'*avenida* 16 de Septiembre qui s'enfonçait comme un coup de fusil vers les faubourgs, à l'ouest de la ville.

Bientôt, il n'y avait plus eu que des maisons basses, des marchands de pièces de voitures d'occasion, de jantes dépareillées et des réparateurs de pneus, de pots d'échappement. Il avait longé des *taquerías* où l'on vendait du *menudo*, avait cherché en vain à se rappeler à quoi ce plat pouvait bien ressembler, et, pour finir, il avait tourné dans la *calle* Chiapas qui s'élevait en direction d'un belvédère pouilleux. Le bitume, d'abord truffé de nids-de-poule, avait bientôt disparu pour faire face à une piste défoncée.

Le vent soulevait sur leur passage des tourbillons et le bus projetait dans son sillage une fine pellicule de sable sur le pare-brise de la Sedan. Toni avait remonté sa vitre et actionné les essuie-glaces.

Il s'était bientôt retrouvé entouré de cabanes de bric et de broc. Les constructions de parpaings bruts et de palettes de déchargement d'occasion s'étalaient sur la colline en un paysage de désolation. Du linge rapiécé séchait sur des fils. Les eaux usées des habitations ruisselaient en cascades sur les terrasses étayées par des murettes de pneus lisses empilés.

Vers les hauteurs, les masures avaient pris un aspect plus primitif encore, uniquement construites avec des cartons d'emballage et du papier goudronné en guise de toiture. Des milliers de sacs plastique jonchaient le sol, s'accrochaient aux buissons de *mesquite* rabougris comme des pendus. La fumée des feux de camp montait vers le ciel et le soleil descendait déjà sur El Paso et le Texas. À dix kilomètres au nord-ouest s'allumaient les premières lumières des États-Unis. Des gamins sales et nus jouaient, assis dans la boue d'une flaque d'eau savonneuse. Zambudio s'était arrêté pour leur demander où vivait la famille Cruz. Le cadavre gonflé d'un chien gisait sur le bas-côté.

Aussi loin que portait le regard, le bidonville avait grignoté l'espace.

Le journaliste avait essayé d'imaginer ces territoires immenses, vierges encore, peuplés uniquement d'Apaches et de Tarahumaras. Une éternité s'était écoulée, depuis.

Ne restait que l'odeur un peu âcre d'égout en plein air, mêlée au fumet des *frijoles* qui cuisaient au fond des cabanes. Une odeur de misère.

Derrière la colline, d'autres quartiers avaient conquis

les *mesas* pouilleuses, en raison d'une loi qui datait de la révolution mexicaine : vous aviez le droit de vous installer collectivement sur des parcelles appartenant à l'État, à la condition qu'elles fussent inexploitées. Au bout de dix ans, si personne ne vous avait jeté, vous deveniez l'heureux propriétaire de votre lopin de terre. L'« invasion » se métamorphosait en *colonia* par la magie des mots et vous jouissiez désormais du droit de payer des impôts et de vous battre pour que l'électricité et l'eau arrivent jusque chez vous, par l'intervention du Saint-Esprit, ou mieux, d'un parti politique.

En échange, bien sûr, des voix de la *colonia* tout entière.

Zambudio avait coupé à droite, par un sentier, une ruelle sans nom, comme le lui avaient indiqué les gosses, puis il était descendu vers un groupe de cabanes en contrebas. Tous les regards convergeaient vers lui. À mi-pente, il s'était arrêté, avait pénétré dans une petite allée entre deux huttes de carton. Un homme assez jeune était occupé à fracasser à coups de marteau une vieille batterie de voiture, tandis qu'un autre, plus vieux, contemplait le crépuscule naissant dans un fauteuil à bascule qui avait connu des jours meilleurs, quelques décennies plus tôt. À l'extérieur de la cahute, une vieille femme s'escrimait à allumer, avec des brindilles, un four de fortune en terre séchée pour y cuire des *tortillas* de maïs. Toni avait lancé un timide « Bonjour ! » à la ronde. Un bébé dormait dans un berceau bricolé à l'aide de bois de caisses d'emballage. Sur le flanc de la couche de fortune, un plaisantin avait écrit : *« Ne pas déranger, les mecs. Je bosse. »*

Une jeune femme s'était avancée vers lui. Une réplique de Catalina Cruz, en un peu plus âgée. Petite, brune, un visage finement sculpté dans le cuivre. Elle avait un nez busqué. Une natte de cheveux sombres lui descendait jusqu'en dessous des fesses.

Toni s'était étonné de son élégance. Elle s'était avancée vers lui au milieu des immondices, vêtue d'un ensemble jupe et chemisier beiges et chaussée de baskets. En passant près du berceau, elle s'était penchée, avait pris le nouveau-né dans ses bras pour l'embrasser. La caisse où il reposait quelques secondes auparavant se balançait en grinçant au bout d'une suspension de mauvaise corde accrochée à un *palo verde*[1] déplumé.

Zambudio s'était présenté, avait expliqué un peu maladroitement le but de sa visite.

– C'est mon dernier-né, avait-elle esquivé en brandissant fièrement le nourrisson qui s'éveillait, et je m'appelle Irena. Irena Cruz.

Puis, d'une voix inquiète, elle avait ajouté :

– Mes parents sont ici, je ne peux pas vous parler beaucoup devant eux. Le chagrin les a déjà presque tués. S'il vous plaît, ne leur posez pas trop de questions précises, et soyez bref. Vous n'êtes pas le premier à venir, depuis qu'elle est morte.

Chacun, abandonnant ses occupations, s'était dirigé vers eux.

Irena avait présenté successivement la vieille femme – ma mère, Socorro –, l'homme au pliant – mon père, Eduardo –, et le casseur de batterie – mon mari, Jorge –, qui s'était éclipsé sans un mot à l'intérieur de l'une des cabanes.

– Il est timide, avait dit Irena, comme pour s'excuser.

Une toile de sac fermait la porte de la masure et le visage d'un enfant d'une dizaine d'années s'était encadré dans l'embrasure.

– Arturo, viens ici, espèce de malpoli.

Elle l'avait appelé en riant et la pièce de tissu était retombée aussitôt, cachant le gamin.

1. *Palo verde*: arbre ou arbuste au bois particulièrement dur et à l'écorce verte, typique du nord semi-désertique du Mexique.

– Il est comme son père, avait-elle ajouté, et Zambudio avait été traversé un instant par la vision de ses deux fils.

Écartant la toile de jute qui barrait l'entrée, Socorro avait invité Toni à pénétrer dans son foyer.

À l'intérieur, les murs étaient également faits de carton cloué sur des montants de bois. Des haricots rouges mijotaient sur une cuisinière isolée du sol de terre battue par une palette.

Une petite télé à piles, en noir et blanc, était posée sur un réfrigérateur rouillé.

Hypnotisé, Toni avait regardé un moment l'image danser sur l'écran.

À ses côtés, le petit Arturo, assis à une table bancale devant son assiette pleine, ne pouvait détacher les yeux d'une *telenovela* sirupeuse à souhait qui mettait en scène les turpitudes d'un homme marié avec sa secrétaire particulière. Tout ce joli monde était bien habillé, et les décors étaient luxueux.

La bouchée de *frijoles* que le gamin tenait en équilibre au bout de sa fourchette était restée suspendue à mi-course entre l'assiette ébréchée et sa bouche grande ouverte.

Cette bonne vieille télé ! Même les Papous de Nouvelle-Guinée devaient être en train de regarder CNN au fond de leurs cases, à l'heure qu'il était.

Irena s'était raclé la gorge. Toni avait sursauté et s'était tourné vers la famille Cruz. Il s'était excusé, non sans une certaine maladresse :

– Pardonnez-moi, je ne m'attendais pas à trouver ici un poste de télévision.

– Qu'est-ce que vous croyez, avait lâché Irena, que les gens d'ici sont des clochards ? Ce sont des ouvriers qui vivent ici. On trime toute la semaine dans les *maquiladoras*, et, avec nos salaires, on ne peut prétendre à rien d'autre que ces taudis en carton. Les usines nous font cadeau des emballages usagés. C'est leur vision du contrat social. Les palettes d'occasion, par contre, ils nous les vendent.

Il y avait de la colère dans sa voix. La remarque du journaliste l'avait blessée.

Les autres, gênés, s'étaient abîmés dans la contemplation de la série télé.

La vieille Socorro fourrageait dans ses plats.

– Vous travaillez dans une de ces *maquiladoras* ? demanda Toni.

– Chez Somermex, une *maquila gringa*. Quarante-huit heures par semaine. Ils fabriquent des volants et diverses pièces pour des grandes marques américaines et japonaises d'automobiles. Qu'est-ce que je peux faire, avec aussi peu d'argent et tout ce monde à nourrir ?

– Vous n'avez jamais pensé à émigrer aux États-Unis ?

– Je n'ai pas de visa, et je ne suis pas assez riche pour payer la *mordida*[1] aux fonctionnaires mexicains. Et le visa, il ne suffit pas d'avoir travaillé un an dans la même entreprise pour l'obtenir. Il faut aussi un salaire minimum et je ne sais quoi encore. Et qu'est-ce que j'irais faire chez les *gringos*. Des courses, peut-être ? Avec quel argent ? On a bien assez de mal comme ça ici. Et je ne veux pas abandonner ma famille. Mon mari est au chômage, il y a mon père, ma mère et mes deux enfants. Je suis la seule à travailler et je m'échine pour les nourrir.

– Combien gagnez-vous, si ce n'est pas indiscret ?

– Ça ne l'est pas plus que de vous parler de la mort de ma sœur, elle avait répondu sèchement. Je me fais dans les 240 pesos par semaine.

– Je vous demande pardon.

Une voix cassante se fit entendre derrière Toni :

– Non, c'est elle qui s'excuse.

. *Mordida* (litt. « la morsure ») : pot-de-vin, corruption.

C'était Socorro qui avait parlé. Elle avait levé le nez de ses poêles :

– *Siéntese, señor. Mi casa es su casa*, avait-elle ajouté en foudroyant sa fille aînée du regard. Elle n'avait que seize ans, ma petite Catalina. Elle était pleine de joie de vivre. La dernière fois qu'on l'a vue, je n'oublierais jamais ce jour-là, c'était le 18 août, trois jours après la fête de la Vierge. Il faisait une chaleur ! Au matin, elle n'était pas rentrée. Les policiers, ils ne nous ont prévenus que début septembre. Et il a fallu attendre encore un mois avant qu'ils nous la rendent.

Socorro s'était tue, elle n'avait pu en dire plus. Le petit tenait toujours sa fourchette en suspension.

– Mange, Arturo, lui avait intimé sa mère.

Elle avait penché la tête, offrant à Zambudio son profil de princesse aztèque. Et soudain elle s'était tournée vers lui :

– Ça suffit, sortons.

– Irena, avait tenté une dernière fois sa mère.

– *Ya basta, mamá !* Je le raccompagne à sa voiture, je lui parle, car nous voulons tous que ces salauds soient jugés et condamnés, et ensuite, qu'il nous laisse à notre peine.

La fraîcheur des nuits du désert descendait déjà sur la ville. Les nuages de l'après-midi s'étaient dissipés sans apporter l'orage.

Toni avait essayé d'imaginer le bidonville sous une averse. L'horreur. Pour le coup, il avait béni la sécheresse.

Irena avait planté ses yeux furibonds dans les siens.

– Qu'est-ce que vous voulez savoir ?

– Parlez-moi d'elle, simplement, si vous le voulez bien.

– Elle aimait danser – sa voix grave s'était radoucie –, elle y allait chaque semaine. Catalina travaillait aussi chez Somermex. À deux salaires, on s'en sortait mieux. Le dernier jour, on s'est croisées, je sortais de l'usine, elle prenait son tour, on s'est juste saluées, c'était une après-midi comme les autres. Et puis ça a été fini. Cette nuit-là, elle n'est pas rentrée. C'était inhabituel. On a pensé à un petit copain. Mais ça paraissait quand même curieux.

– Pourquoi ? l'avait interrompue Zambudio. Elle n'en avait pas ?

– Ce n'est pas le genre de choses dont on parle à la maison, devant les parents. Je suppose qu'elle devait bien sortir avec des copains, dans les *discotecas*. À son âge…

Irena avait baissé pudiquement les yeux.

– Mais elle ne vous avait rien dit de précis ? On ne parle pas de sexe entre femmes ? Vous étiez quand même sa sœur, elle aurait pu se confier à vous.

– Ce n'est pas la question.

Elle avait paru gênée de parler ouvertement devant un homme.

– Bien sûr, elle me l'a dit, quand elle est sortie pour la première fois avec un garçon. Mais elle n'allait certainement pas me décrire par le menu ses exploits à chaque nouvelle rencontre. J'ai vingt-six ans, vous savez, je suis mariée et mère de famille. Je suis un peu l'autorité morale, à la maison.

– J'avais remarqué.

– Je suis sûre qu'avec ses copines, elle échangeait des confidences, mais avec moi, c'était autre chose. Quand nous nous sommes aperçus qu'elle n'était pas rentrée, nous avons prévenu la police. Comme je vous l'ai déjà dit, ce n'était pas dans ses habitudes. En semaine, en plus. Ils l'ont trouvée – sa voix se brisa –, mon Dieu, j'arrive encore à peine à en parler sans m'écrouler, ils l'ont trouvée cinq jours plus tard, dans le désert, près des faubourgs de la ville. Mais nous, on l'a pas su tout de suite. Il leur a fallu dix jours pour l'identifier avec certitude. Alors seulement, on a été prévenus. C'est moi qui suis allée reconnaître le corps.

Le visage d'Irena s'était refermé, pour ce que Toni pouvait en distinguer malgré la pénombre.

– Il lui manquait un bras. Ils lui avaient tranché les seins, elle avait été violée avec divers instruments et décapitée. Elle n'est pas morte sur place, ils l'avaient transportée là après coup. À la morgue, ils avaient posé sa tête dans un carton à part. Si je tenais ces fils de pute, je leur arracherais les *cojones* de mes propres mains !

Un silence pesant s'était installé. Ils étaient arrivés à la voiture.

– Vous avez ce que vous vouliez ? Alors, rentrez chez vous et laissez-nous en paix. *Adiós.*

Elle lui avait tourné le dos et Zambudio était resté planté là, vaguement honteux, à la regarder disparaître dans la nuit tombante.

Un animal grattait la terre, pas très loin. Un chien de prairie. Ou un rat.

Nom de Dieu, ce n'était même pas le monde de Zola, au moins il y avait des corons. C'étaient plutôt *Les Misérables*, d'Hugo. Ou mieux encore, le monde ouvrier du dix-neuvième siècle décrit par Dickens, avec ses grisettes jetées dans la prostitution par des maquereaux qui les ramassaient dans les bals populaires de Londres.

Il y avait même un Jack l'Éventreur. Ou plusieurs.

Cette fois, il le tenait, son papier.

Vendredi 23 février 1997. Motel La Vela. 23 : 00.

Zambudio avait hélé un autre taxi et repris le chemin du motel La Vela.

Juárez lui fichait décidément le cafard. Il n'avait qu'une hâte, en partir.

Une ambiance franchement alcoolisée régnait à présent dans le hall.

Les clients scotchés au bar, call-girls et machos de service, éclusaient avec une soif égale force tequilas, et reprenaient en chœur les *rancheras* distillées par le juke-box.

Toni avait gagné sa chambre en essayant de se faire le plus petit possible.

Au lendemain de son arrivée, Pazos l'avait mis en garde :

– Les cartels de Juárez sont puissants et très violents. Vous êtes un chroniqueur judiciaire. Il pourrait être tentant pour vous de concevoir un article sur la drogue, qui est ici un thème majeur. Ne perdez jamais de vue que cela reviendrait à acheter vous-même la balle qu'on vous tirera dans la tête.

Dans le couloir, un macho brillantiné paradait, une fille pendue à chaque bras.

Ray-Ban miroirs et bosse sous la chemise négligemment passée par-dessus le pantalon, l'homme, campé sur une paire de bottes en iguane flambant neuves, arborait une paire de fines moustaches. Il riait fort et louchait sur les décolletés des deux femmes. On aurait dit que leurs seins agressifs allaient lui jaillir à la figure.

Tout en marchant, une des femmes s'était penchée à l'oreille du type pour y glisser une langue chargée. Toni s'était écarté pour laisser passer le trio.

En voilà un qu'on pourrait encadrer tel quel avec, en guise de légende : « Narcotrafiquant ».

Il s'était hâté vers l'escalier orné de plantes vertes qui menait vers sa chambre en tentant de se convaincre qu'il n'était pas journaliste, que d'ailleurs il n'était même pas là, contrairement à ce que son estomac lui rappelait à chaque instant.

Il avait rasé les murs jusqu'à la porte de sa chambre.

« Perez, *coño*, pourquoi a-t-il fallu en prime que tu me colles dans un repaire de narcos ? » il avait pensé en rallumant l'ordinateur.

Il essayait désespérément de faire le vide dans sa tête pilonnée par une migraine naissante. Au rez-de-chaussée, la fête battait son plein. Les basses vibraient jusque dans les talons de ses bottes. Il avait cru reconnaître un air des Gipsy Kings. Apparemment, c'était parti pour la nuit et sa chambre était située juste au-dessus du bar. Au-dessus du juke-box, même, si ça se trouvait. Super.

En prévision d'une longue veille, il avait commandé une cafetière pleine à la réception, accompagnée d'une cargaison d'aspirine. Puis il avait grillé une Fortuna, posé le paquet bien en vue à côté du portable, et s'était remis au travail.

La fin de l'article prenait corps.

Grâce aux informations fournies par Camerón, il connaissait désormais quelques détails qu'ignoraient ses homologues yankees. Il avait rédigé un exposé chronologique de ce qu'il appelait déjà l'« Affaire des Diables de Juárez », émaillé d'impressions sur la ville, de descriptions, notamment des bidonvilles et du cimetière, et il avait conclu en émettant des doutes, étayés par les objections du FBI, sur la cohérence des déductions de la police et sur les failles de l'instruction. Au rez-de-chaussée, l'« Association des joyeux trafiquants d'héroïne et de cocaïne » avait décidé d'émigrer vers la piscine du motel. Ils s'apostrophaient bruyamment avec des intonations imbibées et, moins de cinq minutes après, le premier plouf avait retenti. Au bout de dix minutes, tout le monde ou à peu près pataugeait dans l'eau.

Il lui restait un peu plus de vingt-quatre heures à passer à Juárez. Après-demain, juste avant son départ, il avait rendez-vous avec Guadalupe Vidal.

Il avait été pris d'une soudaine envie d'appeler Fina. À Madrid, il pouvait être, oh, allez, dans les onze heures du matin. Foutu décalage horaire.

Il avait avalé un cocktail d'aspirine et de pansements gastriques, engloutissant le tout à l'aide d'une gorgée de café froid. Beurk.

Sa montre marquait 02 : 30 du matin.

Il était vanné. Il avait demandé au réceptionniste de le réveiller à huit heures.

Est-ce que quelque chose de bon pourrait un jour sortir de cette ville ?

Il avait sombré dans un sommeil lourd et agité, peuplé de cauchemars.

Un, surtout, qu'il n'avait pas fait depuis des années, le hantait chaque nuit depuis son arrivée.

Vendredi 23 février 1997. Ciudad Juárez. 23 : 55.

Liza Guevara était sortie d'« El Tiburón Loco » un brin chancelante. Normal, un soir de paye. Demain, c'était samedi. Jour de repos. Elle pouvait quand même bien s'offrir un peu de bon temps avec les copines.

Oh là là, ça tournait. Elles avaient un peu forcé sur la bière, elles avaient même payé une tournée de Tecate à leurs voisins de table, deux types plutôt mignons qui bossaient dans une casse-auto juste en face des usines d'El Paso, près du fleuve.

Après quoi, Liza s'était levée, avait marché d'un pas mal assuré jusqu'au juke-box, avait glissé une pièce de 10 pesos dans la fente et sélectionné le dernier tube de Gloria Trevi[1]. Avec Lupita, sa meilleure copine, elles avaient dansé enlacées dans la pénombre du bar, devant les deux garçons qui tiraient une langue jusqu'au plancher. Elles avaient continué à les allumer un moment en tournant lascivement sur la piste, puis, lassées de leur petit jeu, elles étaient retournées s'asseoir.

Vexés comme des poux, les deux play-boys de fin de semaine avaient levé l'ancre la bite sous le bras, et Liza

1. Star de la chanson mexicaine, chantre du sexe et de la liberté, en cavale depuis 1997, accusée de détournement de mineure et d'enlèvement. Arrêtée en janvier 2000 à Rio de Janeiro (Brésil).

elle-même avait fini par planter là sa copine qui s'était lancée dans des propos abscons inspirés par l'alcool.

Elle consulta sa montre. Et merde. Plus de bus, à cette heure-ci.

Elle allait devoir se taper dix bornes à pied jusqu'à la *colonia*. C'était pas de pot.

Elle leva les yeux vers les étoiles. Si seulement un prince charmant pouvait tomber du ciel. Liza Guevara se prit à imaginer son rêve réalisé.

Il apparaîtrait là-bas, au coin de l'avenue 16 de Septiembre, au volant d'une Cadillac, non, mieux, d'un roadster BMW, cheveux au vent.

Alors, il l'apercevrait et ce serait le coup de foudre. Les quatre roues bloquées, le pied écrasant la pédale de frein, il s'arrêterait juste devant elle. Il ressemblerait à Antonio Banderas – l'acteur espagnol qui avait épousé Melanie Griffith, en tout cas c'est ce que racontait Lupita – et lui demanderait s'il pouvait l'accompagner quelque part. Elle avait émis un rot sonore dans la nuit.

Ouais. Bon. C'était pas tout ça, il fallait se bouger.

Liza avait poussé un soupir et commencé à remonter le boulevard à quatre voies vers l'*avenida* Lerdo lorsqu'elle fut prise dans le faisceau des phares d'un pick-up.

C'était sûrement pas Banderas dans sa BM, mais ça serait toujours mieux que de rentrer à pied chez elle. Elle avait levé le pouce en souriant de toutes ses dents.

Samedi 24 février 1997. Ciudad Juárez.

Zambudio s'était réveillé bougon et mal reposé, avait relu son papier, corrigeant çà et là quelques scories, puis il avait branché son modem sur la prise de téléphone de la chambre et envoyé son article par e-mail au journal.

Il avait décidé de consacrer son ultime journée à Juárez à la préparation de l'article qu'il aurait à écrire dès son retour, et qui inclurait l'interview de la leader féministe. Il voulait faire du repérage, traîner un peu en ville, dans les bars, se frotter aux milieux où évoluaient assassins et victimes, pour donner corps à ces histoires de boîtes de strip-tease masculin, de discothèques avec lutte féminine dans la boue et concours de T-shirts mouillés.

Il avait passé l'après-midi à arpenter les rues. La nuit était tombée.

Les *cantinas* alternaient avec les boutiques de souvenirs jusqu'au poste frontière du pont Santa Fe. Devant les magasins, des rabatteurs essayaient d'attirer le client en anglais – *come in, sir, check it out !* –, mais il voyait à vrai dire très peu de ces *gringos* censés abriter de ce côté de la frontière leurs turpitudes cachées. La foule était essentiellement mexicaine. Un embouteillage monstre empuantissait la rue.

Ceux de Juárez qui avaient la chance de posséder un visa américain allaient passer le samedi soir à El Paso. Les fumées de gaz d'échappement lui piquaient les yeux. Les néons des « Alive », « Club Valentino », « Noa Noa » et autres boîtes clignotaient sur l'avenue.

Toni se décida à entrer dans une discothèque, « Au Coyote Estropié ».

L'endroit voisinait avec de sordides *cantinas* pour fins de mois difficiles, et d'autres *discotecas* pour ouvrières en goguette. La sono du bar était poussée au maximum. Des filles aux visages tartinés de maquillage se trémoussaient en sirotant des tequilas ou des cocktails de couleur indéterminée dans la lumière bleue des spots. La plupart papotaient entre elles, certaines minaudaient en prenant des poses devant des types en costume-cravate qui leur offraient un verre. Toni observait leur manège depuis un moment, accoudé au bar devant une Corona.

Il y avait là des professionnelles, il pouvait en être sûr.

Les enceintes surpuissantes crachèrent une *quebradita*, un genre de techno-tango, et les clients se ruèrent sur la piste. La foule des danseurs se fondit en un tourbillon de couples ondulant du pelvis. Ça frottait à qui mieux mieux, là-dedans.

Toutes les filles étaient juchées sur des talons hauts et vêtues de robes fourreaux le plus souvent dans les tons rouges, relevées haut sur les cuisses, ou bien de minijupes qui, plus courtes, auraient été réduites à l'état de ceintures. Les T-shirts ultra courts griffés Guess, ou Hugo Boss, découvrant des nombrils percés d'un anneau d'argent, étaient aussi très en vogue dans l'endroit, et les décolletés plongeants laissaient deviner des poitrines agressives propulsées par Wonderbra. Une arme redoutable.

La moyenne d'âge devait osciller, oh allez, à la louche, entre quatorze et vingt ans pour les plus vieilles.

Zambudio commençait à trouver qu'il faisait sacrément chaud là-dedans.

Il sortit ses Fortuna et les posa sur le bar. Une fille s'était approchée de lui et reluquait le paquet rouge et blanc.

– C'est à toi ? Tu es français ? elle demanda en hurlant presque pour couvrir le bruit de la sono.

– Je viens de Madrid, répondit-il en lui désignant le paquet.

Elle se servit et Toni lui tendit la flamme de son briquet. Elle lui saisit la main et la tint comme une torchère. Elle alluma sa cigarette sans le quitter des yeux. Ses cheveux noirs étaient coupés court, ce qui était plutôt rare, ici. Elle était encore essoufflée par la danse et le journaliste pouvait voir la sueur étinceler sur son ventre. Elle avait un petit nombril et des jambes plutôt longues pour une Mexicaine, et devait faire partie de la tribu des adeptes du tandem minijupe et débardeur.

Son visage était plutôt quelconque, un joli minois parmi d'autres. Elle était vraiment très jeune.

– C'est à cause de tes cigarettes, ajouta-t-elle en lui soufflant la fumée au visage, elles sont françaises. Le paquet est beau. On dit que les Français sont les champions de l'amour.

Ses lèvres écarlates dessinaient un O parfait.

Si ça n'était pas une pro, il voulait bien être pendu.

– Elles ne sont pas françaises, elles sont espagnoles, comme moi. Je te l'ai déjà dit.

· Je m'appelle Silvia.

– Et moi, Toni Zambudio. Enchanté.

Ils étaient obligés de parler collés l'un à l'autre pour s'entendre. En se penchant à son oreille, il fut submergé par son odeur, un mélange de transpiration et de parfum bon marché, quelque chose de musqué et pas complètement désagréable.

– Qu'est-ce que tu es venu faire dans ce trou ?

– Je suis là pour affaires. Et toi, tu es d'ici ?

– Non, je viens de l'État de Guerrero. Mes parents ont fui il y a cinq ans. Avec la guérilla, c'était devenu difficile de vivre là-bas, alors on est venus ici. Tu m'offres à boire ?

Sans attendre sa réponse, elle commanda deux mescals.

Elle vida son verre, cul sec, comme un homme. Zambudio l'imita.

– Qu'est-ce que tu fais dans la vie ?

Il mentit :

– Je suis commercial. Je suis venu pour présenter une nouvelle ligne de produits désinfectants.

Il devait crier pour se faire entendre. À ce rythme, ses cordes vocales ne tiendraient pas la nuit.

– Moi aussi, je suis dans l'industrie, affirma-t-elle fièrement. Je travaille dans une *maquiladora* de pièces auto, ici, à Juárez.

Perdu. Ce n'était pas une professionnelle. Occasionnelle, plutôt.

Elle le regarda en passant sur ses lèvres un bout de langue rose.

Bon Dieu, ce qu'il pouvait faire chaud là-dedans. Elle poursuivit :

– Je viens là parce que l'entrée est gratuite pour les filles. Et puis ce soir il y a un concours, et le prix est de 40 dollars. Je vais tenter ma chance. Tu te rends compte, je dois trimer presque quinze jours à l'usine pour gagner une somme pareille.

– Quel genre de concours ?

– Ça, c'est une surprise, *cariño*, mais tel que je te vois, ça va te plaire. La semaine dernière, c'était « le soutien-gorge le plus osé », et c'était rien à côté de ce soir, expliqua-t-elle d'un air gourmand.

Le reste de la conversation se perdit dans une mélasse disco jusqu'au moment où le Di-Jay annonça le « Grrrand concourrrs de string… mouilléééééééé ! ».

Délire dans la salle. Les concurrentes devaient se présenter au fond, à droite, pour l'inscription. Silvia s'éclipsa en dandinant du croupion avec un clin d'œil ingénu. C'est le moment que choisit le journaliste pour aller restituer sa Corona.

Que disait le proverbe, déjà ? La bière, on ne l'achète pas, on l'emprunte.

Apparemment, les toilettes étaient bondées. Dans une des cabines, un couple prenait bruyamment du bon temps. Un type sortit d'une autre, très occupé à des travaux d'aiguille. Il n'avait même pas pris la peine de défaire le garrot qui lui serrait le creux du coude et n'en relâcha l'étreinte qu'en grimpant les escaliers.

Toni risqua un œil dans les chiottes. Bon. Le junkie avait quand même daigné ramasser derrière lui son matos.

Le couple atteignit l'orgasme dans une montée sonore qui couvrait presque la musique – enfin, si l'on pouvait appeler ça comme ça – assourdie par le plafond de béton. Toni se sentit pousser une érection tenace en se rebraguettant.

Le public s'était massé sur la piste de danse pour profiter du spectacle de la douzaine d'adolescentes aux seins nus debout sur la petite scène au fond de la boîte.

Elles n'étaient vêtues que d'un slip brésilien et portaient leur numéro en bandoulière. Il repéra Silvia, c'était la cinquième en partant de la droite, elle arborait le numéro 7 en travers du torse.

Sans le Wonderbra, sa poitrine était aussi volumineuse, mais l'attraction terrestre avait ses lois propres, impitoyables. Le string mauve en Lycra épousait avec la plus grande fidélité les formes de son pubis encadré par ses longues jambes.

Une musique un peu solennelle retentit et le Di-Jay s'empara du micro avec une voix de bonimenteur de fête foraine :

– Attention, attention, mesdames et messieurs, la gagnante de ce concours de strrrrring mouillé dont le prix est, je le rappelle, une somme de quarrrante dollarrrs, sera élue aux acclamations. Et maintenant attention, ça va mouiller, je vous le diiiiiiiiis !

À ces mots, une douche de plafond déversa sur les adolescentes un jet d'eau moussante. Les filles se mirent à crier tout en riant et leurs dents blanches accrochaient des reflets multicolores.

Leurs seins perlés de centaines de gouttes renvoyaient la lumière comme des boules-tango de dancing. L'obscurité se fit, un roulement de tambours enregistré résonna dans la boîte.

Une poursuite de lumière clouait impitoyablement un par un les pubis des concurrentes moulés par le Lycra humide. Toutes prenaient la pose, se tournant, faisant saillir leurs fesses. Elles auraient été plus décentes totalement nues.

Aucun doute, Silvia était une vraie brune. Le bonimenteur vantait à mots à peine voilés la taille des lèvres des filles. Dans la salle, c'était l'hystérie.

De jeunes yuppies *gringos* ou japonais, des cadres supérieurs de *maquilas* récemment installées, hurlaient à qui mieux mieux. Tendant l'oreille, Zambudio s'étonna. Un certain nombre d'entre eux ne criaient pas pour encourager leur favorite. Non.

Les « allez Pilar » ou « *viva* Conchita » étaient remplacés par des noms d'entreprises, scandés à tue-tête, les yeux exorbités : des cols blancs avaient levé une ouvrière de leur usine pour la soirée et elle concourait pour le prestige de l'atelier.

Bientôt les concours seraient sponsorisés et les logos des *maquilas* seraient imprimés sur les strings et les soutiens-gorge.

Toni eut une vision fugitive de la *colonia* sordide où Silvia vivait presque à coup sûr, au moment où la poursuite passait sur sa toison plaquée par le Lycra transparent, et son érection fondit comme beurre au soleil.

Elle ne gagna pas ce soir-là, et lorsqu'elle retrouva le journaliste au bar, c'est visiblement déçue et boudeuse qu'elle lui demanda s'il voulait bien l'emmener boire un verre ailleurs.

Ailleurs, c'était en l'occurrence un impossible endroit répondant au nom de « Boys » qui proposait des strip-teases masculins et dont la clientèle était presque exclusivement féminine. L'appariteur musclé qui gardait la porte jeta un regard hostile à Zambudio.

C'était bondé. La décoration intérieure répondait aux critères les plus stricts du genre *ranchero* : fausses barrières en bois, roues de chariot et autres accessoires.

Sur scène, un cow-boy se livrait à un effeuillage en règle au rythme d'une musique *country and western* sirupeuse. Il en était à son short moulant en jean effrangé, pur style poutres apparentes. Mais il avait conservé son chapeau et ses bottes. Sa moustache, aussi. Des femmes glissaient des billets dans son slip en passant la main dans les jambes du short, d'autres palpaient ses muscles gonflés, caressaient du bout des doigts les veines saillantes sur ses biceps. L'hystérie collective du « Coyote Estropié » était sérieusement concurrencée par le public en folie du « Boys ».

– Il est beau, n'est-ce pas ? se pâmait Silvia tandis qu'ils tournaient sans succès en quête d'une table libre.

De guerre lasse, ils finirent par se rabattre sur le bar où Toni commanda deux tequilas.

– Tiens, je vais te raconter un truc. Tu as entendu parler du gang « Los Diablos » et des meurtres, eh bien, ils se sont produits plusieurs fois ici dans un spectacle de strip-tease.

Elle parlait avec un frisson de terreur rétrospective dans la voix.

Toni commençait à comprendre comment ces adolescentes avaient pu se laisser entraîner par leurs assassins. Des proies consentantes, fascinées par leurs prédateurs.

Silvia ne pouvait détacher ses yeux du cow-boy à la peau huilée qui venait de faire glisser son short pour dévoiler un string d'or pailleté.

Le vacarme et l'alcool faisaient lentement leur œuvre, se forant un chemin à travers les neurones de Toni.

Plus tard, la suite devait rester vague dans sa mémoire, il avait payé une tournée générale, puis deux, puis trois, et du coup l'orchestre avait joué pour lui une valse lente.

Toni s'était finalement laissé traîner sur la piste pour une danse claudicante, qui n'avait rien fait pour arranger les choses. Il voyait tourner Silvia à travers un brouillard alcoolisé. À un moment, il avait essayé de lui poser d'autres questions sur les meurtres, elle avait seulement répondu d'un ton plus dur qu'elles avaient toutes peur, les filles de Juárez, mais est-ce qu'on pouvait s'étonner qu'un truc pareil arrive dans un endroit où il n'était pas rare non plus de trouver des nourrissons morts dans les poubelles.

– Et puis cette ville est complètement pourrie jusqu'à la moelle, alors on pourrait peut-être parler de quelque chose d'un peu plus gai. Allez, danse ! Tu m'écrases les pieds, non mais quelle calamité ! avait-elle conclu.

Il avait continué à boire, payant tournée sur tournée et claquant ses derniers pesos.

Il avait beau essayer de mettre un peu d'ordre dans son cerveau dévasté, il ne voyait plus très bien ce qu'il faisait dans cette chambre d'hôtel minable, avec une femme nue assise à califourchon sur lui, essayant d'enfiler un préservatif sur son sexe flasque qui émergeait de la braguette de ses jeans. Et finalement, plus Silvia s'escrimait, moins la vision de cette adolescente transpirant sur lui l'inspirait.

Elle finit par se lasser pour éclater de rire devant son air penaud et ses yeux vagues :

– Écoute, les hommes, ici, c'est des machos, des vrais. Regarde-toi, t'es plus bon à rien. Allez, rentre chez toi.

Elle l'aida à se lever, et tandis qu'il titubait d'avant en arrière, elle s'accroupit pour fermer les boutons de sa braguette. Puis elle entreprit de s'habiller rapidement, le couvrit de sa veste, lui colla son gilet dans les bras et le poussa fermement vers la porte qu'elle referma derrière lui sans avoir ajouté un mot.

Toni Zambudio se retrouva sur une galerie extérieure faiblement éclairée.

Quelques portes branlantes, des bruits de sommier, des gémissements factices.

Un peu dégrisé par la fraîcheur de la nuit, il se dirigea vers l'escalier qui plongeait dans les profondeurs obscures de l'hôtel de passe. Au rez-de-chaussée, un petit porche donnait sur un *callejón*, un passage, qui débouchait sur l'avenue Juárez.

Il se retourna pour lire l'enseigne qui pendouillait au-dessus de l'entrée de l'hôtel borgne. « *Casa de huéspedes* », pension de famille. Ben voyons.

Il devait être tard, il n'y avait plus grand monde dans la rue.

Il voulut consulter sa montre et resta un moment dubitatif, devant son poignet nu.

Il avait dû l'oublier dans la chambre. Ça n'était pas une montre de valeur, mais ce serait son pourboire.

Toni éructa bruyamment et frissonna dans la nuit du désert. Il posa sa veste à ses pieds, et lentement, très lentement, entreprit d'enfiler son gilet. Ça tournait encore. Veste à l'épaule, le pas incertain, il déambulait sur le trottoir qui menait au fleuve, croisant des ombres semblables et titubantes entre les détritus du samedi soir. Bientôt les superstructures métalliques du pont Santa Fe se détachèrent sur le ciel nimbé d'un halo de lumière au sodium.

Un douanier dans sa guérite lisait *El Norte*, le titre barrait toute la une : « 46 % des habitants de Juárez sont une clientèle potentielle pour les cartels de l'héroïne ».

Zambudio entendit sonner l'horloge de la vieille mission. Il essayait de compter les coups, trois, quatre, il n'était pas bien sûr et d'ailleurs quelle importance, ricana-t-il dans le noir, il n'y a personne pour m'attendre. Il emprunta le boulevard Fronterizo qui longeait le Río Bravo. Les berges avaient été bétonnées. Sur la rive américaine, une barrière métallique de trois mètres de haut obturait l'horizon.

Il pouvait voir les 4 × 4 de la *migra*[1] monter la garde sous les lampadaires au pied du mur. Chiens fidèles de l'Amérique.

Tout était calme. Autrefois, les « dos mouillés », les travailleurs clandestins, passaient le fleuve à la nage pour s'en aller travailler à El Paso et revenaient chaque soir à Juárez, rapportant à la maison les dollars durement gagnés.

À présent, il avait lu de nombreux articles sur la question, il était devenu bien difficile de traverser. Depuis 1994, l'administration Clinton avait considérablement renforcé la frontière et un mur semblable interdisait l'accès aux États-Unis en face de chaque ville tout au long de la ligne qui séparait les deux pays, du Pacifique à l'Atlantique.

Les Mexicains l'appelaient « le Mur de la Honte », demandant avec ironie si le président des USA viendrait un jour de ce côté de la frontière pour déclarer : « *Soy mexicano* », comme Kennedy naguère à Berlin.

1. *Migra* : surnom donné par les Mexicains aux gardes-frontières américains.

Les sans-papiers traversaient désormais par le désert, risquant la mort par insolation en été, par hypothermie en hiver, pour échapper aux hélicoptères, aux chiens et aux jumelles à vision nocturne de la *migra*.

En un peu plus de deux ans, près de quatre cents infortunés candidats avaient laissé leur peau à ce jeu sordide du chat et de la souris.

Zambudio descendit vers la berge. Des remugles écœurants montaient de l'eau noire. Une immense fresque représentant Che Guevara était peinte à même le sol en pente, narguant l'Amérique. Toni, oscillant toujours un peu sur ses talons, se dit qu'il avait envie d'uriner. Il sortit sa queue des jeans et commença d'arroser le béton d'un jet dru qui éclaboussait la barbe du Che. Sur l'autre rive, la sirène d'un train de marchandises déchirait le silence.

– Eh, toi, là-bas ! Pour qui tu te prends ? Cette ville est pas une chiotte ! Police ! Lève lentement, très lentement, les mains et croise-les sur ta nuque.

Zambudio, la bite à l'air, était pris dans le faisceau du projecteur de la voiture de flics. Il pouvait entendre les dernières gouttes d'urine tomber sur ses bottes, comme à la fin d'une averse. Un policier ventripotent, le visage barré d'une moustache fine – une vraie caricature, pensa Toni –, descendait vers lui, son arme de service à la main.

– Dis donc, tu ne sais pas qu'il est interdit d'uriner sur la voie publique ? On pourrait te boucler pour attentat à la pudeur. Encore que...

Le gros flic baissa la tête vers le sexe du journaliste.

Dans la voiture, son collègue éclata de rire :

– Eduardo, remonte-le qu'on puisse voir à quoi il ressemble.

– Bon, baisse les bras et rebraguette-toi, *pendejo*, mais toujours aussi lentement, fit le gros. Voilà, maintenant tu passes devant. Et il a pas sucé que de la glace, ce soir, le monsieur, bonjour l'odeur ! Alors, on a un peu forcé sur la tequila ?

Le deuxième flic était descendu et, lorsque Toni parvint en haut de la pente, ils le plaquèrent avec violence contre la voiture. Son nez heurta la carrosserie, il sentit le sang couler sur ses lèvres, les larmes ruisseler de ses yeux. Ils le palpèrent rapidement.

– Bon, ça va, tu n'as pas de flingue. Écoute, ce sera pas méchant. Tu vas t'en tirer avec une amende de 100 pesos, mais n'y reviens plus. Ton portefeuille est dans quelle poche ? demanda l'autre policier en se saisissant de la veste de Zambudio tombée à terre.

– Poche de poitrine, côté gauche, il répondit.

– Toi, t'es pas d'ici, avec cet accent. T'es espagnol on dirait ?

– De Madrid, précisa Toni tandis que l'autre fouillait les poches de sa veste.

Soudain le gros flic se saisit de sa matraque et l'abattit de toutes ses forces sur les reins du journaliste qui poussa un cri étranglé et s'affaissa le long de la voiture.

– Tu te fous de notre gueule ! hurlait le policier. Il y a pas de portefeuille là-dedans.

Le plus vieux coup du monde. Et il s'était fait avoir. Silvia l'avait saoulé et en le rhabillant, dans la chambre d'hôtel, elle lui avait pris ses papiers et son argent.

Son nez pissait le sang sur le pavé. Il se dit qu'au moins l'alcool atténuait un peu la douleur fulgurante qu'il ressentait au creux des reins. Pourvu qu'ils ne lui aient rien cassé, se dit-il au moment où il sentait un jet de bile lui remonter du fond de l'estomac. Il gerba sur les pieds du gros.

– Mais c'est un porc, ce mec ! Dis donc, si ça se trouve, t'es même pas espagnol, t'es argentin, ou même chilien. Peut-être même un *gringo*. Ici, on peut pas blairer tous ces frimeurs. Allez, on t'embarque, mais je te préviens, les amendes, dans le bureau du capitaine, c'est beaucoup plus cher !

– Mais je viens de me faire voler mes papiers et mon argent, il essayait d'expliquer entre deux hoquets.

Eduardo le fit taire d'un coup de pied dans le ventre.

– Ta gueule ! On connaît la musique, n'insulte pas notre intelligence.

Ils le soulevèrent par les aisselles, lui passèrent les menottes et le jetèrent à l'arrière de la voiture pie.

Ça sentait la sueur et la bouffe froide, là-dedans. Il eut un nouveau haut-le-cœur.

– Eh, dis donc, tu vas pas vomir sur les sièges au moins ? s'inquiéta le collègue d'Eduardo, sinon on te fout une raclée dont tu te souviendras. Ah, et puis il fout du sang partout, il est pas vrai, ce mec !

Toni commençait à comprendre pourquoi il y avait si peu de touristes américains à Ciudad Juárez.

Les deux pandores restèrent muets le reste du trajet et seul le crachotement régulier de la radio de la police – voiture 31, voiture 31, agression à main armée à l'angle de Lerdo et 16 de Septiembre, schcrrr, voiture 31, schcrrrr… – troublait le silence de l'habitacle. Zambudio avait déjà été confronté à la violence, il avait vu son content de cadavres, visité des criminels endurcis en prison, hanté des centaines de fois les couloirs de tous les palais de justice d'Espagne. Très vite, il avait appris à se protéger derrière une carapace d'analyse et de rigueur. Malgré les sautes d'humeur de Fina, les enfants étaient fiers de lui, le nom de papa était chaque matin dans le journal le plus lu de tout le pays, même s'ils ne s'intéressaient pas encore au contenu de ses articles.

Bercé par le cahotement des roues sur l'asphalte, il s'assoupissait à demi, émergeant par intermittence de la rêverie nauséeuse où l'alcool et les coups l'avaient plongé. Ce qui faisait ses qualités de journaliste, cette aptitude à se tenir à distance, avait aussi fait de lui un piètre être humain.

Après tout, qu'est-ce qu'il savait de ses deux fils, et

même de sa femme, aujourd'hui ? Son ex-femme, plutôt, songea-t-il avec amertume.

Jusqu'ici, les menottes qui sciaient les poignets, les insultes, l'humiliation, ça n'arrivait qu'aux autres. Des drames de papier, dans lesquels on emballait le poisson ou les légumes sur les marchés le lendemain. Et pourtant, c'était toute sa vie.

La patrouilleuse déboula en faisant crisser ses pneus devant le commissariat central. Ils le sortirent de la voiture sans ménagement. Dehors, un groupe de policiers fumait leur clope, il aurait donné n'importe quoi pour pouvoir choper une Fortuna au fond de ses poches.

Peut-être qu'à l'intérieur, il y aurait moyen de s'expliquer.

Peut-être qu'il trouverait un interlocuteur un peu plus éveillé que les deux néandertaliens qui venaient de l'arrêter.

Et cet estomac qui lui faisait un mal de chien. Du magma en fusion remontait le long de son œsophage.

Le commissariat était éclairé par des rampes de néons qui jetaient sur les murs vert chiasse des lueurs glauques et ressemblait à tous les commissariats qu'il avait fréquentés, des condensés de misère humaine. Il prit place dans une longue file d'attente – eh, les gars, on vous amène un sans-papiers complètement bourré –, entre un revendeur de cocaïne qui ne devait pas avoir plus de quinze ans et un groupe de prostituées. La fille, derrière lui, avait un œil fermé par les coups, sa paupière violacée commençait à gonfler. Elle tendait la main vers un flic, en répétant sans cesse à voix basse :

– Rends-moi mon fric, espèce de salaud, rends-moi mon fric.

Au bout d'un moment, l'autre, exaspéré, leva son poing sur elle :

– Tu la boucles ou je t'en recolle une autre !

La putain se mordit les lèvres pour se forcer à garder le silence, en rentrant la tête dans les épaules. Elle avait soudain l'air très vieille, avec le Rimmel qui dégoulinait sur ses joues. Derrière, une jeune fille moulée dans un short qui dessinait avec précision les contours de son sexe s'abîma dans la contemplation de ses chaussures à hauts talons. Des ivrognes étaient tassés sur un banc de bois, face au comptoir d'écrou. Une patrouille entra triomphalement :

– Holà, les mecs, regardez ce qu'on tient : deux *pinche gringos* qu'on vient de pincer en train d'écouler des faux billets de 20 dollars dans un bar.

Des sifflements d'admiration fusèrent, unissant les flics et leurs proies d'une nuit dans la haine commune de l'Américain, tandis que les deux blondinets entraient tête basse dans les locaux de la police.

– Attends, on va faire une photo souvenir, dit un gradé en émergeant de derrière son bureau, un appareil à la main. Vous deux, là, mettez-vous contre le mur. Ernesto, sors le billet et tiens-le devant eux. Voilà, c'est bon.

L'éclair du flash plaqua les ombres des deux *gringos* contre le mur.

– Avec un peu de chance, je vendrai la photo à *El Norte* pour l'édition de demain, ajouta le gradé.

Dans une pièce vitrée adjacente, un enfant de trois ans, peut-être quatre, dormait recroquevillé dans un landau, jambes pendantes hors de la poussette trop petite pour lui. Tout près, un inspecteur en civil avait redressé à la verticale sa machine à écrire portative pour cacher sa sieste nocturne. Affalé sur son bureau, il rêvait de promotion sur ses avant-bras croisés. Zambudio regarda les aiguilles de la grosse pendule électrique qui avançaient par à-coups saccadés, sur le mur d'en face.

Cinq heures et demie.

Comme on emmenait le petit dealer qui le précédait, son tour arriva.

Le gros Eduardo se leva avec peine d'un banc où il s'était à moitié assoupi et vint lui enlever les menottes.

– On l'a trouvé au bord du fleuve, le machin à l'air, bien cuité. Il a pas de papiers. Il dit qu'il est espagnol.

Il s'adressait à une femme en uniforme, au physique indien prononcé, qui frottait ses yeux gonflés de fatigue, lunettes relevées sur le front. Elle les rajusta sur son nez et regarda, avec une moue d'étonnement, le visage barbouillé de sang de Toni par-dessus le guichet derrière lequel elle dissimulait sa masse imposante.

– Euh, il est tombé, il a trébuché en montant dans la voiture de patrouille, fit le flic en s'abîmant dans la contemplation du plafond où devaient se passer des tas de choses passionnantes.

– Tu parles, dit Zambudio. Écoutez, madame…

– Officier Galeano, fit la femme en reculant la tête et en fronçant les narines, incommodée par l'haleine encore alcoolisée de Toni.

– Écoutez, officier, je suis journaliste. Je suis ici depuis une semaine. Je suis venu de Madrid pour enquêter sur les meurtres en série de jeunes femmes en ville. Je travaille pour *El Diario*. Je me suis fait voler mon argent et mes papiers par un pickpocket sur l'avenue Juárez, mentit-il.

– Il est allé prendre une cuite dans une *cantina* et il s'est fait michetonner par une pute, oui, fanfaronna Eduardo tandis que le journaliste le fusillait du regard, exaspéré par la justesse de l'intuition du flic.

– Bon, on va pas y passer la nuit, soupira l'officier Galeano. Nom, prénom, date et lieu de naissance, adresse.

– Zambudio, Antonio, se résigna-t-il, né le 7 juillet 1952.

Il hésita…

– À Ciudad Juárez.

– Attendez, attendez ! Vous vous moquez de qui, là ? Faudrait savoir. Vous êtes espagnol, ou bien mexicain ?

– C'est bien ce que je craignais, se lamenta le journaliste.

Il se lança.

– Bon… mon père était un réfugié politique. Il a fui l'Espagne au moment de la guerre civile, à la fin de 1938, pour n'y revenir qu'au milieu des années 70. J'ai suivi toutes mes études là-bas, à partir du lycée, et j'ai renoncé à la nationalité mexicaine, il y a bien longtemps. Tout ça est facile à vérifier, mon certificat de naissance doit être conservé quelque part à la mairie.

– Qui n'ouvre pas avant lundi, répondit la femme.

– Dis donc, t'avais honte d'être mexicain ? demanda le gros.

– Je suis descendu au motel La Vela, sur le Paseo Triunfo de la República, j'ai mis mon numéro de passeport sur ma fiche d'enregistrement. Mon billet de retour est dans ma chambre d'hôtel, à mon nom. Vous pouvez vérifier ça, continua Zambudio à toute vitesse en ignorant le policier qui le toisait avec mépris. Je connais le chef de la police, Alfonso Pazos, je l'ai interviewé il y a à peine quelques jours, il se portera sans doute garant pour moi. Appelez-le.

– C'est ça. Et moi je suis le sous-commandant Marcos, ricana Eduardo.

L'officier Galeano le regardait d'un air dubitatif.

Ce type dépenaillé n'avait vraiment pas l'air d'un journaliste étranger, mais allez donc savoir, surtout après être passé entre les mains de ces deux grosses brutes de la patrouille. Enfin, ç'aurait pu être pire, il aurait pu tomber sur les Forces spéciales et là, ils n'en auraient pas laissé grand-chose. En tout cas, si son histoire était vraie, c'était une belle gaffe. D'un autre côté, si elle dérangeait le chef de la police en personne pour des histoires inventées par un ivrogne au milieu de la nuit, ça allait barder pour son matricule, pas de doute. Elle se décida pour le moyen terme.

– Vous raconterez votre affaire demain matin au capitaine. D'ici là, en tout cas, vous aurez cuvé. Emmène-le, Eduardo.

– Appelez au moins l'hôtel, essaya encore Toni.

– Allez, te fatigue pas, on y va, fit le flic en l'entraînant vers le fond du local.

Zambudio leva les yeux au ciel. L'espoir d'une nuit passée dans un lit s'envolait.

Des portes de cellules s'ouvraient sur un couloir crasseux. Le gros le poussa dans l'une d'elles.

Ça sentait l'urine, là-dedans, et il n'y avait même pas de lumière. La pièce ne devait pas faire plus de deux mètres sur deux. Pas même un banc, juste un sol de ciment brut. Eduardo referma la porte sur lui.

– Si on avait su que t'étais un traître à la nation mexicaine, *pinche cabrón*, je te dis pas ce qu'on t'aurait fait.

Zambudio se dit qu'il préférait en effet ne pas savoir. Il était le seul occupant du lieu et se demanda si c'était un égard.

Il se laissa glisser le long du mur nu et chercha dans sa poche le paquet de Fortuna, sans le trouver. « Et merde ! » lança-t-il dans le noir.

Il finissait en beauté, son reportage.

La fatigue le frappa de plein fouet. L'alcool, les coups, l'énervement et quelque chose de plus amer l'avaient achevé. L'arbitraire, le sentiment d'injustice semblaient attachés à ce pays comme à sa propre histoire.

Enroulé dans sa veste, recroquevillé sur le sol, tandis qu'à la lisière de la ville les derniers jappements des coyotes saluaient le départ de la nuit, il sombra comme un cheval mort tombe à l'abattoir.

Le cauchemar ne tarda pas à prendre sa place parmi les rêves agités de Toni.

10 juin 1963. Ciudad Juárez.

Manifestement, le braquage avait foiré.

Et chaque minute qui passait ne faisait rien pour arranger les choses. Déjà les sirènes des voitures des *federales* hurlaient au coin de la rue.

Homero Cardona contemplait le cadavre de son complice allongé sur le carrelage de la banque au milieu d'une mare de sang.

Plus loin, le corps du garde qui l'avait abattu gisait, lui-même tassé le long du mur où il avait laissé une trace écarlate en glissant à terre. Son arme de service avait été projetée à quelques mètres. Les cinq employés de la succursale et les trois clients qui avaient eu la malchance de se trouver là étaient regroupés, à genoux et mains sur la tête, au pied du comptoir de chêne surmonté de guichets.

Cabrón de vigile ! Ils n'avaient même pas eu le temps de vider la caisse et encore moins les coffres avant qu'il se mette en tête de jouer au héros.

Hijo de puta ! Celui-là, il ne l'avait pas raté.

Du coup, les détonations avaient ameuté tout le voisinage. Il s'était évidemment trouvé une bonne âme pour alerter la maréchaussée.

Et d'ici peu, tout le périmètre grouillerait de flics.

Il allait falloir s'arracher de là. Au besoin, se dégager en défouraillant à tout va.

Homero Cardona logea une balle de son Colt 45 dans le plafond, un déluge de plâtre s'abattit sur les otages.

– Personne ne bouge ! Vous avez vu ce qui arrive à ceux qui veulent jouer les durs. Je descends le premier qui lève seulement un cil. Dans moins de trente secondes, je serai dehors. Alors, tout sera fini pour vous. Ça va tirer dans tous les sens, dans la rue. À votre place, j'attendrais que ce soit terminé pour bouger. *Hasta la vista, compañeros !*

Le braqueur frissonna, essuya d'un revers de la main la sueur qui dégoulinait de son front, rajusta sommairement le bandana qui masquait le bas de son visage et se propulsa hors de la banque.

La Falcon des *federales* s'était immobilisée en travers de l'*avenida* de los Niños Héroes. Les quatre portières s'ouvrirent en même temps et Homero Cardona tira et fit voler le pare-brise en éclats. Les flics s'accroupirent à l'abri des portes de la Ford.

Il traversa l'avenue en courant.

Alta Gracia avait récupéré son fils unique à la sortie du cours, au collège où elle enseignait les lettres espagnoles. Vêtue du traditionnel *sarape* qu'elle portait en châle, elle remontait le trottoir de l'*avenida* de los Niños Héroes en admirant le fruit de ses entrailles. Bientôt onze ans, *Madre mía, que machito !* Qu'il était beau, dans l'uniforme de l'école, blazer bleu nuit, chemise blanche et cravate, un vrai *señorito.* Si seulement il n'avait pas été aussi maigre ! Le poids du cartable de cuir déformait son dos et son épaule droite penchait de façon inquiétante. Il avait toujours été un peu fragile, ses copains l'avaient surnommé *Puro Hueso*, « Pur os ».

Pourtant il mangeait comme quatre. La croissance, sûrement. Il la dépassait déjà d'une bonne tête. Ça n'était pas bien difficile. Alta Gracia mesurait un mètre cinquante tout juste, et s'il lui ressemblait par le teint sombre de sa peau et la noirceur de ses cheveux taillés en brosse, c'est à son père qu'il devrait bientôt sa taille d'adulte. Tant mieux, pensa-t-elle encore, un homme, il faut que ce soit grand. Toni se retourna et lui sourit.

Le hurlement des pneus de la voiture des *federales* les fit sursauter tous deux, juste comme un homme sortait en courant de la banque en tirant sur le véhicule d'où avaient jailli quatre policiers. Le pare-brise explosa et Homero Cardona traversa la rue en direction d'Alta Gracia et de son fils. Il sentait le bandana qui masquait le bas de son visage glisser un peu plus à chaque pas.

Il s'arrêta soudain, porta sa main à sa bouche, fronça les sourcils et les regarda tous deux avant de remettre en place le foulard d'un geste rapide de l'index. Ils avaient vu son visage.

Les *federales* le tenaient en joue, impuissants : la femme et l'enfant se trouvaient au beau milieu de leur angle de tir.

Homero Cardona visa posément la femme et l'abattit d'une balle en pleine tête. Elle tomba comme une poupée de chiffon, un geyser jaillissant de l'arrière du crâne. Toni, éclaboussé par le sang de sa mère, se tenait debout, immobile, en état de choc. L'homme déplaça légèrement vers lui le canon de son arme. Le chien percuta le vide avec un clic caractéristique, le type regarda son Colt 45 avec une expression incrédule tandis que le gosse, pétrifié, ne pouvait détourner les yeux.

La scène, dans son intégralité, n'avait pas duré vingt secondes.

Le braqueur repoussa l'enfant d'une bourrade dans la poitrine et reprit sa course pour disparaître au coin de la rue. Les *federales* étaient sortis de l'abri précaire que leur offraient les portières ouvertes de la Ford Falcon en aboyant des ordres.

Toni se précipita sur le corps immobile d Alta Gracia Zambudio.

Dimanche 25 février 1997. Commissariat central de Ciudad Juárez. 09 : 30.

Le capitaine de police était de bonne humeur. Il avait passé la nuit dans les bras de sa maîtresse, une femme avec des seins comme deux lunes, une taille de guêpe et une croupe, mais alors une croupe ! Et grande avec ça, une bonne tête de plus que lui. Seul le métissage avec les Indiens Seris de l'État de Sonora pouvait produire de tels résultats. Un vrai volcan, qui lui avait déjà donné trois fils dont il n'était pas peu fier. Pas comme sa légitime, qui n'avait su lui faire que des filles. Enfin, tout ça coûtait quand même les yeux de la tête. Si seulement il pouvait monter encore en grade.

Alors il pourrait prendre une seconde maîtresse, comme le méritait un homme de son rang. Il se prit à rêver à ces toutes jeunes filles qui l'affolaient, treize ans à peine et déjà des fesses comme des pare-chocs de Cadillac, avec leurs visages de madones. Affalé dans son fauteuil, sous les portraits de Benito Juárez et du président Zedillo, le capitaine alluma une cigarette en songeant aux membres du Parti révolutionnaire institutionnel auxquels il avait récemment rendu de signalés services et qui pourraient soutenir son irrésistible ascension, lorsqu'on frappa à la porte.

– Entrez ! dit-il en se redressant derrière son bureau à

côté duquel trônait, à l'abri dans sa vitrine, la bannière du Mexique.

Un policier introduisit un type un peu replet entre deux âges, grisonnant et mal rasé, vêtu d'une veste de toile fripée, d'une chemise pas nette, d'un gilet et d'une paire de jeans qui avait connu des jours meilleurs. Ses bottes étaient maculées et, sous son nez tuméfié, des croûtes de sang séché lui faisaient une drôle de moustache.

– *Señor* Zambudio, du moins vous dites que tel est votre nom, prenez place, je vous prie, invita-t-il en ouvrant une chemise posée sur son bureau. J'ai lu le rapport de cette nuit vous concernant.

Toni, plus mort que vif, se laissa choir dans la chaise en plastique posée devant le bureau.

– Nous avons déjà appelé le motel La Vela, qui nous a confirmé vos déclarations. Aussi, j'aurais tendance à accorder foi à vos dires. Une seule chose, cependant, cadre mal avec votre histoire d'agression : vous étiez ivre au moment de votre arrestation. Si vous me disiez exactement ce qui s'est passé.

Zambudio soupira. Il n'avait rien avalé depuis la veille, hormis les tablettes de Maalox, que par bonheur on ne lui avait pas dérobées. La soif ravageait son corps courbaturé et il lorgnait avec concupiscence le distributeur d'eau minérale installé dans un coin de la pièce.

– Pardonnez-moi, je manque à tous mes devoirs d'officier. Donnez-lui un verre d'eau, ordonna le capitaine au policier en faction.

Toni but avec avidité et tendit le gobelet de polystyrène vers l'homme qui parut ignorer sa supplique.

– Nous parlions de la vérité, cher monsieur, qui, comme vous le savez, est un diamant à multiples facettes.

– Je suis entré dans une *discoteca*, confessa Zambudio, « Au Coyote Estropié », sur l'avenue Juárez.

J'étais fatigué, j'ai trop bu, une entraîneuse m'a dérobé mes papiers et mon argent. J'ai été victime de ma naïveté. Ensuite, une de vos patrouilles m'a interpellé. Ils ont essayé de me soutirer de l'argent. C'est à ce moment seulement que je me suis aperçu qu'on m'avait tout volé. Je n'étais pas dans mon état normal, j'en conviens, mais cela les a rendus furieux, ils m'ont battu et amené ici.

– Tss, tss… Nous y voilà. *Una mordida*, n'est-ce pas ? C'est bien triste, mais il me faut reconnaître que la corruption est le fléau de notre beau pays. Nous luttons pied à pied contre cette triste tradition. Nous avons même mis à disposition de la population un numéro vert, pour que les citoyens honnêtes puissent dénoncer les pressions dont ils sont les victimes. Malheureusement, il est bien peu souvent utilisé. Je vous dois des excuses. Et nous enquêterons également sur votre histoire de vol. Désirez-vous porter plainte ?

– Je veux seulement que vous me relâchiez. J'ai un rendez-vous à midi et je dois prendre l'avion pour Madrid, via Mexico, à seize heures cette après-midi, et je n'ai même plus de passeport.

– Pas si vite, *señor*. Je m'étonne de la naïveté dont vous avez fait preuve. Si vous êtes le journaliste que vous prétendez être, vous devez pourtant avoir l'expérience des criminels. Vous êtes ici, dites-vous, pour écrire un article sur les meurtres en série survenus ces dernières années à Juárez.

– C'est exact, répondit Zambudio. Je travaille pour *El Diario*, le principal quotidien de la péninsule Ibérique. Et j'ai même rencontré votre chef de la police pour un entretien. Vous devez me laisser partir.

– Nous n'en sommes pas encore là. Je crains qu'il ne nous faille attendre demain pour vérifier définitivement vos déclarations auprès du consulat d'Espagne à Chihuahua. Vous comprendrez que nous ne pouvons vous laisser repartir sans nous être officiellement assurés de votre identité et de l'authenticité de votre mission. Notre police peut être corrompue, elle n'en est pas moins sérieuse.

– Oh, non ! se lamenta Toni. Pas encore une nuit ici. J'ai faim, j'ai soif, je suis fatigué.

– Vous devez avoir conscience que les démarches administratives que nous entamons pour vous sortir d'ici sont coûteuses pour la nation, de même que votre nourriture. Êtes-vous sûr que vous n'avez sur vous aucun argent, pas même une carte de crédit que vous auriez oubliée au motel ? Nous pourrions vous y conduire. Moyennant une caution laissée, bien sûr, à votre appréciation.

L'enfoiré. L'instinct de conservation arrêta l'insulte au bord des lèvres de Toni. Il ne put qu'émettre une faible dénégation de la tête.

– Dans ce cas, vous me voyez désolé, *señor* Zambudio, de ne rien pouvoir faire de plus avant demain. Un autre verre d'eau, peut-être ?

Pour la première fois de sa vie, il allait rater un avion. Sans compter les explications qu'il lui faudrait fournir à Perez.

Dimanche 25 février 1997. Ciudad Juárez. 17 : 30.

Il était vraiment contrarié, le policier Manuel Mendoza.

D'abord, la fin du mois approchait et il n'avait toujours pas réuni les 500 pesos qu'il devrait, comme chaque flic du commissariat, remettre à son capitaine dans quelques jours.

La chaleur n'y était pas pour rien, le mercure devait bien faire exploser la barre des 35 degrés et il n'avait décidément pas le cœur à coller des contraventions fictives au quidam qui passe.

Non, le capitaine ne serait pas content du tout, mais il n'allait quand même pas ponctionner sur ses fonds propres l'argent qu'il n'avait pu extorquer par la corruption. Il y avait une morale, après tout ! Et puis qu'est-ce qu'il avait ce *pepenadore*, ce fouilleur de décharges, à le tirer par la manche en geignant et en exhibant sa langue coupée ? D'habitude, ces gens-là, ils ont peur de la police. Décidément, il n'y avait plus de respect. Voilà ce qu'il pensait, l'agent Mendoza Manuel en suant à grosses gouttes dans son uniforme, tandis que le *pepenadore* muet le tirait vers le champ d'ordures voisin en le saoulant de borborygmes inquiets et de mouvements du menton affirmatifs.

Elle puait comme dix charognes, gonflée, exposée au soleil du désert, au beau milieu de la décharge. Les mouches affolées s'affairaient dans un vrombissement d'escadrille de B52 et les grouillements des vers animaient la peau noircie d'une houle régulière. Les rats avaient commencé leur travail sur les joues et les lèvres de la femme aux vêtements à demi arrachés. Les liens qui joignaient ses poignets, le fil de fer qui enserrait sa gorge s'étaient enfoncés dans les chairs boursouflées.

Les yeux opaques étaient couverts de chiures d'insectes. Ses cheveux noirs, détachés, lui tombaient à la taille. La minijupe relevée découvrait un sexe béant et déformé. Elle devait être toute jeune, d'après ce qu'on pouvait deviner de ses formes, ou plutôt de ce que la chaleur en avait laissé. Non, décidément, le capitaine n'allait pas être content, mais alors pas du tout. Mendoza réalisa qu'il allait vomir.

Lundi 26 février 1997. Ciudad Juárez. 11 : 00.

Lorsque Alfonso Pazos, le chef de la police en personne, entra ce matin-là dans le commissariat central de Juárez, il avait l'air très contrarié. Certes, sa moustache frémissait, mais c'était de colère. Du haut de son mètre cinquante-deux, il toisait le capitaine tassé dans son fauteuil.

Celui-là, ce n'était pas son jour. Même Benito Juárez dans son cadre avait l'air de lui faire la gueule.

– J'ai tenu à vous prévenir aussitôt que nous avons eu confirmation par le consulat d'Espagne de l'identité de ce journaliste – il balbutiait –, c'est une tragique méprise.

– Ça, c'est un lieu commun, capitaine, répondit froidement Alfonso Pazos.

Le soleil ramait dur pour inonder la pièce, sans parvenir à la réchauffer.

– Nous ne pouvions pas savoir. Cet homme aurait pu être un imposteur. Nous n'avons fait que notre devoir, se justifia l'officier. Je ne voulais pas vous déranger en plein week-end. En plus, avec ce qui s'est passé hier après-midi…

– Et moi je pense que vous ne l'avez gardé ici quarante-huit heures que pour lui soutirer de l'argent. Selon les tristes habitudes de cette administration que j'ai le déshonneur de diriger. Quand j'ai appris qu'il était né en ville, j'ai effectué une rapide enquête. Le dernier souvenir qu'a emporté cet homme de Ciudad Juárez avant de la quitter, en 1963, a été l'assassinat sous ses yeux de sa propre mère, descendue en pleine rue par un pilleur de banques – heureusement le type a été abattu un peu plus tard par la police – devant les *federales* impuissants. Il revient trente-quatre ans plus tard, journaliste d'un quotidien de notoriété planétaire, et vous me le bouclez par erreur, vous le tabassez et vous tentez de lui extorquer *una mordida*. Et c'est sur moi que ça tombe ! Je rêve, dites-moi que je rêve ! Que ce type écrive dans son torchon une ligne, vous m'entendez, une seule ligne sur ce qui lui est arrivé à cause de la police de Juárez, et vous vous retrouverez à un carrefour de San Cristóbal de las Casas en train de régler la circulation avec les insurgés zapatistes aux fesses, capitaine.

Livide, l'officier baissait la tête, fixant la corbeille à papier où reposaient désormais ses espoirs de promotion.

On fit chercher Zambudio auquel le capitaine avait fait servir un solide petit déjeuner mexicain, *huevos rancheros* arrosés de café à volonté, avant de lui permettre de se livrer à quelques ablutions. Le journaliste avait malgré tout les traits tirés et ses vêtements informes dégageaient une odeur nauséabonde.

Le chef de la police se précipita vers lui, les bras grands ouverts, et le saisit par les épaules :

– Mon pauvre ami, dans quel état ils vous ont mis ! C'est une tragique méprise. Croyez-moi, les sanctions les plus sévères seront prises. Nous avons effectué une descente dans la *cantina* où vous avez été dévalisé, mais nous n'avons rien trouvé. Quelle honte pour notre tradition d'hospitalité de voir traiter ainsi un hôte de marque tel que vous !

Alfonso Pazos foudroyait le capitaine du regard tandis que Toni geignait :

– Ces abrutis n'ont jamais voulu croire que vous m'aviez reçu au quartier général de la police. Ils pensaient que je bluffais. À présent, j'ai raté mon avion, je n'ai plus d'argent, plus de passeport. Qu'est-ce qu'on fait ?

– *Señor* Zambudio, Je vous prie humblement d'accepter les excuses de la police de l'État de Chihuahua Je vais, si vous l'acceptez, vous déposer personnellement à votre motel et nous aviserons.

Dans la voiture qui se faufilait dans les embouteillages du lundi matin, Zambudio, perclus de fatigue, resta muet.

– Vous savez, commença Pazos, à bien des égards, ce pays est un pays virtuel et les gens comme moi n'y peuvent pas grand-chose. Prenez le courrier, par exemple. Il y a des bureaux de poste, des facteurs, des boîtes à lettres chez les gens. Eh bien, tout cela est virtuel. Il ne viendrait pas à l'idée de quiconque d'envoyer du courrier. Quand bien même par hasard il arriverait à destination, il resterait au fond d'un sac, sur une pile d'autres sacs, pour les siècles à venir, dans le dépôt du bureau de poste. Aussi bien enfoui que la momie d'un pharaon d'Égypte dans son sarcophage. La phrase favorite du fonctionnaire mexicain, *señor*, c'est *¿quién sabe ?*, qui sait ? Enfin, il nous faut faire avec. Par bonheur, le fax est une invention qui fonctionne de manière autonome. Votre consulat nous a fait parvenir un document officiel que voici, et qui certifie votre identité en l'absence de passeport, ce pour une durée d'un mois. D'ici là, nous aurons largement trouvé un moyen de changer votre billet et vous serez loin d'ici, chez vous, en Espagne. J'ai également eu votre journal au téléphone, ils effectuent un virement sur un compte de la Banpaís ouvert sur mon ordre. Il vous faudra cependant patienter jusqu'à demain pour retirer de l'argent et appeler l'aéroport. En attendant, acceptez, je vous prie, d'être mon invité. Je vais vous déposer à La Vela où vous pourrez prendre quelque repos et vous changer, puis, si vous le désirez, je viendrai vous prendre au motel et nous irons dîner, et discuter de ce qui vous amène ici. Les meurtres en série de Juárez. Il y a du nouveau. Nous en parlerons ce soir.

Le chef de la police le déposa devant la porte du motel. Le réceptionniste était plongé dans la lecture d'un magazine automobile. Toni demanda la clé de sa chambre. Sans lever les yeux, le type tendit le bras pour atteindre le casier correspondant et posa le trousseau sur le comptoir. Machinalement, il jeta un œil pardessus son hebdomadaire et sa mâchoire inférieure se détendit au point que Toni pensa un moment qu'elle allait se décrocher et choir sur le standard téléphonique.

– *Señor* Zambudio ! Sainte Vierge de Guadalupe ! Dans quel état ils vous ont mis. Nous avons appris ce qui vous était arrivé par le coup de téléphone de la police, dimanche matin. Dans l'attente de votre sort, nous avons dû relouer votre chambre. Vos bagages sont dans la remise. Nous allons immédiatement les monter au numéro 21, que nous vous attribuons. Vous ne serez pas trop dépaysé, c'est la chambre voisine de la vôtre. Malheureusement, nous serons obligés de compter vos deux nuits réservées, même si vous n'avez pas dormi à l'hôtel. Nous avons dû refuser des clients ce weekend.

– Pas de problème, répondit Toni au réceptionniste en bras de chemise immaculés.

– Mais quand même, *señor*, quelle tragique méprise, quelle tragique méprise, répétait le type en hochant la tête.

– On m'a déjà dit ça. Remettez-vous et donnez-moi ma clé, s'il vous plaît.

Mais l'autre paraissait inconsolable :

– Qu'est-ce qu'ils vont penser de notre police, en Espagne ? Il n'y a déjà pas grand monde pour venir visiter Juárez.

Il se décida finalement à lui tendre les clés du 21. Toni était vidé.

Le portier alla chercher sa valise dans une resserre et le précéda dans l'escalier en fronçant les narines. Il posa le bagage sur le lit et se retira discrètement sans attendre de pourboire. Décidément, les nouvelles allaient bon train, dans cette ville. La pièce était jumelle de celle qu'il avait brièvement occupée précédemment. Seule la décoration différait. Cette fois, il avait droit à une reproduction d'une mauvaise toile représentant un coucher de soleil sur un ranch où des garçons de ferme s'affairaient à marquer des vaches à longues cornes.

« Culture *ranchera* sans frontières », pensa-t-il en songeant au Texas, si près, et qui aurait aussi bien pu être sur une autre planète, pour ce que les gens d'ici en savaient. Au moins les couleurs de ce tableau-là étaient-elles un poil moins gueulardes que celles de la chambre d'à côté. Toni se déshabilla, jetant ses vêtements à terre. Il en fit une boule qu'il entassa dans le sac plastique destiné à la blanchisserie, puis il passa à la salle de bains.

Les poches sous ses yeux n'étaient plus des valises mais des malles-cabine.

Il avait un bleu, bleu d'ailleurs n'était pas le qualificatif adéquat pour qualifier l'arc-en-ciel qui marquait sa peau, sur le côté gauche, au niveau des basses côtes.

Il se palpa en espérant qu'il n'avait rien de cassé. Mais non, la graisse avait dû amortir les coups. Il faudrait quand même bien qu'il se mette au régime, pensa-t-il. Ouais, mais va rester sans bouffer avec un ulcère, toi. Il passa les paumes de ses mains sur ses joues râpeuses. Mmm. Peut-être que s'il se laissait pousser la barbe, il arriverait à cacher ce début de double menton. Tant de choses étaient en train de changer dans sa vie.

Il devrait aussi cesser de griller Fortuna sur Fortuna.

C'était le moment où jamais. Depuis ses études en France, il n'était jamais resté aussi longtemps sans en griller une. Deux jours, putain, deux jours. Cette pensée l'attira vers le lit où était posée sa valise. Il l'ouvrit et considéra longuement les trois cartouches de cigarettes espagnoles posées sur le dessus de la pile de vêtements.

« Et merde », dit-il à voix haute en faisant éclater un des étuis de carton.

Une avalanche de paquets rouge et blanc déferla sur le dessus-de-lit. Avec rage, il défit l'enveloppe de cellophane, s'empara d'une pochette d'allumettes et alluma une cigarette.

À la première taffe, son estomac indigné protesta, mais nom de Dieu, c'était bon quand même, pensa-t-il en observant les volutes de fumée qui s'envolaient vers le plafond.

Toujours à poil, il marcha jusqu'à la fenêtre et regarda le jardin ensoleillé.

C'était un beau jour pour être en liberté. Il décida que s'il n'arrêtait pas de fumer, il se laisserait au moins pousser la barbe.

Il était en train de s'endormir dans un bain, brûlant comme il les aimait, lorsque le téléphone se mit à sonner. Dégoulinant, il alla décrocher et la voix de l'inénarrable Perez retentit à ses oreilles :

– Zambudio, qu'est-ce qui t'est arrivé, bon sang ?

Toni raconta ses mésaventures du week-end, en omettant soigneusement l'épisode de la *cantina*.

– Écoute, vieux, lui dit son chef de service sur un ton péremptoire, fais gaffe, la prochaine fois. On t'a envoyé un virement. Normalement, tu as de quoi tenir jusqu'à ce que tu aies changé ton billet. Tu devrais trouver une place dans un avion dès demain, ou au plus tard après-demain. Allez, ton papier était foutrement bien fichu, Ferrer est content.

Au moins le rédac'chef ne lui tirerait pas une tête de quinze mètres de long à son arrivée.

– Mais rapplique en vitesse. Tes minivacances nous coûtent cher. Et on attend ton second article, rajouta Perez.

– J'ai rendez-vous tout à l'heure avec le chef de la police en personne, et j'ai déjà un papier sur le fonctionnement très particulier des flics locaux, un truc vécu de l'intérieur, si tu vois ce que je veux dire, fit Zambudio.

– Oui, bon, mais d'après le très honorable Alfonso Pazos, tout ça ressemble à une tragique…

– Ah non ! Pas toi, coupa Toni.

– Okay, Perez éclata de rire. Mais attention aux belles et ténébreuses filles du Mexique. Allez, *ciao*.

Oui, décidément, les nouvelles allaient bon train.

Merde. L'Alliance des femmes. Il les avait complètement oubliées, celles-là.

Encore trempé, il essaya de rappeler Guadalupe Vidal pour s'excuser et tenter de reprendre un rendez-vous avant son départ. Personne. Il réessaierait plus tard. Zambudio se sécha et s'allongea sur le lit. Il avait l'impression de ne s'être assoupi qu'à peine dix minutes lorsque le téléphone sonna de nouveau :

– Bien reposé, monsieur le journaliste ? C'est Pazos. Je suis en bas, à la réception.

– Quelle heure est-il ? s'enquit Toni en regardant le rectangle de la fenêtre obscurci par la nuit.

– Dix-neuf heures passées, vous n'avez pas faim ?

– Donnez-moi cinq minutes et je vous rejoins.

Zambudio piocha des jeans propres, un T-shirt noir et un pull léger dans sa valise et sauta dans ses santiags. Il faudrait qu'il trouve un cireur de premier ordre pour leur redonner une allure présentable.

Les deux hommes étaient attablés au « Restaurante Adelita », dans un centre commercial situé à deux pas de la frontière, près du pont Santa Fe.

Les représentants des classes moyennes de la ville côtoyaient les touristes yankees, absents des rues avoisinantes. Ils n'osaient plus s'aventurer au-delà, avait expliqué Pazos, en raison de la violence urbaine. De fait, tout ici avait été pensé pour les sécuriser, depuis les boutiques d'artisanat standardisé jusqu'aux *cantinas* d'opérette animées par des *mariachis* neurasthéniques. L'entrée du mail était gardée par une petite troupe de vigiles puissamment armés.

À la table voisine, trois femmes élégantes souriaient béatement à la conversation de businessmen absorbés dans leurs théories sur les flux tendus. Le chef de la police avait proposé un toast à la liberté retrouvée du journaliste. Un toast à la tequila. Ce salaud ne manquait pas d'humour, avait pensé Toni en déclinant l'offre pour se rabattre sur une Corona et, sur les conseils du policier, arrêter son choix sur un plat de *guzanos* grillés.

– C'est un plat précolombien, lui avait expliqué Pazos. Je sais bien que l'idée de déguster de gros vers blancs frits n'a rien, à priori, d'excitant, mais il faut être curieux dans la vie.

Après l'épisode du commissariat, Zambudio s'était attendu à ce que son interlocuteur le questionne sur ses origines, mais il n'en fit rien, par souci de discrétion, sans doute. Ils en étaient donc à siroter leurs bières en échangeant des généralités sur la ville.

– Je me dois de vous renouveler toutes nos excuses. Ce qui est arrivé est inqualifiable. Nous avons prévenu les services des douanes, avec qui nous entretenons de bonnes relations. J'ai dû m'abaisser à leur raconter nos exploits. Compte tenu des circonstances, vous embarquerez sans problèmes. Je me suis personnellement occupé cette après-midi même de vous trouver un vol pour après-demain, si vous le souhaitez, et j'ai pris sur moi d'effectuer une réservation.

– Je vous remercie, répliqua le journaliste assez froidement.

– Vous allez raconter votre mésaventure dans les colonnes de votre journal, n'est-ce pas ?

Les deux hommes s'observaient comme deux pitbulls avant un combat. Leurs métiers respectifs les avaient rendus cyniques et blasés. Fatigués, aussi.

Une lumière rouge venait de s'allumer dans un coin du cerveau de Toni.

– À votre avis ?

– Bon, soupira Pazos. Je m'en doutais. Écoutez, j'ai un marché à vous proposer.

La lumière rouge à présent clignotait, envoyant des signaux d'alerte.

Les neurones de Zambudio tournaient à fond. Un disque dur au bord de la saturation.

– Voilà, lâcha le flic avec un gros soupir, j'ai mentionné devant vous, ce matin, le fait que nous avions du nouveau en ce qui concernait les meurtres. Eh bien, je suis en mesure de vous donner une bonne longueur d'avance sur vos collègues.

– Et en échange ? questionna Toni, alléché.

– J'ai une dette envers vous. Mais en tant que chef de la police, je me dois de défendre mes hommes, quels que soient leurs défauts. Je ne veux pas lire ne serait-ce qu'une allusion dans votre journal à votre aventure de ce week-end. Je ne veux pas m'entendre dire par le maire ou par le gouverneur de l'État de Chihuahua que nous avons molesté un journaliste étranger. J'ai déjà assez d'ennuis comme ça. En échange, j'ai un scoop à vous vendre. Ce n'est pas une proposition négociable. C'est une offre. À prendre ou à laisser. Ma *mordida* à moi, ce sera votre silence.

– L'instruction est pleine de failles, d'incertitudes. J'ai vu l'avocat d'El Aziz, j'ai parlé avec les défenseurs des Diables de Juárez. Je ne suis même pas certain que les chefs d'accusation tiendront, à la longue. Que pourriez-vous m'apprendre de plus ?

– Votre parole d'abord.

Ne pas se planter, surtout ne pas se planter. Qu'est-ce qu'il avait dans sa manche, ce petit homme qui le guettait à présent avec les yeux réduits à des fentes, les yeux d'un alligator à l'affût ?

Un article sur les abus de la police de Juárez contre sa modeste personne n'offrirait que peu d'intérêt pour le lecteur. C'était tout juste bon pour Reporters sans frontières, en y réfléchissant bien. Il suffisait de ravaler la colère, l'humiliation. Et le sentiment d'injustice. Ça, c'était plus difficile.

Soit.

Le serveur déposa une cassolette de grès sur la table et en retira cérémonieusement le couvercle. Beurk. Les vers avaient l'air de grouiller au fond de la casserole. Pazos avait plus sagement commandé un *mole*, un poulet au cacao. Finalement, les *guzanos* ne s'avéraient pas si mauvais, à condition d'oublier leur aspect peu ragoûtant. Sous la dent, ça avait un peu la consistance de chips bien craquantes. Et après tout, avec de la bière.

– Nous tenons une piste sérieuse.

– D'accord, se rendit Zambudio. Je vous écoute, vous avez ma parole.

Le petit homme avait adopté l'allure onctueuse d'un prélat, les deux mains croisées au-dessus de la table.

– Pendant que vous croupissiez malencontreusement dans nos culs-de-basse-fosse, un événement majeur est survenu. Et pas des plus heureux, croyez-moi. Les meurtres ont repris.

Toni en avala de travers une gorgée de bière. Il se frappait la poitrine pour faire descendre le liquide.

– Quoi ? Que dites-vous ?

– Un *pepenadore*, un chiffonnier, a découvert hier en fin d'après-midi le cadavre d'une jeune fille de dix-sept ans abandonné dans une décharge au sud-est de la ville. Atrocement mutilée, probablement violée, nous attendons le rapport du labo, et bien sûr assassinée. Étranglée avec du fil de fer, cette fois. Même type de victime, mêmes tortures, ou pratiquement. Elle a souffert plus qu'on ne peut imaginer avant d'y passer. Nous l'avons identifiée comme répondant au nom de Liza Guevara. Une employée de Somermex. Elle a été vue vivante pour la dernière fois à la sortie d'un bar de la Zona Rosa, « El Tiburón Loco », où elle s'était rendue en compagnie d'une collègue de travail. Nous avons interrogé sa copine : elle ne sait rien. Elles ont plaisanté avec deux types, dans le bar, on les a retrouvés, ils n'y sont visiblement pour rien non plus, ils sont allés dans une *discoteca* tout de suite après. Des témoins confirment. Liza Guevara a été tuée dans la nuit de vendredi à samedi.

Toni était sonné.

– Ça remet en cause la culpabilité d'El Aziz et des Diables.

– Je vous ai dit que nous suivions une piste. Et je vous ai également promis que mon marché n'était pas un marché de dupes. Je me doutais que vous l'accepteriez. J'ai invité quelqu'un pour le dessert. Je vous avais parlé d'un sociologue spécialisé dans les sectes que nous avait envoyé le FBI. Ce qu'il va vous raconter vous intéressera au plus haut point.

Encore les sectes. Le mot avait mis Toni en éveil. Il revit la prière à saint Michel Archange terrassant le démon, sur la tombe de Catalina Cruz.

– Mais n'oubliez pas notre accord, poursuivait Pazos. Après, nous serons quittes. Vous repartirez pour l'Espagne avec votre scoop, et vous oublierez tout de l'incident fâcheux de ce week-end.

– Vous étiez bien sûr de vous. Et si j'avais refusé votre offre ?

Pazos entrouvrit un pan de sa veste et montra le portable fixé à sa ceinture.

– J'aurais annulé le dessert, tout simplement, et vous seriez rentré à Madrid bredouille, avec la satisfaction de m'avoir mis dans la merde. Et l'un de vos collègues serait devenu l'heureux récipiendaire de nos confidences, qu'il est temps de rendre publiques.

Il souriait à présent, derrière ses moustaches.

– Il me semble que nous partageons une connaissance approfondie des réactions humaines.

– Basée sur l'expérience.

Les musiciens du restaurant, dirigés par un genre de Pancho Villa de pacotille, attaquaient pour la troisième fois de suite *La Cucaracha*, à la demande générale d'un car de touristes de l'Oklahoma littéralement déchaînés, lorsqu'un grand type à l'allure dégagée et plutôt athlétique s'avança vers eux. Il salua les deux hommes, qui s'étaient levés, d'une joviale poignée de main tandis que Pazos faisait les présentations.

– Lawrence Harding, consultant auprès du FBI, Antonio Zambudio, journaliste à *El Diario*, de Madrid.

Il pouvait avoir dans les cinquante ans et devait plafonner aux limites des deux mètres. Il n'était pourtant pas voûté. Toni remarqua les quelques cheveux blonds qui n'avaient pas encore blanchi dans son brushing soigné. Il était sobrement vêtu de jeans et d'un polo vert amande, ses pieds nus et bronzés confortablement chaussés d'une paire de mocassins de bateau. Dans le visage légèrement hâlé, les yeux bleus étaient presque enfantins, rieurs, trait renforcé par une moustache aux pointes relevées vers le haut.

Toni se demanda si l'Américain était gay. Il prit place à leur table et posa près de lui un attaché-case de cuir brun et de toile crème.

Ils échangèrent quelques banalités d'usage et optèrent pour sauter le dessert et passer directement au café.

Harding expliqua qu'après avoir terminé ses études en Nouvelle-Angleterre, il avait obtenu, au bout de quelque temps, une chaire de sociologie à l'université de Chicago, où il avait enseigné de nombreuses années. Et puis un jour, il s'était aperçu qu'il n'était pas fait pour la sédentarité. Cette révélation, plus un divorce – il n'était donc pas gay. Quoique. Ça ne prouvait rien – lui avaient fait reprendre la route à intervalles réguliers. Depuis, suivant le vieil adage universitaire, publie ou meurs, il s'était consacré à la rédaction d'une série d'ouvrages sociologiques sur l'Amérique centrale et les sectes. Il avait obtenu plusieurs bourses pour étudier le phénomène des dérives sataniques dans les religions syncrétiques originaires d'Afrique de l'Ouest.

– J'ai souhaité vous faire venir afin que vous exposiez votre théorie à notre ami. Ainsi que je le lui expliquais, nous sommes sur une piste sérieuse.

– Vous êtes sûr que le moment est opportun ?

Son espagnol était vierge, ou presque, de tout accent. Un castillan international parfaitement neutre, hormis un tout petit défaut de prononciation sur l'attaque des consonnes.

– Il m'appartient d'en décider. Jusqu'à nouvel ordre, je conduis cette enquête et les faits récemment survenus me laissent penser que rendre publique une partie au moins de nos soupçons contribuerait à faire sortir le loup du bois, objecta le chef de la police. Les meurtres n'ont pas repris par hasard.

– L'Espagne est un pays éloigné, je ne vois pas l'utilité, en ce cas...

– *El Diario* est un quotidien connu, il est lu par les personnalités du Mexique. Et si ce que nous soupçonnons est avéré, le retentissement international de l'article mettra tout le monde à l'abri, y compris vous et moi.

– Soit, capitula Harding. Si vous en assumez la responsabilité, dans ce cas...

Il se tourna vers Toni en forçant sa voix pour couvrir la cacophonie musicale ambiante :

– Ce que je crois, c'est que l'affaire des Diables de Juárez tout comme l'inculpation d'El Aziz sont le prolongement d'une autre affaire qui n'a jamais été éclaircie. Mis bout à bout, les deux dossiers concernent un nombre inconnu de morts, mais nous parlons sans doute en centaines de victimes.

À présent, Toni écoutait avec attention. Il n'entendait même plus la trompette *mariachi* qui lui hurlait dans l'oreille.

Harding se pencha en avant :

– Est-ce que les meurtres de Matamoros vous disent quelque chose ?

C'était dans la compilation de documents que Pepe avait rassemblés pour lui avant son départ de Madrid. L'autre affaire de serial killers, sur la rive Atlantique de la frontière, à la fin des années 80. D'ailleurs, Pazos l'avait également évoquée lors de leur première entrevue.

– Les deux cas présentent de très nombreuses et très troublantes similitudes, remarqua Lawrence Harding. Mais d'abord, laissez-moi vous rafraîchir la mémoire. Que savez-vous de la *santería* ?

– C'est une des formes religieuses de l'animisme africain mêlé au christianisme, un syncrétisme. On trouve ces pratiques à Cuba, je crois. Mais en divers lieux des Amériques les esclaves ont perpétué leurs croyances. Haïti est connu pour le vaudou, tout comme le sud des États-Unis, New Orleans en particulier. Et le Brésil a vu se développer les *macumbas* au Sud, le *candomblé* dans le Nord. Tous ces rituels sont destinés, si je me souviens bien, à honorer des dieux venus du Bénin.

– Pas mal pour un néophyte, apprécia le sociologue. Effectivement, la *santería* honore des dieux venus d'Afrique camouflés en saints catholiques. Depuis qu'une terrible crise économique s'est abattue sur Cuba, elle est revenue en force dans les foyers. Mais il faut savoir qu'à la fin du XIXe siècle l'île a vu affluer nombre d'esclaves originaires du Nigeria, les Yorubas. Ils ont apporté avec eux leur religion, le *Palo Mayombe*, et ses rituels ignorant tout des concepts moraux du bien et du mal. Leurs dieux, appelés Orishas, sont vénérés à travers des sacrifices. Oggun, par exemple, divinité liée à la sorcellerie et aux armes, se voit offrir du sang, des plumes, du fer. Le *mayombero* pratique la magie noire. Ignorant, comme je vous le disais, toute notion manichéiste. Aussi demander protection pour un narcotrafiquant ou exiger des dieux la mort d'un rival ne pose aucun problème moral. C'est pourquoi la mafia n'a pas hésité à instrumentaliser le *Mayombe*, qui partout ailleurs reste une authentique religion. Elle l'a détourné de son sens premier, comme les Duvalier l'avaient fait avant eux en Haïti, avec le vaudou. Il y a plus. Le Mexique est un pays où les sacrifices humains étaient encore largement pratiqués il y a moins de cinq siècles. Or la culture indigène est toujours sous-jacente dans bien des consciences. Quand les conquistadores sont arrivés dans ce pays, ils ont découvert l'effigie d'un des nombreux dieux aztèques recouverte de peaux humaines. Imaginez un *Mayombe*, vidé de sa substance, transformé en culte sectaire, en instrument de mort. Vous vous représentez les conséquences dans l'inconscient collectif mexicain ? Votre métier, c'est bien de raconter des histoires, n'est- ce pas ? Alors laissez-moi vous en conter une : celle de Benito de María Constanza, surnommé *El Padrino*, le Parrain. Plutôt joli garçon et beau parleur. Issu d'une famille de *marielitos*, des Cubains réfugiés à Miami, il naît en 1962 aux USA. Comme chez beaucoup de ses compatriotes, il y a chez le petit Benito un autel *santero*. Mais chez les Constanza, on est aussi *mayombero* de père en fils. Il est donc initié dès son plus jeune âge. Son côté éphèbe fascine les filles aussi bien que les garçons. Ça tombe bien : *El Padrino* marche à voile et à vapeur, et ce sont, semble-t-il, des copains de son milieu qui lui dégotent en 1983 un emploi de top-model masculin à Mexico, capitale fédérale. Son succès dans la Zona Rosa est foudroyant. Un peu à la manière de Marie Laveau, la grande prêtresse vaudoue de New Orleans, un siècle auparavant, il s'attache peu à peu les faveurs de la jet-set locale par ses intercessions auprès des dieux Orishas, ou en tout cas de ceux qu'il imagine comme tels. Il s'est en effet fabriqué une religion maison en récupérant à droite et à gauche des bribes d'occultisme qu'il a intégrées à sa propre culture, déjà hétérogène. Un genre de New Age satanique, en somme. Il négocie à l'époque un rituel de protection entre 8 000 et 40 000 dollars ! Ses clients sont des vedettes de cinéma ou de télévision, des narcotrafiquants ou des membres influents de la police. Parmi eux on ne trouve rien moins que Lino Valente, directeur d'Interpol pour le Mexique, qui mettra fin à ses jours en 1988, après avoir massacré toute sa famille. On pense que, grisé par un pouvoir sans cesse plus grand, Benito de María Constanza va jusqu'au sacrifice humain, protégé par de puissantes complicités. Dès 87, on commence à retrouver un peu partout dans le *río* Zumpango des corps torturés pris dans des blocs de béton. Certains cadavres ne seront jamais identifiés, tandis qu'on reconnaîtra cinq des victimes, dont un travesti répondant au surnom de « Françoise », dont l'autopsie montrera qu'il a été écorché vif des pieds au sommet du crâne. Un an plus tard, ce sont neuf membres d'une famille de narcos qui sont massacrés. Il pourrait s'agir d'un règlement de comptes, car des témoins oculaires affirment qu'ils ont été liquidés par Constanza secondé par son grand prêtre, Luis Hurtado, par ailleurs membre des *federales*, le FBI mexicain. D'autre part, le *mayombero* est associé à une très grande famille de trafiquants, les Marquez, dont l'héritier, Julio Jr, à peine vingt ans, se débat dans des problèmes sans fin à Matamoros, une ville frontière qui fait face à Brownsville, à deux jours de voiture d'ici, vers l'est. Ils se rencontrent à Mexico, sans doute. Très vite, le jeune Julio Marquez Jr est sous influence. Flairant la bonne affaire, Benito fait la route jusqu'à Matamoros. Là, il drague une divorcée BCBG à la terrasse d'un café. De deux ans plus jeune que lui, elle a pour nom Sara Itturbide. Il lui fait le plus vieux coup du monde : il s'assied à sa table et lui tire les cartes. Fascinée par la beauté ténébreuse du Cubain, elle craque et bascule dans son délire. Dès lors, ils ne s'additionnent pas, ils se multiplient, c'est Bonnie and Clyde version Dracula. Constanza met sa maîtresse dans le lit de Junior, pour mieux assurer son emprise sur le jeune *mafioso*. Peu à peu émergent les bases d'une secte satanique structurée. Afin d'être à l'écart de la ville, le trio infernal et ses complices achètent un ranch à quelques kilomètres de Matamoros, le *Rancho Santa Teresa*, un lieu isolé. Le carnage débute en 1988. Benito a promis à ses complices l'invulnérabilité aux balles et l'invisibilité, rien que ça. Bourré de drogues, halluciné, il va jusqu'à imaginer qu'il lui faut des offrandes de chair et de sang mélangées dans un chaudron magique. Ainsi, pense-t-il dans son délire, il s'alliera les faveurs d'Oggun, un dieu certes puissant, mais qui n'en a jamais tant demandé. La torture est un élément important du cérémonial sacrificiel qu'il a élaboré : l'âme du sacrifié aura tant souffert qu'elle craindra son bourreau jusqu'à la fin des temps. Elle sera obéissante. La docilité de l'esprit esclavagisé du sacrifié devra être proportionnelle aux tortures endurées avant la mort, il est important de le préciser.

Toni était fasciné. Il commençait à voir où l'Américain voulait en venir.

– Sara Itturbide elle-même participa aux crimes avec un zèle décuplé. Lorsqu'elle tua de ses propres mains Gilberto Quile, un ex-*federale* reconverti en narco, on raconte qu'elle le pendit par le cou sans lui attacher les mains. Il tenta de rester en vie en s'accrochant à la corde à la force du poignet et elle le plongea dans un baril d'eau bouillante après lui avoir coupé la pointe des seins avec un cutter. La cérémonie s'acheva en banquet cannibale : potage au sang et cervelle bouillie au menu pour tous les convives. C'était une sorte de concours permanent de cruauté sanguinaire. Bientôt Julio Junior ne fut plus en reste : il émasculait ses victimes et les démembrait. Pour finir, il les ouvrait d'un coup de machette et mordait à pleines dents dans leur cœur pendant qu'agonisantes, elles le regardaient faire. Bien sûr, la mort d'un *gringo* fut la goutte d'eau qui fit déborder le vase.

– Je me souviens, intervint Zambudio, c'est à ce moment que le FBI est entré dans la danse.

– Tout à fait. Je vous passe les détails, donc. Pour faire vite, Graham Mulroney, un jeune étudiant en médecine texan, se balade dans les rues de Matamoros le 14 mars 1989 lorsqu'il est enlevé, vers deux heures du matin, par des membres de la secte. Les parents, inquiets de la disparition de leur fils, alertent les autorités mexicaines et américaines. Mais personne ne se remue beaucoup. On croit à une fugue. Jack Mulroney est un homme têtu. Il connaît bien son fils, il n'aurait pas disparu sans donner de nouvelles, il y a quelque chose qui cloche. Il se rend à Matamoros et inonde la ville d'affichettes, remue ciel et terre, et pour finir passe dans une des plus célèbres émissions de télé des États-Unis, *America's Most Wanted*, une sorte d'appel à témoins concernant des personnes disparues, via le tube cathodique. Vingt millions d'Américains sortent leur mouchoir et ça tombe mal : le Mexique, une fois de plus, est sur la sellette à Washington pour son laxisme en matière de lutte anti-drogue, le peso est en chute libre et l'État ne peut faire face à ses échéances en matière de créances internationales. Salinas[1], encore président à l'époque, ne se sent pas très bien. Il ordonne que la police mexicaine éclaircisse au plus vite cette affaire de disparition qui tombe à un très mauvais moment. Les *federales* entrent en jeu, bientôt secondés par le FBI. Matamoros et ses 350 000 âmes, c'est une petite ville à l'échelle du pays. On ne tarde pas à mettre sous les verrous Julio Junior et quelques complices. Mais l'investigation menée par la police est pleine de trous, d'invraisemblances, notamment à cause d'interrogatoires trop « musclés » qui provoquent ensuite des rétractations en série. Ça ne vous rappelle rien ? Eh bien, c'est exactement ce qui est arrivé dans l'affaire de Matamoros : Sara Itturbide, arrêtée, passe aux aveux, puis se rétracte. Les seconds couteaux aussi sont interrogés à la mexicaine. On leur enfonce dans les narines le goulot d'une bouteille d'eau gazeuse qu'on a copieusement secouée auparavant. Une version plus ludique de la *tequila rápido*. Les bulles montent directement au

1. Salinas de Gortari : président mexicain, au début des années 90. En exil depuis l'élection de Zedillo.

cerveau. C'est redoutablement efficace et infiniment douloureux. Autre avantage, ça ne laisse aucune trace. Comme les dérouillées administrées avec un sac de sable mouillé. Sur le moment, l'illusion de belle invulnérabilité des suspects, procurée par les cérémonies, vole en éclats devant le pragmatisme des méthodes policières. Bon. L'emplacement du ranch de la mort est livré. On y découvre quatorze cadavres en charpie, dont celui du jeune *gringo*. Plus un chaudron qui exhale une odeur pestilentielle et contient des débris humains mêlés à des bouts de bois, des mégots de cigare et je ne sais quoi encore. Les flics se déclarent si impressionnés qu'ils demandent qu'on exorcise les lieux et qu'on brûle le temple maudit. Et le plus incroyable est que le gouvernement de l'État de Tamaulipas obtempère et dépêche un *curandero*[1]. Benito de María Constanza est en fuite avec plusieurs complices. Quelque trois cents policiers le traquent dans sa cavale, jusqu'à l'appartement où il s'est caché avec ses derniers fidèles, *calle* Río Sena, à Mexico. Le 6 mai 1989, la police donne l'assaut. Les membres de la secte ont prêté serment de suicide collectif. Benito s'enferme dans un placard lors de l'assaut avec son amant du moment et demande à un complice, Martín Ochoa, de tirer à travers la porte. L'autre hésite, puis, sous les injures de son gourou, s'exécute.

– Ou plutôt les exécute, précisa Toni.

– Vous êtes cynique, cher ami. C'est en tout cas ce qu'Ochoa raconte aux *federales* cinq minutes plus tard.

– La suite. Je ne peux plus attendre.

– Ça tombe bien, parce que c'est là que ça devient le plus intéressant. D'abord, comme dans l'affaire des Diables de Juárez, les rétractations vont être générales. Ensuite, il y a cette histoire étrange de purification du

1. *Curandero* : guérisseur, désenvoûteur.

ranch par le feu, le 23 avril 1989. Du coup, les investigations sur le terrain avortent. Le chaudron magique, la seule pièce à conviction à avoir échappé à l'incendie, a disparu purement et simplement après avoir été emporté par les flics. Des sépultures renfermant d'autres victimes auraient été « négligées ». Or, dans les mois qui ont suivi le coup de filet de la police, d'étranges découvertes ont été faites à Mexico : des autels sacrificiels ensanglantés bien à l'abri des regards indiscrets, dans des appartements luxueux, propriétés de personnalités haut placées. Dans un de ces endroits au moins, on a retrouvé des vêtements d'enfants imbibés de sang humain. Tous ces événements sont restés sans suite.

– Si je comprends bien, et je vois où vous voulez en venir, on a étouffé l'affaire pour protéger des gens très puissants impliqués dans ces rituels sanglants, supputa Zambudio.

– Tout juste.

Le temps s'était écoulé, les *mariachis* avaient plié bagage et un serveur à la mine contrite leur apporta l'addition.

Pazos extirpa de sa veste un portefeuille en python, balança sa carte de crédit sur la table et enfouit l'addition au fond de sa poche.

– Je crois que ce qui se passe ici est une résurgence du phénomène, poursuivit le sociologue.

– De fait, acquiesça Toni, il y a de nombreux points communs entre les deux affaires. Trop pour qu'il puisse s'agir d'une simple coïncidence. Mais vous avez plus que des soupçons, n'est-ce pas ?

– En effet. Pas en termes de preuves formelles, mais d'intime conviction. Partout le satanisme gagne du terrain, accompagné de sa cohorte de sacrifices humains. En Inde, où des enfants sont enlevés et égorgés sur l'autel de Shiva. En Russie, encore où les sectes sataniques prolifèrent là où l'on attendait plutôt le grand retour de la religion orthodoxe. En Europe, avec la secte du Temple solaire, chez nous avec Waco, les suicides collectifs de masse. Ça, c'est pour l'environnement, je suis un chercheur, ne l'oubliez pas. Mais il y a aussi les similitudes entre les deux cas : les événements impliquant des personnalités de la Zona Rosa, le nom, tout simplement, du gang, les Diables, et de leur leader, *El Satán*, lui aussi vaguement mannequin. Les corps mutilés, les membres amputés, les villes frontières. Les difficultés de l'enquête. On aurait voulu effacer les traces des assassins, on ne s'y serait pas mieux pris. Dans le cas qui nous occupe, on a même pas été fichus de découvrir le lieu où les victimes ont été amputées, et ce n'est pas El Aziz ou les Diables qui nous le diront, à présent qu'ils ont une chance d'être acquittés. N'oubliez pas, un nouveau meurtre a été commis tandis qu'ils étaient tous sous les verrous.

Le chef de la police baissait la tête.

– Je sais que vous avez fait de votre mieux, don Alfonso, le réconforta Harding. Mais s'il s'agit d'une conspiration qui implique des personnalités de très haut vol, vous savez bien que malgré votre entêtement, au Mexique…

– Alors, les suspects emprisonnés seraient innocents, coupa Toni.

Pazos intervint :

– Même pas sûr. Ils pourraient très bien être impliqués, avoir participé à certains meurtres, mais n'être qu'un maillon de la chaîne. Nous avons recueilli quelques preuves tangibles et…

– Nous divergeons, le *señor* Pazos et moi, sur la tangibilité de ces preuves, objecta Harding. Sans vouloir vous vexer, Alfonso, les analyses du FBI n'ont pas recoupé les vôtres.

– Je dois vous poser la question. – Zambudio observait avec attention le chef de la police. – Avez-vous subi des pressions, au cours de vos investigations ?

– *Señor* journaliste, je vais vous étonner. Je suis honnête. J'ai fait mon travail, avec les faibles moyens dont je dispose, dans un pays corrompu, ce que personne n'ignore. Vous seriez en droit de douter de ma sincérité. J'irai aussi loin qu'il sera en mon pouvoir d'aller dans cette enquête. Mais mon pouvoir est limité. Je ne suis que le chef de la police de Ciudad Juárez. Votre article pourrait m'aider.

– Cette jeune fille que vous avez retrouvée, Liza Guevara, est-il possible de rencontrer sa famille ?

– N'y pensez même pas. Je ne leur ai pas encore annoncé la nouvelle, et je dois pourtant m'y résoudre avant que les échos de votre article ne parviennent jusqu'à la presse mexicaine. Pas question qu'ils l'apprennent par la télé ou les journaux. Quoi qu'il en soit, ces gens seront protégés au moins jusqu'à l'enterrement de la victime. Et nous n'en sommes même pas à l'autopsie ! Il faudra vous contenter de notre version des faits. À propos, que pensez-vous de notre hypothèse ?

– Je dois reconnaître qu'elle est, si j'ose employer le mot, très séduisante. Mais les journalistes sont des gens sceptiques par nature.

– Les scientifiques également, ajouta Harding. Qu'est-ce qu'on fait des viols et de l'aspect sexuel de la seconde affaire, c'est ça ? C'est la seule objection qui tienne. Variation du rituel, peut-être : des agneaux sur l'autel de cette ville gangrenée, avec pour beaucoup des familles à l'autre bout du pays. Et puis c'est tellement facile, il y a tellement d'usines. C'est un très vaste terrain de chasse. Il suffit de suivre les bus, de guetter les proies isolées aux sorties des zones industrielles. Celles qui finissent leur tour au petit matin. Et je suis presque certain que, là aussi, on n'a pas retrouvé toutes les victimes.

Le sociologue avait sans doute raison

– J'ai tout de même du mal à me persuader de la culpabilité d'El Aziz et des Diables.

– Il y a trop de coïncidences. Nous parlons de meurtres, *señor*, s'accrocha Pazos, et le procès commence dans quinze jours. Ces types risquent de s'en tirer.

– Que proposez-vous ? risqua le journaliste.

– Je ne sais pas. Il faudrait trouver le lieu où ces pauvres filles ont été torturées et exécutées. À mon avis, ça ne peut pas être bien loin, supputa Harding. Si nous localisons l'emplacement des sacrifices, nous avons de bonnes chances d'y découvrir les preuves qui nous font encore défaut.

Zambudio ne regrettait pas d'avoir fait connaissance avec les geôles de Juárez.

Il avait du grain à moudre pour son prochain article.

Avant de prendre congé, l'Américain lui tendit une carte de visite. « *Lawrence Harding. Sociologue. Consultant.* » Suivait un simple numéro de portable.

– Il n'y a pas plus efficace. Je n'utilise plus que ça, depuis que j'ai adopté un mode de vie nomade. Si vous avez d'autres questions, n'hésitez pas. Je suis encore dans les parages pour quelques jours, vu ce qui vient d'arriver.

Lorsque Pazos le déposa à La Vela, Zambudio était dans un état d'excitation proche de la transe. Il remercia le chef de la police.

– Je vous l'ai déjà dit, *señor*, c'est ma *mordida*. Ne me remerciez pas. Rentrez chez vous, écrivez un bon article. Vous deviendrez peut-être célèbre, si nous avons raison. Ah, j'allais oublier un point essentiel. Rien de ce que nous vous avons confié ce soir n'est officiel. Agissez en bon journaliste : protégez vos sources. *Suerte.*

Rentrez chez vous, avait-il conseillé. Tu parles !

Perez allait sauter au plafond.

À l'autre bout du fil, Perez s'étranglait.

– Comment ça, tu restes ? Tu es tombé sur la tête, ma parole ! Tu vas me faire le plaisir de monter dans ce putain d'avion et de rappliquer !

Mais lorsque Toni lui eut fait le récit de son étrange dîner, son chef de service fut incapable d'émettre un son pendant au moins quinze secondes, signe inquiétant s'il en était.

– Oh ! t'es toujours là ? s'inquiéta Zambudio.

L'autre répondit par un sifflement qui imitait de manière assez crédible le bruit d'un pneu en train de se dégonfler.

– Ben merde, alors ! T'es sûr de l'info ?

– Pour autant que je sache, le chef de la police et un consultant du FBI, il y a pire, comme sources. J'ai pas vraiment moyen de vérifier, mais, en tout cas, sur cette histoire de Matamoros, il s'agit de faits historiques, et ça colle assez bien avec le reste.

– Et les crimes ont repris. Quelqu'un d'autre est au courant ?

– Tu veux dire quelqu'un de la presse ? Ils disent que non. Pazos avait à se faire pardonner les errements de son administration à mon égard, ce week-end. Il m'a fait une fleur en me choisissant.

– Tu parles d'une fleur ! Un bouquet, plutôt. Dis-moi, si tu restes, comment prendra-t-il la chose ? Il t'aidera ?

– Aucune idée. L'autre, le *gringo*, m'a dit que je pouvais l'appeler si j'avais d'autres questions. Mais le chef de la police, je ne sais pas. En tout cas, je dois rester. Je le sens bien.

– Bon. Écoute, tu vas rédiger ton papier tout de suite et nous le balancer par mail.

– Pfff. Ce soir ? Je suis crevé, j'ai besoin de récupérer, avec le week-end que j'ai passé. Enfin, le devoir m'appelle, je suppose.

– Faut pas laisser refroidir les scoops. Dès demain, nous, on s'occupe de te faire acheminer un autre passeport via le consulat, à Chihuahua, et on approvisionne le compte à la banque pour un peu plus longtemps. Mais tu gères tes frais, hein ! Le procès aura lieu dans deux semaines. Je te donne jusque-là. Il nous faut du nouveau, tu m'entends ? Demain, tu fais la une. Après, il faudra remplir les colonnes. On a un journal à sortir tous les jours, n'oublie pas.

Ouais. La nuit allait encore être courte. Il s'étira.

Il ne serait pas dit qu'il aurait fui Juárez une seconde fois.

*

Mardi 27 février 1997.

Toni s'éveilla tard.

Il appela l'Alliance des femmes pour tenter une nouvelle fois de s'excuser.

Guadalupe Vidal décrocha à la troisième sonnerie. Ses cordes vocales avaient dû être passées au papier de verre par le tabac ou l'alcool. Ou les deux.

– Ah, c'est vous. Je vous ai attendu un bon moment, dimanche. Mais… vous êtes encore là ?

– Ce serait trop long à expliquer. Écoutez, je suis

vraiment désolé d'avoir gâché une partie de votre dimanche et je vous prie de m'excuser. Il m'est arrivé des tas d'aventures. En fait, j'ai pas mal de choses à faire ces jours-ci, mais est-ce que vous seriez disponible, en cas de besoin ? J'aimerais quand même que nous puissions nous rencontrer, disons… – il allongea le bras pour choper son agenda, tandis qu'il coinçait le combiné entre son épaule et sa joue droites – vendredi ?

– Écoutez, je ne sais pas trop, objecta-t-elle d'une voix hésitante. Je suis pas mal occupée, je ne sais pas si… elle laissa sa phrase en suspens.

– Je n'en aurai pas pour longtemps, insista Toni, juste deux ou trois questions.

Elle laissa s'écouler quelques secondes avant de se décider.

– Le 1er mars. Attendez… Ça va. Bon, eh ben d'accord, en espérant que vous ne me poserez pas de lapin cette fois, dit la voix cassée. Donnez-moi votre téléphone, je ne sais pas encore où je serai à ce moment-là. Je bouge beaucoup, vous savez. Je vous rappelle. Disons, vers les seize heures vendredi ?

– Ça marche, et vous pouvez compter sur moi, cette fois.

– J'espère, ça deviendrait vexant, sinon. Je suis une dame.

Et elle raccrocha.

Le journaliste se tourna vers la fenêtre de sa chambre d'hôtel. Le ciel était d'un pur azur. Ce serait encore une belle journée.

Il se laissa tomber sur le bord du lit et feuilleta l'annuaire de Juárez. Voyons. G, Ga, Ge, Gi, Go… Voilà. Guevara.

Il y en avait une pleine page.

Bon, il n'y avait pas dix mille façons de procéder. Il fit taire la voix du séraphin planqué dans un recoin de son crâne, celui qui s'en prenait toujours à son absence de scrupules, et composa l'un après l'autre tous les numéros en demandant à chaque fois à parler à Liza Guevara. Arrivé au bas de la liste, il dut bien se résoudre à admettre qu'il avait fait chou blanc. Rien d'étonnant à ça. Comme les Cruz, la famille Guevara vivait probablement au fin fond d'une *colonia* pouilleuse où il n'y avait ni eau ni électricité, et encore moins de téléphone.

Alfonso Pazos détestait ce qu'il allait devoir faire.

Plus tôt dans la matinée, il avait quitté le petit appartement qu'il occupait au deuxième étage d'un immeuble de rapport propret de la *calle* Anahuac Norte, presque en face des États-Unis. Avant de monter dans sa voiture de fonction, une Chevrolet Impala fatiguée, il avait levé les yeux une dernière fois : les pots de fleurs sagement ordonnés sur son balcon rompaient avec l'alignement monotone des antennes paraboliques tournées vers les USA.

Nuestra Señora de la Televisión, priez pour nous. Il reçut sur la figure un peu d'eau tombée d'un climatiseur et recula d'un pas.

Personne ne pouvait imaginer à quel point la culture des cactus s'avérait compliquée. Chaque matin, il les arrosait avec soin. Une goutte chacun, jamais plus. Il veillait jalousement au développement des petits globes hérissés de ses *Copias Poas* venus du lointain Chili, surveillait la croissance des *Disco Cactus* nés sur les hauts plateaux désertiques de Bolivie. Dès qu'un nouveau colis arrivait, il procédait à la mise en pot, habité de visions andines. Mais il n'en aimait pas moins les variétés locales, comme l'*Ario Carpus*, en voie de disparition, et que tous les gamins du coin récoltaient clandestinement afin de satisfaire les collectionneurs du monde entier. C'était un vaste réseau, et le policier entretenait des correspondances suivies, et procédait à des échanges réguliers de spécimens répartis sur les cinq continents.

L'argent n'intéressait pas Alfonso Pazos dont les cactus étaient l'unique passion sur cette terre. Des générations d'ancêtres propriétaires terriens dans l'État de Sonora avaient pourvu à son opulence. Ils avaient fait fortune dans l'élevage, après avoir grassement payé des armadas de tueurs à gages pour nettoyer la région des Indiens. Les Yaquis qui avaient survécu avaient été réduits en esclavage par les propriétaires des mines d'or et d'argent.

Un compte en banque relativement bien approvisionné, une libido quasi inexistante et un physique peu avantageux avaient fait de Pazos un parfait vieux garçon.

Ses besoins se limitaient à l'achat de deux costumes neufs chaque année, achat qui correspondait invariablement à une visite au bordel. Et encore, par égard pour sa fonction, on se refusait généralement à ce qu'il payât. Un bref spasme bisannuel entre les bras d'une pute constituait toute sa vie amoureuse.

Si l'on exceptait les variétés rarissimes de cactus, dont les prix restaient somme toute modiques, il était à l'abri des tentations.

Il poussa un gros soupir et grimpa dans sa voiture.

Pour supporter dans l'indifférence ce qu'il allait devoir faire, il eût fallu qu'il fût lui aussi doté d'épines.

Il avait refusé d'être accompagné. Même s'il détestait ce genre d'obligations, il avait toujours tenu à s'acquitter seul de ces corvées.

Il roula jusqu'à une zone industrielle implantée dans le prolongement du Parque Chamizal, construit au début du siècle pour célébrer l'amitié entre le Mexique et les USA. Foutaises. Décidément, la formule assassine énoncée quelque cent ans auparavant par le vieux dictateur Porfirio Díaz était plus que jamais d'actualité : « Pauvre Mexique, si loin des yeux de Dieu, si près des États-Unis. »

Autour de lui, ce n'étaient que bâtiments industriels flambant neufs, ultramodernes, aux pelouses soigneusement entretenues d'un vert oasis presque obscène en plein désert. Les grandes marques mondiales étaient pour la plupart présentes.

Un certain nombre d'enseignes, toutefois, étaient affublées de noms à consonance typiquement locale. Question de stratégie commerciale, sans doute.

Elles prenaient un nom mexicain, mais derrière, on trouvait toujours une entreprise de renommée planétaire. De grands panneaux publicitaires annonçaient triomphalement : « Embauche main-d'œuvre féminine, 18-35 ans, magnifiques salaires », « Demande opératrices de jour et de nuit », « Cherche main-d'œuvre non qualifiée ».

Un rêve pour chômeur de pays riche.

Sur un bout de lande désertique, une agence immobilière étrangère avait apposé un immense calicot rédigé en anglais, à l'attention des décideurs, sans doute : « À vendre, terrains industriels. Main-d'œuvre abondante à proximité, tranquillité syndicale garantie. »

Un visage agressif de guerrier celte à grandes tresses blondes et aux yeux d'azur, coiffé d'un casque ailé, jouxtait un slogan en caractères gras : « Les Vikings sont de retour ! »

Voilà qui avait le mérite de clarifier la nature des rapports Nord/Sud au sein du nouvel ordre économique mondial.

Pazos se gara en stationnement interdit le long d'un trottoir. L'autre côté de la rue était occupé par une série de hangars gigantesques. Le nom de la société, Somermex, était écrit en majuscules rouges sur la façade du bâtiment principal.

Le chef de la police traversa la rue et se dirigea vers la guérite à l'entrée de l'usine. Tout le périmètre était clos de barbelés. Il s'adressa au vigile armé, en exhibant son insigne.

Il fut introduit dans le bureau du directeur des ressources humaines et là, il demanda au cadre américain blond et rose à l'allure énergique, aux cheveux coupés en brosse, qui le toisait du haut de son mètre quatre-vingt-dix et de ses deux cents livres au bas mot, qu'on veuille bien lui amener une ouvrière répondant au nom de Dolores Guevara, à qui il devait annoncer que sa fille avait été retrouvée violée, torturée et assassinée.

Mardi 18 décembre 1996. Ciudad Juárez. Kabuki Electronics

Elle avait vu le sang couler le long des jambes d'Angelica, elle l'avait vue baisser la tête, et porter ses mains à ses cuisses, et les regarder, et griffer ses joues, y déposer la marque ensanglantée de ses doigts. Elle avait vu le naufrage dans ses yeux quand elle avait croisé son regard. Et elle avait vu l'instant d'après Angelica se casser en deux en hurlant, mains croisées sur son ventre dilaté, et son cri avait résonné sous les hautes poutrelles d'acier du hangar numéro 9, celui où les ouvrières de Kabuki Electronics soudaient des circuits imprimés sur des cartes de plastique, encastraient des vitres dans les portes, bref, assemblaient les fours à micro-ondes.

Elles étaient peut-être cent, et même un peu plus, les femmes de l'atelier d'assemblage.

Le bourdonnement de leur conversation avait cessé net. Elles étaient jeunes, très jeunes parfois, et beaucoup d'entre elles étaient déjà passées par là.

Angelica avait crié encore une fois. Un cri plus strident, si déchirant qu'il avait dominé le fracas des emboutisseuses « Mon bébé ! »

Dolores s'était précipitée vers sa voisine de poste au moment où elle glissait de son siège dans la mare sanglante qui s'était formée à ses pieds. Sa blouse était déjà écarlate. Angelica hurlait à présent sans discontinuer, mon bébé, mon bébé, mon bébé, mon bébé... comme une litanie entrecoupée de plaintes, de jappements de douleur. La chaleur mordait les nuques des ouvrières, une seule et unique bouche d'aération pour toute l'unité, l'acide piquait les yeux, les solvants faisaient tourner la tête et alourdissaient l'air. Ici, ni gants ni masques de protection.

Oh, bien sûr, les plus anciennes dans la boîte se souvenaient, en 94, quand M. Kabuki en personne était venu de Tokyo pour visiter l'usine toute neuve, il y avait eu une distribution de gants, de masques, et même de bonnets en plastique. Et puis, une fois que le président avait tourné les talons, ils avaient tout repris.

À présent, ils les vendaient.

Les collègues avaient accouru et faisaient cercle autour d'Angelica.

Le contremaître en blouse blanche et cravate, alerté par le désordre, s'était avancé en grondant :

– Qu'est-ce que vous faites là ? Retournez à vos postes de travail immédiatement.

– Elle est malade, avait protesté une ouvrière coiffée et maquillée avec soin, et le badge sur sa blouse-chasuble bleue siglée Kabuki disait « Dolores Guevara ». Vous ne voyez pas qu'elle est en train de faire une fausse couche ? Il faut appeler une ambulance, vite.

Elle savait de quoi elle parlait. À peine plus de quatre mois plus tôt, elle avait été licenciée de Gozmex, une autre *maquila*. Motif : enceinte pour la troisième fois consécutive en six mois. Quand il avait fallu avorter encore une fois, elle avait préféré la porte. Mais son utérus malmené par les aiguilles à tricoter n'avait pas tenu le coup. Elle avait perdu le bébé, deux mois auparavant. Elle avait repris le chemin de l'usine, et trouvé un poste chez Kabuki. Elle avait trente-sept ans, ce qui la plaçait probablement parmi les salariées les plus âgées de l'entreprise.

Elle imaginait sans doute que le privilège de l'âge la dispensait d'obéir, du moins c'est ce qu'avait pensé le contremaître. Il avait aboyé :

– Et puis quoi encore ? C'est hors de question. Elle va aller aux toilettes, elle va se nettoyer et elle va retourner à son poste de travail, et vous toutes avec. Tout de suite.

À ces mots, d'autres ouvrières avaient quitté leur poste. La presque totalité des employées de l'atelier encerclait le contremaître.

Dolores était revenue à l'attaque :

– Appelez une ambulance, par pitié, sinon elle va mourir ici, et son enfant aussi.

– Hors de question !

Le garde-chiourme avait consulté sa montre.

– À partir de maintenant, toutes celles qui ne retourneront pas à leur poste de travail se verront décompter leur absence de leur salaire de la semaine.

– Salaud, ordure ! Tu vas pas la laisser crever là ? Tous les mois, au moins dix bonnes femmes avortent dans cette entreprise, et tu fais semblant de ne rien voir. Tu mériterais qu'on s'y mette toutes et qu'on t'arrache les couilles ! avait-elle hurlé en postillonnant sur la blouse immaculée.

Le contremaître avait nonchalamment extrait un stylo et un carnet de sa poche, avait noté le nom de l'impertinente inscrit sur le badge et lui avait froidement signifié :

– Tu es virée. Passe au bureau des ressources humaines pour les papiers.

– Pourri ! *Me cago en la leche de tu madre !*

Elle avait craché par terre, elle s'était tournée vers les autres.

– Vous allez pas rester sans rien faire, tout de même ?

Elle montrait Angelica à terre, Angelica qui n'était plus qu'un gémissement ininterrompu sous les lumières crues du hangar.

– Et merde, j'appelle un taxi ! Cotisez-vous, au moins, pour le lui payer. Moi, j'irai avec elle jusqu'à l'hôpital. J'ai plus rien à perdre, de toute façon, je suis virée.

Vaincues, les filles du hangar numéro 9 avaient regagné leur poste.

Pendant le trajet vers Durango, le centre hospitalier de Juárez, les contractions avaient commencé. Et, bien entendu, comme un emmerdement ne venait jamais seul, il y avait eu des embouteillages. Angelica s'était remise à hurler en broyant la main amie de Dolores Guevara tandis que des matières glaireuses et sanguinolentes jaillissaient de son entrejambe.

La circulation était redevenue plus fluide et dans le taxi qui roulait à présent à tombeau ouvert, le bébé mort d'Angelica était apparu au monde dans son manteau de placenta, une tête difforme surmontant son corps grêle. Les deux femmes avaient hurlé en chœur. Un chœur qui avait l'âge du monde.

Plus tard, dans la chambre où reposait la parturiente veillée par l'ouvrière qui l'avait soutenue tout au long de l'épreuve, un médecin était entré.

La pièce empestait l'éther.

– De combien étiez-vous enceinte ? avait demandé le toubib.

Angelica avait ouvert ses paupières que la douleur avait maquillées de mauve.

– Six mois, docteur. Est-ce qu'il est…

Il avait remué la tête de haut en bas, affirmativement, puis s'était assis sur le rebord du lit. Il faisait très chaud, les couvertures n'étaient pas utiles et l'unique drap semblait déjà un trop lourd fardeau à porter.

Avec toute la compassion et le professionnalisme

requis, il avait entrepris d'expliquer à la jeune femme que jamais plus elle ne porterait d'enfant.

Angelica avait déjà trop hurlé. Elle s'était contentée de serrer très fort la main de Dolores Guevara, et à son geste répondait la pression de ses doigts.

L'ouvrière tremblait et tout son visage était crispé sur ses yeux clos.

D'une voix cassée, hésitante, la patiente avait demandé :

– Docteur, mon bébé, il n'avait pas l'air normal, dans le taxi. Qu'est-ce qu'il avait ? Sa tête avait une drôle de forme.

– Rien. Il n'avait rien d'anormal. Il a juste fait un arrêt cardiaque, et il est mort en vous. Je suis désolé, il avait dit en baissant la tête.

Elle l'avait regardé, longuement.

– Vous mentez, avait-elle conclu en refermant les yeux.

Mardi 27 février 1997. Ciudad Juárez.

Zambudio marchait sur les trottoirs brûlants du Paseo Triunfo de la República. Il se rappelait une phrase de l'écrivain Carlos Fuentes : « Les Mexicains ne vont pas vers la mort, ils y retournent, car ils en viennent. »

Une pensée parfaitement appropriée, si l'on songeait à la thèse d'Harding.

À présent, il allait falloir alimenter Perez, enquêter sur les milieux liés aux sciences occultes, étudier au plus près le biotope des victimes, cette Zona Rosa où les grisettes côtoyaient la jeunesse dorée locale, où les cadres des *maquilas* s'accoudaient aux mêmes comptoirs que les narcotrafiquants.

Mais par où commencer ?

Quelque chose l'avait frappé lors de ses balades de la semaine précédente à travers la ville ; quelque chose de nouveau pour lui : la profusion de *botánicas* spécialisées dans la vente d'articles magiques, herbes séchées, certes, mais aussi sprays contre les mauvais sorts et autres gris-gris. Poussé par la curiosité, il était entré dans l'une des nombreuses échoppes minables et il y avait remarqué des petits tas de cartes de visite publicitaires qui vantaient les mérites de guérisseurs, voyants et autres charlatans.

Il avait été tenté d'en piquer quelques-unes pour enrichir la collection de kitscheries en tout genre qui trônait sur son bureau, à Madrid.

Où est-ce que c'était, déjà ? Il se concentrait, repassant en accéléré ses journées précédentes. Ah, oui, dans le *barrio* del Carmen, un quartier au nord-ouest de la cathédrale, une rue perpendiculaire à 16 de Septiembre, mais va savoir laquelle…

Il lui avait finalement fallu plus d'une heure pour retrouver l'endroit, sillonnant en voiture les rues avoisinantes, rue du Platine, rue du Chrome, du Laiton, un véritable index de la métallurgie. Pour finir, il l'avait localisée à mi-hauteur de la *calle* del Cobre, la rue du Cuivre.

La « Botánica Julia » n'offrait aux passants qu'une étroite façade violette aux moulures mauves, qu'il avait déjà ratée une première fois en remontant la rue, un quart d'heure plus tôt. Une clochette tinta lorsqu'il poussa la porte.

Personne ne se donna la peine de l'accueillir.

Planté au beau milieu du bric-à-brac religieux, Zambudio observait les objets hétéroclites qui l'entouraient. Bougies en forme de sexes féminins, de phallus dressés, poudres de perlimpinpin diverses et variées disputaient l'espace à des amoncellements de pattes d'alligators, de lapins, de queues de serpents à sonnette. Des images pieuses représentant des saints inconnus végétaient dans des vitrines poussiéreuses. Des touffes de sauge séchée pendaient du plafond et des ex-voto composites censés résoudre problèmes de cœur, d'emploi ou de santé attendaient un acquéreur potentiel dans les rayons encombrés de la boutique.

Une lueur diffuse, mouvante, émanait d'une petite pièce attenante. L'endroit, plongé dans l'obscurité, n'était éclairé que par des centaines de bougies déposées au pied d'un autel. Cinq rangées de chaises vides occupaient ce qu'il fallait bien appeler une chapelle. Toni s'approcha des offrandes disposées devant l'image d'un Christ en croix. Derrière le crucifix, un rideau de flammes s'élevait vers le ciel illuminé par une boule de feu. Une échelle retenue par une corde pendait de la croix. Un sabre, un marteau et une lance y étaient appuyés. Une tête de mort gisait à l'ombre du calvaire, de même qu'une lanterne. Un serpent rampait au sol. Sur le côté droit de la scène, une image du saint suaire était accrochée telle une oriflamme sur une colonne surmontée d'un coq au garde-à-vous. Une fourche et quelques épis de maïs jaillissaient de derrière le suaire. Toni recula, la chaleur dégagée par les cierges était intenable. L'odeur de la cire chaude était entêtante. Lors de sa première visite, il en aurait juré, la porte de la chapelle était fermée. Nul doute qu'autrement, il aurait remarqué l'endroit. Il contemplait le crâne humain posé près de la peinture, et les offrandes abandonnées là, encens, oranges, fleurs, clous, lorsqu'une voix derrière lui le fit sursauter :

– Je peux vous aider ?

La voix appartenait à une vieille dame qui devait bien peser dans les cent soixante kilos. Une masse imposante de cheveux gris tombait sur ses épaules recouvertes d'un châle de coton blanc. Ses yeux disparaissaient presque dans les multiples plis de sa peau sombre. Elle portait une jupe longue, maculée de taches d'origines douteuses, et une casquette de base-ball Nike. Comme Toni lui demandait des explications sur la chapelle, elle lui tourna purement et simplement le dos et regagna la caisse sans daigner lui répondre, drapée dans son *sarape*, après quoi elle s'abîma dans la contemplation d'un vieux roman-photo aux pages écornées.

Il erra encore quelques minutes entre les présentoirs, et s'arrêta devant une rangée de cylindres de verre qui contenaient des bougies de couleur semblables à celles aperçues au cimetière sur la tombe de Catalina Cruz. Mais celles-ci étaient différentes. Un squelette blanc était imprimé sur le verre, faux en main et longue cape sur les épaules, qui se détachait sur la cire colorée. Sous les os de ses pieds, une inscription parachevait l'ensemble : *La Santísima Muerte*. La Sanctissime Mort.

Pourquoi pas, après tout ?

Il hésita entre le rouge et le noir, et finit par arrêter son choix sur la faucheuse en robe de sang.

– Le rouge, hein ? C'est pour attirer l'amour, daigna expliquer la tenancière tandis qu'elle enroulait la chose dans un papier de soie et le tendait à Zambudio.

Il se demanda si la grosse femme était réellement la Julia de l'enseigne. Il se contenta de remercier et s'empara nonchalamment d'une des nombreuses cartes de visite déposées devant la caisse.

– C'est un *curandero* très puissant, *señor*, ajouta-t-elle comme il fermait la porte en glissant la carte dans la poche arrière de ses jeans.

Et elle s'empara d'un spray de saint Antoine dont elle vaporisa une giclée dans son sillage.

Posée à côté de son ordinateur portable, la *Santísima Muerte* était du plus bel effet. Un parfum de rose fanée s'en dégageait, tandis qu'elle jetait sur les touches du clavier ses lueurs de chapelle ardente. C'était d'une gaîté folle. Zambudio tournait et retournait entre ses doigts la carte de visite orange fluo.

– Venez vers 17 heures, avait proposé *El Matapollos*. Je vous attendrai.

Certes, il y avait le téléphone, mais le repaire du guérisseur n'était guère plus qu'un cabanon de parpaings du *barrio* Altavista, en bordure du fleuve.

– On m'appelle le « Tueur de poulets » parce que j'obtiens toujours de très bons résultats en sacrifiant des poulets, lui expliqua *El Matapollos*. À votre avis, quel est le médicament le plus répandu au monde ? avait-il encore demandé.

– L'aspirine, risqua Toni.

– Détrompez-vous, c'est le poulet. En Afrique, bien sûr, mais pas uniquement. Et même en Europe, les sorciers en ont sacrifié régulièrement jusqu'à une époque récente. Pour lire l'avenir, éloigner les mauvais esprits, faire tomber les fièvres.

Le journaliste exposa la thèse émise par Harding et Pazos au guérisseur.

– Mmmm... Ce pauvre poulet a remplacé depuis longtemps le fils d'Abraham sur l'autel. La barbarie a d'autres visages, plus modernes. La technologie permet des variations plus massives, et bien plus radicales, *señor periodista*. Ce serait faire offense au *Mayombe* d'imaginer qu'en son nom on assassine. Il s'agit d'une religion à part entière, pas d'une secte.

Zambudio regardait autour de lui. L'officine du guérisseur ressemblait comme deux gouttes d'eau à une succursale de la « Botánica Julia ».

Et l'homme lui-même à un porte-accessoires du magasin en question.

Il était coiffé d'un chapeau de paille déformé, surmonté d'une plume de coq. Un crotale desséché était enroulé autour de la base de son galure. Une chemise de cow-boy bordeaux ornée d'une scène de marquage du bétail en ombre chinoise flottait sur sa maigre carcasse. Un collier surchargé d'amulettes, de pendentifs, de crocs, de griffes d'ours tressautait sur son bréchet, par l'échancrure ouverte.

Seuls ses yeux fiévreux émergeaient d'un visage mangé par une barbe en broussaille.

Il devait avoir du sang noir aussi, à en juger par la

couleur de sa peau. Les écouteurs d'un walkman pendaient autour de son cou ridé.

– Ne pourrait-on s'emparer d'un certain nombre de principes du *Mayombe* et les détourner de leur sens ? demanda encore Toni.

L'autre tendit la main. Son geste ne permettait aucune équivoque.

– Je ne donne pas de consultation gratuite.

– Il s'agit d'une interview, objecta le journaliste.

– En ce cas, il ne me reste qu'à vous raccompagner.

À contrecœur, Zambudio sortit de son portefeuille deux billets de 50 pesos.

– Les gros chiffres sont de meilleurs talismans, *señor*, fit l'autre, imperturbable.

Toni hésita, puis il rajouta un troisième billet avant de ranger ostensiblement son argent au fond de sa poche.

– Détourner le *Mayombe* de son sens premier, en faire un instrument de mort, hein ? Tout est possible, *señor*, mais celui ou ceux qui feraient une telle chose s'exposeraient à de grands dangers. Ou alors il faudrait qu'ils soient très puissants. Vraiment très puissants. Nous parlons de magie noire.

– Avez-vous entendu parler de l'affaire de Matamoros ?

Le *Matapollos* tressaillit.

– Si ce sont ces gens-là qui tuent ici, ou leurs semblables, alors, que Dieu nous protège, car le Mal absolu est à l'œuvre. N'oubliez pas ce qu'on dit de Juárez.

– Et qu'en dit-on ? Qu'il y a beaucoup de *mayomberos* ? Que le diable y est à l'œuvre ?

Le Tueur de poulets avait laissé échapper un rire amer.

– Ah ! Le diable, hein ? à l'œuvre ici ? Non, vous n'y êtes pas. Juárez est la ville où même le diable a peur de vivre, tant cette ville est violente. Voilà ce qu'on dit. Mais le Mexique n'est pas Cuba, *señor*, et les gens d'ici pratiquent surtout un mélange de catholicisme, de vestiges des religions indiennes et de *santería mayombera*.

C'était presque mot pour mot ce qu'avait dit Harding. Enfin. L'information était au moins en partie vérifiée, mais à part un papier d'ambiance, il n'y avait pas grand-chose à tirer de ce rendez-vous avec le *curandero*. 150 pesos, c'était cher payé. Il prit congé.

Juste comme il allait quitter la cabane du vieil homme, celui-ci le rappela.

– *Señor ?* Nous n'avons parlé que des autres, pas de vous.

– Il s'agissait d'une interview, pas d'une consultation.

– Rasseyez-vous. Je vous l'ai dit, je ne donne pas de consultation gratuite. Mais vous m'avez payé et je ne suis pas un charlatan.

– Désolé, je ne suis pas intéressé.

– Vous n'allez pas divorcer.

– Quoi ? Qu'est-ce que… mais comment savez-vous… ?

– Décidément, pour un journaliste, vous n'écoutez pas beaucoup. Je viens de vous le dire, je ne suis pas un charlatan.

Sous l'effet de la surprise, Toni s'était rassis. Qu'est-ce qui, dans son attitude, avait bien pu le trahir ?

– Cette ville n'est pas bonne pour vous. Il vous est déjà arrivé quelque chose de grave, ici, par le passé, et vous venez chercher réparation. Je vois du sang, beaucoup de sang. Ne bougez pas, je reviens.

Le vieil homme se leva, reconnecta le walkman attaché à sa ceinture à ses écouteurs, et appuya sur « *play* ». Il se dirigea d'un pas claudiquant vers le fond de la pièce, écarta un rideau et disparut dans une arrière-cour, happé par la nuit. Pétrifié, Zambudio attendit.

Les chuintements des pneus, la rumeur de l'autoroute américaine, en face, de l'autre côté du Río Bravo, parvenaient jusqu'à lui.

Moins de deux minutes plus tard, le vieux était revenu avec dans une main un poulet caquetant de panique et battant des ailes frénétiquement, dans l'autre un hachoir. D'un geste sûr, il plaça la bête sur le bois usé de la table branlante et l'ouvrit en deux, net, d'un seul coup. Les organes encore palpitants de l'animal se délitèrent tandis que les plumes blanches se couvraient d'un épais liquide vermeil.

Longtemps, il contempla le spectacle des viscères étalés sur la table. Il n'avait pas quitté ses écouteurs et sa tête remuait au rythme de la musique.

Toni, hébété, restait sans réaction.

– Non, vous n'allez pas divorcer. Mais vous devez partir. Vous courez ici un grand danger. Partez, quittez la ville. Vous ne réparerez pas les injustices passées.

Le journaliste se leva, mal à l'aise. La lampe du plafonnier emprisonnait dans son cercle de lumière le cadavre tiède du poulet sacrifié.

Le *curandero* fit trois pas jusqu'à une étagère où il prit une chandelle verte.

– Je vais vous offrir un cadeau. C'est pour votre protection. Ce sont les Sept Puissances Africaines : Chango, Orula, Oggun, Elegua, Ochun, Yemaya et Obatala. Vous la ferez brûler près de votre lit, et chaque soir vous direz ces mots : « Ô Sept Puissances qui êtes près de notre Sauveur, je m'agenouille humblement devant vous pour vous demander d'intercéder pour moi auprès de Dieu le Père afin qu'il me protège. Entendez mes prières et ma foi en vos pouvoirs. »

Les puissances apparaissaient sur le cierge dans des médaillons imprimés, sous l'aspect de saints, de moines et de vierges, semblables à ceux entrevus dans l'herboristerie.

– J'aimerais savoir une chose. Qu'est-ce que vous écoutez, dans votre walkman ?

Le guérisseur leva la tête, l'air de ne pas comprendre

Zambudio lui montra ses oreilles d'un geste de l'index.

– Oh ça, fit le Tueur de poulets, en écartant les écouteurs. C'est *Don Juan* de Mozart. Je me soigne avec la musique.

Mercredi 28 février 1997. Prison d'État de Ciudad Juárez.

Quand même. Il était chimiste, il avait bien vu que quelque chose ne tournait pas rond.

Quand son patron lui avait dit vouloir louer l'usine de cadenas, antivols et autres serrures Cerraduras Locks pour reprendre l'activité, il avait tout de suite tiqué.

L'entreprise était située dans la Colonia Moreno, à l'est de la ville.

Elle avait été fermée par décision administrative en 1993, à peu près à l'époque de son arrivée. Il se souvenait d'avoir lu quelque chose là-dessus dans le *Diario de Juárez*.

Pour que l'on fermât une *maquiladora*, il avait fallu que le cas fût gravissime. Il l'était. Dans la *calle* Ramón Rayón qui longeait les bâtiments de Cerraduras Locks, les riverains se plaignaient depuis quelque temps de migraines, d'hémorragies nasales, d'irritations de peau et d'allergies diverses, d'affections des voies respiratoires et que savait-il encore.

L'affaire ne serait sans doute pas allée plus loin si, le 24 juin 1993, la petite Andrea Clara Hurtado n'était allée jouer pieds nus avec un fût rempli de déchets toxiques, abandonné à même la rue. L'enfant était rentrée chez elle en hurlant de douleur, dans les bras d'un passant qui l'avait ramassée, les pieds brûlés au second degré.

Les parents et les voisins, indignés, avaient porté plainte contre les propriétaires de la *maquiladora*, des Européens. Les prélèvements effectués dans le sol à un mètre de profondeur avaient révélé dans tout le quartier une concentration anormale de cyanure, de chrome, de nickel et de zinc. Devant l'ampleur du scandale, et le fait qu'entre-temps trois enfants mal formés étaient nés dans la *colonia* en quelques semaines, les autorités locales avaient promulgué un arrêté de fermeture, à la satisfaction générale. Aussi Fouad El Aziz ne voyait-il pas bien comment son patron allait s'y prendre pour redémarrer la fabrication depuis les cadenas jusqu'aux portes blindées sans modifier en profondeur toute l'infrastructure des bâtiments afin de les mettre aux normes. Tout ça allait coûter une fortune. Comme il devait rédiger un rapport sur les possibilités du lieu, il avait fait une visite dans les locaux de Cerraduras Locks.

Des centaines de fûts frappés du sigle à tête de mort gisaient renversés dans un magma à l'odeur âcre. Il avait eu beau protéger ses narines avec un mouchoir, ses yeux le piquaient et il pouvait sentir les larmes ruisseler sur ses joues. Ces salopards s'étaient contentés de coller un de leurs foutus cadenas sur la porte avant de tailler la route, laissant les lieux en l'état. À son arrivée, il avait trouvé la porte fracturée. Comme il repartait, bien décidé à faire un rapport négatif à son patron, il avait entendu un bruit dans l'atelier qui donnait sur la salle où il se tenait.

Prenant garde à ne pas marcher dans les flaques dont le mélange mortel imbibait le sol, il s'était avancé jusqu'à l'embrasure d'une baie vitrée. De là, il avait vu distinctement trois types en combinaison blanche et gants de caoutchouc épais affairés à renverser des fûts de nickel-cadmium. Bonjour la nappe phréatique.

À ce moment-là, il aurait dû crier – qu'est-ce que vous foutez ! –, ou bien filer, alerter la police. Son passé chargé, la trouille, peut-être : il s'était éclipsé à reculons, le plus silencieusement possible. Il était allé se poster dans sa voiture de fonction, un petit van Toyota gris, devant l'entrée de l'usine.

Il n'avait pas eu à attendre longtemps avant de voir sortir les types charriant les bidons vides. Ils les avaient arrimés sur le plateau d'un pick-up truck jaune de marque Chevrolet, immatriculé dans l'État de Chihuahua.

Machinalement, il avait relevé le numéro et quand les trois hommes étaient montés dans la camionnette après avoir enlevé leurs combinaisons, il les avait suivis. Ils avaient roulé vers l'ouest, jusqu'à la Colonia Anapra, une des plus pauvres de la ville. Il n'y avait là ni électricité ni eau potable. Fouad El Aziz avait compris quand il avait vu décharger les fûts au milieu du bidonville. Quelques familles s'étaient avancées, avaient sorti de leurs poches une poignée de pesos pour les acheter et s'en retourner vers ce qui leur servait de foyer, portant à dos d'homme les récipients de plastique. Muselé par l'horreur, il avait assisté au passage du camion qui livrait l'eau potable dans la *colonia* tandis que les trois hommes repartaient. Il avait vu les fûts se remplir d'une eau claire et consommable transformée en poison. Et les salauds n'avaient même pas pris la peine de rincer les bidons, ni d'ôter les étiquettes au crâne évocateur. De toute façon, ces pauvres gens étaient totalement incultes et illettrés.

Fouad El Aziz avait eu aux États-Unis de nombreux démêlés avec la police, et celle d'ici était pire encore. Aussi s'était-il contenté de préparer un rapport accablant qu'il avait remis à son patron, lui recommandant formellement d'abandonner le projet.

Un an s'était écoulé avant qu'il ne découvre par hasard, en compulsant des documents, que les propriétaires de Cerraduras Locks avaient finalement cédé leur clientèle à son directeur, et que celui-ci avait repris l'activité, mais clandestinement, sans effectuer aucun aménagement de mise en conformité. Il s'était contenté de connecter l'évacuation des produits chimiques au réseau des eaux de la Municipalité. L'usine, fermée par décision administrative, tournait à plein, sans agrément officiel.

C'était tout bénéfice.

C'est à ce moment-là qu'il avait été arrêté. Bien sûr, il avait un passé chargé aux États-Unis. C'était exact, avait-il avoué, il avait été condamné pour viol. Mais il s'était soigné, il s'était soumis à une longue thérapie et avait avalé des tas de médicaments. C'était vrai, depuis son arrivée à Juárez, il avait passé tant de soirées dans les *cantinas* qu'il connaissait bibliquement à peu près toutes les putes de la ville. Sans compter toutes les ouvrières qu'il avait culbutées dans sa voiture personnelle, une Grand Marquis blanche flambant neuve.

Mais il était un homme, après tout, et les filles ne crachaient pas dessus.

Faut dire, elles étaient pas très farouches : il avait un physique avantageux, et ça leur plaisait bien, à ces greluches, d'être vues par les copines dans une belle bagnole en compagnie d'un type plutôt bien balancé. Sans compter qu'elles économisaient le trajet en bus.

Aussi, un arrêt vite fait dans un coin sombre était rarement pour leur déplaire. Le seul problème était qu'elles étaient jeunes, vraiment très jeunes, à peine quatorze ans, parfois.

Certes, le travail n'était autorisé qu'à partir de seize ans dans ce pays, mais elles falsifiaient toutes leurs papiers pour pouvoir bosser plus tôt.

Leur âge était vraiment un problème, d'autant qu'elles n'avaient généralement qu'une idée en tête, se faire épouser.

Fouad El Aziz en était là de ses réflexions, au fond de sa cellule de la prison d'État, quand retentit le signal de la promenade. Les hauts murs de la cour, surmontés d'un grillage et d'une frise de barbelés, étaient dominés par quatre miradors.

L'immense majorité de la population pénitentiaire était constituée des *cholos*[1] de Juárez. Il y avait là les gangs du *barrio* del Mimbre, du *barrio* Zacatecas, du *barrio* Fronterizo.

Ils se distinguaient par la couleur de leurs bandanas et formaient dans la cour des groupes séparés occupés à faire des exercices de musculation. L'effort gonflait leurs biceps, les tatouages rituels saillaient sous une pellicule de sueur : « *Smile now, cry later* », le *carpe diem* des gangs souligné des deux masques antiques, celui qui rit, celui qui pleure, ou bien encore des christs ensanglantés, des vierges de Guadalupe rayonnantes. Les *cholos* étaient des pratiquants fervents, et ils le prouvaient.

Tous avaient au creux de la main, entre le pouce et l'index, les trois points symboliques communs aux gangs, qu'ils fussent *chicanos* aux États-Unis ou mexicains à Juárez : « *Mi vida loca* », ma vie folle. En clair, vivre vite, mourir jeune, et faire un beau cadavre. Les surnoms des *cholos* étaient tatoués à la base de leur nuque, sous les cheveux brillantinés, plaqués sur le crâne par un filet. Il y avait « Lleno », « Pelón », « Flaco », « Pinguín », « Negro », tous *puros pelones*, des purs et durs qui arboraient une larme tatouée au coin de l'œil, le signe de reconnaissance des taulards.

À longue peine, grande larme.

À un angle de la cour, trois types du *barrio* Arroyo Colorado en marcels moulants et baggies rappaient en spanglish.

1. *Cholos* : voyous, membres des gangs.

En prison, il est aisé de se procurer une arme. Mais rien n'est plus facile que de s'en fabriquer une, tous les habitués de la taule vous le diront. Avec une brosse à dents, par exemple.

On entoure les poils de nylon synthétique d'un sac en polyuréthane et on fait fondre le tout à la flamme d'un briquet. Le magma de plastique ainsi obtenu est très dur. Il ne reste plus qu'à l'aiguiser soigneusement, contre un mur. Ça peut prendre des heures, voire des jours si l'on est perfectionniste, mais le résultat est une arme aussi dangereuse qu'un rasoir.

Ce matin-là, dans la cour de la prison, Fouad El Aziz ne sentit pas « El Chopi », du *barrio* Cuauhtemoc, s'approcher de lui par-derrière et lui trancher la gorge.

Il se trouva que pendant ce temps les gardes, dans leurs miradors, regardaient ailleurs. L'Américain ne put même pas crier. L'instrument était si coupant que, dans son geste – d'une oreille à l'autre –, le *cholo* trancha les cordes vocales au niveau du larynx.

El Aziz s'affaissa sur les genoux en roulant des yeux étonnés. Un tablier de sang inondait sa chemise. Il bascula en avant ; les soubresauts qui l'agitaient accéléraient l'hémorragie. Il fut encore parcouru un moment de frissons, de tremblements de plus en plus faibles, et il mourut.

« El Chopi » s'éloigna en sifflotant, faisant voler la poussière de la cour avec ses grosses Nike.

Jeudi 29 février 1997. Ciudad Juárez.

À son réveil, Toni avait essayé d'appeler Fina et les enfants, à Madrid.

Toujours personne. C'était pourtant la fin de l'après-midi, là-bas. Bizarre.

Il prenait à présent son petit déjeuner – malgré son estomac fragile, il avait définitivement adopté les *huevos rancheros* généreusement assaisonnés de *chile* – en lisant le journal local. Il n'avait battu la presse mexicaine que d'une courte journée. Sans compter les radios et les télés.

El Norte titrait sur toute la une : « ÇA RECOMMENCE ! » Une photo d'identité de Liza Guevara illustrait l'article. C'était l'image d'une jeune fille sage. Elle aurait pu être la sœur de Catalina Cruz. Mêmes cheveux longs, même teint mat, mêmes yeux bridés.

Anonymat protégé, qu'il disait, Pazos. Tu parles ! Il parcourut l'article.

Il ne put dénicher la moindre allusion au lieu de travail de la victime, pas plus qu'à son domicile. Il était juste question d'une ouvrière d'une *maquiladora* qui vivait dans une *colonia* des faubourgs de Juárez. Autant chercher une aiguille dans une botte de foin. Et pourtant, la feuille de chou locale avait dû proposer une bonne *mordida* au chef de la police. Peut-être qu'après tout Pazos était le seul flic intègre de cette foutue ville. Toni observa longuement le portrait en noir et blanc, un peu flou. Les Photomaton étaient toujours des énigmes, les visages y apparaissaient comme des fantômes, muets, illisibles. Il poursuivit sa lecture.

On s'interrogeait sur les suites que la justice donnerait à l'affaire. Une dépêche émanant d'une agence internationale faisait état des révélations de Toni publiées par le grand quotidien espagnol *El Diario*.

Quant à l'Europe, vue d'ici, ce n'était vraiment pas grand-chose : une nouvelle vague d'attentats de l'ETA au pays basque occupait à peine un entrefilet en avant-dernière page et les démêlés existentialo-maastrichtiens de l'Angleterre n'occupaient guère plus d'espace.

Une pleine page était par contre consacrée à la disparition d'un photojournaliste local.

Il regarda la rue par la baie vitrée de la salle de restaurant déserte.

Un vent de sable s'était levé et la poussière brûlante venait heurter comme un crachin les vitres teintées. Au-dehors, tout était noyé dans la tempête. Un serveur à moustaches s'approcha et lui demanda s'il désirait encore un peu de café. Zambudio pensait au reporter photographe du quotidien *El Norte*, évanoui dans l'étendue sans fin des buissons de *mesquite* et des *palos verdes* malingres.

Aux victimes des meurtres, aussi.

Il était possible qu'elles n'aient pas toutes été découvertes. Il se pouvait qu'il y en eût d'autres, dévorées par la poussière du désert.

Toni décida d'appeler le chef de la police et de tenter à nouveau de prendre rendez-vous avec le juge en charge de l'affaire.

Alfonso Pazos était en réunion et désirait ne pas être dérangé, c'est du moins ce qu'il lui fit répondre. Après que le journaliste eut franchi une série de barrages téléphoniques, on finit par le brancher sur le secrétariat du juge Gandolfo, chargé d'instruire le procès des « Diables de Juárez ».

– C'est à quel sujet ? s'enquit une voix féminine pleine d'élégance, mais non dénuée d'une pointe d'arrogance.

Juste la dose nécessaire pour que Toni ait l'impression d'être un de ces *guzanos*, ces gros vers blancs qui marinent au fond des bouteilles de mescal.

Il entreprit d'expliquer sa démarche afin que la fille, qui devait être en train de se faire les ongles, à tous les coups, transmît son appel au magistrat.

– Non, *señor*, je ne peux pas vous le passer. Il est actuellement en réunion. Oui, je comprends bien, vous avez fait des milliers de kilomètres pour le voir, mais il est justement occupé par l'affaire qui vous intéresse. Des faits nouveaux se sont produits ce matin, qui bouleversent le paysage du futur procès. Le *señor* Gandolfo tiendra une conférence de presse dans l'après-midi, à seize heures, dans les locaux de la mairie. Non, je ne peux rien vous dire avant. Oui, c'est ouvert à tous les journalistes. De rien, *señor*. Au revoir.

Il essaya à nouveau d'appeler Harding. En vain. Décidément, ce n'était pas son jour. Bien sûr, il avait fait un carton au journal, avec son article de l'avant-veille, mais ils ne s'en contenteraient pas longtemps. Il essaya la télé, pour voir si l'on parlait de quelque chose. Toutes les chaînes mexicaines faisaient état de ses révélations.

Il zappa au hasard et tomba sur un canal de Dallas. Une série de tornades avaient ravagé l'ouest de la Louisiane et le nord-est du Texas, causant sur leur passage des millions de dollars de dégâts et occasionnant la mort d'au moins trente personnes. Dehors, la tempête n'avait pas désarmé, mais il n'y avait pas l'ombre d'une goutte d'eau en vue. La ville était nimbée d'une lumière de fin du monde. On aurait pu croire à une éclipse de soleil. Peu de passants se risquaient dans les rues brûlantes.

Il mit presque trois quarts d'heure à se rendre à ce qu'il pensait être le lieu de la conférence de presse. Le sable obscurcissait tout, pénétrant par les interstices dans l'habitacle de la Sedan. Toni était allé tout droit à l'ancienne mairie, derrière la vieille cathédrale.

Il fut tout étonné de trouver les lieux abandonnés. Les volets ouverts béaient sur leurs gonds arrachés en grinçant, les fenêtres borgnes claquaient au vent. Seules les portes massives restaient désespérément closes. Il tourna autour du bâtiment en se protégeant des nuées de poussière avec son blouson.

Partout, c'était le même abandon. Des tuiles manquaient au toit, les câbles électriques étaient rompus.

Et pas un chat. Il consulta la montre à 60 pesos qu'il avait fini par acheter.

Les diodes à cristaux liquides affichaient 16 : 45. La conférence était commencée.

Merde.

Il aperçut à travers la bourrasque une gargote ouverte qui vendait du poulet grillé.

Là, on l'informa que la Municipalité avait abandonné les locaux au moins vingt ans auparavant pour s'installer dans des bâtiments plus modernes à l'autre bout de la ville. Personne ne put lui expliquer pourquoi le plan fourni aux visiteurs indiquait toujours l'hôtel de ville au même emplacement.

Dégoûté, il commanda une bière et entreprit de drainer le sable amassé au coin de ses yeux à l'aide de son index. Le tenancier morose lui servit une Bohemia au bar et Zambudio, la gorge desséchée par le vent, emboucha la canette.

Le patron était retourné à la contemplation de la télé et Toni faillit s'étrangler en voyant les premières images de la conférence de presse retransmise en direct sur la chaîne locale. Gandolfo et Pazos étaient assis à une tribune et répondaient aux questions des journalistes. L'Espagnol demanda qu'on monte le son et le gargotier s'exécuta de mauvaise grâce :

« ... et sommes obligés de convenir que de fait, après l'assassinat ce matin à la prison d'État au cours d'une rixe du suspect principal, le Libano-Américain Fouad El Aziz, la vague de crimes sadiques survenus ces dernières années gardera toujours une part de mystère. »

L'auteur présumé des meurtres en série avait été égorgé la veille, sans que l'on pût véritablement désigner l'auteur du crime, lequel aurait agi en état de légitime défense, selon les vagues témoignages dont disposaient les enquêteurs.

Sans attendre la fin de la conférence de presse, il se fit indiquer le chemin de la nouvelle mairie par le patron et fonça hors du petit restaurant.

Avec le crépuscule, la tempête avait diminué en intensité.

En faisant vite, il avait peut-être le temps de choper l'une des deux personnalités en charge de l'affaire, à la sortie de la conférence.

Avec un peu de chance, il obtiendrait un entretien particulier sur les derniers rebondissements.

Encore que la chance, aujourd'hui...

Il se gara n'importe comment et gravit quatre à quatre les marches de l'hôtel de ville juste comme Pazos et Gandolfo sortaient, entourés de journalistes qui continuaient à les noyer sous un flot de questions, micros tendus. Zambudio se rua dans la mêlée et parvint à atteindre le juge et à se présenter. À l'énoncé de son nom, toutes les têtes s'étaient tournées vers lui. Des visages empreints de jalousie professionnelle. Le magistrat lui répondit sèchement que désolé, il n'avait rien à ajouter à ses déclarations officielles. Toni crawla à travers la foule vers le chef de la police qui le reconnut :

– Ah, *señor* Zambudio, comment allez-vous ? Je vous imaginais quelque part dans le ciel, au-dessus de l'Atlantique.

Pazos opposa une fin de non-recevoir à sa demande d'entrevue :

– Je croyais pourtant avoir été clair avec vous, avait-il dit, j'ai payé ma dette. Je ne saisis pas très bien ce que vous faites encore ici. De plus, la situation a changé considérablement depuis hier, vous en conviendrez. Je crains que l'essentiel de cette histoire ne nous échappe, à vous comme à moi, et que vous ne soyez réduit à raconter la même version des faits que vos confrères. *Adiós*, et bonne fin de séjour à Juárez, *señor* Zambudio. Sans doute ne tarderez-vous pas à nous quitter.

Dans un dernier effet de manches, le juge Gandolfo annonça que le procès des « Diables de Juárez » débuterait malgré tout d'ici une dizaine de jours.

« Les Diables de Juárez. » La formule inventée par Toni avait déjà fait florès.

Au moins, il pourrait peut-être un de ces jours revendiquer des droits d'auteur sur l'expression.

S'en retournant vers sa voiture, il se dit que finalement sa chance ne l'avait peut-être pas complètement abandonné : la VW de location était encore à sa place, malgré la désinvolture avec laquelle il l'avait garée.

Il changea d'avis lorsqu'il s'aperçut que les plaques d'immatriculation avaient disparu. C'était le système mis au point par les contractuels locaux pour que les contrevenants s'acquittent de leurs amendes. Ils dévissaient les plaques, et vous deviez aller les récupérer au commissariat le plus proche en échange du règlement de votre contravention.

L'estomac de Zambudio se recroquevilla à l'idée de retourner chez les flics.

Il prit le chemin du motel, remettant la corvée au lendemain.

29 février 1997. 18 : 00.

Les articles de journaux avaient rejoint sur les murs de la chambre d'hôtel une grande carte de la ville. Au pied de la photo granuleuse de Liza Guevara publiée par *El Norte* se consumaient les « Sept Puissances Africaines » et la « Sanctissime Mort ». Zambudio ressassait sa guigne inlassablement, tournant et retournant dans sa tête l'article foireux qu'il allait expédier à Madrid. Il réessaya d'appeler Fina.

Deux heures du matin, là-bas, elle serait sûrement chez elle. Elle décrocha à la deuxième sonnerie. Elle lui annonça brutalement la nouvelle.

– C'est Diego, expliqua-t-elle comme il la questionnait. C'est arrivé ce matin. Une voiture, le truc idiot : il jouait avec des copains, il a traversé sans regarder. C'est pour ça que tu ne m'as pas jointe. Ç'aurait pu être beaucoup plus grave, il a une jambe cassée, ça devrait bien se remettre. L'embêtant, c'est surtout qu'en chutant sur le pavé, il s'est cogné la tête. Il a un petit traumatisme crânien. Il devrait sortir de l'hôpital après-demain si tout va bien. Ils ne le garderont pas longtemps, il est en observation, mais j'ai eu peur, un coup de fil à cette heure-ci, j'ai cru que c'étaient eux qui m'appelaient, qu'il y avait un problème.

Même à distance, il sentait encore le relent de panique dans sa voix.

– C'est de ma faute, se crut-il obligé de répondre. C'est quelque chose qu'il a fait pour se venger, parce que je ne les avais pas pris pour le week-end. Je n'aurais pas dû accepter de partir avant le lundi.

– Épargne-moi au moins ta psychanalyse de bazar, Toni. Tu n'es pas le centre du monde. Ils étaient furieux après toi, les garçons, c'est vrai, et moi aussi. Mais on peut faire sans toi. En fait, on a toujours fait sans toi. Et on continue. Comment ça va, ton reportage, ça avance ? elle demanda à brûle-pourpoint.

– Ça pourrait aller mieux, répondit-il, étonné.

Elle détestait son métier.

– Toni ? demanda-t-elle encore, et sa voix s'était radoucie.

– Oui, je t'écoute.

– Est-ce qu'on ne pourrait pas accélérer la procédure ? Tu sais… pour le divorce. Je, euh, je vais me remarier, Toni.

– Je vais te laisser, maintenant, répondit-il pour biaiser, je rappellerai ces jours-ci pour avoir des nouvelles des enfants. À bientôt, embrasse-les pour moi.

Et il raccrocha sans lui donner le temps d'ajouter quelque chose, caressant sa barbe chaque jour un peu plus drue.

Une mauvaise nouvelle n'arrivait jamais seule, décidément. Quelle journée.

Heureusement, elle tirait à sa fin.

Il avait à peine reposé le combiné que la sonnerie retentit de nouveau.

– Toni ?

– Harding ! J'ai désespérément tenté de vous joindre. Où êtes-vous ?

– Écoutez, j'ai passé un peu de temps sur l'autre rive du fleuve. J'avais du boulot là-haut, mais me voici de retour au Mexique, au moins pour quelques jours. On attend le rapport d'autopsie de la petite Guevara. Peut-être que le *modus operandi* du meurtre nous apportera du nouveau. Au fait, que me vouliez-vous ?

Zambudio lui fit un récit détaillé de son court voyage exploratoire dans les milieux de l'occultisme *juarense*. Pour finir, il s'ouvrit à Harding de son dépit de ne pouvoir pousser plus loin son enquête.

– Mon vieux, on en est tous là. On a une intuition, et chaque nouveau meurtre nous conforte dans nos convictions. Mais voilà, on n'a pas l'ombre d'une preuve pour étayer tout ça. Si seulement on pouvait mettre la main sur l'endroit où ils les tuent. Elles ont toutes été déplacées après coup. Il doit y avoir un autel sacrificiel quelque part, tout près d'ici. Mais on ne peut pas fouiller une par une toutes les maisons de Juárez. Et on ne peut pas mettre un flic derrière chaque citoyen.

– Et Pazos ? Qu'en pensez-vous ?

– Oh, lui ? C'est un homme accablé. Par l'incompétence de ses services, ses relations plus que médiocres avec les *federales* et surtout avec les politiques. Comme personne n'a pu l'acheter, forcément, ils le détestent tous. Et il le leur rend bien. C'est un type qui aime son métier, qui fait ce qu'il peut. Mais c'est un policier de petite stature. Quand on pense que même les agents du FBI rompus à ce genre d'enquêtes y laissent des plumes… on ne sait pas très bien expliquer le processus, mais confrontez un type à des stress violents et il somatise de façon incroyable : ulcères, troubles cardiaques, pertes subites de poids, cancers foudroyants. Sans compter les très classiques insomnies, dépressions et suicides qui en ont découlé. Certains de nos hommes sont littéralement morts d'avoir trop travaillé sur des meurtres en série. Alors, Pazos, hein ! Écoutez, ce n'est pas mon problème, mais… j'ai été très étonné que vous ne soyez pas rentré à Madrid après notre rencontre. Il n'y a rien de plus, pour l'instant, à tirer de cette affaire. Vous devriez retourner chez vous, quitte à revenir s'il y a du nouveau. Pazos est furieux contre vous. Il ne pensait pas vous trouver encore dans ses pattes. Il s'est fait descendre par le juge Gandolfo, qui se doute bien qu'il est à l'origine de vos révélations.

– Pazos avait quand même peut-être raison, en disant que ça risquait de faire sortir le loup du bois. Regardez ce qui est arrivé à El Aziz.

– J'en sais rien. J'en sais foutrement rien. C'est le Mexique, ici, mon vieux. On ne saura sans doute jamais ce qui est arrivé à El Aziz, ni même si c'était lié aux raisons qui l'ont conduit en prison.

Vendredi 1er mars 1997. Motel La Vela. 04 : 00.

L'acide forait lentement un puits à travers les parois de son estomac. Cassé en deux, le dos calé par trois oreillers, Toni regardait sans vraiment le voir un documentaire sur les lémuriens de Madagascar, crucifié par la douleur. Il avait à peine dormi trois heures avant d'être réveillé par les spasmes.

Combien de fois n'avait-il pas tourné en rond, en proie à l'insomnie dans l'appartement de Madrid en train d'angoisser devant un écran, hypnotisé par Dieu sait quelle merde.

Qui ne s'était jamais retrouvé à quatre plombes du mat' scotché à une émission de téléachat italienne chopée par satellite ne savait pas quels tréfonds pouvait atteindre la médiocrité cathodique.

Il fut secoué par une lame de fond plus violente que les autres et n'eut que le temps de foncer vers les chiottes où il vomit un flot de bile.

Il essaya bien d'allumer une cigarette pour chasser le goût amer, mais il comprit très vite que ce n'était pas vraiment une bonne idée.

Au rez-de-chaussée, les narcos avaient recommencé leur sarabande.

Il y avait un truc qui clochait. Pazos, Harding, Gandolfo, ils ne rêvaient tous que d'une chose, le savoir dans un avion pour Madrid.

Le jour pointait déjà à travers les rideaux lorsqu'il se rendormit enfin, épuisé.

Perez écumait au bout du fil. Est-ce qu'on le prenait pour un con, est-ce que Toni imaginait que les images du câble n'arrivaient pas jusqu'à Madrid ? Le principal suspect de la plus grande affaire criminelle de l'histoire du Mexique était assassiné dans la cour de sa prison, l'info était reprise par tous les journaux de la planète, et lui, Perez, n'avait reçu aucun article sur la question, alors qu'il avait expédié un envoyé spécial à Juárez pour couvrir l'événement. Qu'est-ce que c'était que ce bordel, il avait dû se contenter comme tout le monde de reprendre les dépêches d'agences. À quoi servait ce fils de pute de Toni Zambudio, nom de Dieu ? Est-ce qu'il se figurait qu'on lui offrait des vacances ?

Le journaliste laissa passer la tempête, faisant taire en lui l'envie de répliquer que Ciudad Juárez n'était pas vraiment le lieu de villégiature rêvé. Au lieu de quoi, il entreprit d'expliquer laborieusement à son chef de service qu'il venait de dénicher un éclairage inédit sur le climat qui entourait l'affaire.

Il parla de sa balade dans le Juárez occulte, de son entretien avec Harding, conclut en promettant de se mettre à rédiger dès ce soir un papier bétonné sur ce qu'il avait vécu ces deux derniers jours et omit de mentionner qu'il avait loupé la conférence de presse dont les images venaient de faire le tour du monde.

– Ça a intérêt à être bon, se contenta de marmonner Perez depuis l'Espagne, et il raccrocha.

Après tout, peut-être que l'Américain avait raison. Peut-être qu'il ferait mieux de rentrer à Madrid pour s'occuper de la jambe cassée de Diego.

Et merde, qu'ils aillent tous se faire foutre.

Zambudio décrocha le téléphone, se colla un oreiller sur la tête et rêva.

Des meurtres rituels ! Ben voyons. Et pourtant, il n'était pas mauvais, cet article. Elle relut une fois encore le texte qu'elle avait sous les yeux, avant de quitter le site d'*El Diario*, où elle l'avait dégoté, puis elle cliqua sur « éteindre ». Le ronron de l'ordinateur offert par une ONG internationale mourut dans un soupir.

Ils avaient tué Liza Guevara. Ces derniers temps, Guadalupe Vidal avait espéré que tout était terminé. Mais non. Tant qu'il en resterait une, ils continueraient. Sans merci. Et son tour viendrait, et la mort aurait ses yeux, sa chair. Elle frissonna en tendant la main vers son paquet de Raleigh chiffonné. Et merde ! Elle n'avait plus un rond à gaspiller pour les clopes. Les visages de toutes les femmes assassinées défilaient dans sa mémoire, toutes les *compañeras*, comme un cortège de fantômes.

Elle avait hésité avant d'accepter de parler au journaliste espagnol.

Elle était allée voir sur le site de son journal. Puis elle avait pris sa décision.

Qu'est-ce qu'elle allait bien pouvoir lui raconter, à ce fouineur de Madrid, sans mettre en danger sa vie, ni celles des survivantes ?

Parler, c'était mourir. Se taire, c'était mourir aussi.

Parle et meurs. Oui, elle aurait pu faire ça, si elle avait été seule.

Mais il y avait les autres filles. Et Angel. Qu'est-ce qu'il deviendrait sans elle ?

Guadalupe Vidal détourna le regard du cadre où l'adolescent lui adressait un sourire absent sur le bureau du petit local de l'Alliance des femmes.

Non, il fallait mettre le journaliste sur la piste, c'était ça, la bonne stratégie.

L'aider à mettre le doigt dans l'engrenage et dégager de là.

Après, il publierait toute l'histoire, et peut-être que ça s'arrêterait. Peut-être que ça les mettrait toutes hors de danger.

Pourvu qu'il soit malin.

Le cauchemar était toujours le même. Toujours la mort de sa mère.

Et comme à chaque fois, au moment où le *desperado* appuyait sur la détente, une détonation éclatait à ses oreilles en réponse.

Toni se réveilla en sursaut. Quelqu'un tambourinait contre la porte.

Il faisait grand jour.

– Voilà, voilà !

Il se leva maladroitement en clignant des yeux.

– *Señor*, il y a une dame, elle vous a appelé au moins quatre fois, et comme ça sonnait toujours occupé quand j'essayais de vous la passer, j'ai fini par décider d'aller voir si tout allait bien. Je commençais à m'inquiéter, fit une voix derrière la porte.

– Ça va, ça va, répondit Zambudio d'une voix enrouée. Quelle heure il est ?

– Quatre heures de l'après-midi, *señor*. Qu'est-ce que je fais, elle est encore en ligne, je vous la passe ?

– OK, c'est bon, je prends.

Il retourna jusqu'à son lit en se grattant les couilles et raccrocha le téléphone. Aussitôt, il se mit à sonner.

– Ben alors, qu'est-ce que vous foutiez, vous m'avez encore oubliée ou quoi ?

Bordel. Guadalupe Vidal. L'Alliance des femmes. Décidément, elle était marquée par le Destin, celle-là. Il l'avait complètement zappée.

Il se confondit en excuses tout en cherchant vainement dans les méandres de son cerveau embrumé un lieu de rendez-vous possible.

– Je viens vous chercher à votre hôtel, avant que vous ne disparaissiez encore dans la nature. Disons d'ici une demi-heure, ça vous va ? Au fait, je vous ai vu hier, à la télé, à la sortie de la conférence de presse, gloussa-t-elle. À tout de suite.

Avec un peu de chance, elle lui permettrait d'ajouter quelques lignes à son article. Il entreprit péniblement de s'habiller, poursuivi par un sentiment de malaise croissant.

Guadalupe Vidal attendait, sagement assise sur la banquette en skaï du hall de l'hôtel, son sac à main posé sur les genoux.

Elle se leva pour l'accueillir.

C'était une femme grande et charpentée, bien en chair. Sa peau mate, grêlée par une acné qui avait dû être tenace, contrastait avec des traits plus hispaniques qu'indiens. Le maquillage soulignait une toute petite bouche en cœur dans une grosse tête, presque sans cou, encadrée par un casque de cheveux courts. Elle aurait eu besoin d'une nouvelle teinture noire ; ses cheveux gris avaient repoussé d'au moins un centimètre à la racine. Elle portait une longue jupe de coton, couleur terre, des souliers plats – elle devait chausser un bon 42 – et le dépassait d'une tête. Sa poitrine opulente, qui se gonflait en cadence au rythme de sa respiration, était dissimulée sous un large T-shirt jaune.

Ils devaient plus ou moins appartenir à la même génération.

– Où est-ce qu'on va ? demanda Toni.

– Vous avez une voiture ? La mienne a rendu l'âme depuis belle lurette.

Comme le journaliste acquiesçait, elle conclut :

– Alors on va faire un tour. Je peux conduire ?

Zambudio objecta timidement que la VW de location n'était sans doute pas assurée pour elle.

– *Güero*[1], ici c'est le tiers-monde, on ne s'assure pas. Si on a un problème avec les flics, on arrangera ça avec une *mordida* à 100 pesos, ça coûtera moins cher, lança-t-elle d'un ton définitif en s'asseyant à la place du chauffeur. Vous savez quel est le deuxième pays le plus corrompu du monde ? Le Mexique. Et le premier ?

Comme Toni la regardait d'un air interrogateur, elle éclata de rire en répondant :

– Le Mexique, *cabrón*, mais nous avons payé le jury très cher pour être deuxième.

Elle venait de griller un feu rouge.

– C'est votre idée, le motel La Vela ?

– Non, c'est mon journal qui m'a installé ici.

– Eh bien, ils ont choisi leur endroit. C'est le pire repaire de narcotrafiquants de la ville ! Il y a un médecin au dispensaire de l'ONG pour qui je travaille qui a habité le motel. Quand il a débarqué de Chihuahua, il n'avait pas encore où loger. Il y a loué une chambre pour un mois en attendant qu'on lui trouve quelque chose. Une nuit, les flics ont enfoncé la porte de sa piaule, ils venaient arrêter un narco très recherché. Ils l'ont tiré hors du lit, ils ont pris le temps de lui administrer une bonne raclée avant de s'apercevoir qu'ils s'étaient trompés de chambre. Qu'ils ont dit. En attendant, le vrai trafiquant, dans la chambre voisine, réveillé par le bruit de la bagarre, avait pris la poudre d'escampette.

Elle obliqua brutalement à gauche, omettant d'utiliser son clignotant, et traversa le grand boulevard à quatre voies dans un concert de klaxons indignés pour s'engager dans l'avenue Plutarque Elias Calles, de propor-

1. *Güero* (argotique) : appellation familière.

tions plus modestes. Elle désigna un immeuble miteux de deux étages.

Le siège de l'Alliance des femmes n'était effectivement rien d'autre qu'une ancienne boutique, un rez-de-chaussée dans une rue calme derrière la gare routière, dans un quartier pavillonnaire.

– C'est là que je travaille, commenta-t-elle d'une voix devenue soudain monocorde, sans pour autant ralentir.

Elle se dirigeait à présent vers le vieux centre colonial de la ville.

– Alors, comme ça, vous faites un article sur les crimes de Juárez ?

Comme Toni portait à ses lèvres une Fortuna, elle lui en taxa une, la troisième depuis leur départ du motel.

Tout le temps qu'il fallut à Toni pour expliquer en détail la raison de sa venue au Mexique, elle ne cessa de fixer la rue en tétant le mégot comme si sa vie en dépendait, pied au plancher.

Le journaliste tentait désespérément de griffonner quelques notes sur son calepin. Avec les cahots, sur le bitume gondolé par la chaleur, le résultat tenait plus d'une courbe sismographique que d'une écriture lisible.

– Comment avez-vous réussi à connecter la récente vague d'assassinats avec d'autres meurtres de femmes plus anciens ?

– Ah ! Ça n'a pas été bien compliqué. Les femmes, ici, c'est un réservoir de chair fraîche. De la viande. Pour les hommes. Tous les hommes. – Elle lui jeta un regard en coin. – Maquereaux, flics, contremaîtres des *maquiladoras*, dragueurs à la petite semaine ou pères incestueux. C'est bien pour ça que nous existons. Il y a peu de temps encore, la plaine du Río Bravo n'était qu'une région à peine fertile au milieu d'un désert. Ces dernières années, Juárez a poussé à la vitesse d'un champignon. Les femmes, jusque-là cantonnées à la maison, ont été embauchées en masse dans les multinationales. Parce qu'elles sont plus malléables, disent les patrons. Et la seule chose positive, dans tout ça, c'est qu'elles ont goûté à la liberté. Avec un salaire. Ridicule, certes, mais un salaire tout de même. Elles y ont gagné leur indépendance. Et les mecs la leur font payer très cher. On ne compte plus les viols, les violences domestiques. L'*Alianza* les recense. Tous. Ça n'a pas été bien difficile d'opérer des recoupements. S'il avait fallu compter sur les flics, on aurait pu attendre longtemps !

– Et la mort d'El Aziz, vous en pensez quoi ?

– Ah ! – Elle leva les yeux au ciel. – Quelle question ! La bagarre dans la cour de la prison, hein ? Désolée, je ne suis pas acheteuse. Pour moi, ils essaient d'étouffer l'affaire.

– Comment ça ?

– Vous êtes bouché, ou quoi ? Étouffer l'affaire, noyer le poisson. On trouve un coupable, on a même pas à le juger, hop, il est mort !

– Mais les meurtres ont repris.

– Ils trouveront d'autres coupables.

« Logique » écrivit Toni sur la page couturée de pattes de mouches.

– En quoi les femmes de Juárez, et justement les ouvrières des *maquilas*, ont-elles selon vous le profil idéal pour un ou des assassins en série ?

Guadalupe émit un rire désenchanté en levant les yeux, qu'elle avait très noirs. Zambudio remarqua ses dents, petites et d'un blanc de sucre.

– Les femmes de Juárez ! Vous voulez rire. Et vous voudriez que je vous explique ça en un quart d'heure, je parie. Et tout ça pour un articulet à l'autre bout du monde que personne, ici, ne lira jamais ! Il n'y a pas besoin de quinze minutes pour expliquer – à présent elle tremblait presque de colère – ce qui ne va pas ici.

C'est pas les femmes, c'est la frontière ! Cet endroit, je vous le répète au cas où vous n'auriez pas remarqué, c'est le tiers-monde. Dès que vous sortez de la Zona Rosa. Le tiers-monde, jusqu'à la Terre de Feu, jusqu'au foutu cap Horn. Et cette frontière est aussi pourrie qu'une dent cariée, d'un bout à l'autre. De Nogales, surnommée Drogales, à Magdalena, la ville de Colosio, le candidat du PRI assassiné, qu'on a rebaptisée Mafialena. Et au milieu de toute cette gangrène, il y a Juárez : du sang apache et espagnol. Un de mes deux arrière-grands-pères s'est réfugié ici avec Geronimo après avoir franchi le Rio Grande. L'autre venait d'Espagne. Il est arrivé avec Benito Juárez et son armée. Mes ancêtres ont quasiment fondé cette ville. Ils en ont fait, pour quelques années, la capitale du Mexique, à peine un gros bourg, à l'époque, et c'est devenu cette *porquería* qu'aujourd'hui tout le monde connaît sous le navrant sobriquet de Sida Juárez. À cause du virus, qui fait ici des ravages, à cause de la prostitution galopante, à cause des meurtres de femmes qui se propagent à la vitesse d'une épidémie. Nous sommes de la viande fraîche, je viens de vous le dire. Vous voulez vraiment que je vous parle des femmes de la frontière ? Vous avez vraiment du temps pour ça ?

À présent, elle hurlait presque dans la petite VW.

Il fallait qu'il la calme, qu'il trouve un moyen pour qu'elle l'aide. Il transpirait abondamment. Son instinct de journaliste lui disait qu'il pouvait aborder là un angle d'attaque différent pour éclairer les meurtres. Le malaise de la nuit dernière laissait à présent place à l'excitation. Nom de Dieu, il faisait une chaleur à crever, là-dedans.

– Guadalupe, écoutez. Vous avez raison. Mon journal est au bout du monde. Mais peut-être que ce qui se passe ici mérite d'être révélé. Tout ce que je peux vous dire, c'est que du temps, j'en ai. Plus qu'il ne faut. Du temps à vous consacrer – il vit l'ombre d'un sourire ironique se dessiner sur le visage de son interlocutrice –, eh, attention, je suis pas en train de vous draguer, plaisanta-t-il. Sérieux, ce que je vous offre, c'est une tribune. Ce que vous avez à dire m'intéresse. C'est peut-être un moyen de faire avancer la cause de l'*Alianza*, non ?

Toni s'essuya le front avec le dos de la main, il ruisselait.

Guadalupe Vidal garda un moment le silence. Lui taxa une Fortuna supplémentaire.

– Je vous ai vu, à la télé. Dites donc, ça a fait l'effet d'une bombe, votre article.

– Qu'est-ce que vous en pensez, vous, de la thèse des adeptes des meurtres rituels ?

– J'y crois pas un instant.

– Et pourquoi ?

Elle consulta sa montre.

– Vous avez un peu de temps devant vous ?

Elle descendait l'avenue 16 de Septiembre à fond la caisse, dans un style de conduite mexicain parfaitement orthodoxe, klaxon bloqué, zigzaguant entre les épaves ahanantes d'antiques Ford ou Chrysler.

Elle se fraya un chemin dans les volutes des gaz d'échappement d'une noria de pick-up trucks au bout du rouleau, et bifurqua en direction de l'*avenida* del Norte. Juste après un pont, elle s'engagea dans une petite rue sur la gauche, dans un ultime craquement de boîte de vitesses maltraitée et se gara le long d'un trottoir pouilleux. Ses yeux brillaient comme deux fausses perles d'obsidienne à la devanture d'une échoppe de marché.

Zambudio desserrait lentement les fesses.

Il pouvait lire sur une plaque de rue à moitié décrochée : « *Calle Arteaga.* »

– C'est une des parties les plus anciennes de la ville,

toutes les maisons, ici, datent de la fin du siècle dernier, ajouta Guadalupe.

Le quartier n'était constitué que de masures d'*adobe*, de constructions traditionnelles aux façades effritées. Des gamins dépenaillés jouaient dans la rue et deux chiens efflanqués lapaient l'eau du caniveau. Elle gara la Sedan devant une maison aux fenêtres obturées par des couvertures miteuses. Ils firent quelques pas et contournèrent le pâté de maisons pour s'engouffrer dans une ruelle d'où montait un mélange d'odeurs de fruits pourris, de viande avariée et de vin.

Les cloches de la cathédrale toute proche sonnaient les vêpres. Au fur et à mesure qu'ils progressaient, la ruelle se peuplait d'une foule bruyante et ils débouchèrent bientôt sur une placette occupée par une halle. Un peu partout s'agitaient des marchands ambulants. Un âne attelé à une charrette aux pneus usés jusqu'à la trame, chargée de feuilles de *nopales*, était occupé à chasser les mouches avec sa queue. Les cris stridents des vendeurs de boissons fraîches dominaient le brouhaha ambiant. Zambudio acheta un verre de *horchata*[1] servie dans un gobelet en polystyrène, pour tapisser son estomac. Il avait opté pour la diète.

Le marché s'étendait à toutes les ruelles environnantes. Entre les éventaires, des prostituées arpentaient le trottoir.

Guadalupe s'arrêta devant l'une d'entre elles, une petite boulotte court vêtue à l'œil tuméfié et au nez recouvert d'un pansement.

– *¿Que onda, chica?* Il te fout la paix, à présent? N'aie pas peur, je suis avec un ami, ajouta-t-elle en montrant Zambudio.

Il ne put s'empêcher d'évoquer les filles, au commissariat central, tandis qu'il attendait son tour. Il revoyait

. *Horchata* : lait d'orgeat en Espagne, lait de riz au Mexique.

le visage pitoyable de celle qui suppliait le flic qui l'avait volée.

Il y avait là tout un monde à mi-chemin entre un souk arabe et la cour des miracles. Des petites, des grandes, des jeunes, des vieilles, des blondes aux sourcils bruns, des rousses aux yeux noirs et même une naine se partageaient le trottoir entre les éventaires de melons, de papayes et de serpillières.

– Vous voyez, je fais ma tournée. Tiens, fit-elle en montrant d'un geste du menton une fille un peu plus jeune, aux lèvres pulpeuses, à l'opulente poitrine moulée par un pull en angora, ça, c'est *La Choca*. C'est un travesti.

Ils se faufilèrent entre les étals de bandanas, de cassettes audio à bon marché et de ceintures tressées, jusqu'à la chandelle perchée sur ses talons. Même de près, il n'y avait pas trace de barbe sur ses joues tartinées de fond de teint.

Elle sentait l'eau de Cologne, remarqua Toni.

– Tu viens à la réunion ? demanda Guadalupe.

– Je serais là d'ici une demi-heure, répondit *La Choca*, j'attends un client fidèle. Mais t'inquiète pas, c'est un rapide, ajouta-t-elle en lançant un clin d'œil au journaliste.

– Arrête d'allumer mes copains, fit Guadalupe en riant.

Elle se tourna vers Zambudio :

– Allez, on y va.

– On va où ça ?

– À une réunion du Comité de travailleurs sexuels.

Zambudio regarda son guide avec des yeux ronds. Ils avaient rebroussé chemin et dépassé la maison devant laquelle ils avaient garé la Sedan. Le jour finissant laissait deviner une très faible lumière dans la trame des couvertures indiennes qui obstruaient les fenêtres. Guadalupe n'avait pas ralenti le pas. Elle se dirigeait vers une autre partie de la Zona Roja. Les enseignes des bouges se reflétaient dans les flaques d'huile de voiture, taches mauves, rouges, bleues clignotantes mêlées aux pauvres lumières à arc de l'éclairage municipal. Les « Bar Charmant », « Boîte de nuit », « Club El Zar », « Club Moctezuma » faisaient de l'œil au chaland qui passe, tandis que des *mariachis* harassés, instruments sous le bras, allaient de l'un à l'autre des cabarets.

La zone était relativement calme pour un vendredi soir.

Le « Crazy Horse » était posé à l'angle de deux rues, tous feux éteints.

– La *Abuelita de la Paz* est une prostituée. On l'appelle comme ça parce qu'elle a l'air vieille et qu'elle travaille rue de la Paix, dans le quartier de la cathédrale, précisa Guadalupe en frappant à la porte.

De fait, une petite femme ridée aux cheveux gris vint leur ouvrir.

– Juani, j'ai amené avec moi un journaliste espagnol qui s'intéresse à nous, pas de problème ?

– Non, bien sûr. Bonjour *señor*, entrez.

Hormis quelques tables et chaises, un vaste espace avait été laissé libre pour la danse. Une estrade occupait tout un pan de la *cantina*.

Juani les précéda jusqu'à une porte décorée d'un calendrier publicitaire pour la bière Corona, une fille en bikini constellée de chiures de mouches.

Elle les invita à entrer dans une pièce peinte en vert, encombrée de vêtements entassés, qui sentait la pisse de chat. Comme pour justifier l'odeur, trois matous trônaient sur un meuble branlant surmonté d'un grand tableau noir d'école.

Une demi-douzaine de filles outrageusement maquillées attendait, sagement assises en cercle autour du tableau.

– On est venues directement du boulot, fit l'une d'elles d'une voix grasseyante. Salut Guadalupe, qui c'est, celui-là ?

Elle présenta Toni au Comité de travailleurs sexuels.

Une quinzaine de chaises en tout emplissait la petite pièce à l'air vicié. On se serait cru dans une réunion clandestine.

– Autrefois, nous nous retrouvions deux fois la semaine dans un dispensaire, mais ils se sont désintéressés de nous. Alors depuis, on se réunit ici. Le comité a été fondé il y a cinq ans environ. Avant, toutes les filles travaillaient dans les *cantinas*, elles devaient danser, boire avec le client, l'embrasser. Le temps qu'elles passaient avec lui n'était pas limité. Et, bien sûr, pas question de préservatif. Elles étaient exposées aux agressions des flics et des *cholos*, alors elles se sont organisées : pas plus de dix minutes avec le client, 50 pesos la passe, possibilité de travailler dans la rue, port de la capote imposé et comité de défense pour contrôler les rapports avec la police, les filles n'ont pas chômé. Elles ont même créé un fonds privé pour financer les projets de celles qui veulent sortir de la prostitution. Une sorte de banque qui prête sans intérêts. C'est comme ça que Juani a pu se payer cet endroit.

Zambudio se tourna vers Juani et haussa les sourcils de surprise :

– Vous êtes propriétaire de cette *cantina* ?

– Ben ouais, j'ai emprunté au fonds de prêt du comité. Mais attention, faut pas se méprendre, moi vivante, l'endroit ne servira plus à la prostitution. Déjà que, quand les affaires marchent pas trop fort, je retourne au turbin pour combler les trous, alors…

– La Zona Roja de Juárez est la plus importante de la frontière, continua Guadalupe agacée par l'interruption, mais il existe désormais des comités de ce type un peu partout, de Tijuana à Matamoros. Et comme beaucoup de filles sont d'ex-ouvrières des *maquilas* qui sont tombées dans le métier pour échapper à la misère, elles ont fondé une sorte de planning familial informel chargé de l'éducation sexuelle en milieu industriel. Des ouvrières nous rejoindront d'ici une petite heure. Maintenant, on peut commencer.

Incroyable.

C'était déjà un article en soi. Bien sûr, on était loin des meurtres. Sauf si l'on se plaçait du point de vue de la typologie des victimes. Des femmes, des ouvrières.

La seule chose qui l'inquiétait, en fait il en avait une trouille bleue, c'était que la fille qui l'avait détroussé au « Coyote Estropié » fît une apparition. La honte.

Une chance sur dix mille, finit-il par se rassurer.

Il était resté debout, en retrait. La réunion commença. Le thème du jour portait sur l'estime de soi.

Une femme plutôt bien faite, aux cheveux noirs coupés très court, intervint pour témoigner de l'impossibilité d'avoir pour soi la moindre estime quand on fait commerce de son corps.

Guadalupe se pencha vers Toni :

– Elle sait de quoi elle parle. C'est Inocencia. Elle fait le trottoir dans la *calle* Noche Triste. Quand elle est arrivée ici, elle n'avait plus lâché un mot depuis l'âge de douze ans. Sa tante l'avait vendue à un tenancier de bordel. Elle y est restée enfermée plus de vingt ans. Quand elle a réussi à s'en sortir, elle s'est retrouvée dans la rue. Elle ne parlait plus. Grâce aux réunions, à la solidarité entre les filles, elle a récupéré l'usage de la parole.

Toni avait la désagréable impression de se retrouver au beau milieu d'une réunion des Alcooliques anonymes.

Tout ça sentait l'activisme teinté de psychothérapie à la petite semaine. Il venait de se décider à s'éclipser discrètement dans le quart d'heure, lorsqu'un groupe de quatre ouvrières fit son apparition dans la pièce.

Elles s'installèrent le plus silencieusement possible. Guadalupe intervint alors pour expliquer que la prostitution était une forme comme une autre de négoce de son corps, peu différente, sur le fond, de la cession de son temps de travail à un patron.

– Ouais, vous louez vos mains, et nous notre cul, traduisit crûment Juanita, ce qui fit marrer tout le monde.

– Sauf que des fois, faut bien se résoudre à louer les deux, objecta une ouvrière qui dit s'appeler Marta. Quand un contremaître vous donne le choix entre passer à la casserole et prendre la porte, qu'est-ce que vous voulez faire, si vous avez des gosses à la maison ?

Tout le monde approuva. La discussion roulait sur le respect qu'on doit se porter, et comment y parvenir quand tout vous rabaisse, promiscuité, inceste, harcèlement. Une ouvrière leva la main et se mit à parler d'une voix tremblante :

– Je m'appelle Ana-Rita et je suis accro au boulot. Je travaille chez Horizon, une *maquila* d'électroménager et je ne vis plus que pour ça. Bien sûr, les patrons, ça les arrange, mais moi j'en peux plus. Il y aura bientôt un an, j'ai perdu ma fille. Nous vivions dans une pièce unique avec mon amant – le père est parti il y a bien longtemps. J'étais à l'usine, ce jour-là. Il a essayé de la violer, elle s'est débattue, alors il l'a étranglée. Quand je suis rentrée, elle était morte et ce salaud avait fichu le camp. Elle avait vingt-trois ans, c'était ma fille unique. Depuis, je suis comme un robot, je me lève le matin, je vais travailler. Plus je fais d'heures et moins je pense qu'elle est morte à cause de moi, parce que je suis tombée amoureuse d'un monstre.

La fin de la phrase était à peine audible, elle pleurait.

Deux chiens se battaient au-dehors, et la rue calme fut soudain envahie de leurs grondements sourds et, lorsque les crocs atteignirent leur cible, de leurs gémissements.

Une des femmes qui jusque-là avait gardé le silence se leva lentement et vint entourer l'ouvrière de ses bras. Elle la berçait tout en embrassant ses cheveux.

Lentement, Ana-Rita se calmait, elle agrippait maintenant les bras de la prostituée avec ses poings serrés.

La conversation dérivait sur les revendications salariales.

– Vous négociez comme des truffes, lança Juanita-la Grand-mère. Moi, le client, quand il veut un truc spécial, il paie plus cher. Et d'avance. Vous devriez faire comme ça, quand vous discutez vos heures sup'.

Son ton canaille avait eu le don de détendre un tout petit peu l'atmosphère, c'était une bonne façon de terminer la réunion. À l'issue de celle-ci, Guadalupe posa un grand carton sur la table et en sortit plaquettes de pilules et préservatifs qu'elle commença à distribuer à la ronde.

– Les cachets, là, il faut en prendre un après chaque rapport sexuel, c'est ça ? demanda une jeune ouvrière aux cheveux cachés par une casquette de base-ball General Motors.

Guadalupe Vidal lui jeta un regard harassé et entreprit de lui expliquer la posologie du contraceptif. Peu à peu, la pièce se vidait.

Comme ils se dirigeaient vers la pièce d'à côté, le journaliste vit Juanita envelopper un morceau de viande rouge dans un papier et le donner à Guadalupe qui l'enfouit dans son sac en remerciant discrètement. Puis elle lança à la cantonade « Eh, les filles, on inaugure ma *cantina* ? », en invitant la petite bande à entrer en s'inclinant avec un geste cérémonieux.

Elle passa derrière le bar et alluma une ampoule nue qui pendait du plafond.

Une pub au néon pour la Tecate s'anima également, contre le mur du fond.

Zambudio et Guadalupe s'accoudèrent au comptoir tandis que les filles se regroupaient autour d'une table.

– Juani, Juani, envoie le carburant ! réclamaient-elles à tue-tête.

Juanita sortit d'un frigo des Carta Blanca glacées et tout le monde commença à téter les bières au goulot.

– Quel âge elle a, la Grand-mère de la Paix ? demanda le journaliste.

– Quarante ans. Et un cœur d'or. Elle en a vu de toutes les couleurs. Elle envoie régulièrement de l'argent à sa famille, dans l'État de Jalisco. Ils pensent qu'elle travaille dans une *maquiladora*, les pauvres, s'ils savaient ! C'est pas avec les 200 pesos par semaine qu'on gagne dans ces usines qu'elle pourrait les entretenir. En tout cas, si vous parlez d'elle dans votre article, changez son nom, on sait jamais.

– 200 pesos ! On peut vivre avec ça ?

– Faut bien. Écoutez, on est tous fauchés, ici. Vous n'avez pas compris ce que je vous ai dit. C'est le tiers-monde. Si Juanita ne m'aidait pas avec ses cadeaux, je pourrais pas vivre avec ce que je gagne à l'*Alianza*. En plus, je dois entretenir mon fils qui fait ses études chez les *gringos*, à El Paso.

– Qu'est-ce qu'il fait, comme études, votre fils ? il demanda.

– Il est à l'école de police, elle répondit d'une voix mourante en s'envoyant une rasade de bière.

Toni comprit qu'il valait mieux ne pas insister. *La Choca* avait mis quelques pesos dans le juke-box et les accents d'une *ranchera* plaintive s'élevèrent dans la demi-pénombre du bar.

– Alors, ce que vous avez vu ce soir est intéressant pour votre article ? s'enquit Guadalupe d'une voix déjà pâteuse.

– Intéressant ? Je veux. C'est une histoire que je pourrais raccrocher à ma série sur les meurtres. Par exemple, je n'imaginais pas les prostituées et les ouvrières aussi proches.

– C'est qu'ici, une malédiction pèse sur les femmes.

Malédiction. Le mot l'avait mis en alerte.

– Une malédiction ? Qu'est-ce que vous voulez dire exactement ? Feriez-vous allusion aux sectes sataniques qui…

– Ah ! nous y voilà. Les sectes ! Ce n'est pas de ce côté-là qu'il faut chercher. Il y a à ces crimes des raisons bien plus réelles.

– Réelles ? Comme quoi ?

– Comme fric. Mondialisation. Ça, c'est du solide, du tangible. Ça t'intéresse, hein, *güero* ? Plus tard, peut-être, lui lança-t-elle en tétant sa bouteille de Carta Blanca.

L'alcool aidant, elle était passée au tutoiement.

La canette vide heurta le bar avec un claquement sec, quand elle la reposa.

Ses yeux charbonneux lançaient des éclairs farouches. Le juke-box s'était tu.

Un groupe de musiciens s'arrêta sur le seuil de la porte, les filles les invitèrent à entrer. Ils se placèrent sous la lampe et commencèrent à jouer une valse d'une infinie tristesse, *¡Ay qué dolor vivir !*, quelle douleur de vivre, en arborant la mine pénétrée de ceux qui viennent de perdre un être cher. *La Choca* traîna Zambudio sur la piste pour quelques pas de danse maladroits. Il sentait sa bedaine frotter contre les seins du travelo.

Les filles rigolaient de bon cœur et Juani remit une tournée de bières glacées. Guadalupe, passablement ivre, se mit à chalouper, jouant avec une écharpe au rythme de la valse, bientôt rejointe par Inocencia. Lorsque le morceau prit fin, le travesti posa sur la joue du journaliste un baiser sonore.

La soirée s'étirait. Zambudio avait perdu le compte des bières.

Vint le moment où il fallut bien payer musiciens et boissons, et tout le monde se retourna vers Toni qui parvint à extraire de la poche de ses jeans les 500 pesos qui lui restaient.

La petite fête avait coûté deux semaines du salaire d'Irena Cruz ou d'Ana-Rita.

Ou de Liza Guevara qui ne gagnerait plus jamais rien.

La pauvreté des gens de ce pays.

Le journaliste, les musiciens et les filles se séparèrent sur le trottoir.

– Je me raccompagne, dit Guadalupe sur un ton péremptoire et vaguement éméché.

– Hors de question, je conduis.

Elle ne discuta pas. Ils regagnèrent la coccinelle à pied, tranquillement.

L'air de la nuit dégrisait Zambudio. Il ouvrit son paquet à la recherche d'une Fortuna, mais on lui avait taxé jusqu'à la dernière.

Guadalupe Vidal habitait une vieille maison de la rue Carmona, non loin du centre.

C'était également un quartier ancien. Elle avait poussé la porte d'entrée en bois verni et lancé à Toni :

– Viens boire un verre, on parlera encore un peu. Je n'ai que du café à t'offrir, mais c'est de bon cœur.

Un charme un peu fané, presque désuet, émanait des vieux meubles et des murs de pisé de la maison. Une impression de luxe abandonné. À y regarder de près, l'électricité était déglinguée, les plafonds fissurés et les vitres couvertes de poussière.

– J'aime cet endroit, j'y ai grandi. Mon père était administrateur des biens communaux. Comme je te l'ai dit, nous sommes une des plus vieilles familles de la ville. Dans les années 40, nous appartenions à ce qu'il est convenu d'appeler les classes moyennes, une espèce aujourd'hui disparue dans ce pays. Regarde-moi : une licence de sociologie à l'université de Mexico, capitale fédérale. Un poste de formatrice de promoteurs de santé dans une organisation non gouvernementale. Et ce que je gagne me permet à peine d'entretenir cette maison, de payer les études de mon fils. Plus de voiture, même pas de quoi me payer des clopes. Et j'ai besoin de l'aide d'une pute pour pouvoir manger de la viande rouge, tu te rends compte ! Excuse-moi, je ne devrais pas parler comme ça, c'est méchant et inutile. Je vais faire le café et je reviens.

Guadalupe Vidal se leva et posa sur un électrophone cacochyme un disque de Paco Ibañez :

– Ça devrait te plaire, toi qui es espagnol, ajouta-t-elle avant de s'esquiver.

Toni détaillait les photos posées sur des commodes de bois sombre.

De vieux agrandissements sépia d'un couple en mariés, ses parents sûrement, une photo couleur d'un adolescent en tenue de base-ball, front bas et arcades sourcilières saillantes. Ses lèvres charnues étaient ouvertes en un sourire imbécile, la mâchoire inférieure béait un peu.

– Son père n'a fait que passer. J'ai eu une jeunesse agitée.

Guadalupe avait fait irruption dans la pièce avec un plateau sur lequel étaient posés un pot de Nescafé, deux tasses et une casserole d'eau chaude.

– À Mexico, quand j'étais étudiante, j'étais tellement à gauche qu'ils m'ont mise en prison après les manifestations de 68. J'ai rencontré son père alors que je vivais en communauté à Chihuahua. Ça n'a duré que quelques mois. J'ai fini par me rabattre sur la maison familiale à la mort de mes parents.

– Je suis désolé, dit Toni.

– Faut pas, ils ont été heureux. Moi, je regarde ma vie, et je vois un immense fiasco. Mon fils est en train d'apprendre le métier de flic chez les *gringos*, il réprimera les révoltes des pauvres. Je n'ai pas un rond et ma vie amoureuse est un désert. Si le boulot ne me tenait pas… Tu es marié, *güero* ?

– En instance de divorce.

– Oh, condoléances, elle fit.

Le journaliste se servit une cuillère de Nes', et de l'eau bouillante.

Paco Ibañez plaqua un accord définitif sur sa guitare. Il n'y eut plus que le crincrin de l'aiguille dans le sillon du disque pour troubler le silence de la nuit.

Ils restèrent un moment sans rien dire, soufflant sur leurs boissons trop chaudes et se lançant des regards gênés par-dessus leurs tasses.

– Des enfants ? demanda-t-elle encore.

– Deux, des garçons. Qu'est-ce que tu voulais dire au juste, tout à l'heure, en parlant de malédiction, si tu ne pensais pas aux sectes ?

– Tu n'abandonnes jamais, n'est-ce pas ? Écoute, j'étais obsédée par ces meurtres, hantée par l'idée que la police ne se donnerait jamais vraiment la peine de rechercher les coupables. Tu as vu ces filles, à la réunion. Leur vie, ici, ne vaut pas grand-chose. La vie en général, *aquí no vale nada*, la leur bien moins encore. Si je te racontais certains trucs, tu ne me croirais sûrement pas… Mais pour revenir à moi, j'ai commencé à chercher dans de vieilles coupures de journaux des histoires de meurtres, de disparitions jamais élucidés. Nous avions eu vent de ces histoires par l'intermédiaire des groupes féministes, mais c'était dilué dans le temps. J'ai compris quand le rythme des meurtres s'est accéléré. Lorsque j'ai terminé de compulser ces vieux articles, de recouper les infos que j'avais glanées, je suis arrivée à un total de cinquante assassinats. La *Judicial* n'a rien voulu savoir, au début. Mais quand j'ai menacé de coller ça sous le nez des *gringos* du FBI, ils ont bien été obligés de m'écouter, et d'admettre que j'avais raison. Alors, j'ai voulu leur expliquer le lien entre toutes ces filles, des ouvrières, Toni, des ouvrières.

– Tu les connaissais toutes ?

Elle poursuivit, comme si elle n'avait pas entendu sa question :

– Entre-temps, trois autres filles étaient mortes – sa voix se brisa –, je… je crois que je suis fatiguée.

– Je ferais mieux de rentrer à mon hôtel, Guadalupe. Dis-moi d'abord… Est-ce que le nom de Liza Guevara te dit quelque chose ?

Elle allait pour poser sa tasse sur la petite table basse, à côté d'elle.

Elle la manqua.

La porcelaine se fracassa sur les tomettes à ses pieds. Elle baissa les yeux.

Ses chaussures étaient éclaboussées par les giclées de café. Elle se leva, fit un pas vers Zambudio, marcha sur un éclat, sa semelle le réduisit en poudre scintillante dans un craquement sourd.

Elle s'arrêta devant lui.

– Eh merde ! Je te l'avais dit, je suis claquée, *güero*. Et j'ai trop bu. Rentre chez toi.

Elle avait refermé la porte derrière lui.

Comme il extrayait de la poche de ses jeans la clé de la VW, debout sur le trottoir, il l'entendit qui l'appelait à voix basse. Il se retourna.

Elle se tenait debout dans l'entrebâillement, appuyée au chambranle.

– Rappelle-moi ces jours-ci.

Toni avait appris une chose importante : Guadalupe Vidal connaissait Liza Guevara.

L'accident, la tasse de café renversée, c'était du bidon.

Les mots prononcés plus tôt dans la soirée s'entrechoquaient sous son crâne : fric, mondialisation, des ouvrières, Toni, des ouvrières. Les *maquiladoras*. Quoi d'autre ? Des rituels sacrificiels et des multinationales. Il était bien avancé.

Sans doute Guadalupe Vidal savait-elle beaucoup d'autres choses encore qu'elle lui cachait.

Troublé, Toni ne put trouver immédiatement le sommeil. Trop d'informations contradictoires se bousculaient dans sa tête.

Et s'il avait fait fausse route avec son histoire de secte ? Si Pazos et Harding avaient tort, sur toute la ligne ?

Au bout d'un moment, il se releva et consigna sur son carnet de notes ses impressions de la soirée. Il froissa le fax de Perez, trouvé à son retour à La Vela.

« ALORS ? » demandait la feuille de papier thermique.

L'article sortit à la une d'*El Diario* le lendemain, sur deux colonnes, sous le titre :

L'AFFAIRE DES DIABLES DE JUÁREZ
OU LES BAS-FONDS DE LA MONDIALISATION

Zambudio y parlait pêle-mêle de la montée des pratiques magiques et des sectes, des folles nuits de Juárez dans les discothèques locales et les *cantinas*, des comités de prostituées et de leurs liens avec les ouvrières.

C'était un bon papier d'ambiance.

Les lecteurs du quotidien espagnol découvrirent à la lecture du journal le mot *maquiladora* et sa signification, au cœur du phénomène de la mondialisation.

Il était fait mention des noms des principales multinationales, des salaires attribués aux employées. Toni racontait la violence familiale, à travers le témoignage d'Ana-Rita sur la mort de sa fille étranglée par son propre amant. Il rappelait le contexte dans lequel étaient survenus les meurtres, à commencer par celui de Catalina Cruz, décrivant avec force détails les conditions sordides dans lesquelles vivaient les familles ouvrières, accusant les *maquiladoras* d'être des fauteurs de misère.

Il concluait avec la mort d'El Aziz, doutant que l'affaire fût un jour entièrement élucidée. Il était particulièrement satisfait de sa phrase de conclusion :

> Si les victimes des Diables de Juárez ont trouvé la mort dans des circonstances ignobles, c'est d'abord parce que dans l'esprit des gens de cet endroit, la vie des femmes de la frontière n'a pas plus de valeur que celle d'un animal dont on abandonne la carcasse au beau milieu du désert.

En tête de l'article, un cartouche en couleur encadrait sa signature :

DE NOTRE ENVOYÉ SPÉCIAL À CIUDAD JUÁREZ,
TONI ZAMBUDIO.

Perez avait bien fait les choses. C'était un signe supplémentaire. Sa cote était de nouveau à la hausse. De fait, le chef du service étranger l'avait rappelé au beau milieu de la nuit :

– Voilà ce que j'appelle du boulot ! s'était-il exclamé. Quand est-ce que la suite arrive, qu'on puisse faire une double page centrale ? Au fait, vieux, récupère des photos des victimes auprès des familles, on a besoin d'illustrer tes articles et c'est vraiment pas facile de trouver autre chose sur Juárez dans les agences que des images de « dos mouillés ». Allez, bon courage, et mollis pas, hein, coco.

Comme à son habitude, il était sous pression, et Toni eut tout juste le temps de profiter de ses bonnes dispositions pour lui demander d'intervenir afin d'accélérer la procédure qui lui permettrait de récupérer passeport et carte de crédit.

Samedi 2 mars 1997. Motel La Vela.

Toni était plongé dans ses notes, un carnet qui s'épaississait de jour en jour. Voyons, voyons, est-ce que Pazos avait mentionné le nom de la boîte où les Diables de Juárez avaient été arrêtés ?

Bon Dieu, où est-ce qu'il avait écrit ça ? Voilà : le « Maverick's ».

Eh bien, de jour, le « Maverick's » était sans doute au moins aussi kitsch et fringant que de nuit. Ça valait le coup d'œil.

Du dehors l'endroit ressemblait à un ranch, avec sa galerie couverte, ses murs de rondins et son toit de bardeaux. Sauf qu'en plus un chariot bâché grandeur nature planait au-dessus de la boîte tandis que ses quatre roues cerclées de néons roses clignotaient dans le vide. Un câble épais comme le poignet, relié à une potence métallique, maintenait la remorque. Sans doute mû par un souci de dépouillement extrême, le décorateur de l'endroit avait décidé de ne pas y ajouter un équipage de chevaux ailés pour tirer l'ensemble vers les cieux. Ça avait dû lui crever le cœur.

– Bel endroit que vous avez là, fit Toni au barman en poussant les portes à battants du saloon.

Apparemment, les cow-boys étaient encore au lit, en cette fin de matinée, et le lieu était désert en dehors du serveur mélancolique occupé à essuyer le comptoir en écoutant de la salsa. Il regarda le journaliste avec un air coupable en éjectant la cassette de Jerry Gonzalez pour la remplacer immédiatement par des *rancheras* plaintives.

– Vous êtes le patron du lieu ? Toni demanda.

– Qui veut le savoir, répondit l'autre sur un ton plus renfrogné encore, vous êtes flic ?

– Non, journaliste.

– J'ai rien à dire à cette engeance, répondit le barman. Vous venez pour les crimes, hein ? il demanda au bout d'un moment, tenaillé par la curiosité. De toute façon, je pourrais rien vous raconter, je travaille ici que depuis deux mois.

– Donnez-moi quand même une Bohemia, fit Zambudio en allumant une cigarette.

Il contempla les photos d'artistes punaisées sur les murs d'écorce de bois.

Ils se ressemblaient tous, des strip-teaseurs bodybuildés aux corps huilés, aux shorts effrangés, aux strings pailletés, des clones du *ranchero* aperçu au « Boys » le soir de sa cuite mémorable.

L'un d'eux arborait un caleçon rayé de deux tailles trop petit. Les muscles des cuisses gonflaient le tissu à l'en faire péter. De la braguette émergeait un cou de coq en tissu, terminé par une tête à la crête écarlate. C'était du meilleur goût.

Le type ne devait pas mesurer moins de deux mètres, et pour un poids respectable. Sans un poil de graisse, évidemment.

Dans l'affaire des meurtres de Matamoros, Harding avait expliqué que le gourou de la secte avait d'abord été top-model.

– Vous avez l'œil, vous l'avez repéré tout de suite, fit le barman.

Toni sursauta.

– Hein, qui ça ?

– Ben, *El Satán*, cette question.

Il ne l'aurait pas reconnu, il n'avait en tête que les photos de l'identité judiciaire, face/profil, des images sans vie, détachées de tout contexte. Il regarda la photo d'un peu plus près, détailla les petits yeux charbonneux, le nez court, les lèvres sensuelles et la forte mâchoire, sans pouvoir s'empêcher de penser aux traces de morsures qu'il avait vues sur d'autres photos. Mal à l'aise, il détourna les yeux.

– Vous en reconnaissez d'autres, des membres du gang, sur les photos ?

– Je vous ai dit que j'étais là que depuis peu. C'est au patron qu'il faudrait demander ça. Mais je doute qu'il ait envie d'en parler. Quand les *judiciales* ont arrêté les Diables, ils ont bouclé toute la Zona Rosa. Ici, ils ont raflé tout le monde. Le patron, ils l'ont gardé parce qu'il les avait employés, et vu la tête qu'il avait quand il est revenu, à ce qu'il paraît du moins, je pense pas qu'il veuille en causer beaucoup.

– On pourrait peut-être le laisser en juger par lui-même, suggéra Zambudio en posant un billet de 100 pesos sur le bar pour régler la bière.

Le pourboire devait suffire. Le loufiat s'éclipsa.

La cassette arrivée en bout de course passa en auto-reverse.

Il y avait des photos d'une autre sorte, sur les murs. Des reproductions de clichés sépia pris par Edward Sheriff Curtis au début du siècle. Des Apaches, des Comanches et d'autres tribus de la frontière.

La contemplation des vieilles photographies plongea Zambudio dans une réflexion douce amère. C'était presque drôle de penser qu'un peu du sang de ces hommes coulait dans ses veines. De penser que les lointains ancêtres de sa mère étaient arrivés par le détroit de Béring, des millénaires plus tôt, venus des steppes d'Asie centrale, au cul de hordes de rennes, l'arc à la main. Comme beaucoup de *chihuahenses*, Alta Gracia était métissée de Tarahumaras.

Et ses ancêtres espagnols avaient appartenu à la race des conquistadores.

Le sang des bourreaux et celui des victimes bouillonnaient en lui, comme en la plupart des Américains des deux continents.

Viols d'esclaves noirs, d'Indiens, les Amériques accouchaient de générations de schizophrènes héritiers de la violence des pères.

Les images jaunies se brouillèrent, la photographie de l'assassin de sa mère publiée dans le journal brûlait sa rétine.

Ce ne fut pas le barman qui réapparut mais un homme bedonnant et chauve qui vint tirer Zambudio de sa rêverie.

Il portait une rangée d'anneaux à l'oreille, et arborait sur son torse nu recouvert d'un gilet de cuir noir assez de tatouages pour donner de la lecture à tout un harem. Il fit le tour du bar et posa la main sur l'épaule de Zambudio :

– Il y a quelqu'un qui cherche des emmerdements, ici, fit-il d'une voix de fausset en gonflant une bedaine de buveur de bière.

Ce n'était pas une question.

Comme dans les meilleurs westerns, Toni passa la porte à double battant du bar tête la première, en vol plané, et atterrit dans le sable au milieu d'un nuage de poussière. Comme il se relevait en s'époussetant et se tâtant pour s'assurer qu'il n'avait rien de cassé, le serveur réapparut sur le seuil du « Maverick's ». Il lâcha :

– Je vous l'avais dit.

Il n'avait pas l'air réellement navré.

Toni remonta dans sa VW en maudissant la susceptibilité du taulier.

Les stigmates de ses précédentes pérégrinations s'effaçaient à peine, et il allait de nouveau être couvert de bleus.

La Sedan démarra dans un vrombissement et il vira dans le parking comme s'il cherchait à effectuer un demi-tour, ce qui lui permit de longer au ralenti l'arrière du bâtiment, au niveau des cuisines.

Il n'eut pas besoin de chercher longtemps.

Il avait laissé le moteur de la coccinelle tourner, portière du conducteur ouverte. Il regardait autour de lui avec fébrilité, mais personne ne vint.

Il colla son visage contre la lucarne qui donnait sur un réduit, masquant les reflets du jour sur la vitre avec ses mains.

L'autel était absolument identique à celui aperçu dans la petite chapelle de la « Botánica Julia ». Le même chromo d'un Christ sur fond de flammes, le crâne, le coq, le saint suaire, les offrandes, les bougies, tout y était. Un autel *mayombero*.

De retour au motel, Zambudio essaya de joindre Harding sans succès et passa rapidement sous la douche. À l'examen, il n'y avait pas trop de dégâts, mis à part un bleu en train de s'épanouir au niveau de ses côtes.

Cette fois, Perez pouvait bien faire les pieds au mur, il n'écrirait pas avant d'avoir exploré cette piste jusqu'au bout.

Toni n'avait pas faim, ni soif, d'ailleurs. Il se sentait tout simplement épuisé.

Il alluma la télé et tomba sur la chaîne locale d'El Paso. Deux *chicanos* avaient été appréhendés suite à un viol collectif. Ils avaient entraîné une Mexicaine dans un motel pour routiers, l'avaient ligotée avant d'abuser d'elle. Elle les avait formellement identifiés sur le fichier photos de la police américaine.

Toni zappa jusqu'à tomber sur un vieux western, *La Flèche brisée*, sur American Classic Movies.

Il était en train de sombrer et les dialogues du film se mélangeaient avec les paroles sibyllines de Guadalupe Vidal sur les *maquiladoras*. Il s'arracha à la contemplation ensommeillée de James Stewart habillé en Peau-Rouge et tendit la main vers son téléphone.

– Bon, *güero*, puisque tu es là, je t'invite à dîner, décréta Guadalupe en lui ouvrant. Mais je te préviens, c'est toi qui payes.

Il avait fait un détour par la banque et retiré du liquide pour les jours à venir. Il tâta sa poche arrière :

– Ça devrait aller.

– On va se faire livrer des pizzas, d'accord ? J'en commande une aussi pour mon fils, il devrait passer, ça ne t'ennuie pas ?

Toni fit signe que non, pas du tout.

Elle raccrocha après avoir précisé son adresse au livreur et regagna la cuisine où le journaliste avait pris place. La pièce carrée avait été peinte en blanc quelques décennies auparavant, à peu près à l'époque où l'on avait acheté la cuisinière et le frigo cacochymes qui meublaient l'endroit. Ils auraient fait fureur dans un appartement branché de Madrid, avec leur look des années 50.

Toni aurait parié que son hôtesse les aurait volontiers échangés contre des ustensiles plus modernes. La cuisine sentait le renfermé.

Elle s'assit face à lui, sur une mauvaise chaise, et tendit la main vers le paquet de Fortuna posé sur la table.

– Alors, qu'est-ce qui t'amène ?

– Hier soir, au « Crazy Horse », tu m'as parlé d'une malédiction. Une malédiction qui pèse sur les femmes. Et lorsque je t'ai demandé de m'expliquer, tu as changé de conversation, tu as éludé en me parlant des *maquiladoras*. Qu'est-ce que ça a à voir avec la magie noire ?

Elle haussa les épaules.

– Arrête, avec tes histoires de superstition. Ça n'a rien à voir. Hier, j'étais passablement ivre. Ce qui se passe est complètement dingue, c'est tout. Les crimes, la mort d'El Aziz. Tu comprends, ces meurtres, c'est horrible, mais ce n'est qu'une partie d'un tout épouvantable par bien d'autres aspects. Si les victimes sont des ouvrières des *maquiladoras*, ce n'est pas un hasard. Ces usines cachent d'autres crimes. Elles utilisent les gens comme s'ils n'étaient que des objets, des robots ou des esclaves. Les assassins n'ont pas fait autre chose, c'était facile, ces femmes étaient déjà instrumentalisées.

– C'est ça, ta malédiction, alors ? Attends, objecta Toni, déçu. Je veux bien admettre que ces filiales des poids lourds de l'économie mondiale ne soient pas des bienfaiteurs de l'humanité. Mais quel rapport avec des serial killers déjantés qui font dans la boucherie gynécologique à la chaîne ?

– Ah ouais, elle éclata – elle était remontée, la *pasionaria* des travailleurs sexuels, pensa Zambudio –, parce que c'est pas criminel d'obliger des femmes à présenter chaque mois leurs serviettes hygiéniques usagées pour prouver qu'elles ne sont pas enceintes, sous peine de renvoi ? C'est pas criminel d'accoucher d'enfants mort-nés sans cerveau, à cause de la pollution ? C'est pas criminel de voir ses gamins atteints de saturnisme parce que les *maquilas* entreposent du plomb à la tonne en plein air à deux pas des laiteries ? C'est pas criminel de mourir empoisonnée à la cantine de sa propre entreprise ? C'est pas criminel d'être obligée de passer à la casserole dès quatorze ans, quand on a son premier job en usine, parce que sinon le contremaître s'arrange pour que tu sois virée et mise sur liste noire, et alors tu ne retrouves plus de travail ! Et tu t'étonnes que des dégénérés attendent ces filles dans des coins sombres pour finir le boulot ! Mais c'est logique, *carajo* !

Guadalupe était livide.

– Quoi, quoi ! Qu'est-ce que tu me racontes ? Tu es en train de me dire que des multinationales connues dans le monde entier font ça ici ? Mais comment ce serait possible ?

– À cause de l'argent, *güero*, à cause de l'argent. Il y a dans ce pays un taux de chômage catastrophique. Il y a quelques années, pour trouver un job décent, la seule solution était de devenir un « dos mouillé », de s'expatrier chez les *gringos*. Et puis les accords de l'ALENA sont entrés en vigueur. Avant, il y avait bien quelques *maquilas*. Mais cet accord de libre-échange entre États-Unis, Mexique et Canada a précipité le mouvement. T'as vu le mur ? Ils l'ont construit à ce moment-là. On parle de la libre circulation du fric, *güero*, et des marchandises. Pas des hommes. À entendre cette ordure de Salinas, une manne allait tomber sur le pays. Moralité, le peso a dévalué de cinquante pour cent. Et là, ça a été le rush. On pouvait faire fabriquer à un jet de pierre des *gringos*, qui bouffent quarante pour cent des biens de consommation de la planète, tout ce qu'ils achètent, télés, magnétoscopes, ordinateurs, voitures... pour un prix dérisoire. Rends-toi compte ! L'ouvrier moyen d'une *maquila* touche 2 dollars par jour. Il lui faut quarante-cinq minutes de travail pour acheter une livre de pain, là où il faut à son homologue américain, à poste égal dans la même entreprise quatre minutes de labeur pour effectuer le même achat. En quinze kilomètres, des salaires divisés par dix. Le plus gros marché mondial, au prix de vente du premier monde, à portée de main. En quelques années, ils sont tous arrivés. Des Européens, des *gringos*, des Japonais. Même pour les Coréens, c'est moins cher de s'implanter ici. Des centaines de milliers de paysans pauvres ont émigré des campagnes du Sud vers les cités du Nord pour des salaires de misère. Les villes frontières sont en train d'exploser. Il y a aujourd'hui d'un océan à l'autre quelque trois mille *maquiladoras*. Et ça continue. Il s'en installe trente à quarante par mois, venues de tous les continents. Elles emploient déjà plus d'un million de personnes, en majorité des femmes. Pourquoi des femmes ? Je te l'ai déjà dit : corvéables, *güero*, soumises. C'est ça, la *mujer mexicana* : le bonheur de l'homme, une Indienne silencieuse et consentante, tu comprends. Et si tout se fait au mépris de la loi, c'est tout bonnement parce que aujourd'hui, les *maquiladoras* sont devenues le revenu *número uno* de l'État mexicain. Tu imagines un peu les sommes colossales en jeu ? L'économie réalisée sur les salaires par les multinationales, c'est chaque année l'équivalent de la dette extérieure du Mexique, crois-le ou non ! Rien, écoute-moi bien, *güero*, rien ne se fait ici sans les *maquilas*. Pas même le crime.

– Qu'est-ce que ça veut dire, ça ? interrogea Zambudio.

Le livreur de pizzas frappa à la porte. Le journaliste régla sous le regard gêné de Guadalupe. Seigneur, rien que le prix des trois pizzas, ça devait bien représenter deux jours de travail dans une chaîne de montage de *maquiladora*. Quand le livreur fut parti, il demanda :

– Et ton fils, il ne vient pas ?

– Il va arriver, il devait y avoir du monde au pont sur le Río. Il vient d'El Paso, je te rappelle. Mangeons tant que c'est chaud.

Elle mit de l'eau à chauffer sur l'antique cuisinière.

– C'est l'eau de Juárez, elle est pourrie, il faut la faire bouillir, si on veut la boire. Et j'ai pas les moyens d'acheter de l'eau minérale. Bon, décréta-t-elle en avalant une bouchée de pizza aux *pepperoni*, je te propose un marché.

Décidément, pensa Toni, c'était la ville des marchandages.

– Je t'écoute.

– Voilà : je t'emmène voir les usines, les bidonvilles, les ouvrières, tu sors tout ça dans ton journal, d'accord ? Et d'ici là tu auras eu tout le temps de comprendre ce qui se cache derrière ces meurtres. Ce que tu vas voir te fera comprendre.

Il réfléchit un court moment à sa proposition.

– Parle-moi, Guadalupe, c'est plus simple. Je t'ai posé une autre question, hier soir. Je t'ai demandé si le nom de Liza Guevara t'était familier. C'est son corps qui a été découvert à la fin du week-end.

– Comme si je ne le savais pas, avec tout le battage qu'ils en ont fait. Écoute, elle soupira. Je viens de t'aider, je t'ai donné plein d'informations. Je vais t'emmener voir les bidonvilles où vivent les ouvrières des…

– J'ai déjà vu tout ça. Je me suis paumé dans la Colonia Fronteriza, j'ai rencontré Irena Cruz, la sœur de la première victime recensée par la police, avec toute sa famille. J'ai vu comment vivaient ces gens. Mais là, on est en train de parler de meurtres.

Il lui fit un bref résumé de son week-end mouvementé, et du marché qui en avait découlé avec Pazos. De sa visite au « Maverick's ». De ses incursions dans les *botánicas*. De son intuition sur une éventuelle suite des meurtres rituels de Matamoros.

Elle avait pâli, et lorsqu'il eut fini son récit, un léger tremblement agitait sa main posée sur le Formica de la table de la cuisine. Elle alluma avec difficulté une cigarette et souffla la fumée par le nez.

– Oublie tout ça, c'est bidon. Les *maquiladoras* sont mêlées à l'histoire, je te dis.

– Impossible ! C'est trop gros !

– Mais non.

– Des faits, alors, implora Toni, des faits.

– OK. Liza et sa mère, Dolores, travaillaient pour la même *maquila*. Elles sont toutes deux… elle était membre de l'Alliance des femmes – sa voix devenait hésitante. Quand tu m'as posé la question, j'ai paniqué. Je me souviens, je t'ai presque fichu à la porte. Les choses sont allées trop loin et…

– De quoi est-ce que tu as peur, Guadalupe ? Encore une fois, parle-moi.

– Et… je ne peux plus faire marche arrière, je suppose.

Seules quelques mouches venaient troubler le silence de la maison.

Les pizzas refroidissaient sur la table. Une clé tourna dans la serrure et un jeune homme d'une vingtaine d'années entra. Zambudio reconnut le garçon de la photo, dans le cadre de la salle à manger. Il était taillé en V, comme une enclume vue de profil, plus baraqué encore qu'il ne l'avait pensé, et surtout, il avait l'air infiniment stupide.

Il posa un baiser distrait sur la joue de Guadalupe et regarda Toni d'un œil morne.

– Angel, je te présente le *señor* Zambudio, il est journaliste et il vient de Madrid. Toni, je te présente mon fils, Angel.

Elle avait pour lui le regard d'un naufragé qui apercevrait au loin un cargo, et qui attendrait un signe providentiel. Mais malgré tous ses efforts, elle ne put tirer de lui qu'un vague « 'jour », suivi de quelques grognements.

Il s'était déjà jeté sur sa pizza, qu'il dévorait à présent. Il s'essuya la bouche avec le dos de la main, émit un rot sonore et se tourna vers sa mère :

– M'man, j'ai besoin d'argent pour le péage du pont.

Miracle, il parle, pensa Toni. Guadalupe Vidal sortit de son petit porte-monnaie un billet de 20 dollars. Le journaliste se mordit la langue pour ne pas faire remarquer que le péage en question ne coûtait que 1,50 dollar. Le courant d'air humain était déjà reparti en claquant la porte.

– Il ne sera pas un policier comme les autres, il me l'a dit un jour. Je l'avais emmené à une réunion du Comité de travailleurs sexuels, il a parlé avec les copines, je voulais qu'il se rende compte de la façon dont la police les traitait. En sortant, il m'a dit : « Je serais toujours du côté des opprimés. » Depuis, je sais qu'il est retourné plusieurs fois voir les filles du comité, leur dire bonjour. Bon, bien sûr, il a quelques problèmes de communication, mais j'espère que ça s'arrangera un jour.

Toni s'abstint de tout commentaire. À chacun sa croix.

– Guadalupe, qu'est-ce que tu décides ?

– Tout ça, c'est pas pour toi, *güero*. Prends le premier avion et rentre chez toi. Le chef de la police t'en a dit suffisamment sur les meurtres. Tu ne crois pas que tu en sais assez comme ça? Pour qui tu te prends, *güero*, pour Zorro ?

Décidément, ça devenait une manie. Pazos, Harding, Guadalupe Vidal, mais qu'est-ce qu'ils avaient tous à vouloir le renvoyer à Madrid ?

– Et puis arrête de m'appeler *güero* à tout bout de champ, lâcha-t-il, agacé. Si tu savais... Je suis né à Ciudad Juárez, il y a longtemps de cela, en 1952. Cette ville m'a pris ma mère.

Elle le regarda comme si elle doutait subitement de sa raison.

– Mais qu'est-ce que tu me chantes là ?

C'était une longue histoire. Il lui raconta son père, qui avait fui la guerre civile en 38, tandis que Barcelone tombait, hésitant pour s'exiler entre les deux pays qui avaient envoyé des armes à l'Espagne, l'URSS et le Mexique. Le vieux avait été un Canuto[1] têtu. Il n'avait

1. Canuto : membre de la CNT (Confédération nationale des travailleurs), groupe d'anarcho-syndicalistes.

jamais digéré les balles soviétiques perçant le dos de Buenaventura Durruti, la figure de proue des anars.

Il s'était donc décidé pour le Mexique.

Il avait trouvé un poste de professeur de castillan au lycée de Ciudad Juárez.

Au terme de dix longues années de solitude, une jolie prof de lettres qui se prénommait Alta Gracia était entrée dans sa vie, fraîchement mutée de Chihuahua.

Une femme aimante et taciturne. Son trésor.

Toni, lui, était arrivé quatre ans plus tard.

Et puis il y avait eu ce jour ensoleillé de juin 1963. Le hold-up.

Il raconta encore, le braqueur qui sort de la banque, le foulard qui glisse sur son visage, les *federales* impuissants, la détonation, le sang, sa mère qui tombe, le regard de l'homme, son nom qu'il n'oublierait jamais, Homero Cardona, et Guadalupe songea qu'ils s'étaient peut-être croisés, enfants, au détour d'une rue.

S'il y avait eu un jour une enfance.

Il ne lui dit rien de la photo dans le journal. Il expliqua seulement qu'après, son père n'avait pas pu rester, qu'il avait eu la nostalgie de la vieille Europe, que Franco n'était plus tout jeune et qu'il espérait bien avoir l'ultime satisfaction de le voir tomber de son piédestal avant de mourir.

Les mots d'ordre de millions d'ouvriers, d'étudiants en colère résonnaient alors d'un bout à l'autre du monde civilisé, des rues de Paris au campus de Berkeley.

Il avait choisi la France pour attendre. Bien sûr, il avait mis du temps à digérer les trahisons du Front populaire français, la politique de non-intervention, les camps d'internement pour les réfugiés espagnols, mais bon, il pouvait pardonner.

Au moins, les Français n'avaient pas abattu Durruti d'une balle dans le dos.

Ils avaient quitté Juárez pour n'y jamais revenir.

Zambudio dit encore qu'il avait fait ses études de journalisme à Paris.

Un cancer avait déjà emporté son anarchiste de père depuis un an quand Franco s'était enfin décidé à mourir en 75.

Toni avait pris la route pour l'Espagne tant de fois évoquée, tant de fois maudite, qui retrouvait alors le chemin de la démocratie.

Guadalupe le regardait, incrédule.

– Tu allais à quelle école ? elle demanda encore.

– La petite école à l'angle de Guerrero et de la *calle* Calvino. On habitait juste à côté.

– C'est complètement dingue. Et ça ne te suffit pas, ce qui est arrivé il y a trente-quatre ans ? Tu reviens, et tu ne cherches qu'une chose : te mettre dans la merde.

– Guadalupe, emmène-moi voir la famille de Liza Guevara.

Elle le regarda, dubitative. Pour lui, ce n'était pas juste un article.

Elle soupira.

– Un jour, tu te rappelleras ce que je t'ai dit aujourd'hui. C'est un pacte de sang que nous venons de sceller. Retrouve-moi ici, lundi vers trois heures.

Il avait mordu à l'hameçon. Il était appâté. C'était sans doute un foutu bon journaliste. Guadalupe Vidal avait refermé la porte avec un soupir de soulagement. Ce qu'elle était en train de faire lui foutait une trouille de tous les diables. À dire vrai, elle avait failli renoncer au dernier moment, et puis il lui avait sorti cette incroyable histoire. Alors lui, avec ses allures de *güero*, il était né à Juárez. La ville lui avait pris sa mère. Est-ce qu'il fallait interpréter ça comme un signe ? Lui aussi, il avait payé à cette ville son tribut. Après tout, elle pouvait bien lui montrer. Il comprendrait vite, et elle pourrait se tirer. Ça n'était pas un jeu, oh non, qui donc était en train de lui monter ce bateau de *palo mayombe de mierda* ?

S'il n'était pas foutu d'additionner deux et deux assez vite, alors elle serait obligée de lui mettre les points sur les i.

Alors, ils la tueraient, elle aussi.

Elle soupira en ramassant les miettes de la pizza sur la table.

*

Lundi 4 mars 1997.

Mâchoires crispées, Guadalupe conduisait la Sedan comme s'il s'était agi d'un jeu électronique de course de voitures. À chaque instant, Toni se préparait au choc, à un fracas de tôles froissées accompagné d'un avis clignotant en lettres rouges sur le tableau de bord. « *Game over.* »

Les enseignes défilaient, noms anglo-saxons, danois, allemands, français, mais aussi en très grand nombre espagnols.

Toni voulut savoir s'il s'agissait d'entreprises mexicaines.

Ça, elles l'étaient toutes, mexicaines, après tout on n'était pas en Laponie, mais tous les capitaux étaient étrangers et les patronymes masquaient des marques connues jusqu'à l'autre bout de la terre, avait expliqué Guadalupe, en précisant qu'il existait une sorte de répertoire des *maquilas* où l'on pouvait trouver à qui elles appartenaient vraiment.

Elle parqua la voiture le long d'un trottoir.

– Attends-moi dans la voiture, maintenant, et ne te montre surtout pas, les murs ont des oreilles (et des yeux, pensa Toni en observant les caméras placées sur la clôture de l'usine), je vais demander à quelle heure finit ce tour. À peu près partout ici, on fait les trois-huit.

Le journaliste consulta sa montre, il était quinze heures vingt.

Guadalupe traversa la rue. Il la vit parler au garde dans sa guérite. Il faudrait bien qu'il trouve un moyen de pénétrer dans une de ces usines, un de ces quatre matins. Elle revenait vers lui, à présent.

– Ils sortent dans dix minutes.

Ils restèrent silencieux, côte à côte.

– Comme je te l'ai dit, Liza et Dolores travaillaient ensemble. Cependant, elles n'avaient pas les mêmes horaires, expliqua Guadalupe au bout d'un moment.

Il faisait lourd. Dans le ciel les nuages s'amoncelaient, et avec eux l'espoir d'une averse. Toni se surprit à rêver d'un orage.

Une sirène retentit à cet instant et les ouvriers commencèrent à se rassembler derrière le grillage.

La plupart arboraient une casquette au logo de l'entreprise.

Des minibus frappés du même sigle déversaient de petits groupes qui, au contraire, prenaient leur travail.

Le portail s'ouvrit, vomissant quelques centaines d'ouvrières dans la rue.

Zambudio fut frappé par l'élégance des femmes. Les minijupes et escarpins à talons n'étaient pas rares, de même que les robes aux imprimés pimpants.

Elles étaient toutes impeccablement maquillées.

– Il faut que tu comprennes. Il ne viendrait à l'idée d'aucune de ces filles d'aller travailler en jogging. C'est juste bon pour la maison. Dehors, elles sont en représentation, enfin elles existent. On n'imaginerait jamais que ces vêtements sont de seconde main, n'est-ce pas ? Elles ont le génie du rafistolage.

Le journaliste en restait songeur. Toute cette séduction déployée avait quelque chose d'ambigu. Elles s'en servaient comme d'un bouclier qui les rendait plus fortes, plus dignes. Mais aussi comme d'un appât.

Les loups avaient mordu à l'hameçon. Et ils y avaient pris goût.

Guadalupe ouvrit la portière de la VW et fit signe à une très petite femme brune et permanentée qui traversait la rue d'un pas lent. Toni devina qu'il devait s'agir de la mère de Liza. Elle portait une jupe en tissu synthétique gris et un chemisier de coton bleu nuit. Un ruban noir était attaché à son biceps gauche, en signe de deuil. Elle portait sa blouse de travail sous le bras, roulée en boule.

La jupe, courte et moulante, révélait un corps bien fait, mais le temps avait déjà entamé son œuvre. Des varices striaient ses mollets, sous les collants. Elle marcha jusqu'à la voiture et Guadalupe abaissa le siège, côté conducteur, afin qu'elle pût prendre place à l'arrière, puis elle fit les présentations en démarrant comme à son habitude sur les chapeaux de roues. Dolores Guevara rendit au journaliste un sourire timide. Elle avait dû être vraiment très belle. Toni ressentait soudain l'envie de caresser la peau un peu fripée, sous ses yeux cernés que le maquillage dissimulait mal.

Elle les remercia de lui éviter un trajet en bus. Une heure et demie dans les transports municipaux, expliqua-t-elle, avec un changement, pour atteindre ensuite les confins de la ville, au fin fond de la Colonia Guadalajara.

– Le matin, c'est plus facile. Ce sont les bus de la *maquila* qui viennent nous prendre, il y a un ramassage. Ils tiennent à ce qu'on soit à l'heure.

Elle se tut pendant presque tout le restant du voyage, se contentant d'indiquer de temps à autre le chemin à Guadalupe.

Elle observait le paysage par la fenêtre.

Toni expliqua le but de sa présence à Juárez et le visage de Dolores s'assombrit encore. Ils roulèrent vers le sud, quittèrent la route qui mène à Chihuahua pour obliquer vers une cimenterie, à quelque dix kilomètres du centre.

L'AFFAIRE DES DIABLES DE JUÁREZ :
L'ACCABLANT TÉMOIGNAGE DE LA MÈRE DE LIZA,
LA DERNIÈRE VICTIME EN DATE DE LA VAGUE DE MEURTRES
QUI ENDEUILLE LA VILLE.

Les Guevara vivent au fond d'une cour encombrée de détritus divers et de carcasses rouillées d'appareils électroménagers incomplets. Ici, on récupère les bobinages de cuivre des moteurs électriques pour les revendre.
Un cochon patauge paisiblement près d'une adolescente qui essore du linge enroulé autour de son bras.
Une jeune femme se tient sur le seuil de la porte. Vêtue d'un jogging usé, elle est enceinte d'au moins six mois et sa grossesse épanouie arrondit encore son visage de madone indienne. Ses longs cheveux noirs lâchés lui retombent sur les épaules. Elle porte au bras le ruban du deuil.
Elle s'appelle Xochitl, elle est la fille aînée de Dolores Guevara.
La maison familiale a été construite de bric et de broc, visiblement avec des matériaux de récupération.
La future maman est entrée et nous prépare un café. Elle attend que l'eau ait fini de bouillir, les yeux dans le vague, les mains sur son ventre rond, éclairée à 45 degrés

par une fenêtre. Elle baigne dans une douce lumière filtrée par les vitres sales, tel un La Tour, ou un Vermeer.
Dolores Guevara aussi s'affaire dans la cuisine. Elle ouvre les portes d'un buffet branlant pour y prendre de quoi servir le café.
Une photo de Liza, petite fille aux tresses enroulées derrière la tête, trône sur le dessus du meuble. Un crêpe noir barre en diagonale le haut du cadre.
Lentement, avec des gestes menus, elle arrange les tasses sur la table.
Toute l'énergie de cette femme s'est volatilisée. À chaque seconde, elle rapetisse.
« On ne nous l'a pas encore rendue, il faut que tous les papiers de l'autopsie soient faits, avant. Ils disent qu'il y en a encore pour quelques jours avant de nous rendre notre Liza. »
Liza Guevara, seize ans, violentée et assassinée, est la dernière victime en date de la vague de meurtres qui frappe la ville depuis plusieurs années.
La disparition de la jeune fille a été signalée immédiatement mais son corps n'a été retrouvé que dimanche dernier, abandonné derrière la Colonia Mexico 68. (Voir article précédent.)
« J'ai été licenciée il y a sept mois d'une *maquiladora* européenne, une filiale d'un grand groupe d'électroménager, poursuit Dolores Guevara. Avant, je travaillais dans une autre usine, qui fabriquait des magnétoscopes. J'y ai débuté comme ouvrière spécialisée et j'ai fini chef de groupe à 300 pesos par semaine, à un poste de soudure au plomb. Les choses ont commencé à mal tourner en 1991, quand il y a eu l'intoxication alimentaire. Les entreprises qui sous-traitent les repas des cantines ont la fâcheuse habitude d'acheter de la viande avariée pour accroître leurs bénéfices. Cette fois-là, il y a eu trois cents intoxications alimentaires, à cause d'un plat de poulet. Une femme enceinte est

décédée, ils n'ont même pas indemnisé la famille, ce n'était pas considéré comme un accident du travail. Comme j'avais été hospitalisée avec des douleurs d'estomac et une déshydratation consécutive à l'empoisonnement, ils m'ont fait un check-up complet. Le médecin a demandé en regardant une radio de mes poumons à combien de paquets par jour j'en étais. Je lui ai répondu que je ne fumais pas. À mon retour à l'usine, on m'a changée de service. Et là le contremaître a commencé à me faire des propositions. J'ai eu beau lui dire que j'étais mariée, il ne voulait rien entendre. Comme je ne lui cédais pas, il a décidé de m'appliquer ce qu'on appelle entre nous un "café chargé" : poste de nuit, suppression des primes, pauses-pipi chronométrées et pénalités financières en cas de dépassement du délai imparti. Pour me punir, parce qu'il n'arrivait pas à ses fins avec moi, il s'est arrangé pour me faire mettre à la porte. Après, j'ai retrouvé un travail à la Gozmex, il y a un peu plus d'un an. (NDLR : un des grands consortiums européens d'électroménager.) Là, j'ai dû subir un test de grossesse avant d'être embauchée. Ils ne voulaient pas de femmes enceintes, pas question de payer des congés de maternité. Et ils se débrouillaient pour le faire savoir par les mesures les plus vexatoires. Rendez-vous compte : pendant les six premiers mois de mon embauche dans cette usine, tous les vingt-huit jours, on m'a obligée sous peine de renvoi à montrer mes serviettes hygiéniques ensanglantées pour prouver que je n'étais pas enceinte. Et j'ai dû avorter deux fois. Finalement, en septembre 96, je me suis retrouvée à nouveau enceinte. Je n'ai pas eu le courage d'avorter encore. J'ai préféré garder l'enfant et la Gozmex m'a licenciée. Après, j'ai quand même fini par perdre le bébé, quelque chose n'allait pas dans mon ventre, et j'ai retrouvé un travail chez Kabuki, un patron japonais qui fabrique des fours à micro-ondes. Et là, j'ai à nou-

veau perdu mon travail, parce qu'une collègue a fait une fausse couche dans l'atelier. Le contremaître ne voulait pas appeler une ambulance et je me suis rebellée. Il m'a renvoyée. C'est seulement après que, grâce à ma fille, j'ai retrouvé un travail chez Somermex. Souvent, j'ai pleuré de honte. Mais j'avais une famille à nourrir. Lorsque j'étais enfant, ma mère livrait ses filles à son amant. En échange de son silence et de sa passivité, il lui offrait des cadeaux. Pendant des années il a abusé de ma sœur dans la chambre où nous dormions toutes deux. J'assistais à ça, impuissante, muette de terreur. Quand ça a été mon tour, je ne me suis pas laissé faire. Mon beau-père n'a jamais pu me prendre. Il a fallu qu'un jour, en rentrant chez moi à une heure du matin, je tombe sur un *drogadito* en manque, aux abords de la *colonia*, pour y passer moi aussi. Sous la menace d'un couteau, il m'a dérobé 400 pesos et m'a violée. J'ai dû m'arrêter de travailler un mois. Et maintenant ils ont pris ma petite, et vous me demandez pourquoi, quand je suis tombée enceinte, je ne voulais pas d'une fille ? »
Ce témoignage bouleversant est celui de Dolores Guevara. L'autre fille de Dolores, Xochitl, dix-huit ans, accouchera dans trois mois d'un petit bébé. « Heureusement, il semble que ce soit un garçon », déclare la future grand-mère. Dans la Colonia Guadalajara où vit la famille Guevara, dix jeunes femmes ont subi le sort de Liza, depuis le début de la vague de meurtres.
Il ne fait aucun doute après la reprise des meurtres que le procès du gang, qui doit débuter le 11 mars, laissera, après le décès brutal de Fouad El Aziz en prison à la suite d'une rixe, un goût amer de justice inachevée dans la bouche des parties civiles.

DE NOTRE ENVOYÉ SPÉCIAL
À CIUDAD JUÁREZ : TONI ZAMBUDIO

*

Jeudi 7 mars 1997.

Toute la *colonia* avait versé son écot pour l'enterrement. Le cercueil de sapin verni était exposé au milieu de la pièce sur des tréteaux, un Christ ensanglanté posé sur une couronne de fleurs de papier bleu et blanc posé à ses pieds. Exceptionnellement, on avait fermé la bière et l'on n'avait pas ménagé de fenêtre vitrée dans le couvercle pour exposer le visage de Liza. Son pauvre corps massacré par la sauvagerie des tueurs et les froids ravages de l'autopsie n'était décemment pas montrable. La petite pièce était comble, bourrée de voisins, de collègues de la Somermex, de membres de la famille.

Xochitl pleurait dans un coin, et ses sanglots secouaient son ventre proéminent.

Les miroirs, et même la télévision portative, avaient été voilés de noir, on avait ôté les piles du réveil électrique qui trônait sur le buffet bancal et des cierges dédiés à la Vierge brûlaient aux quatre coins du cercueil. Il régnait dans la pièce une chaleur suffocante et l'odeur de la cire brûlée ne parvenait pas à masquer les relents de chair morte qui s'échappaient par les interstices du bois et se mêlaient aux lourds effluves des modestes bouquets de roses déposés par les gens du quartier.

Dolores, vaincue, contemplait sa vie dévastée.

Chassés, les amants épisodiques qui avaient si mal remplacé le père des deux filles, en fuite depuis des mois. Perdus à jamais, tous ces enfants avortés. Piétinées, la pitié, l'innocence. Et même, éteintes, la rage et la révolte.

Tout ce sang, toutes ces morts qui la hantaient chaque nuit.

Où était Dieu, tandis qu'on violait, qu'on tuait les femmes de Juárez et leurs progénitures ?

Quand Vidal lui avait amené le *güero*, elle avait parlé, parlé comme si elle ne devait plus jamais s'arrêter, dévidant plus pour elle que pour lui les litanies de son calvaire de femme, sans même pouvoir tirer de son corps desséché une pauvre larme. Si Guadalupe ne l'avait pas interrompue, il lui semblait qu'elle parlerait encore.

– Il en sait bien assez, à présent, elle avait décrété en la regardant droit dans les yeux.

Dolores s'était mordu les lèvres jusqu'à ce qu'une goutte vermeille perle sous ses dents.

Ici, tout pouvait arriver, sauf la justice, et ils pouvaient bien venir la prendre, elle aussi. Ça n'avait plus aucune importance désormais. Mais ses mots pouvaient tuer encore. Assez de tombes, de cris, de pleurs sur cette ville oubliée du Ciel.

Ses jambes se dérobèrent quand il fallut se lever et son gendre dut entourer ses épaules de son bras pour la soutenir, poing crispé sur le tissu noir de la robe de deuil qu'elle portait, et pas un instant il ne quitta du regard la femme qui portait son enfant, et pas un instant Xochitl n'ôta au premier bébé mâle de la famille qui dormait en elle le dérisoire rempart de ses mains croisées sur son ventre.

Quatre hommes minces et vêtus de complets sombres mal repassés entrèrent dans la petite maison et posèrent la couronne sur le cercueil qu'ils soulevèrent sans peine et hissèrent sur leurs frêles épaules.

Dans la cour patientait une mule fatiguée attelée à une carriole aux pneus usés sur laquelle ils chargèrent la dépouille couturée de l'ouvrière et le cortège se mit en branle sous l'implacable soleil vertical vers l'ultime demeure de Liza Guevara, piétinant la boue mêlée d'eau de vaisselle du bidonville, et sur son passage tous se signaient.

Plus tard dans l'après-midi, lorsque le prêtre et les visiteurs endeuillés du Campo Santo eurent déserté les allées jonchées de croix de bois, une main solitaire vint déposer une bougie allumée sur la tombe de la jeune suppliciée.

Vendredi 8 mars 1997.

Son article avait fait un boucan d'enfer.

Zambudio avait eu tout le mal du monde à trouver le sommeil, tant et si bien qu'il se fit encore remarquer en téléphonant, furibond, à la réception vers trois heures du matin pour exiger que l'on mît une sourdine au juke-box qui faisait la joie des narcotrafiquants. Évidemment, comme ils résidaient à La Vela à l'année, on s'était contenté de baisser la musique d'un cran pour la remettre plus fort encore à peine cinq minutes plus tard.

Et comble de malheur, lorsqu'il voulut prendre sa VW le lendemain matin, elle était bloquée par une dizaine de limousines américaines rutilantes dont les propriétaires endormis cuvaient leur cuite de la nuit, en ayant bien entendu omis de confier leurs clés de voiture à la réception.

Le voiturier ne se laissa pas démonter pour autant – visiblement, il avait l'habitude – et se contenta de déclencher l'alarme d'un des mastodontes de métal, jusqu'à ce que tout le motel fût réveillé. Un maître zen.

Des visages fripés aux yeux gonflés apparurent bientôt aux fenêtres, lançant dans la cour les clés des Cadillac, BMW et autres Lincoln endormies dans la lumière du matin. Toni tenait sa revanche.

Il dut quand même patienter un bon quart d'heure au milieu des gaz d'échappement, dans un concerto de V8, que le voiturier extirpât sa petite Sedan de l'imbroglio de carrosseries noires et argent.

Guadalupe Vidal avait dit douze heures tapantes devant l'usine Gozmex et il se demandait quelle surprise allait lui réserver la militante.

Il ne ménagea pas son pourboire au voiturier avant de prendre la direction du parc industriel où se trouvait la *maquila* en question, sur la nationale qui menait à Chihuahua, juste après la Zona Rosa.

En chemin, il passa devant la Cortez Electronics.

11 : 45. Il avait bien cinq minutes pour jeter un œil.

Toni ne vit de l'entreprise où avait travaillé El Aziz qu'un bâtiment propret, tout en longueur, avec sur le devant une pelouse qui aurait rendu jaloux le jardinier d'un terrain de golf anglais.

Le tout était encerclé par la traditionnelle clôture de grillage et la guérite des gardes en armes. Derrière la porte d'entrée surveillée par des caméras, le bitume d'un parking achevait de fondre au soleil.

Un marchand ambulant de *tacos* était installé dans le caniveau et des ouvrières en blouses frappées du sigle de l'entreprise se pressaient autour de lui à l'approche du déjeuner.

Les employées préféraient manger dans la rue plutôt qu'à la cantine.

Si tous les restaurateurs d'entreprises étaient à la hauteur de leur réputation d'empoisonneurs, Zambudio pouvait comprendre la peur des ouvrières.

Depuis sa voiture de location, il observa le va-et-vient autour de l'usine jusqu'à midi sans rien apprendre de plus et sans voir non plus le garde qui relevait soigneusement son numéro d'immatriculation, puis il réalisa qu'il allait être en retard. Merde.

Il fit démarrer la coccinelle et fonça à travers les

avenues du parc industriel. Les marques les plus célèbres de l'électroménager globalisé se succédaient.

Devant le groupe d'usines Gozmex, un groupe de *mariachis* en grande tenue, instruments à la main, allait de bâtiment en bâtiment, précédé d'un catcheur masqué en collant rouge, dont la cape verte claquait comme une bannière dans le vent brûlant.

Paniqué, Zambudio cherchait du regard Guadalupe Vidal.

Elle avait troqué ses chaussures à talons plats contre des tennis et attendait devant l'usine, en compagnie d'un homme à l'apparence pauvre et fatiguée qui tenait sur ses épaules un petit garçon de cinq ou six ans à l'allure débile, habillé de vêtements sales.

Guadalupe le toisa :

– Te voilà, tu en as mis du temps. C'est que le petit, il ne peut pas marcher. Il est né comme ça. On attendait juste sa mère, qui travaille à la Gozmex.

– Comment est-ce que c'est arrivé ?

– Il est né avec une grosse boule dans le dos, répondit le père de l'enfant handicapé. Les médecins ont dit qu'il ne marcherait jamais, mais qu'il fallait l'opérer, sinon il mourrait. Mais nous, on est pauvres, on avait pas les moyens de faire une chose pareille.

L'homme enleva sa casquette de base-ball rongée par la sueur, hésita un moment et poursuivit en triturant la visière tachée de ses doigts boudinés :

– Alors les patrons de Gozmex ont fait une chose formidable : ils ont payé pour notre fils. Ils l'ont fait opérer à El Paso, ils se sont occupés de tout. Et vous voyez, il a six ans maintenant, il expliqua en soulevant le maillot de corps troué de son fils.

Une longue cicatrice barrait son dos, le long de sa colonne vertébrale.

– C'est là qu'elle était, il expliqua en montrant du doigt l'emplacement de la tumeur.

– Est-ce qu'on vous a dit le nom de la maladie ? questionna le journaliste.

– Oui, mais je me souviens plus. Je ne suis qu'un *peón* inculte. Je ne sais ni lire ni écrire, *señor*.

Toni croisa le regard de Guadalupe. Elle ne cillait pas. Mais ses mains tremblaient. Bien sûr. Comment n'y avait-il pas pensé ?

Il avait d'abord essayé de contacter quelqu'un au sommet de la Gozmex. Naturellement, lui avait-on répondu, le chargé de communication du groupe, un certain Bill O'Donnell, se ferait sans doute un plaisir de répondre à ses questions, malheureusement, il avait été appelé au siège, de l'autre côté de la frontière, et ne serait pas de retour avant plusieurs jours, mais peut-être qu'un dossier de presse bla-bla-bla, et c'est alors qu'il avait fait la relation avec Cortez Electronics.

Il avait raccroché en hâte et mis près d'une heure à trouver, fouillant en vain ses notes, relisant les articles punaisés sur les murs de sa chambre, compulsant la documentation qu'il avait emmenée avec lui au départ de Madrid. Et puis il s'était souvenu.

Un article du *L. A. Times* que Pepe Ortega lui avait fait passer. Zambudio le relut à toute vitesse. Voilà, c'était bien ça.

Cerraduras Locks avait été repris par Cortez Electronics, après une affaire de pollution qui avait provoqué des naissances d'enfants mal formés et contaminé tout un quartier.

C'est là qu'il avait vu pour la première fois le nom de la *maquila* qui employait El Aziz. Il aurait bien voulu mettre la main sur le répertoire patronal qui recensait les entreprises de la frontière, dont Guadalupe avait mentionné l'existence devant la Somermex, alors qu'ils attendaient Dolores Guevara.

La « Sanctissime Mort » et les « Sept Puissances Africaines » veillaient sur la chambre, et Zambudio allongé sur le lit essayait de comprendre lorsque Harding le rappela depuis une bourgade de Pennsylvanie où il donnait une conférence.

Il avait lu l'article de Toni dans l'édition électronique d'*El Diario*, sur le web.

– Bravo, c'est un très très bon papier. Vous avez mis dans le mille.

– Merci, Lawrence. Dites-moi : est-ce que toutes les victimes travaillaient chez Somermex, ou bien Gozmex ? Ces deux noms reviennent sans arrêt au cours de mon enquête.

– Il s'en faut de très loin ! Il s'agit d'une coïncidence. Et d'ailleurs, pour autant que je sache, la Somermex n'était même pas implantée au Mexique au début de la vague de meurtres.

– Apparemment, une suite d'événements bizarres se sont produits chez Cerraduras Locks, la *maquila* qui employait El Aziz. Toutes ces boîtes ont causé des pollutions massives à répétition, lesquelles ont provoqué des naissances d'enfants mal formés. Je me demande s'il n'y a pas un lien avec notre affaire.

Il y eut un silence de quelques secondes à l'autre bout de la ligne.

– Toni ? Ne m'en veuillez pas pour ce que je vais vous dire. J'ai lu tous les articles que vous avez écrits à ce propos depuis notre rencontre. Et je me suis aussi renseigné à droite et à gauche. Cette femme qui vous a guidé, là, Guadalupe Vidal. Elle a en ville une réputation d'agitatrice et les gens qui l'entourent passent pour des gauchistes, des radicaux. Elle est grillée un peu partout. Les malheurs de cette pauvre femme, je veux parler de la mère de la petite Liza Guevara, n'en sont pas pour autant moins réels et le sort s'est réellement acharné sur elle. Mais cette Vidal l'utilise à des fins politiques, et je trouve ça indigne, quand on sait ce qu'elle a enduré.

– C'est moi qui ai insisté pour qu'elle me conduise chez Dolores Guevara, se justifia Toni.

– Pazos est absolument furieux contre vous. Il voulait qu'on fiche la paix à ces pauvres gens au moins jusqu'aux funérailles de la petite. Je crains qu'il soit désormais inutile que vous vous risquiez à l'appeler.

Dans une bouche américaine, les mots d'« agitatrice », de « gauchiste », de « radicale » s'apparentaient presque à des insultes. N'empêche. Il était possible que le sociologue eût raison. Zambudio n'avait même pas pris la peine d'enquêter sur la crédibilité de Guadalupe.

Guadalupe Vidal tenait entre ses mains le petit cercueil de carton qu'elle venait de trouver sur le pas de sa porte. Elle eut beau scruter la rue, à la recherche d'éventuels mouchards, elle ne remarqua pas ceux qui la surveillaient.

Elle rentra à reculons dans sa maison et ferma la porte à double tour.

Elle savait bien avant de l'ouvrir ce que contenait la boîte.

Un petit squelette de papier mâché peint en blanc et noir, comme on en vendait chaque année pour la fête des Morts, la regardait fixement de ses orbites vides. L'expéditeur avait bâillonné le crâne ricanant, et, pour qu'il ne subsistât aucun doute, il avait également doté la figurine d'un petit collier de carton passé autour des vertèbres cervicales, et le nom de la militante y était écrit en lettres fines.

C'était joliment fait.

Elle se laissa tomber sur une chaise dans la cuisine et posa le colis d'une main tremblante sur la table de Formica.

Elle avait décroché le pompon, à force de faire l'imbécile.

Guadalupe se força à raisonner, à calmer sa respiration.

Il y avait beaucoup à faire, dans les heures à venir.

Comment avait-elle pu être assez naïve pour penser que quelques articles dans la presse internationale suffiraient à les effrayer suffisamment pour que ça s'arrête ?

Et ce journaliste à qui il fallait sans cesse mettre les points sur les i !

Remarque, il n'était pas si mal, après tout. Dommage que ça doive se passer ainsi.

Est-ce qu'on pouvait jamais savoir ? Peut-être se retrouveraient-ils un jour.

En tout cas, celui-là, il allait décamper vite fait.

Mais avant, il l'aiderait. Il lui devait bien ça.

Ce n'était certainement pas avec le peu qu'elle gagnait qu'elle pouvait prendre le large. Il faudrait aussi convaincre Angel de rester à l'Académie de police d'El Paso, de se tenir à l'écart pour quelque temps.

Elle décrocha son téléphone et appela Lourdes Simpson, à San Diego.

Il fallait prévenir Dolores. Et elle n'avait même pas de voiture. En bus, elle en avait pour des heures, et il fallait faire vite.

Elle tendit la main vers son grand cabas et farfouilla dans le bazar qu'il contenait jusqu'à en extraire son portefeuille.

Avec ce qu'il y avait dedans, elle pouvait à peine payer le taxi aller-retour jusqu'à la Colonia Guadalajara.

Toni froissa le message déposé à son attention à La Vela.

Le *señor* O'Donnell avait bien pris connaissance de sa demande de visite à la Gozmex, mais non, le *señor*

O'Donnell ne pouvait pas hélas le recevoir, il en était désolé. Bien sûr, on lui expédiait le jour même un dossier de presse très complet à son journal à Madrid, et on veillerait à ce qu'un tour dans une unité espagnole fût possible dès le retour du journaliste dans son pays.

Est-ce que ça n'était pas merveilleux ?

Le chargé de communication arborait une belle tête de vainqueur, sur la photo couleur de la carte de visite.

– Toni, il faut absolument qu'on se voie tout de suite. C'est la Journée internationale des femmes, aujourd'hui, et l'*Alianza de las Mujeres* va défiler sur 16 de Septiembre. Je devrais être là-bas, avec elles. Mais je vais devoir quitter Juárez pour quelque temps. En fait, j'ai un service à te demander.

Il lui fixa rendez-vous au siège de l'*Alianza* vers dix-sept heures.

Le procès débutait le lundi suivant. Il était plus que temps de boucler cette enquête.

Tout en se frayant un chemin dans la circulation vers Guadalupe Vidal, il essayait de faire le tri dans son esprit confus.

Décidément, rien ne collait, et plus il en apprenait sur cette affaire, moins il y voyait clair. Il y avait un lien avec les *maquiladoras*, Harding l'avait mis sur la piste d'une secte satanique, ça paraissait cadrer assez bien avec les Diables, mais il manquait des pièces au puzzle. Tout accusait le chimiste de Cortez Electronics. Ce qui manquait, c'était la connexion entre les *maquilas* et le *Mayombe*.

Guadalupe Vidal, elle, ne croyait pas au lien avec la magie noire. Et Toni n'était pas tout à fait sûr de croire Guadalupe Vidal.

Harding avait semé le doute dans son esprit.

Pourtant, son instinct lui dictait de suivre la piste Guadalupe.

Il avait la désagréable impression de manquer quelque chose qui aurait rendu tout ça lisible. Chierie.

Et ces autels *mayomberos* qui fleurissaient un peu partout. Il fallait vraiment qu'Harding tire ça au clair.

Il s'arrêta en chemin dans une pharmacie pour acheter une nouvelle cargaison de Maalox et des comprimés pour lutter contre la migraine qui enserrait son crâne un peu plus à chaque minute, tapie derrière ses orbites, comme si elle eût voulu en expulser ses yeux. Impossible de réfléchir dans des conditions pareilles.

Il prit aussi le temps d'avaler un café vite fait – quelle lavasse ! – avant de se remettre en route, la chemise collée au skaï de la VW par la chaleur.

Dire que la télévision annonçait d'importantes chutes de neige sur le nord du Texas, à peine à cinq cents kilomètres de là ! Ici, en tout cas, l'anticyclone s'accrochait.

Il arriva à son rendez-vous à l'*Alianza* vers dix-sept heures quinze, pour trouver porte close.

Un mot était punaisé sur la porte, d'une écriture fine, nerveuse, serrée : « Je n'ai pas pu t'attendre. Appelle-moi plus tard à la maison. »

Merde, il n'avait pas que ça à foutre.

À son arrivée au motel, une enveloppe à son nom l'attendait à la réception. Elle contenait son nouveau passeport et une carte de crédit toute neuve. « Bonne chance » disait la carte de visite de Perez. On lui remit également un message.

Harding l'avait appelé. Foutu chassé-croisé. En maudissant l'inventeur du téléphone, Toni composa le numéro du sociologue.

– Toni ? C'est une sorte de chemin initiatique, d'après

moi. Ils marquent les territoires où ils ont opéré. L'autel sacrificiel, enfin, l'endroit où il se trouve, doit être oblitéré du même sceau. Mais cela revient à chercher une aiguille dans une botte de foin, parce que si je ne me trompe pas, Juárez va se couvrir de marques diaboliques.

Putain, ça sonnait comme une prophétie apocalyptique et ce n'était pas précisément ce que Toni avait envie d'entendre. Il suffirait d'alerter les autorités pour qu'elles lancent une enquête autour des lieux signalés par des autels surmontés de l'étrange représentation du Christ en croix sur fond d'incendie. Pour trouver le lieu des crimes. Sauf que, si toute la ville en était remplie, ça deviendrait une tâche impossible.

– Ça voudrait dire que les Diables ont encore des complices à l'extérieur.

– Ou des admirateurs, répondit Harding.

Ça ne simplifiait pas les choses. Il pouvait toujours sillonner Juárez, ça lui prendrait un temps fou.

– Il pourrait s'agir d'un lieu isolé, proposa le sociologue. Il faudrait chercher dans cette direction. Les victimes ont dû hurler, et les va-et-vient incessants des assassins requerraient à mon avis un endroit discret. Je chercherais plutôt un ranch, ou une ferme dans un rayon d'une vingtaine de kilomètres autour de la ville.

Zambudio avait étalé le plan détaillé de la région sur le lit. Des dizaines de hameaux, de fermes agricoles entouraient la ville, le long de la vallée fertile du Río Bravo.

Une aiguille dans une botte de foin, il avait dit. C'était pire que ça.

Quel merdier.

Il en était là de ses réflexions lorsque Guadalupe se rappela à son souvenir.

« Excuse-moi pour tout à l'heure. Je t'attends à la maison. »

Ça, c'était ce que disait le message qu'elle lui avait laissé à la réception, elle avait appelé tandis qu'il était en ligne avec Harding et ça n'était pas une invite, plutôt un ordre bien dans son genre, un truc à la hussarde.

Il fallait en finir avec cette histoire et Toni se décida à remonter dans la VW surchauffée pour prendre le chemin de la *calle* Carmona.

Il l'avait imaginée entrant dans une de ces rages folles dont elle avait le secret. Au lieu de quoi, il l'avait trouvée prostrée comme une petite vieille, fragile et cassante. Il lui avait parlé des groupes sataniques, des autels et des thèses d'Harding. Son visage était soudain devenu gris, elle avait chancelé, s'était appuyée au dossier de son canapé au velours usé.

C'est d'une voix à peine audible qu'elle lui avait lancé :

– Foutaises et triples foutaises. Il n'y a pas plus de secte diabolique ici que je suis Marilyn Monroe. Cette ville est déjà bien assez merdique comme ça, une vraie carie bien puante, ces enfoirés de patrons nous suffisent comme émanation de l'enfer, tu ne crois pas ?

– Tu parles comme les avocats des Diables. Mais enfin, *El Satán*, c'est quand même pas un nom très catholique, merde !

C'était Toni qui s'enflammait à présent. Elle lui avait demandé de l'argent et il avait refusé. Elle avait alors objecté qu'il lui était redevable pour ses articles.

– Et alors ? Je te remercie encore, mais ça ne marche pas comme ça, dans les démocraties. Il n'y a pas de *mordida* pour les informateurs de presse.

– Fais-moi plaisir. Rentre chez toi, *güero*. Va retrouver tes enfants qui t'attendent. *Pinche cabrón*, tu n'écoutes pas ce que je te dis, sinon tu courrais à Madrid sur le ventre, si nécessaire !

Zambudio fourrageait furieusement dans sa barbe en observant Guadalupe.

Elle eut un rire désabusé.

– J'ai un fils, tu vois. Et il a encore besoin de moi. Elle tient encore un peu à la vie, la Guadalupe. À sa vie ratée et solitaire, d'accord. Mais c'est devenu trop dangereux tout ça. *El Pueblo unido, jamás será vencido*, mon cul ! Pendant des années on a défilé en criant à gorges déployées « le Peuple uni ne sera jamais vaincu ». Et on y croyait. Mais on a perdu. Nous sommes les vaincus. Regarde-nous : durant des années, une dictature tempérée par la corruption. Et aujourd'hui, une mascarade de démocratie. Guatemala, Chili, Nicaragua, Salvador, nous avons perdu toutes les batailles. À Tijuana, il y a deux mois, ils ont enlevé deux ouvrières d'une *maquiladora* de jouets qui se plaignaient de leurs conditions de licenciement. Évidemment, ils les ont séquestrées et torturées.

– Mais qui, bordel de Dieu ? explosa Toni.

– Ce ne sont pas les patrons qui ont fait le sale boulot, crois-moi. C'est tout ce que je peux te dire. Ne reste pas ici. Ça ne servirait à rien. Rentre en Espagne. Sauve ta peau, *güero*.

Elle devenait confuse et paranoïaque.

Il ne l'avait jamais vue aussi vulnérable. Toni sentit la colère refluer.

– Écoute, je termine mon reportage, ici. Je dois couvrir au moins le premier jour du procès, et s'il me reste un peu de temps avant de rentrer à Madrid, je te promets de revenir te voir, ça te va comme ça ?

– Va te faire foutre, Zambudio, elle répondit à voix basse. Je crève de trouille et si tu ne te bouges pas le cul, si tu ne fous pas le camp d'ici, je vais y laisser ma peau.

– Guadalupe, il fit le plus gentiment qu'il put, repose-toi, tu es en train de craquer.

– Tu ne me crois pas, hein ? Mais je veux que tu me promettes au moins une chose. S'il m'arrivait quoi que ce soit, fous le camp de cette ville aussi vite que tu pourras et va à San Diego, en Californie. Une femme qui s'appelle Lourdes Simpson s'occupe d'une association pour la défense des ouvrières des *maquilas*, elle saura quoi faire et...

– Encore une fois, de quoi as-tu peur ? Le ou les tueurs en série n'ont jamais assassiné que de très jeunes filles.

– *¡Hijo de puta !*

Cette fois, elle était furieuse.

– Tu me prends pour une préménopausée hystérique, c'est ça ? Vous êtes bien tous pareils, vous les mecs. Mais regarde, tiens regarde ! C'est pas toi qui as reçu ça !

Elle brandissait un petit cercueil sur lequel était inscrit « Guadalupe Vidal, 1950-1997 » en hurlant :

– Tu es vraiment trop con, tire-toi d'ici !

Et comme il essayait de parlementer, de la questionner sur l'origine du sinistre colis, elle l'attrapa par la manche de sa chemise, le traîna à travers la pièce en hurlant, ouvrit la porte et le jeta dehors.

Le battant claqua si fort en se refermant qu'il ébranla les murs d'*adobe* de la maison et que le sol lui-même vibra sous les pieds de Zambudio.

Cette femme était vraiment impossible ! Il marcha vers sa voiture en rangeant un pan de sa chemise dans ses jeans sous le regard narquois de quelques badauds qui s'étaient mépris sur la scène à laquelle ils venaient d'assister.

Autant essayer de dompter un mustang devenu fou

Qui étaient les salauds qui lui avaient expédié ce cadeau macabre ? Une organisation patronale, pour la punir de ce qu'elle avait montré au journaliste ?

Toni n'y croyait qu'à moitié. Il lui faudrait garder un œil sur elle.

*

Samedi 9 mars 1997.

« Ne m'appelle plus », avait-elle dit d'un ton sec. C'était sans appel.

Satanées bonnes femmes. Fina et Guadalupe. Les mêmes phrases.

De guerre lasse, il avait demandé qu'on lui monte encore une bouteille de tequila. Quand le liquide translucide et gras avait fini par avoir raison de sa mauvaise humeur, la bouteille était aux trois quarts vide et il était plus de deux heures du matin. Son dernier paquet de Fortuna gisait, vide et froissé, au pied du lit.

Le bon vieux coup du marteau avec lequel on se frappe le crâne marchait toujours : quand on s'arrête, ça fait un bien fou.

Il avait fini son stock de Maalox – son estomac se vengeait de ce qu'il lui avait fait subir – et tourné en rond longtemps à la recherche d'une cigarette avant de réaliser qu'il était à court, en pestant. Il s'était brossé les dents dans l'espoir de chasser le goût de bête crevée qu'il avait au creux de la gorge, on pouvait toujours rêver, et avait pris une douche glacée. La seule idée d'avaler quelque chose mettait en ébullition des océans de bile, quelque part au fond de lui.

Il avait acheté un paquet de Lucky Strike sans filtre à la réception et aspirait goulûment la fumée. La tête lui tournait un peu.

Il sentait bien que tout était là, étalé devant lui, comme une carte écrite dans une langue étrangère, un portulan en braille, illisible pour un voyant.

Comme au premier jour de son arrivée, il était bien incapable de se faire une idée de la culpabilité des uns ou des autres.

Certes, l'hypothèse d'une vague de meurtres rituels

emportait de peu son adhésion, aussi s'était-il résigné, la mort dans l'âme, à rédiger un article en ce sens, juste de quoi appâter Ferrer et Perez en attendant le procès, mais il se voyait condamné à l'inaction en attendant que les magistrats aient tranché sur la question.

Et pourtant. Il y avait quelque part, dans un rayon de quelques kilomètres autour de la ville, un lieu terrible où l'on avait immolé avec une totale cruauté toutes ces victimes, trois années durant.

Une maison habitée par le Mal absolu.

Il se sentait comme ces marins soudain pris dans l'œil du cyclone, incapables de deviner d'où viendra la tempête.

Il avait punaisé sur les murs de sa chambre de motel toutes ses notes, ses plans, marquant à grands coups de feutre rouge les lieux qu'il avait explorés.

Son ordinateur portable restait allumé jour et nuit.

Il avait beau essayer d'entrer dans l'esprit des meurtriers, son intuition était aux abonnés absents. Il se mit en route le ventre vide et l'esprit pas très clair.

Dans la nuit du samedi au dimanche, vers quatre heures du matin, passablement ivre, il ramassa dans un bar une petite ouvrière aux longs cheveux sombres qui lui faisait du gringue. Elle l'entraîna dans sa maison de carton, à l'ouest de la ville, bien après Camino Anapra, dans un des tout derniers bidonvilles avant le désert.

Sa chambre était réduite à une pièce au sol de terre battue.

Un mauvais sommier, un matelas en mousse tassé par l'âge. C'est là qu'ils s'étaient accouplés, sous une ampoule nue qui se balançait au plafond, raccordée à une batterie de voiture.

Il avait insisté pour qu'elle laisse la lumière allumée et l'avait regardée se déshabiller en lui tournant le dos avant de se jeter comme une naufragée dans le lit, enfin dissimulée par une couverture usée jusqu'à la trame.

Elle ne devait pas avoir plus de quinze ans.

Tandis qu'il la besognait, il fut submergé par des images de membres ligotés, de chairs tranchées, d'organes mis à nu, de seins mordus jusqu'au sang.

Des images calquées sur toutes celles entrevues dans les dossiers de la police, l'espace d'un instant, peut-être – il avait détourné le regard, gêné par l'obscénité des photos des services médico-légaux –, mais imprimées à jamais dans sa mémoire rétinienne.

Loin de provoquer une détumescence annoncée, ces visions portèrent à son comble son excitation.

Au moment où il allait jouir, un bébé se mit à geindre, tout près, et l'adolescente le repoussa brutalement. Abrité derrière un paravent en carton d'emballage marqué du logo d'un fabricant d'électroménager coréen, le nourrisson réclamait sa pitance à la jeune mère à grand renfort de cris et de pleurs.

Sans prendre la peine de se couvrir, elle le prit dans ses bras et le serra contre son sein en le berçant.

Toni jeta une poignée de billets sur le lit et s'enfuit en titubant dans la nuit, les vêtements à la main, avant même que l'ouvrière ait eu le temps de se retourner.

Ses insultes le poursuivirent dans la nuit jusqu'à se confondre avec les hurlements des prédateurs nocturnes qui hantaient le désert.

Il ne sut jamais comment il retrouva le chemin du motel.

Cette nuit-là, enfermé dans sa chambre, il arracha des murs coupures de journaux et cartes géographiques, brisa la « Sanctissime Mort » et les « Sept Puissances Africaines », hurla comme une bête sauvage prise au piège, se cogna contre les cloisons comme un poulet décapité tandis que les voisins frappaient du poing à la porte pour le faire taire, jusqu'à ce qu'épuisé il s'effondrât sur le lit, avec aux lèvres une bave mêlée d'alcool et de sang.

La vieille Chevrolet El Camino qui ne l'avait pas quitté d'une semelle resta en faction devant La Vela jusqu'à l'aube.

Dimanche 10 mars 1997.

Il se souvenait de ce que lui avait raconté Harding : les agents du FBI qui avaient traité des affaires de meurtres en série ou interrogé de nombreux serial killers souffraient fréquemment de syndromes étranges. Pas seulement des cauchemars qui duraient des mois, mais aussi des crises d'angoisse, des pertes de poids inexpliquées qui pouvaient atteindre jusqu'à trente kilos en six mois.

Toni avait déjà dépassé le stade de l'ulcère, mais malheureusement pas celui de l'amaigrissement. C'est, du moins, ce qu'il se disait ce matin-là. Assis sur son lit maculé de vomissures, il contemplait sans comprendre le champ de bataille qui avait été sa chambre, un lieu naguère ordonné, consacré au sommeil et au travail.

Peu à peu, les événements de la nuit lui revinrent et avec eux montait en lui un sentiment diffus de honte et de confusion.

Il lui fallut plus d'une heure pour remettre la pièce en état, tremblant comme un parkinsonien en phase terminale. Il fit des piles avec les documents qui étaient encore sauvables et des boules de papier dont il emplit la corbeille avec les autres.

L'ordinateur n'avait pas résisté à sa fureur, l'écran sorti de ses gonds avait échoué à un bout de la chambre et le clavier explosé gisait sur le sol au milieu d'une avalanche de touches qui avaient giclé tels des yeux hors de leurs orbites un peu partout. Il rassembla comme il put les pièces éparses, scotcha ensemble les deux parties de la machine et fourra le tout dans un sac plastique destiné au linge sale. Il ramassa les disquettes en priant pour qu'une des sauvegardes ait tenu le coup.

Le procès devait débuter le lendemain et il n'avait même pas fait sa demande d'accréditation auprès du palais de justice. Il se sentait à peu près dans l'état de quelqu'un qui aurait passé la nuit dans un tambour de machine à laver bloqué en position essorage.

Il regarda autour de lui.

Il entreprit à gestes lents de trier les quelques papiers empilés à la va-vite, de voir s'il pouvait encore tenter pour son portable un massage cardiaque, une greffe cérébrale, une réanimation, bref, un miracle.

Il avait bien essayé d'atténuer avec une serviette mouillée les traces qui maculaient les murs, mais le résultat était piteux. Il n'avait fait qu'étaler les marques sanglantes. Il se sentait comme un noyé à qui on aurait tendu un verre d'eau.

Un spasme plus violent tordit son estomac. Il n'eut pas le temps d'atteindre les toilettes. Un jet aigre se répandit sur la moquette synthétique qui vira au rouge et il réalisa qu'il vomissait du sang.

C'est en essayant de nettoyer qu'il trouva le mot, chiffonné en boule, sous le lit.

> Route de Chihuahua, au kilomètre 31, la piste à gauche. *Rancho Doble A.* Encore une fois, ne m'appelle plus, Toni, et va au diable.
>
> Guadalupe

Qu'est-ce que c'était encore que ce bordel ?

Comment ce message griffonné d'un coup de crayon rageur était-il arrivé là, qu'est-ce qu'elle manigançait encore, celle-là ?

Il appela la réception qui lui répondit que non, personne n'avait déposé de message pour le *señor* Zambudio, mis à part quelques plaintes relatives à sa conduite inconvenante de la nuit passée. Il pouvait sentir la perplexité du réceptionniste au bout du fil.

Est-ce que le *señor* Zambudio allait rester encore quelque temps ?

Toni éluda et raccrocha, louchant sur le mot de Guadalupe.

Pour ce qu'il en savait, c'était bien son écriture.

Depuis quand était-ce là ? Secoué de frissons, la sueur au front, il tentait désespérément de réfléchir. Voyons.

Putain de neurones grippés. Il percevait presque le grincement des rouages tandis qu'ils se mettaient à tourner avec peine.

La missive avait dû être déposée samedi dans la journée, ou en soirée. En tout cas avant qu'il rentre de virée et saccage la pièce, ivre de fureur et de tequila. Et se réveille puant comme un chacal, tout contrit et couvert de son propre sang.

Il n'avait pas été en état de s'en apercevoir, et le message avait probablement subi le sort de tout ce qui se trouvait dans la pièce et qui lui était tombé sous la main.

Il aurait parfaitement pu être délivré sans qu'il s'en rende compte, au milieu du capharnaüm qu'était devenue sa chambre.

Il aurait suffi que le messager dépose la missive sur une pile de documents au lieu de le mettre bien en évidence, sur le lit, par exemple. Quoiqu'il ait été également encombré de vêtements et de papiers divers, que Toni se contentait de pousser pour dormir. Il avait même, dans son humeur de chien, refusé que la femme de chambre vînt remplir son travail quotidien.

Guadalupe aurait pu l'apporter elle-même. Mais comment aurait-elle pu pénétrer dans sa chambre ?

Ouais. Bon.

L'esprit encore embrumé, il repoussa à plus tard la résolution de l'énigme. En pestant, il farfouilla dans son bazar pour en extraire un plan des environs de la ville déchiré en trois morceaux qu'il réunit sur le dessus-de-lit en titubant.

La route de Chihuahua débutait dans l'avenue 16 de Septiembre.

Après avoir croisé l'avenue des Amériques, elle devenait Nationale 45, une grande artère à double voie qui longeait un moment le Rio Grande vers l'est avant de bifurquer plein sud vers le désert en direction de Samalayuca, après l'aéroport.

Toni esquissa un geste vers le téléphone, elle disait de ne pas l'appeler, qu'elle aille se faire foutre après tout, il en aurait le cœur net. Il laissa sonner une quinzaine de fois avant de raccrocher. Personne. Une nausée insidieuse prenait à nouveau possession de son corps, et la douleur, maîtresse en sa maison, se lovait bien au chaud au creux de son estomac de plus en plus lourd à cause du sang qui sourdait par la plaie de l'ulcère ouvert.

Il enfila son blouson. Au fond de ses poches, les clés de la coccinelle tintèrent comme une promesse de tourmente.

La circulation était fluide en ce dimanche matin.

Tout en conduisant d'une main, il consulta sa montre et fit une embardée sur la route à quatre voies. Midi.

D'un coup de volant, il redressa la voiture, surveillant du coin de l'œil le compteur kilométrique. D'énormes cumulo-nimbus striés d'éclairs s'amoncelaient, cavalant après un pâle soleil comme une meute de bouledogues grondant au cul d'un renard.

Le vent avait tourné au nord. Une goutte de pluie de la taille d'un œuf s'écrasa sur le pare-brise. Au loin l'orage donnait déjà de la voix, dominant le fracas des jets au décollage tandis qu'il dépassait l'aéroport.

Des bourrasques de sable secouaient la VW et des nuées de sacs plastique livides traversaient la route comme des fantômes pris dans la lumière des phares que Toni avait dû allumer. Bientôt il n'y eut plus ni *colonias*, ni entrepôts, ni ferrailleurs, juste une étendue plate et uniforme de buissons de *mesquite* et de créosote à travers laquelle la route se frayait un chemin vers les sommets déchiquetés de la Sierra del Nido dont la masse bleu nuit s'estompait dans les nuages bas. L'air sentait l'ozone.

Il ralentit quelques centaines de mètres avant le kilomètre 31. Sur sa gauche, une large piste en terre filait plein nord en direction du Río Bravo entre deux rangées de barbelés.

Pas un panneau indicateur. Rien.

Tout au fond de l'horizon, la foudre tombait déjà sur les Franklin Mountains, aux États-Unis.

La Sedan cahota sur quelques kilomètres, poussant du pare-chocs les boules d'épineux charriées par le vent qui venaient se coller à la carrosserie.

Un porche en pierre de style espagnol à moitié éboulé marquait l'entrée de l'exploitation agricole. La pancarte en bois rongée par le temps qui se balançait au-dessus du chemin indiquait en lettres peintes délavées : *Rancho Del Doble A*. Toni fit encore une centaine de mètres avant d'immobiliser la coccinelle. Pendu à des potences, à des tringles en fer fixées entre des poteaux, tout un bric-à-brac tintinnabulait dans la tourmente. Un mobile de brocanteur dément. Il se remémorait le serveur de La Vela. Ces « Rats du désert » étaient décidément tous un peu fêlés.

De vieilles poêles rouillées, des fûts de carabines tordus, des crânes de bovins aux longues cornes blanchies par le soleil, des casseroles percées, des pièges à loups aux mâchoires ébréchées composaient un hymne païen à la bourrasque naissante.

Le sol était jonché de cuisinières en fonte fêlées et leurs fours béaient comme des bouches édentées ouvertes sur la nuit. Il y avait aussi des marmites, une selle de cuir aussi racorni qu'une charogne desséchée, un châssis de camion oublié là, et pas âme qui vive à la ronde.

Toni distingua sur sa gauche, ramassée sur elle-même, l'épine dorsale d'une bête préhistorique : une construction d'*adobe* écroulée, l'ancien corps de bâtiment de la ferme originelle, sans doute.

Face à lui, deux longues caravanes d'aluminium bosselé étaient disposées en angle droit, tels des chariots de l'époque de la conquête stationnés pour parer aux attaques des indigènes. Deux poissons d'argent échoués sur le sable.

Sur une corde entre les deux mobil-homes, une demi-douzaine de serpents à sonnette achevaient de sécher au souffle brûlant du désert.

Quelqu'un avait retourné leurs peaux, et désormais, seuls les cals osseux des grelots permettaient de les identifier. Des essaims de mouches affolées bourdonnaient autour des bandes de viande sombre déroulées dans le vent comme des rubans de prière. Une deuxième goutte d'eau s'écrasa avec un bruit mat sur le front de Zambudio, avant de dégouliner dans sa barbe, puis une troisième.

La tempête se levait. La porte en treillis de moustiquaire d'une des caravanes se mit à battre furieusement, rythmant de ses va-et-vient le tintement cristallin des suspensions loufoques qui décoraient le ranch.

Qu'est-ce qu'il foutait ici ?

Brusquement, la pluie se mit à hacher menu les nappes de poussière qui rampaient au sol.

Toni se précipita vers la caravane la plus proche pour se mettre à l'abri.

L'intérieur baignait dans la pénombre et dans des effluves de chair morte.

Des crotales dressés sur leurs queues dans des terrariums l'observaient. Il lui fallut un temps d'adaptation avant de s'apercevoir qu'ils étaient naturalisés.

Le ciel s'était assombri et aucune lumière ne filtrait plus à travers le store vénitien qui obturait le hublot. Il distingua sur des présentoirs un tas d'objets en peau de serpent.

Des portefeuilles, des porte-monnaie, des porte-clés, des barrettes à cheveux, des ceintures et même des cadres destinés à recevoir des photos de famille.

Un déluge martelait à présent le toit de métal du *trailer*.

Il lut à la flamme vacillante de son briquet un panonceau où était écrit :

> Les prix sont indiqués sur tous nos articles. Choisissez ce qui vous plaît, et mettez l'argent dans la boîte. Au revoir et merci de votre visite.

Un chasseur de crotales.

Un serpent corail particulièrement bien conservé sortait d'un crâne humain posé sur un guéridon par une des orbites.

Il souleva le couvercle de la tirelire réservée aux paiements. Vide.

– Y a quelqu'un ? il appela.

Seul le staccato du déluge qui s'abattait sur le ranch lui répondit.

Il jura en lâchant son briquet. La flamme avait chauffé la mollette et il venait de se brûler le pouce. Soufflant sur la pulpe de son doigt pour apaiser la douleur, il distingua un peu d'une lumière douce et tremblante qui filtrait sous une porte en teck, au fond de la caravane.

Il se faufila dans la pénombre, prenant garde de ne rien renverser au passage.

Il allait frapper à la porte lorsqu'il arrêta son geste à mi-course.

Ici l'odeur était plus forte. Une odeur d'abattoir.

Toni colla son oreille contre le battant de la porte. Rien.

Rien d'autre que la pluie et les battements de son cœur, à contretemps.

Très lentement, il fit pivoter la poignée de laiton et poussa le vantail.

Il sortit de la caravane comme un boulet de canon, posa le pied dans la mare qui s'était formée sur le seuil de l'entrée, glissa et s'affala de tout son long dans la boue.

Rampant tel un lézard qui cherche à échapper au talon de botte d'un paysan, il parvint à se mettre debout et à courir jusqu'à la voiture en hurlant sous l'averse.

Agrippé au volant de toute la force de ses mains aux articulations blanchies par la peur, il scruta avidement la cour à travers le pare-brise embué. Personne.

Secoué de spasmes anarchiques, il cherchait à présent à actionner la clé de contact. Ses doigts imprégnés de sueur et de boue dérapaient sur le métal froid.

La VW consentit enfin à démarrer. Il la lança, laissant derrière lui des gerbes de glaise détrempée, et fila sur le chemin comme un damné échappé des enfers.

Au fur et à mesure qu'il mettait de la distance entre lui et le ranch, ses tremblements s'espacèrent pour finir par se calmer tout à fait.

Arrivé à l'intersection avec la 45, il s'arrêta, ouvrit la portière et la tête hors de l'habitacle, vomit de longs traits de bile sanglante sous le déluge tandis que passaient des convois de camions indifférents.

Lorsqu'il n'eut plus dans l'estomac qu'un lac de lave porté à ébullition, il fila aussi vite qu'il put en direction de l'aéroport. Ce qu'il venait de voir le hanterait à jamais.

Il n'avait même pas eu la force d'entrer.

Le corps de Dolores, ouvert comme une carcasse de boucherie et suspendu par les pieds à un crochet fixé au plafond, pendait au milieu d'une forêt de cierges qui jetaient sur les murs éclaboussés de sang des éclats d'ocre pur.

Ses intestins avaient été déployés en guirlande autour de la pièce. On avait gratté la paroi abdominale jusqu'à ce qu'elle fût nette comme à l'étal, ses reins avaient été détachés et soigneusement posés au pied de son pauvre corps lardé de coups de couteau. Les poumons eux-mêmes manquaient et seul son cœur immobile oscillait dans le vide au bout d'un faisceau d'artères. Celui ou ceux qui avaient fait ça étaient des bouchers expérimentés.

Et cette odeur, un mélange de senteurs cuivrées et de remugles d'excréments : jamais il ne pourrait non plus l'oublier.

Il avait failli ne pas la reconnaître. Ses cheveux courts dégouttaient sur le sol imbibé. Son regard fixe transperçait Toni et contemplait le néant, au-delà de lui.

La mort ne devait pas remonter à bien longtemps, la mare vermeille sous elle n'avait pas eu le temps de cailler sur les couches multiples d'hémoglobine séchée qui formaient une croûte sombre et solide sur toute la surface du sol.

En lettres de sang, quelqu'un avait écrit sous un pentagramme : « Satan est ici ! »

Zambudio n'avait pas pris le temps de détailler l'autel disposé au fond de la pièce et surmonté du calvaire enflammé, où étaient disposées des offrandes de toutes natures et des effigies de saints étranges. Si seulement il était arrivé là plus tôt.

Et alors quoi ? Ils l'auraient abattu, lui aussi.

Ses tremblements reprirent. Il engagea la voiture sur le parking de l'aéroport et freina devant la première cabine téléphonique qu'il vit, laissant son véhicule portière ouverte, garé en travers de la voie. L'orage s'éloignait en direction des montagnes, vers Chihuahua, avec son cortège de grondements sourds et d'arcs électriques.

Zambudio était trempe comme une soupe et secoué à nouveau de spasmes.

Il eut tout le mal du monde à introduire une pièce dans la fente, et il lui fut plus difficile encore d'expliquer à la police ce qu'il venait de voir, entre deux claquements de dents.

Après quoi, il s'affaissa le long de la paroi de verre de la cabine, en état de choc.

Il resta prostré ainsi jusqu'à l'arrivée d'une voiture de patrouille.

Cette fois, il le tenait, son scoop, mais c'était bien le cadet de ses soucis.

Deux ambulanciers étaient en train de charger le sac plastique dans un véhicule de la morgue.

Un peu partout dans la cour du *Rancho Del Doble A* des policiers s'affairaient, des véhicules arrivaient, croisant ceux qui déjà repartaient, en labourant le marécage boueux qu'était devenue la cour.

Sans doute effaçaient-ils au passage de précieux indices, pensa Toni.

On lui avait versé du café chaud dans un gobelet en polystyrène et passé une couverture autour des épaules. Il n'avait rien pu avaler.

Dans un coin, deux flics penchés en avant vomissaient tripes et boyaux.

Ils l'avaient trouvé en état quasi catatonique, recroquevillé en boule dans la cabine. Un toubib lui avait injecté il ne savait quelle potion, mais il s'était senti mieux, enfin assez bien pour être capable de conduire tout ce petit monde jusqu'au ranch.

Pour le reste, il les avait laissé faire.

Alfonso Pazos n'avait pas tardé à rappliquer, d'une humeur de chien parce qu'on le dérangeait un dimanche. La voiture banalisée qui l'amenait avait stoppé dans la cour en dérapage vaguement contrôlé, toutes sirènes hurlantes.

Le chef de la police en était descendu en jetant un œil

distrait à Toni, était entré en trombe dans la caravane et en était ressorti au bout d'un moment, livide, le téléphone portable collé à l'oreille.

À présent que le corps avait été emporté, il se dirigeait vers le journaliste.

Le crépuscule noyait la scène dans une grisaille de circonstance.

La température avait chuté considérablement avec l'orage, et malgré sa couverture, Toni grelottait.

– Il n'y a pas âme qui vive, là-dedans.

Pazos indiquait du menton l'autre mobil-home.

– C'est juste un lieu d'habitation temporaire. Pas de vêtements, à peine quelques meubles, draps, serviettes et de la bouffe au frigo. Un peu particulière, certes ; dans le genre exotique, comme recette. Visiblement, quelqu'un s'est récemment essayé à confectionner un coulis de poumons humains, il y en avait un plein mixer, et il n'avait pas fini le boulot. Des morceaux entiers attendaient leur tour dans le réfrigérateur. Et ce n'est pas tout. Ils ont bu son sang. Nous avons retrouvé au pied du cadavre un pot de yaourt qui leur a servi de récipient. Ils étaient plusieurs, nous avons des traces de pas de trois personnes différentes, des hommes, vu la taille. Chaussés de baskets. Par contre, celui qui a tracé l'inscription satanique portait probablement des gants ; mais ça reste à confirmer.

– Vous avez trouvé un chaudron ? demanda Toni.

Pazos fronça les sourcils.

– Je ne suis pas censé vous en parler mais… il était posé à côté de la cuisinière, rempli de débris humains, d'un fer à cheval, de morceaux de cigares et de sang. Comme à Matamoros. Elles ont toutes été tuées ici, j'en mettrais ma main à couper. D'ores et déjà, nous penchons pour cette hypothèse. Harding avait raison.

Puis, après un temps :

– Quand je pense qu'elle a enterré sa propre fille il y

a à peine quelques jours. Et vous ! Vous ne pouviez pas la laisser tranquille ! Vous ne pouviez pas m'écouter ! C'est la première fois qu'ils s'en prennent à quelqu'un de cet âge. Si ça se trouve, votre putain d'article aura attiré sur elle l'attention des tueurs. Fouineur *de mierda* !

Toni gardait le silence. Lui non plus ne croyait pas aux coïncidences. Ils savaient que le journaliste était sur leurs traces.

C'était un message et il lui était destiné.

Ils n'avaient pas choisi Dolores au hasard. Une chance sur un million. Au bout d'un moment, il demanda :

– Est-ce qu'elle a été violée ?

– Difficile à dire, dans l'état où elle est, mais c'est plus que probable si l'on s'en tient aux cas précédents. Peut-être aurons-nous plus de chance en ce qui concerne les analyses d'ADN. Nous allons aussi retourner ce terrain jusqu'à la dernière parcelle de terre afin de découvrir si on y a caché d'autres corps. Ce que j'aimerais surtout savoir, *señor* Zambudio, c'est comment vous êtes parvenu jusqu'à cet endroit.

Il fallut à Toni tout son sang-froid pour ne pas mentionner Vidal.

Pour protéger ses sources, il s'empêtra dans des explications si foireuses que Pazos finit par le menacer de goûter à nouveau aux charmes des geôles mexicaines.

Le chef de la police restait sceptique quant au fait que le journaliste soit arrivé là rien qu'en suivant une piste de symboles sataniques. Seules les menaces voilées de Toni sur ce qu'écrirait son journal s'il allait en prison firent reculer Pazos.

– Demain, vous serez un homme célèbre dans le monde entier, *señor* Zambudio. Mais il y a trop de choses que vous ne me dites pas. Aussi ne comptez plus sur moi pour vous informer. Vous ne tirerez plus un mot de moi. Le procès va être ajourné, avec ce qui vient d'arriver, et le ciel va me tomber sur la tête sous la forme d'un bataillon de politiciens du PRI. Vous auriez pu avoir un peu de reconnaissance, après tout.

Comme Toni ne lui répondait pas, les deux hommes restèrent à se regarder.

– C'est la première fois que je travaille sur une affaire de tueurs en série, lâcha finalement Pazos. Et en trente ans de carrière, je n'ai jamais vu une telle sauvagerie. Nous allons vous conduire au commissariat central pour prendre votre déposition. Et vous pourrez rentrer chez vous écrire votre article.

Le petit homme lui tourna le dos et partit retrouver ses hommes en hochant la tête.

Chez moi, pensa Toni. Est-ce qu'il avait encore un chez-lui ? Cet appartement vide et froid de Madrid lui apparaissait comme une fiction lointaine.

Chez lui, c'était une chambre de motel dévastée à Ciudad Juárez.

Ou peut-être l'habitacle d'une Volkswagen de location, il ne savait plus très bien.

Il resta là, penché en avant, la tête entre les épaules, attendant qu'on l'emmène, assis sur le pare-chocs de la voiture de police, environné par le tintement musical des objets pendus dans la cour éclairés par le stroboscope des gyrophares bleus.

Son esprit divaguait, déconnecté par les drogues qui l'avaient insensibilisé.

Comment Guadalupe avait-elle su ? Et surtout savait-elle depuis longtemps ?

Elle lui avait dit qu'elle crevait de trouille. Si elle avait parlé, Dolores vivrait peut-être encore.

Son sang se figea. Il venait enfin d'additionner deux et deux.

Pazos lui avait dit que le décès ne remontait pas à plus de douze heures.

Ils savaient qu'il allait venir, ils lui avaient adressé un message. D'accord.

Mais cela ne pouvait signifier qu'une chose. Ils savaient aussi que Guadalupe lui avait écrit. Ils l'avaient attendu. Guadalupe.

– Je dois partir, laissez-moi partir ! s'écria-t-il soudain en se redressant.

Il fallut trois agents pour le maîtriser. À la fin, ils lui passèrent les menottes et, remorquant la coccinelle, ils l'emmenèrent au commissariat où il dut attendre plusieurs heures avant qu'un subalterne endormi prenne sa déposition.

Manifestement, Pazos s'était désintéressé de son cas.

Il ne fut relâché que vers deux heures du matin.

Épuisé, couvert encore d'une gangue de boue raidie, il se hissa avec peine dans sa voiture et conduisit, le regard halluciné, jusqu'à la rue Carmona.

Il y avait de la lumière à l'intérieur de la maison et quand Toni, après avoir tambouriné à la porte, entendit des pas lourds et le bruit de la clé qui tournait dans la serrure, il poussa un soupir de soulagement.

Les cheveux ébouriffés, Angel le regardait en oscillant d'avant en arrière, l'air guère plus éveillé qu'à son habitude. S'il devenait un jour un bon flic, se dit Toni, alors les narcotrafiquants étaient des bienfaiteurs de l'humanité.

– Sais pas, l'est pas arrivée, je l'attends, répondit-il d'une voix pâteuse au flot de questions de Zambudio.

Et il étouffa un bâillement en levant les yeux au ciel.

Qui pouvait lui en vouloir, ce n'était certainement pas la première fois qu'elle rentrait aux petites heures à la maison. Pas la peine de l'inquiéter.

Renonçant à tirer un mot de plus de cet âne quasi autiste, Toni retourna vers la Sedan et prit le chemin de la cathédrale Nuestra Señora de Guadalupe

Il déambula dans les petites rues adjacentes parmi les fruits et légumes, les vendeurs de *tacos* et d'autres choses moins légales à la recherche des filles du Comité de travailleurs sexuels.

Deux heures durant, il arpenta la *calle* Noche Triste, la *calle* de la Paz et toutes les ruelles du quartier.

Des hommes ivres sortaient en titubant des *cantinas* et les grappes de putains leur jetaient des injures. Devant chaque groupe, Toni s'arrêtait, dévisageant les prostituées quémandant une passe et le chœur de leurs entêtants « Tu viens, chéri ? » était comme une mélopée dissonante.

Inocencia était adossée à l'échoppe d'un barbier. Un pansement oblitérait sa pommette et ses yeux étaient gonflés.

Elle observa ses vêtements crottés et son allure misérable. Toni se contenta de demander après Guadalupe.

Elle ne l'avait pas vue depuis plusieurs jours.

La masse sombre de la cathédrale obstruait le ciel. Sans trop savoir pourquoi, il en franchit le seuil.

Quelques dévots se pressaient déjà pour la messe du matin et les cloches se mirent à sonner. Zambudio ne croyait pas au diable.

Mais au Mal, si. Et l'incarnation qu'il en avait rencontré aujourd'hui plongeait ses racines dans un terreau qui n'était que trop humain.

Il sentit les larmes couler sur son visage, sans qu'il puisse rien faire pour les arrêter. Il essuya de sa main sa barbe humide et sortit dans le jour naissant.

Un soleil de début du monde se levait. D'ici une demi-heure, il n'y aurait plus trace de la pluie.

Il tituba jusqu'à une cabine et tenta encore d'appeler Guadalupe.

Elle n'était toujours pas rentrée, pestait Angel qui se demandait comment il allait passer la semaine à El Paso sans un rond. Un coup pareil, elle ne lui avait encore jamais fait ça.

Il a raison, pensa Toni, elle n'aurait jamais laissé tomber cet abruti. Il était tout ce qu'elle avait en ce monde.

À moins d'avoir très peur. Ou d'être morte.

Il chassa cette idée et promit au gamin de faire un crochet par la maison de Guadalupe pour lui prêter un peu d'argent et il raccrocha après avoir débité quelques paroles rassurantes auxquelles il ne croyait pas un instant.

Il allait rédiger l'article le plus dingue qu'il ait jamais eu à écrire. Pour la première fois, il serait le personnage principal du récit, celui qui découvre le pot aux roses.

Déjà, il essayait de rassembler ses idées, de les mettre en ordre.

Comme il arrivait à La Vela, il aperçut devant la porte du motel une meute de journalistes, de photographes et de cameramen de télévision au garde-à-vous.

Enfoiré de Pazos ! Il avait alerté les médias. Ils savaient déjà, ils le guettaient.

Ce fut alors qu'il réalisa pleinement qu'il avait traversé le miroir, qu'il n'était plus seulement un journaliste. Sa découverte avait fait de lui un héros de faits divers.

Il ne lui restait qu'à se soumettre à l'inéluctable cérémonie.

Un type en jeans repéra sa voiture et hurla :

– Le voilà !

Ils se précipitèrent vers lui comme à la curée.

Décidément, non. Il ne pourrait pas le supporter. Il fit demi-tour en faisant hurler ses pneus sur l'avenue. La troupe gesticulante qui courait derrière lui s'éloignait dans son rétroviseur. Ils n'allaient pas tarder à regagner leurs voitures et à se lancer à ses trousses.

C'était un jeu dont il connaissait les règles par cœur. Où aller ?

Tout ce dont il avait besoin, c'était un endroit tranquille où rédiger son papier avant de sombrer. Si Angel était encore à la maison…

Il zigzagua entre les voitures et reprit la direction de la rue Carmona.

Il regarda encore une fois dans son rétro. Personne ne le suivait. Quoique… C'était étrange. Il lui semblait que cette Chevrolet El Camino déglinguée, à trois voitures derrière lui, avec deux types à son bord, était déjà là quand il avait vérifié s'il n'était pas suivi, quelques minutes auparavant. Il accéléra et tourna à gauche, coupant le boulevard dans un concert de klaxons désapprobateurs. Il se trouvait à présent dans une petite rue adjacente. Il se gara et attendit.

Le museau chromé de l'américaine apparut moins de trente secondes plus tard. Pas de doute, on lui collait au train. Ils le dépassèrent sans lui accorder l'ombre d'un regard.

Deux moustachus plutôt baraqués cachés derrière des lunettes de soleil.

Des flics en civil, peut-être.

Il fut tenté un instant de les suivre, tandis qu'ils disparaissaient au bout de la rue. Il n'avait plus le temps.

Il arriva *calle* Carmona juste comme Angel verrouillait la porte d'entrée, un sac de sport négligemment passé autour de l'épaule.

Il le reçut sur le pas de la porte, acceptant distraitement les 200 pesos que Toni lui tendit. L'inquiétude animait son visage habituellement impassible, lui conférant une humanité jusque-là indécelable.

– Toujours pas là ? s'enquit Toni.

– Non. Faut que j'y aille.

Le journaliste hésita un instant. Il ne voulait pas l'inquiéter.

– Angel, est-ce que je peux l'attendre ici ? J'ai des informations importantes à lui transmettre et je… je ne peux pas t'expliquer maintenant, mais je n'ai pas d'autre endroit où aller.

Il bafouillait en se dandinant d'un pied sur l'autre.

– Qu'est-ce que vous avez foutu, elle et vous ? demanda le gamin.

Il paraissait seulement s'apercevoir de l'aspect crasseux de Toni.

– Qu'est-ce qui s'est passé, bon sang ? insista-t-il encore.

– Écoute, je crois que ta mère s'est fichue dans un sacré merdier et qu'elle se cache jusqu'à ce que les choses se tassent un peu. S'il s'agit de ce que je crois, dès que j'aurai écrit mon article et qu'il aura été publié, elle ne courra plus aucun danger et elle sortira de l'endroit où elle se terre en ce moment. Vraiment, je ne peux pas t'en dire plus.

Angel fronça les sourcils. La mécanique grippée de son intelligence se mettait en marche à petite vitesse. Il consulta sa montre.

– Bon, d'accord, lâcha-t-il finalement. Je vous laisse mon numéro de téléphone à El Paso. Dès que vous avez des nouvelles, vous m'appelez. De toute façon, je rentre ce soir.

Il avait l'air inquiet. L'ébauche d'une idée prit forme sous les rides de son front.

– Elle ne serait pas planquée chez la Grand-mère de la Paix ou chez une de ces putes avec qui elle est toujours fourrée ?

– Non, j'ai vérifié. Elle est peut-être chez une ouvrière, dans une *colonia*. Mais autant chercher une aiguille dans une botte de foin. Le mieux est d'attendre qu'elle donne de ses nouvelles.

– OK, conclut Angel.

Il griffonna son numéro sur un papier qu'il tendit avec les clés de la maison.

– C'est bon, vous pouvez rester.

Après tout, c'était peut-être un brave gosse.

Toni le regarda s'éloigner sur le trottoir, sac en bandoulière. Au bout de deux mètres, il s'arrêta et se retourna vers le journaliste :

– *Señor ?* S'il lui arrive malheur à cause de vous, je vous tue.

D'abord, il avait erré un moment dans les pièces vides, parmi les meubles poussiéreux et les photos de famille.

Les volets clos sur la fraîcheur de la vieille bâtisse d'*adobe* ajoutaient encore à la sensation d'être coupé du monde.

L'odeur de renfermé en était entêtante.

Las de tourner en rond, il s'était assis dans la pénombre de la cuisine aux relents de *frijoles* froids. Il avait pu trouver dans un placard un pot de café lyophilisé, avait mis à bouillir un demi-litre de l'eau trouble de Juárez sur la cuisinière aux boutons de bakélite d'un autre âge.

Toni n'avait pas fermé l'œil depuis plus de vingt-quatre heures, et il était aussi crasseux qu'un pou. Il pouvait sentir son ulcère saigner et son estomac se remplir de sang.

La caféine déclencha une tempête dans son ventre et il dut courir aux toilettes où il se vida comme une bête malade et fiévreuse.

Il se sentit purifié par la douleur qui le prenait aux tripes.

Rongé par la fièvre, il revint s'asseoir dans la cuisine, sur la chaise en Formica.

Le regard fixe, il explorait chaque fissure de l'émail sur l'évier, chaque craquelure des murs à la peinture cloquée, essayant de faire le vide dans son esprit.

Ses idées se mettaient en ordre petit à petit.

Lentement, très lentement, comme un chaman halluciné et gavé de peyotl, il se leva et marcha jusqu'à la salle à manger, à petits pas. Il tournait en cercles concentriques de plus en plus rapprochés autour du téléphone.

Là. Voilà.

Il se saisit du combiné et appela Madrid en PCV.

C'était le soir, là-bas, et ils étaient en plein bouclage, mais Perez accourut, au bord de la crise d'hystérie :

– Qu'est-ce que tu foutais, nom de Dieu, *cabrón* ? On attendait ton coup de fil depuis un moment. On croule sous les fax, ici, et sous les appels téléphoniques. CNN veut une interview exclusive, la télévision espagnole aussi, et je ne te parle pas des radios, *hombre*, tu as la terre entière à tes basques et nos concurrents se roulent par terre, la bave aux lèvres, ivres de jalousie. Tu n'as encore parlé à personne, au moins ? Bon, écoute, où est-ce que tu es ? Tu nous envoies ton papier sur le Net et…

Zambudio l'interrompit au milieu d'une salve d'imprécations pour lui expliquer que son ordinateur avait rendu l'âme et qu'il s'était caché quelque part en ville pour réfléchir à son papier.

Il dicta par téléphone un récit sobre et détaillé des événements des dernières vingt-quatre heures. Tandis qu'il parlait au correcteur, que celui-ci relisait son texte à haute voix, il percevait les glapissements de son chef de service.

– Oui, on bloque toute la une là-dessus ! Et collez-moi la suite sur une double page intérieure avec la bio de ce foutu cinglé de Zambudio en supplément. Non, on s'en fout des indépendantistes catalans, bordel !

Ferrer, surexcité, arracha le combiné des mains du correcteur.

– Toni ? Fabuleux, mon vieux, tout simplement fabuleux. Et rappelle-toi, pas d'interview avant que nous ne soyons en kiosque demain matin, c'est-à-dire ce soir, pour toi. De toute façon, tu dois être vanné. Alors reste planqué jusqu'à nouvel ordre et va te coucher. Ne parle à personne, compris ? Ah, au fait, laisse-nous ton numéro, on te rappelle d'ici quelques heures.

Toni raccrocha. Il avait omis de mentionner un détail essentiel.

L'existence du message de Guadalupe.

Il y avait là de quoi l'envoyer en taule pour un moment.

Il ne savait toujours pas pourquoi il avait fait ça.

Bien sûr, il avait promis de se terrer mais certaines dettes devaient être acquittées. Il composa le numéro d'Harding.

– Oui, je suis au courant dans les grandes lignes, j'ai même assisté à votre fuite devant le motel en direct à la télévision. Mais comment diable avez-vous fait pour dénicher leur repaire du premier coup ? Ce n'est pas possible, vous avez vendu votre âme à ce bon vieux Lucifer, ma parole. Oh, excusez-moi, ce n'est pas de très bon goût, n'est-ce pas ? C'est horrible, ce meurtre.

– Écoutez, je ne suis pas censé parler à qui que ce soit, mais je voulais vous remercier. Sans vous…

– Vous avez fait le travail, voilà tout. Je n'aurais fait que vous mettre sur la bonne voie.

– Je… je n'ai pas parlé de vous, je ne savais pas si je devais, fit Toni d'une voix gênée.

– Aïe, mon ego va s'en trouver mortifié, plaisanta Harding. Mais dites-moi, comment vous sentez-vous ? Où êtes-vous, nous pourrions…

– Je ne peux pas vous parler maintenant, le coupa Zambudio, j'ai donné ma parole, mais dès que le journal paraîtra, je veux vous rencontrer, j'ai des informations à vous livrer.

– Je bous intérieurement de connaître les détails, je vous l'avoue. De toute façon, le procès des Diables est ajourné, ils viennent de l'annoncer. Ceux-là, on peut dire qu'ils auront été sauvés par le gong, pour l'instant du moins.

– Oui, je ne sais pas si c'est une très bonne chose. En tout cas, il y a des criminels en liberté, et j'espère que cette fois les *federales* iront jusqu'au bout de l'enquête.

– Souhaitons que nos craintes ne soient pas justifiées.

– Lawrence, je suis crevé, mon dernier coup de fil était pour vous. Voulez-vous que nous nous rappelions demain ?

– Toni ? Écoutez, comme je vous l'ai dit, rien ne presse. Je rentre à Juárez immédiatement. C'est moi qui vous recontacte dès mon arrivée. Vous serez encore dans les parages, n'est-ce pas ? Pazos vous tuerait bien de ses propres mains !

– Qu'est-ce que vous croyez, nos amis de la police m'ont instamment prié de ne pas quitter la ville ces heures prochaines. Lawrence... Il y avait un chaudron. C'étaient bien des *mayomberos*. Vous aviez raison, terriblement raison.

– Je sais, mon ami, je sais. *Vaya con Dios, amigo*, et prenez du repos, vous avez vraiment l'air à bout.

Et combien coupable, songea Zambudio en reposant le combiné.

Dolores, c'était l'irréparable. Il se sentait si sale. Pour elle, pour Guadalupe qui se terrait quelque part. Enfin, il l'espérait.

Il vacilla jusqu'à la salle de bains, se déshabillant tout en marchant. La pomme de douche fuyait, le sol était gluant d'humidité.

Décidément, tout était déglingué dans cette bicoque.

Au moins il y avait de l'eau chaude. Il resta longtemps sous le jet brûlant avant de regagner la salle à manger, auréolé de vapeur, enveloppé dans une serviette de bain. Il n'avait même pas sommeil.

Une boule de nerfs frottés au papier de verre.

Il loucha encore un moment sur ce foutu téléphone qui décidément l'attirait comme un aimant. Autant ne pas grever le pauvre budget de la famille Vidal.

Il demanda un autre PCV. L'opératrice lui répondit que Fina refusait l'appel.

Toni capitula. Il se contenta de rester là, sur le fauteuil usé, pris dans un rai de lumière où dansait la poussière du désert, en congé de lui-même.

Toute une heure il resta hébété, les yeux grands ouverts, sans bouger, et seule sa main droite posée sur l'accoudoir tremblait spasmodiquement. Enfin, vaincu comme un taureau transpercé par la *muleta* du matador, il s'affaissa lentement, le menton sur la poitrine, et sombra dans un mauvais sommeil.

De temps à autre, un cauchemar ramenait à la surface de sa peau des frissons qui se répandaient en amples vagues sur son front luisant de sueur.

Seule sa silhouette phosphorescente, tassée sur elle-même, illuminait la pénombre de la maison vide.

Mardi 12 mars 1997.

Poids des reins : cent quatre-vingt-cinq grammes. Surface foncée, lisse.

Cœur : deux cent soixante-quinze grammes. Myocarde normal, teinte rouge foncé homogène.

Urètre détérioré. Vessie éclatée. Vagin et anus dilatés.

Aucune trace de sperme n'a été relevée.

La victime a très probablement été pénétrée à de nombreuses reprises par les deux orifices à l'aide d'un instrument circulaire d'une importante section.

La cavité intestinale a été entièrement vidée de son système digestif.

Les organes génitaux internes sont manquants, de même que la rate, la vésicule biliaire et le foie.

L'intestin grêle et l'estomac ont été apportés à part. Présence de matières fécales en petite quantité dans le côlon. La poche stomacale contenait environ cent soixante-quinze centilitres de matières gris rougeâtre. Haricots rouges écrasés et tortilla de maïs non digérés. Muqueuses normales.

Absence quasi totale de sang dans le corps, probablement suite à l'hémorragie massive provoquée par l'éventration, immédiatement postérieure au décès.

La plaie est nette. On a pu utiliser un scalpel ou un instrument très tranchant, comme un rasoir.

Poumons manquants. Les déchets pulmonaires examinés appartiennent vraisemblablement à la victime.

Les alvéoles endommagés ainsi que les hématomes au cou et le larynx fracturé indiquent que le sujet a succombé à une strangulation à mains nues.

Aucune empreinte n'a pu être relevée.

Nombreuses traces de morsures sur la face interne des cuisses et aux seins.

Un moulage a été effectué.

Le sujet, de sexe féminin, mesure un mètre cinquante-cinq.

Poids en l'état : quarante-cinq kilos et deux cents grammes.

Un examen des tissus permet d'avancer que la victime était âgée d'environ trente-cinq à quarante ans. Cheveux et toison capillaire noirs. Type hispanique.

Rapport de toxicologie/chromophotographie gazeuse :

Sang : alcool 1,2 gramme. Drogues acides : néant. Drogues bases : néant.

Fort taux d'adrénaline. Présence résiduelle de Toluène : 2,7%

Cerveau : présence résiduelle de Toluène : 3,1%

Poumons : Toluène : 5,2%

L'ensemble de ces dernières constatations indique que le sujet évoluait probablement dans un environnement industriel, et avait absorbé une quantité d'alcool suffisante pour provoquer un état d'ébriété, quelques heures avant le décès.

Pas de résidus sous les ongles. La victime ne semble pas s'être débattue.

Dentition : aucune dent manquante, à l'exception des deux dents de sagesse supérieures non poussées.

Caries à la molaire droite et à l'incisive inférieure gauche. Traces de nicotine. L'état de la dentition confirme l'âge supposé du sujet. Moulage effectué pour identification ultérieure.

Alfonso Pazos repoussa le rapport d'autopsie avec un geste de colère.

La vérité était qu'il avait pataugé au long de cette enquête et qu'il continuait.

Ah, bravo, les *federales* ! Hourra pour la *Judicial* de Juárez !

D'abord, le suspect numéro un était assassiné en prison, et s'il était innocent, ça ferait encore un joli grabuge.

Un *gringo*, en plus.

Ensuite les Diables de Juárez. Il avait fait une belle trouvaille, le journaliste espagnol, en les baptisant ainsi.

Il aurait préféré que l'inspiration du *señor* Zambudio s'arrêtât là.

Maintenant, il avait une nouvelle victime sur les bras.

Et elle différait très vraisemblablement de toutes les autres. Une ouvrière d'une *maquiladora*, certes, mais aussi, et c'était inédit, la mère de la précédente victime.

Si les avocats d'*El Satán* se débrouillaient bien, ils ne tarderaient pas à faire libérer leur client sous caution.

Et en plus, il n'avait aucune piste.

Un culte satanique. Certains jours, la piste d'Harding lui était apparue comme la seule possible.

Mais parfois, il avait douté. Par dépit, peut-être. Satan, les Diables, les signes étaient pourtant nombreux. Il se maudissait intérieurement.

Avec la découverte du chaudron, de l'autel, des inscriptions, il ne subsistait plus aucun doute.

El Diario de Juárez faisait ses choux gras du journaliste espagnol qui, au péril de sa vie, avait démontré l'incapacité des *federales* et de la police.

Le maire avait déjà appelé.

– Alors, Pazos. Vous, les gars du PRI, vous êtes bien incapable de protéger la population. Allez même savoir si vos petits copains ne sont pas mêlés à tout ça. Nous, au Parti d'action nationale, on ne mange pas de ce pain-là. Vos jours sont comptés, Pazos, si vous ne vous dépêchez pas de mettre un terme à ce bordel.

Pour faire bonne mesure, les caciques locaux du PRI venaient de lui mettre la pression maximum. Il ferma les yeux et pensa très fort à ses cactus.

Pinche cabrón de journaliste. Il aurait pu l'appeler avant de se rendre au ranch.

Il paierait, pour ça et pour tout ce qu'il lui cachait encore. Et cher.

Pazos n'était pas dupe.

On frappa à la porte du bureau du chef de la police.

– Entrez, grogna-t-il, soudain tiré de ses rêves de vengeance par l'irruption d'un subordonné qui passa timidement sa tête par la porte entrebâillée.

– *Señor Jefe*, nous le tenons.

– Qui ça ? demanda le petit homme replet, la respiration suspendue et le cœur battant la chamade.

– Le nom du propriétaire du *Rancho del Doble A*. C'est un certain Hector Valenzuela. Un chasseur de serpents à sonnettes un peu excentrique. Il est introuvable pour le moment. Nous avons lancé un avis de recherche.

– Crétins ! lança-t-il, déçu. Nous voilà bien avancés, avec ça. Enfin, c'est mieux que rien. Continuez. Et le journaliste, vous lui mettez la main dessus, et vous ne le lâchez pas d'une semelle. À moins que vous n'ayez envie de vous retrouver au fin fond de la jungle Lacandone à mater les Indiens.

Le sergent battit en retraite avec précipitation, refermant sans un bruit la porte du bureau. Putain, les Lacandons, c'était loin, à quatre mille kilomètres au sud.

Pazos réfléchissait. Soit ce Valenzuela était mêlé à l'affaire et il faudrait un sacré coup de chance pour lui mettre la main dessus – il devait être à Mexico, capitale fédérale, à l'heure qu'il était –, soit il n'était pour rien dans l'histoire et on découvrirait ses os blanchis au milieu du désert, dans un mois ou dans un an.

Et ce damné Zambudio, où est-ce qu'il avait pu passer, celui-là ? Il avait bien communiqué son article depuis quelque part, bon sang !

Et voilà qu'il s'était évaporé dans la nature à présent. Et devant toute une armada de journalistes équipés de caméras, encore.

En poussant un soupir de condamné à mort, Pazos retourna à l'étude de son dossier.

Mercredi 13 mars 1997.

L'homme qui découvrit le corps s'appelait Osvaldo Benitez.

C'était un « dos mouillé » originaire de la province de Oaxaca, au sud du pays.

Il attendait un moment favorable pour tenter de traverser le fleuve, malgré la vigilance accrue de la *migra* nord-américaine. Les *polleros*, les passeurs qu'il avait payés, lui avaient fait faux bond, une arnaque de plus. Comme il était désormais fauché, il avait décidé de passer tout seul. On verrait bien. C'est ainsi qu'il l'avait vue.

Le cadavre était échoué contre la levée de ciment qui bordait le Río Bravo.

L'eau fangeuse avait poussé le corps gonflé sur la rive, à la faveur d'un méandre, et il était accosté là comme une baleine échouée sur le rivage, et le soleil du crépuscule accrochait des scintillements dans ses vêtements imbibés.

Pour la police, il s'agissait d'une banale noyade.

Les flics n'eurent aucun mal à établir l'identité de la victime.

Elle avait ses papiers sur elle.

– Nous avons réussi à panser l'ulcère et à contenir l'hémorragie. Mais l'opération s'impose. N'attendez pas. Dès que vous serez rentré chez vous, vous devrez passer sur le billard. D'ici là, ni café, ni cigarettes, ni épices. Et bien sûr, pas une goutte d'alcool. Vous prendrez midi et soir un de ces cachets destinés à faire baisser le taux d'acidité de votre estomac, avait décrété le médecin en tapotant une boîte de Pepcid AC avant de se retirer de la chambre du centre hospitalier Durango que Zambudio avait le privilège d'occuper seul.

Une chambre d'hôpital, c'est comme un commissariat, un peu partout autour du monde ça a la même tronche, les mêmes odeurs entêtantes d'éther et de désinfectant, et celle-ci ne différait pas des autres.

Toni crispa ses mains sur les draps rêches et tenta de se redresser sur ses oreillers.

L'anesthésie lui avait causé une gueule de bois carabinée et les mots du toubib, un jeune homme à lunettes dégingandé prématurément chauve, résonnaient encore sinistrement à ses oreilles. Ni café, ni cigarettes, ni alcool, ni épices.

Qu'est-ce qui lui restait ?

À son réveil, dix minutes auparavant, il s'était demandé ce qu'il faisait là, allongé dans cette pièce blanche, avec une perfusion plantée dans la saignée du coude.

Et puis il s'était souvenu. Le sang qu'il vomissait, la perte de conscience, chez Guadalupe.

Guadalupe. Est-ce que… ? Il avait tourné la tête et regardé le ciel de Juárez.

Alfonso Pazos patientait, inconfortablement installé sur une chaise de plastique.

– C'est Angel Vidal qui nous a prévenus. Il vous a trouvé chez lui, inconscient, et il a appelé la police. C'est un bon petit gars. Enfin, le pauvre gosse !

Les flics l'avaient repêchée flottant sur le Río Bravo – ou Grande –, qu'est-ce qu'il en avait à foutre, à présent.

– Il est au courant ?

– Je vais le lui annoncer moi-même en sortant d'ici, répondit le policier.

Zambudio aurait donné n'importe quoi pour un café et une cigarette.

Son estomac gronda pour manifester sa désapprobation, ce qui lui valut un regard dubitatif de Pazos.

– Vous me posez un sacré problème, *señor* journaliste. Un, vous découvrez comme par miracle le lieu où les crimes ont été commis. Deux, il y a une victime fraîchement écorchée sur place, que vous aviez rencontrée récemment. Trois, alors que vous deviez rester à notre disposition, vous disparaissez dans la nature devant la moitié de la presse de ce pays, et moi je perds encore un peu plus la face. Quatre, on vous retrouve vingt-quatre heures plus tard chez une femme qui vient de se noyer, sans rapport apparent avec l'affaire qui nous occupe. Enfin, sans autre rapport que vous, manifestement, il s'agit d'une noyade accidentelle ou d'un suicide, il n'y a aucune trace de violences ni de lutte. Mais voyez-vous, ce qui m'ennuie beaucoup, c'est que nous n'aurions pas ouvert d'enquête sur ce décès si votre seule présence à son domicile n'incitait pas à une investigation plus poussée. Si vous me disiez ce que vous faisiez là-bas, pour commencer ?

– Est-ce que nous ne pourrions pas surseoir à cet interrogatoire ? supplia Toni.

– Écoutez, je devrais peut-être d'abord vous coffrer quelques jours. Après quoi, je tiendrais une conférence de presse afin de faire savoir que nous tenons enfin un suspect valable mêlé à l'affaire.

– Ça ne tiendra pas et vous le savez aussi bien que moi.

N'empêche. Pour se sortir d'un tel mauvais pas, Zambudio dut lâcher du lest.

Guadalupe était morte, il ne servait plus à rien de la protéger.

Il se lança dans des explications qui tenaient de l'exercice d'équilibriste.

Non, *la señora* Vidal n'avait rien à voir avec les crimes. Il l'avait rencontrée alors qu'il enquêtait sur les *maquiladoras*. Elle l'avait cornaqué dans le milieu des ouvrières. C'était ainsi qu'il avait pu écrire ses premiers articles, ce que Pazos savait déjà. Et puis ils s'étaient liés d'amitié.

Il était sorti complètement déprimé de l'épisode sanglant du ranch, alors il s'était réfugié chez elle et son fils lui avait donné asile en son absence, voilà tout. Il s'agissait d'un malheureux concours de circonstances.

– Ne trouvez-vous pas qu'en plus des assassinats, il y a beaucoup de coïncidences troublantes autour de cette affaire, *señor* Zambudio ? Ne me prenez pas pour l'imbécile que je ne suis pas, s'il vous plaît.

Toni détourna la tête. La peinture lisse du mur d'hôpital lui renvoyait le reflet flou d'un lit où un patient était allongé.

Il se contenta de lâcher un soupir en haussant les épaules.

Alfonso Pazos resta un long moment sans rien dire, à regarder fixement le journaliste. Ses petits yeux noirs étaient comme les deux objectifs jumelés d'une caméra de vidéosurveillance.

– Vous l'apprendriez de toute façon par les journaux alors autant que je vous le dise. Le *Rancho del Doble A* a été ravagé cette nuit par un incendie. Intégralement. Et le juge Gandolfo a annoncé la mise en liberté des Diables de Juárez. On ne me fera pas croire qu'ils ne sont pour rien dans l'affaire, mais avec ce qui vient de se passer, j'ai perdu tout appui politique pour les poursuivre. Je ne sais pas exactement où vous situer dans tout ce fatras. Je crois que vous avez été manipulé par quelque chose, ou quelqu'un, qui vous dépasse. Vous n'êtes sans doute pas impliqué directement, mais on s'est servi de vous. Vous ne m'avez pas tout raconté, et n'insultez pas mon intelligence en prétendant le contraire. Alors, je vais vous dire ce que vous allez faire. Dès que les médecins vous en donneront l'autorisation, vous filerez à La Vela boucler vos bagages et monter dans le premier avion. Déguerpissez, je ne veux plus vous retrouver dans mes pattes. Rentrez à Madrid et ne revenez pas. Jamais. Vous êtes *persona non grata* à Ciudad Juárez. Si une fois dehors j'apprends que vous êtes encore là, je vous fais expulser *manu militari* du Mexique. Et si vous remettez les pieds ici, je vous coffre. Pour n'importe quel motif.

Alors c'était comme ça, pensa Toni. Le chef de la police le sommait comme dans les plus mauvais westerns de quitter la ville avant l'aube.

Dehors, le soleil cognait avec son enthousiasme habituel.

Dès qu'il s'était retrouvé seul, Zambudio avait arraché rageusement la perfusion et s'était levé sur ses jambes encore tremblantes. Malgré la chaleur, la fièvre envoyait des vagues de frissons à travers tout son corps.

Tant bien que mal il avait marché jusqu'au placard, avait enfilé ses fringues malmenées par les événements de ces jours derniers et avait risqué un œil dans le couloir. Le chef de la police n'avait pas jugé utile de poster un garde devant sa chambre.

Il s'était faufilé dans le labyrinthe de l'hôpital.

Le taxi l'avait déposé rue Emilio Calvillo. La chaleur était un peu tombée, les ombres s'allongeaient sur le trottoir. Il s'engagea dans la rue bordée d'eucalyptus malingres, marcha sur une centaine de mètres avant de s'immobiliser devant le numéro 443.

Il connaissait encore l'adresse par cœur. C'était une vieille maison basse en pisé, recouverte de tuiles, à la mode espagnole.

La maison de son enfance.

Les souvenirs remontaient en lui, par bouffées. Il contemplait immobile les grilles de fer forgé rouillées, la façade lépreuse.

Les braillements d'un bébé montaient des profondeurs de la maison. Dans la cour, une Ford Taurus à bout de souffle achevait d'agoniser sous une épaisse couche de poussière.

Où avait bien pu passer cet enfant de putain d'Homero Cardona ? Plus de trente ans s'étaient écoulés depuis ce jour de juin où il avait abattu Alta Gracia sous les yeux de son fils, et rien ne s'était effacé de la mémoire de Toni.

Ni le chagrin de son père, terrassé par la douleur, ni, surtout, quelques jours après l'enterrement, l'article qui annonçait triomphalement qu'un courageux policier avait enfin abattu le braqueur assassin. La photo d'Homero Cardona occupait le quart de la page et Toni avait d'abord pensé qu'on montrait le visage du tueur abattu. Puis il avait lu, et les lignes s'étaient brouillées devant ses yeux.

Un flic, Cardona était un flic, et ce salaud avait abattu un quelconque minable petit truand, avait ficelé son affaire, graissé les bonnes pattes, et à présent il était devenu un foutu héros.

Toni avait hurlé et s'était jeté dans les bras de son père qui accourait, frappant sa poitrine et bavant sur sa chemise.

Après l'avoir écouté, celui-ci s'était levé sans rien dire, avait tiré de sous l'armoire une valise défoncée qu'il avait remplie à la hâte de quelques vêtements et l'univers de Toni avait fini de s'effondrer.

– Mais... Tu fuis ! avait-il lancé à son père, indigné.

– Et toi aussi, mon garçon. Tu es en danger. Il n'y a plus que toi qui puisses le reconnaître et le dénoncer, et ce pays est bien trop corrompu pour que nous arrivions à confondre un policier. Crois-moi, je sais ce qu'est une dictature. Franco ne nous a pas fait de cadeaux, et j'ai assez donné pour les grandes idées. J'ai perdu ma femme, je ne perdrai pas mon fils.

Ils n'étaient pas suffisamment riches pour se permettre l'avion. Ils étaient allés en train jusqu'à Vera Cruz et avaient embarqué sur un cargo rouillé chargé de bananes en partance pour la vieille Europe, et Toni avait commencé à mépriser son père.

Le journal mentait. Et lui, un jour, il ferait en sorte que les journaux ne mentent plus.

Et plus jamais il ne fuirait.

Surtout pas aujourd'hui, surtout pas une fois encore à cause de Juárez.

Homero Cardona dormait sans doute à présent pour toujours les mâchoires pleines de terre, tout comme la mère de Toni qui contemplait la maison tandis que résonnaient dans sa mémoire les dernières paroles d'Angel : « S'il lui arrive malheur à cause de vous, je vous tue. »

Jamais elle n'aurait mis fin à ses jours volontairement. Elle avait trop d'énergie.

Trop d'amour pour son fils aussi, elle ne l'aurait pas laissé dans la panade.

Et puis, il y avait ce squelette de carton à son nom, dans sa petite boîte.

Et à présent, c'était elle qui y était, dans la boîte.

Elle avait eu peur. De ce qu'elle savait et qu'elle ne pouvait dire à Toni. De ce qui lui arriverait. Et elle avait eu raison. Ils l'avaient tuée.

À cause de lui. Tout simplement. Jusque-là, jamais un de ses informateurs n'avait eu à regretter de lui avoir parlé.

Pazos était loin d'être un imbécile. Bien sûr qu'on l'avait manipulé.

Le ranch, Dolores, c'était un message qui lui était directement adressé.

Et Guadalupe à présent.

Dans le taxi qui le ramenait au motel, il essaya de se remémorer leur dernière entrevue.

Qu'est-ce qu'elle lui avait dit, déjà ? Lourdes Simpson. À San Diego.

Pourquoi lui avait-elle écrit ce mot alors ? Plus il y pensait, moins il comprenait.

Toni retrouva presque avec soulagement le calme de sa chambre dévastée après s'être fait mitrailler par une poignée de photographes qui n'avaient pas renoncé à l'attendre.

Dans l'heure qui suivit, il eut au téléphone avec Perez une discussion houleuse.

Son chef de service était furieux.

De son silence, de son expulsion, aussi. De son expulsion, surtout.

Ils lui envoyaient Montoya.

Eh bien, il aurait du boulot pour remonter la pente, bon courage, pensa Toni, en expliquant qu'il ne pourrait l'accueillir puisqu'il devait quitter la ville sur-le-champ.

Le plus dur fut d'expliquer qu'il ne rentrait pas.

Ferrer en personne arracha le combiné des mains de Perez pour intimer à Zambudio l'ordre d'abandonner le reportage.

– Tu n'es plus sur cette affaire. Tu rentres ou tu es suspendu, fut sa dernière phrase.

Toujours sur un ton calme et égal. C'était un constat, pas un ultimatum.

Toni raccrocha sans répondre.

La Route n° 2 traversait le nord du pays d'est en ouest, longeant la frontière en méandres compliqués. Vers l'Atlantique, elle s'interrompait peu après Juárez, dans un bled complaisamment baptisé « El Porvenir », pour reprendre quelques centaines de kilomètres plus loin.

Zambudio froissa le plan rescapé et envoya la boule de papier dans la corbeille au pied du lit. Il rata sa cible.

De toute façon, il fallait quitter le pays. Pour l'instant.

Devant le motel, les photographes avaient décidé de lever le camp.

Il se fit déposer par un taxi dans l'*avenida* Juárez, passa devant le poste frontière où deux douaniers mexicains imperturbables montaient la garde et s'acquitta avec ses derniers pesos du passage piétons sur le Río Bravo.

Une borne en forme d'obélisque miniature marquait la fin de la République du Mexique.

Toni regarda les eaux boueuses du fleuve, sous ses pieds.

Il tourna une dernière fois la tête vers Ciudad Juárez et l'Amérique latine, nimbée d'un nuage de pollution. Les immeubles tremblaient dans la chaleur de midi. De là où il était, il pouvait voir le portrait géant de Che Guevara peint sur la digue en béton où il avait été arrêté.

Le pont descendait en pente douce de l'autre côté, vers les États-Unis.

Déjà il apercevait de longues colonnes de véhicules déglingués remplis de gens qui s'en allaient dépenser leur argent durement gagné chez les *gringos*.

Les veinards, ceux qui avaient un visa.

Des hommes en uniforme passaient le long des carrosseries, tenant en laisse des bergers allemands qui flairaient le métal brûlant à la recherche de drogue, tandis que des militaires et des douaniers fouillaient consciencieusement chaque voiture.

Avant de sacrifier au culte du dollar, les Mexicains devaient subir cette ultime et interminable humiliation. Une érosion lente de la dignité.

Le cerveau hanté comme un château de carton-pâte par les cadavres de Guadalupe, Dolores, Alta Gracia et toutes les autres victimes de Ciudad Juárez, il s'avança vers la douane américaine.

DEUXIÈME PARTIE

LA COURSE À LA MORT

Ainsi, c'était fait.

Assis derrière le volant d'une Chrysler vert métallisé de location, Zambudio grignotait le bitume de l'Interstate 10-Ouest en direction de Los Angeles. Seul au beau milieu du désert américain. Il avait encore en banque un petit trésor de guerre, de quoi tenir tout juste un mois avant que son banquier ne fasse une syncope.

Cette fois il avait complètement largué les amarres. Avec la famille, les amis, le journal. Et pour aller où ?

Dans un pays qu'il ne connaissait pas, pour rencontrer une femme qu'il n'avait jamais vue et dont la seule chose qu'il savait était qu'elle s'occupait d'une association d'aide aux ouvrières des *maquilas* installée à San Diego et qu'elle s'appelait Lourdes Simpson.

Tout un programme.

Même lorsqu'il vivait à Juárez avec son père, jamais ils n'avaient franchi la frontière. Le vieux aurait préféré mourir plutôt que de fouler le sol d'un pays qui incarnait à ses yeux l'impérialisme et sa cohorte de maux infligés aux nations les plus pauvres.

À la douane, le journaliste avait dû subir les questions indiscrètes d'un fonctionnaire indifférent à la queue qui se formait derrière le guichet. Un teint cuivré, des yeux bridés trahissaient les origines mixtèques du douanier, descendant probable d'une longue lignée de sans-papiers venus du fin fond de la province de Oaxaca.

Le cerbère avait consenti d'un air vaguement las et supérieur à tamponner le passeport de Zambudio, renonçant à élucider le mystère ambulant que constituait pour lui ce voyageur né à Ciudad Juárez pourtant muni d'un passeport européen dûment en règle.

« Bienvenue à El Paso. » C'était en tout cas ce qui était écrit sur la pancarte qu'il avait dépassée pour déboucher sur l'Avenue Santa Fe et traverser à pied un quartier assez pouilleux.

Magasins de vêtements, de chaussures de sport et de jeans se succédaient tout au long de l'artère bordée d'immeubles en briques de deux étages aux escaliers de secours rongés par la rouille et les ans.

Les autocollants de marques prestigieuses collés sur les vitrines des boutiques attiraient une population venue là dépenser de maigres économies pour se payer une part du rêve américain en promotion, avant de repartir vers le Mexique, les bras chargés de sacs plastique.

À partir du Civic Center Plaza, l'aspect de la ville changeait du tout au tout.

Des buildings de verre et d'acier ultramodernes avaient remplacé les constructions basses du début du siècle. Une autre planète, vue de Juárez.

Les hommes d'affaires, attaché-case en main et téléphone cellulaire à l'oreille, vaquaient à des occupations essentielles à l'avenir du monde. Ils ne transpiraient même pas sous leurs sombres costumes trois-pièces.

Toni avait retiré 1 000 dollars à un distributeur automatique de la Bank of America, acheté une carte routière, loué une voiture pour quatre semaines dans une agence de Cleveland Park et balancé son maigre bagage sur le siège arrière.

El Paso et Las Cruces s'éloignaient dans son rétroviseur. Il fonçait à travers le désert du Nouveau-Mexique, à la poursuite du soleil couchant.

Il réalisa qu'il n'avait même pas encore eu à utiliser son anglais chaotique.

Pas même pour le distributeur bancaire.

Apparemment, dans cette partie du monde, seuls les Martiens récemment débarqués ne parlaient pas l'espagnol.

Il s'efforçait de tenir à distance les fantômes de Guadalupe et de Dolores.

Il fallait penser efficacement. Rester froid. Indifférent à ces larmes qui coulaient à présent de temps en temps le long de ses joues et qu'il n'essuyait même plus du dos de sa main.

Ce qui était brisé devait le rester.

Lâchant d'une main le volant, il voulut allumer une cigarette à l'allume-cigares et s'aperçut qu'il avait été supprimé. Un autocollant figurant une cigarette allumée barrée d'un trait rouge était scotché au cendrier. Voiture non-fumeur.

¡Pinche gringos! Dire qu'ils étaient les premiers fournisseurs de clopes de cette foutue planète.

Il fourragea dans sa poche en soulevant une fesse et la voiture fit une embardée.

Il allait allumer une Lucky quand il se rappela les paroles du médecin.

La clope vola comme un long insecte blanc et léger par la vitre ouverte.

L'air du désert fouettait le visage de Toni.

Un complot. Il fallait que ce fût un complot. Ils disposaient de moyens importants.

Ils savaient où il allait, ils l'avaient devancé au *Rancho Del Doble A*.

Ils avaient pris le temps d'enlever Dolores, de tuer Guadalupe dont ils avaient forcément intercepté le message. Forcément.

Sans parler des preuves évanouies dans l'incendie du ranch. Quel était le but de la manœuvre ? Faire sortir les Diables de prison ?

Et s'ils étaient de toute façon innocents ?

Tu parles, coupables comme le péché, probablement.

Rien ne collait. Trop de vrais faux coupables. Trop de faux-semblants.

Trop organisé. Tout ça ne cadrait pas avec un, ou même plusieurs tueurs en série.

Si Harding avait eu raison sur toute la ligne avec ses histoires de magie noire et de réseaux couverts par de puissantes protections, il y avait forcément autre chose.

Il devait exister une connexion avec Guadalupe.

Elle connaissait l'emplacement de l'autel sacrificiel. Depuis le début, probablement.

En même temps, elle n'avait cessé de le diriger sur les *maquilas*, lui assurant qu'il s'agissait de la meilleure piste.

Encore une fois, rien de tout ça ne tenait debout.

Il restait tant de vides à combler pour donner un sens à cet imbroglio sans queue ni tête.

Rencontrer Lourdes Simpson n'engageait à rien.

Après tout, qu'est-ce qu'il avait à perdre ?

La tête vide, la vessie pleine, la rage au ventre et l'estomac au supplice, Zambudio s'arrêta pour prendre de l'essence à Lordsburg, juste avant de quitter le Nouveau-Mexique. La ville n'était qu'une rue toute en longueur qui avait connu son heure de gloire au faîte des années 60. Ne restait de l'âge d'or qu'une succession de motels abandonnés aux piscines à demi remplies d'une eau croupie recouverte de mousses verdâtres.

Les rideaux déchirés des chambres emprisonnaient en voletant les reflets du soleil déclinant.

La sirène d'un train de la ligne Western Pacific qui longeait la 10 déchira l'air tandis que le convoi traversait Lordsburg au pas.

Zambudio trouva malgré tout une station Texaco ouverte et un bar où il avala vite fait un *burrito* et un café. Là encore, il n'eut pas à proférer un mot d'anglais.

Lorsqu'il reprit sa route vers l'ouest, la nuit était tout à fait tombée.

Le désert était d'une limpidité absolue et il pouvait voir au loin les lumières au sodium d'une ville se refléter sur le ciel étoilé.

En consultant la carte routière, il remarqua qu'il n'y avait aucune agglomération importante avant Tucson, Arizona, à deux cents kilomètres de là.

C'était incroyable.

Et pourtant, à mesure qu'il se rapprochait, l'auréole orangée grossissait et il dut bien se rendre à l'évidence : le regard ici portait loin, si loin qu'on en devinait presque la courbure de la Terre.

Il dormit dans un hôtel du centre-ville de Tucson, le Congress, un vénérable établissement aux murs décorés de frises mexicano-indiennes.

Sa chambre était ornée de motifs navajos ; un antique poste de radio à lampe était posé sur le bureau. En soulevant de la main une latte du store vénitien, il aperçut par la fenêtre la Chrysler de location, sagement garée sur le parking baigné d'une lumière sanglante par l'enseigne de l'hôtel.

Toni décrocha le combiné de bakélite et demanda à la standardiste de composer le numéro d'Harding, à Juárez, inaugurant – une fois n'était pas coutume – son anglais maladroit. Il laissa sonner, en vain.

Il était claqué. L'onde de choc provoquée par les événements de ces jours derniers s'amenuisait peu à peu pour céder la place à une lassitude qui l'envahissait tout entier.

Il se jeta sur le lit aux barreaux de cuivre et regarda le ventilateur tourner.

En fait, l'hôtel n'avait pas dû être rénové depuis les années 40.

Finalement, il ne regrettait pas son choix.

Décrétant qu'il aimait cet endroit, il sombra sans même avoir ôté ses vêtements et dormit d'un sommeil sans rêves.

Il s'était réveillé tard.

Il avala un rapide petit déjeuner à base de céréales tandis que deux types vêtus de jeans délavés assis à la table d'à côté commentaient les faits divers de la veille :

– Ouais, ça s'est passé comme je te dis, hier vers vingt heures, sur la Sixième Rue, en plein défilé de *low-riders*[1], expliquait l'un des deux, un gros brun coiffé d'un Stetson. Un règlement de comptes entre les gangs du *barrio* West Hollywood et du *Barrio* Libre, à ce qu'il paraît. Ils ont arrosé le parking, il y en avait un qui n'était pas tout à fait mort, le tireur a garé son pick-up, il est descendu et l'a achevé d'une balle dans la tête avant de remonter tranquillement dans sa tire et de foutre le camp. Juste comme s'il s'était arrêté pour acheter un foutu paquet de chewing-gums. C'est Mike qui m'a raconté ça, il était en train de rendre une cassette vidéo au Blockbuster d'à côté quand c'est arrivé. Il paraît que le tueur avait pas plus de seize ans.

– Foutus *cholos*, répondit son voisin de table en secouant la tête.

Zambudio paya et décampa sans demander son reste.

Tandis qu'il franchissait les limites de la ville, il

1. *Low-riders* : voitures surbaissées équipées de vérins hydrauliques, choyées par les gangs pour qui elles constituent un objet de fierté.

déchiffra un immense panneau publicitaire qui bordait l'autoroute : « Plus un seul enfant tué par armes à feu », hurlait le slogan.

Pour faire bonne mesure, un impact de balle dans une vitre soulignait assez heureusement l'ensemble.

Où qu'il passe, il lui semblait que la mort collait à ses basques.

À l'intersection de Casa Grande, Toni bifurqua sur la 8-Ouest en direction de San Diego. L'Interstate redescendait vers la frontière pour la longer ensuite jusqu'à la chaîne côtière. Le paysage s'était modifié. De hautes montagnes entouraient l'autoroute, et les cimes les plus élevées étaient couronnées de neige.

À perte de vue, les *mesquites* rabougris et la créosote avaient laissé la place aux cactus saguaros dont les plus hauts atteignaient les douze mètres.

Leurs bras se détachaient sur le ciel couvert.

Zambudio remonta sa vitre. Ça se rafraîchissait.

Il refit le plein à Sentinel, une pompe à essence-épicerie au beau milieu de nulle part, et s'arrêta de nouveau à Yuma pour consulter un annuaire téléphonique de l'État de Californie.

Il n'y avait pas de Lourdes Simpson à San Diego mais il trouva sans peine le numéro de l'Association de soutien aux ouvrières des *maquiladoras*.

Il eut bien du mal à obtenir son appel longue distance depuis la cabine du Walgreen's où il s'était installé. Il ne possédait pas de carte de téléphone et une opératrice obtuse s'entêta à prétendre que sa carte de crédit n'était pas compatible avec les réseaux de paiement de la société qui exploitait la cabine, elle était désolée.

Finalement, il en fut réduit à utiliser un Himalaya de

pièces de vingt-cinq cents et parvint à joindre une femme à la voix âgée et bienveillante, qui lui expliqua en anglais que Lourdes s'était absentée pour une heure. Il pouvait énoncer l'objet de son appel, elle le rappellerait dès son retour si, bien sûr, il laissait ses coordonnées téléphoniques.

Il venait de la part de Guadalupe Vidal, dit-il. Il donna le numéro de téléphone de la cabine et attendit dans le vent frais qui se levait en consultant une nouvelle fois sa carte routière.

Aux confins de la Californie, de l'Arizona et du Mexique, la ligne frontalière formait un tracé bizarroïde, le long du Rio Colorado.

Un livreur *chicano* désœuvré qui venait de décharger un lot de palettes de Coca destinées au magasin expliqua à Toni qu'après la défaite mexicaine, en 1848, des soldats des deux pays belligérants, accompagnés de géomètres, avaient été chargés de tracer la nouvelle frontière sur le terrain. Le jour où ils étaient arrivés à Yuma, il faisait si chaud que toute l'équipe s'était contentée de suivre la rive ombreuse du fleuve, à l'abri d'une falaise, et quand, à cause d'un méandre de la rivière, ils avaient dû quitter la fraîcheur de l'ombre pour continuer le travail en plein cagnard, Américains et Mexicains étaient tombés parfaitement d'accord pour décider que la frontière partait « par là, au nord, sur dix miles puis à 45 degrés, en pointant l'ouest du doigt », avant de s'en aller écluser de conserve un rafraîchissement à l'abri du premier saloon venu, sans plus de respect envers ceux qui étaient morts en ces lieux pour défendre le moindre arpent de terre.

Et c'est ainsi que les Mexicains avaient regagné sur les *gringos* les villages de Cuervos et Paredones, c'est du moins ce que raconta le livreur de Coca tandis que Toni jetait des regards inquiets vers la cabine régulièrement occupée par des clients plus bavards les uns que les autres.

Quand enfin retentit la sonnerie, Zambudio se précipita, devançant d'une foulée une Indienne Cocopah qui cracha sur son passage.

La même femme à la voix aimable lui confirma que Lourdes Simpson le recevrait le lendemain vers onze heures du matin. Elle lui recommanda d'être ponctuel et lui expliqua le chemin pour se rendre à la Maison des syndicats de San Diego qui hébergeait l'association.

Sans plus attendre, il se remit en route.

À peine avait-il laissé derrière lui les dunes de sable blanc d'Algodones que déjà les crêtes majestueuses de la chaîne côtière apparurent à l'horizon.

Il s'arrêta une fois encore dans une station-service Exxon d'El Centro pour acheter un plan de San Diego et avaler un cachet pour calmer son estomac qui s'était réveillé.

Puis il fit halte à Calexico, dans un Comfort Inn tenu par une famille Gandhi, s'il fallait en croire le panneau accroché derrière le comptoir d'accueil.

Le gardien tamoul lui indiqua sa chambre en roulant les « r ».

Au moins c'était un anglais qu'il comprenait facilement

Il se fit réveiller à six heures trente.

Le jour naissant délavait déjà un ciel sans nuages.

Toni escalada la 8 entre les chaos granitiques, en direction de Mountain Spring Pass. Au loin sur sa gauche, les sommets mexicains émergeaient de la brume qui baignait encore les vallées.

Sur le versant occidental de la montagne, la végétation et le paysage changeaient du tout au tout ; du désert, on passait brutalement à l'oasis verdoyante : palmiers, yuccas, lauriers occupaient tout l'espace entre les bungalows et les villas dont le nombre augmentait à mesure que Toni descendait sur San Diego.

La densité de la circulation s'était considérablement accrue malgré les huit voies du freeway. Déjà, il apercevait le nuage jaunâtre de pollution qui recouvrait la ville.

Le journaliste chaussa une paire de lunettes de soleil à bon marché acquise peu de temps auparavant, baissa la vitre pour accouder son avant-bras à la portière. Une odeur de jasmin mêlée de relents d'hydrocarbures envahit l'habitacle.

Il se fraya un chemin à travers le trafic intense de la matinée.

La Maison des syndicats était située non loin de Balboa Park. Il n'eut aucun mal à la découvrir, coincée entre un Seven Eleven et une station Phillips 66, au cœur d'un quartier ouvrier.

Perchée au dernier étage de l'immeuble, l'Association de soutien aux ouvrières des *maquiladoras* tenait tout entière dans deux minuscules pièces encombrées par des classeurs métalliques. Entre armoires et bureau, on pouvait à peine bouger.

Les murs étaient recouverts d'affiches politiques bilingues.

En fait, on aurait dit une réplique du bureau de Guadalupe.

Toni essayait d'endiguer le flot d'émotion qui montait en lui lorsqu'une femme d'une cinquantaine d'années bien en chair, vêtue d'un jogging rose pâle, s'avança vers lui.

– Bonjour, je m'appelle Charlene. Puis-je vous aider ?

Il reconnut la voix. Son espagnol était aussi plein de rondeurs qu'au téléphone.

En chair et en os, elle évoquait irrésistiblement un gâteau au miel et ses yeux bleus souriant derrière une paire de lunettes sans monture avaient quelque chose de rassurant. Avec une barbe blanche, elle aurait pu incarner le plus rassurant des pères Noël. D'ailleurs, tout comme lui, son nez brillait trop.

Lourdes n'était pas encore arrivée. Elle n'allait sûrement pas tarder, c'était une question de minutes et s'il voulait bien s'asseoir et patienter, peut-être qu'un peu de café ? gazouilla-t-elle encore. Rien qu'à l'idée, l'estomac de Zambudio se révulsa. Merci, non merci.

Lourdes Simpson, d'une humeur de chien, les bras chargés de chemises cartonnées, ouvrit la porte du siège de l'association d'un grand coup de latte.

Qu'est-ce qu'il fichait là, le barbu grassouillet planté au milieu de la pièce, il pouvait pas se pousser ? Il prenait toute la place et on ne pouvait pas faire un pas, ici.

Qu'est-ce qu'elle racontait Charlene, avec son histoire de rendez-vous ? Eh bien, elle l'avait complètement oublié, celui-là. Ah mais oui, bien sûr. Il venait de la part de Vidal.

Mon Dieu. Guadalupe. Sa colère retomba un peu.

Elle est vraiment très jolie, constata le journaliste comme elle entrait.

Ses longs cheveux noirs encadraient un visage aux pommettes hautes, aux yeux sombres.

Ses joues lisses étaient couvertes de petites taches de son adorables.

Elle était vêtue de jeans usés qui moulaient ses jambes courtes, et d'un informe sweat-shirt rouge. Elle ne devait pas avoir plus de vingt-cinq ans.

Mais le forgeron qui avait forgé ce regard-là n'avait pas lésiné sur l'acier.

Sa poigne était aussi ferme qu'il l'imaginait.

Dans un espagnol impeccable et glacial, elle lui offrit de nouveau de s'asseoir. Elle avait un coup de fil urgent à passer, s'il pouvait l'excuser un moment.

Quelque deux heures plus tard, Zambudio, l'observant, toujours cramponnée à son combiné comme une naufragée, la trouvait nettement moins jolie et, à vrai dire, tout à fait insupportable. Chaque quart d'heure à peu près, elle levait la tête vers lui et formait silencieusement un « désolé » tout juste crédible entre deux communications téléphoniques.

Il avait à peine eu le temps de balbutier quelques mots quant au but de sa visite. Charlene, à intervalles réguliers, lui décochait des œillades pleines de compassion.

Si l'on tenait compte de tous les kilomètres qu'il s'était tapés pour la rencontrer, l'attitude de Lourdes Simpson relevait autant de la désinvolture que de l'impolitesse.

Il fulminait en battant nerveusement du pied sur le linoléum fatigué du bureau minuscule où il poireautait, en consultant sa montre de plus en plus souvent avec ostentation.

La colère sourde qui montait en lui réveilla ses aigreurs d'estomac.

Au bout de deux heures et demie, il se leva, se dirigea vers le bureau de Charlene qui le contemplait d'un air navré :

– Écoutez, pour arriver jusqu'ici, j'ai traversé un océan et la moitié d'un continent. Je n'ai pas frappé à votre porte à l'improviste, j'ai pris rendez-vous. La moindre des corrections eût été soit de me recevoir, soit de refuser cette entrevue. Je ne vois pas l'utilité de supporter plus longtemps cette humiliation. Je me débrouillerai très bien tout seul. Au revoir et merci de votre collaboration !

Et il partit en claquant la porte.

Cette Lourdes Simpson avait la tête tellement grosse que manifestement elle ne passait plus les portes.

Qu'est-ce qu'il était venu foutre ici, bon sang ? Il

aurait mieux fait d'essayer de mettre la main sur Harding, au moins il n'aurait pas perdu son temps.

Le sang affluait dans son cerveau au rythme lancinant de la migraine qui s'y était installée. Guadalupe et ses plans foireux ! À la pensée de son corps flottant entre deux eaux du *río*, il fut aussitôt envahi de remords.

Il se retrouva sur le parking de la Maison des syndicats. En face, sur University Avenue, l'enseigne d'un drugstore clignotait. Abandonnant là sa Chrysler, le journaliste traversa le boulevard à pied.

De trois quarts dos, la grosse pharmacienne était en train de battre des ailes dans son magasin en croassant. Elle avait entrepris de démontrer aux employés du labo de préparation que lorsqu'il soulevait les plumes de son tour de cou, on pouvait être certain que le corbeau était un mâle exécutant une danse d'amour.

Elle se remit à battre des ailes de plus belle en se tournant vers Zambudio :

– Bonjour, fit-elle en lui souriant.

– Je voudrais un truc contre le mal de tête. Sans aspirine, s'il vous plaît, j'ai l'estomac fragile, précisa-t-il dans son anglais maladroit.

Elle l'attendait, une fesse négligemment posée sur l'aile de la Chrysler.

Le soleil jouait avec les reflets bleutés de ses cheveux. Malgré ça, elle était à peu près aussi sensuelle qu'un pot de yaourt périmé. Elle braqua sur lui ses yeux noirs et durs.

– Je suis désolée. Vraiment.

Elle parvint à mettre un peu de douceur dans sa voix.

– Vraiment ? Toni répondit sur un ton glacial.

– On ne peut pas aller quelque part ? Dans mon bureau, les murs ont des oreilles et ici, ce n'est pas un endroit très sûr, non plus.

Zambudio regarda autour de lui, sans rien apercevoir qui lui semblât menaçant. Sans émettre de commentaire, il débloqua le verrouillage centralisé de la voiture.

– Roulez, on va faire un tour à la plage.

Le ton de la jeune femme était péremptoire. Toni mit le contact.

– Pardonnez-moi pour tout à l'heure. Je suis débordée, et depuis votre coup de fil d'hier, je n'ai absolument pas trouvé le temps de me pencher sur votre cas. Je ne voulais pas discuter avec vous avant d'être certaine de pouvoir le faire en toute sécurité. Guadalupe m'a avertie que vous viendriez.

Lourdes Simpson garda le silence quelques instants avant de poursuivre.

– Mais elle est morte, à présent, et vous auriez aussi bien pu ne pas être celui que vous prétendiez. Certes, nous ne sommes pas à Juárez, mais même ici la prudence est d'usage. Je devais absolument vérifier votre identité et je dois avouer que la réponse de votre journal à Madrid m'a troublée. Je les ai appelés dès que vous avez tourné les talons. Ils m'ont dit que vous n'étiez plus en charge du dossier, ils ont même ajouté que vous n'aviez plus l'accréditation officielle du journal. J'ai parlé avec un certain Perez, très excité au demeurant. J'ai aussi examiné les journaux de ces jours derniers. Vous y apparaissez à plusieurs reprises en assez bonne place, mais sur une photo où l'on vous distingue mal. Vous entrez dans un hôtel, ou quelque chose comme ça, en vous protégeant à moitié le visage de la main. C'était mince comme preuve, avouez-le. Vous êtes à peine reconnaissable. J'ai vu que votre voiture était encore là. Alors je suis descendue pour vous attendre. Vraiment, je ne pouvais pas prendre le risque de vous parler dans nos locaux. Encore une fois, je suis désolée.

Toni respira à fond et ralentit en posant la question :

– Est-ce que des femmes ont également été assassinées ici, je veux dire, là-bas, de l'autre côté de la frontière, à Tijuana ?

– Pas que je sache, répondit la jeune femme. Il y a bien eu quelques enlèvements, des violences, mais pour des motifs syndicaux et ce n'est jamais allé jusqu'au meurtre.

– Les naissances d'enfants mal formés à cause de la pollution sont fréquentes, par ici ?

– Et comment !

– Mais pas de meurtres en série ?

– Eh bien, sauf si l'on considère les règlements de comptes entre mafias comme entrant dans cette catégorie, non, pas que je sache.

Zambudio était dubitatif.

D'un seul coup, la baie de San Diego fut devant eux.

Le soleil d'hiver commençait à décliner sur l'océan Pacifique que Toni contemplait pour la première fois de sa vie.

Ils s'engagèrent sur le freeway à hauteur de l'aéroport international.

Un jet passa au ras des voitures avant d'atterrir sur leur droite.

La frontière n'était qu'à une grosse demi-heure de route par l'Interstate 5.

À partir de Chula Vista, l'autoroute était jalonnée de panneaux routiers insolites, montrant sur fond jaune une famille en train de courir avec des valises à la main.

– Ça veut dire « Attention, passage de clandestins », commenta laconiquement Lourdes. Beaucoup d'entre eux se font écraser en essayant de traverser le highway.

Les voitures de patrouille de la Border Patrol se faisaient de plus en plus nombreuses à mesure qu'ils approchaient de la frontière.

Le poste frontière qui séparait San Isidro/USA de

Tijuana/Mexique était impressionnant. Des centaines de voitures patientaient devant des dizaines de guichets tandis qu'un flot humain circulait dans les deux sens. Partout, des drapeaux des deux pays, des barbelés, des caméras, des chiens, des chicanes de béton, des douaniers, des militaires. De ce grouillement montait un concert de coups de klaxon, d'apostrophes en espagnol et en anglais et de musiques jaillies d'une multitude d'autoradios par les fenêtres ouvertes. À cause de l'embouteillage, l'air était irrespirable.

– *Welcome to Tijuana !* la frontière la plus traversée au monde, légalement et illégalement, annonça froidement Lourdes comme ils passaient le poste de contrôle mexicain où deux carabiniers discutaient sans leur prêter attention.

Un feu vert s'alluma. D'un geste de la main irrité, ils leur intimèrent de passer. Apparemment, on entrait dans ce pays comme dans un moulin.

Après San Diego dont les tours illuminées brillaient au loin, le contraste était saisissant. Le long des rues défoncées jonchées de détritus, une noria de mendiants et de marchands ambulants guettait le touriste devant un marché frontalier où les christs en plastique polychrome voisinaient avec les guirlandes de piments en porcelaine et les vierges de Guadalupe en plâtre grandeur nature.

Malgré tout, la ville ne s'avérait pas aussi pouilleuse que Ciudad Juárez.

Ils traversèrent d'abord un quartier d'affaires assez luxueux, de construction récente où les mails commerciaux alternaient avec les banques et les restaurants chic.

Suivant toujours les indications de Lourdes, Toni fit le tour d'un rond-point orné d'une statue de Diane chasseresse avant de prendre la route de la plage. La balafre du mur construit par l'administration Clinton pour clore la ligne frontalière barrait tout l'horizon et la palissade d'acier s'enfonçait jusque dans la mer indifférente aux préoccupations humaines. Deux millions d'habitants vivaient là, collés à la Californie. Les innombrables *colonias* de la ville de Tijuana montaient à l'assaut des hauteurs dominées par une énorme antenne.

Toni embrassa le paysage d'un regard.

En contrebas, sur la plage, des enfants jouaient de part et d'autre du mur.

C'était le même sable, la même eau, le même ciel.

– Ils l'ont érigé avec des pales-planches métalliques qui ont servi à la construction des pistes d'atterrissage dans le Golfe, précisa Lourdes. Rien ne se perd, tout se transforme. Et ils sont en train de le doubler.

Ils marchèrent vers la palissade.

Le coucher de soleil s'annonçait magnifique. Déjà, il incendiait l'acier des plaques ajustées les unes aux autres.

De près, on s'apercevait qu'une rouille océane était à l'œuvre depuis un moment. À certains endroits, les pales-planches étaient perforées et, par les ouvertures, des yeux fiévreux scrutaient l'horizon californien, phalanges agrippées au métal, articulations blanchies, crispées.

Aveuglés par le disque du soleil qui s'abîmait dans l'océan, Lourdes Simpson et Toni Zambudio, absorbés par leur conversation, ne prirent pas garde au vigile en train de noter fiévreusement le numéro d'immatriculation de la voiture.

Cette frontière était décidément ignoble.

– Comment êtes-vous devenue une militante de la cause ouvrière mexicaine ? demanda Toni.

– C'est une longue histoire. Une histoire de vengeance.

Lourdes Simpson marqua une pause, comme si elle plongeait au plus profond d'elle-même, en apnée. Quand elle remonta à la surface, elle planta ses yeux noirs dans ceux de Zambudio.

– Il s'appelait Skip, Skip Lindsey, et il était journaliste. Bien sûr, j'étais amoureuse. Il travaillait pour une revue alternative de Los Angeles. Il avait vingt-trois ans. En 1988, il est parti enquêter sur les toutes premières *maquiladoras*, du côté de Matamoros. C'était déjà des usines-tournevis, où l'on assemblait des téléviseurs, de l'électroménager. Bref, il en est revenu indigné, avec un projet de documentaire pour la télévision.

Ses mâchoires se contractaient au fur et à mesure qu'elle parlait.

– Et ? risqua Zambudio.

Elle releva la tête et planta son regard dans le sien.

– Il a trouvé les fonds. Mais quand il est arrivé là-bas, on l'a enlevé et on l'a passé à tabac en lui faisant promettre de renoncer à son projet. Sur le moment, il a cédé, mais à peine libéré, il a recommencé à travailler sur le documentaire, il tournait des jours entiers dans les *colonias*, alors on l'a de nouveau kidnappé. Cette fois, ça a été la gégène et, quand il est rentré, il avait subi tellement de chocs électriques qu'il était incapable de se concentrer pour écrire ne serait-ce qu'une ligne. Il restera comme ça toute sa vie. En tout cas, c'est ce que disent les médecins.

Zambudio resta silencieux un long moment. Matamoros.

Plus ou moins à l'époque de la série de meurtres.

Cette frontière leur avait volé à tous deux un être cher.

– À qui appartenait l'usine, la *maquila* sur laquelle enquêtait votre ami ?

Lourdes baissa la tête.

– Cortez Electronics ? C'est ça ?

Une fois de plus, Cortez Electronics. C'était une fois de trop.

Il y avait un lien. Il fallait qu'il y en eût un. Lourdes Simpson restait silencieuse. Merde. Elle n'allait pas lui refaire le coup de Guadalupe.

– Guadalupe. Et maintenant vous. Pourquoi à la fin avez-vous si peur de parler ?

Lourdes hésita un peu avant de répondre.

– Je ne vous connais pas assez pour…

Ses yeux croisèrent ceux de Zambudio.

– Écoutez, depuis plusieurs années, avec Guadalupe, nous nous rencontrions deux à trois fois l'an, lors de conférences. Il y a tout au long de la frontière nombre d'associations comme la nôtre et nous maintenons le contact du mieux que nous le pouvons, en centralisant nos informations et en coordonnant nos actions à travers une grande organisation : la Fédération pour la justice sociale dans les *maquiladoras*. Avec les accords de l'ALENA, c'est toute la zone frontalière qui sert de laboratoire d'expérimentation au commerce économique mondial. Guadalupe était, tout comme je le suis, un rouage dans une mécanique de résistance à ce système. Et si elle ne vous a pas parlé, il n'y a qu'une seule et unique raison. Elle avait peur. C'était devenu trop dangereux pour elle. Nous devons tous nous méfier, à un point que vous n'imaginez même pas.

– Mais qu'est-ce qui se passe là-bas, à Juárez ? Qu'est-ce que vous êtes censée me dire, à la fin ?

Lourdes Simpson le jaugea une ultime fois avant de se décider à répondre.

– Je vous l'ai dit, chacun d'entre nous est une pièce du puzzle et personne ne possède de vision globale, c'est une question de sécurité. Je ne sais pas au juste ce qui se trame à Juárez, derrière les meurtres. Je ne m'occupe que de Tijuana. Guadalupe m'a juste donné une consigne : vous envoyer à Brownsville. Il y a là-bas un avocat qui s'appelle Roni Torres. Vous devez absolument le rencontrer. C'est ce qu'elle a dit. Je ne sais rien de plus.

– Brownsville ! Mais c'est à l'autre bout de la frontière ! Et où le trouve-t-on, cet avocat providentiel ?

– Oh ça, elle fit avec une moue amusée, vous pouvez pas le rater. Il a racheté la prison municipale et il s'est installé dedans !

Tout en parlant, elle observait avec attention les petites rides d'expression au coin de ses yeux. Il passa une main embarrassée dans sa barbe en bataille. Mouais.

– Vous parliez de votre ami. « ON » l'a enlevé, « ON » l'a torturé. Qui c'est « ON » ? Cortez Electronics, oui ou non ?

– À votre avis ? Elle ricana. Vous savez, nos bureaux de San Diego ont été cambriolés à plusieurs reprises, ainsi que mon domicile. Ils n'ont pas embarqué les ordinateurs, oh non. Juste les disquettes et les disques durs. Qui a le pouvoir d'agir ainsi, aussi librement des deux côtés de la frontière ? Allez, je vous pose une devinette facile, dit-elle en lui jetant un regard farouche : ça se résume en trois initiales et ce n'est pas le FBI. Vous n'êtes pas naïf à ce point, quand même ?

– Lourdes, si la CIA est dans le coup, vous êtes en danger.

– Ils n'ont pas tué Skip, poursuivit la jeune femme. Il est américain, tout comme je le suis. C'est très important, une vie américaine, vous savez. Jusqu'ici, ils se sont contentés de m'intimider. Il y a quelques semaines, je rentrais de Tijuana, ils m'ont arrêtée à la frontière. Une femme officier de l'armée. « Garez votre véhicule là-bas, elle a dit en me montrant un parking, allez-y en roulant au pas, les mains bien visibles sur le volant. Ne descendez pas de voiture. » Elle avait sorti son arme de service. Cette fois-là, ils m'ont gardée trois heures. D'autres fois, ils m'ont suivie, à San Diego. Sans se cacher. Un soir, je me souviens, je venais de monter dans ma voiture, en sortant du siège de l'association, un type en costume-cravate, l'air d'un fonctionnaire fédéral, est venu taper à ma vitre : « Mademoiselle Simpson, vous vous rendez bien au numéro 1257 de la Quatrième Rue ? Ne vous inquiétez pas, nous avons deux agents pour veiller sur votre sécurité. Mais si vous êtes inquiète, nous pouvons renforcer encore nos effectifs. » Je venais d'appeler un ami chez qui je me rendais, du bureau. Une façon comme une autre de me faire savoir qu'ils connaissaient la moindre de mes allées et venues, le moindre de mes faits et gestes. De nous dire aussi que nous étions sur écoute et que rien ne pouvait leur échapper, qu'ils contrôlaient la situation.

Toni hocha la tête.

– Alors, ils savent que je suis ici.

– Oh ça, vous pouvez en être certain.

Devant sa mine déconfite, pour la première fois, elle lui adressa un sourire plein de chaleur. C'est fou ce qu'il la trouvait jolie, à ce moment.

Il n'osa pas lui demander si elle partageait toujours la vie de Skip Lindsey.

Il se contenta de lui rendre son sourire en fixant la petite main ouverte négligemment posée sur le bord de la banquette à portée de la sienne. Elle rongeait ses ongles. Et il mourait d'envie d'emprisonner ces doigts-là dans les siens. La petite main se referma, comme un animal craintif.

– Je ne comprends toujours pas. Tout colle. Matamoros, les meurtres rituels, Juárez, la reprise des meurtres, cette histoire de *maquila* – Cortez Electronics. Mais quel peut être le foutu lien avec la magie noire ? C'est quand même bien Guadalupe qui m'a indiqué le lieu des sacrifices. Je deviens fou !

Zambudio se prit la tête entre les mains.

– Chaque jour qui passe amène des faits nouveaux, des informations nouvelles, et au lieu de s'éclaircir enfin, le ciel s'assombrit à chaque fois un peu plus Plus ça va et moins je comprends.

L'air tiède du jour avait cédé la place à une humidité océane.

– Qu'est-ce que vous allez faire, maintenant ? Aller là-bas ? elle demanda.

– Sans doute. Je n'ai rien d'autre à faire, et plus grand-chose à perdre non plus. Mais ce que j'y trouverai ne fera sans doute qu'embrouiller un peu plus la situation. Enfin, au point où j'en suis !

Il haussa les épaules, tout en réalisant à quel point la chaleur du corps qui se tenait à quelques dizaines de centimètres de lui le troublait.

Les vitres de la voiture s'étaient embuées.

Elle leva les yeux vers lui. Le vent nocturne fouettait la carrosserie.

– Prenez bien garde à vous. Vous n'êtes pas américain. Vous ne savez pas à quel point ils peuvent être dangereux.

– Comment pouvez-vous être si sûre de vous ?

Elle fixait la pointe de ses baskets.

– Vous savez pourquoi je suis si prudente ? Pourquoi je me suis presque montrée paranoïaque à votre égard ? Il y a un an et demi à peu près, un type a débarqué au bureau de l'association après avoir pris rendez-vous, un peu comme vous l'avez fait. Il m'a dit qu'il était économiste, qu'il faisait une étude sur les conditions du développement social lié aux *maquiladoras*. Il voulait avoir accès à nos dossiers pour rédiger son mémoire. Ce que j'ai bien évidemment refusé. C'est contraire à notre déontologie, et de plus, je ne connaissais ce type ni d'Ève ni d'Adam. Je me méfiais, et bien m'en a pris. Quelques semaines plus tard, il m'a passé un coup de fil très bizarre. Il m'a dit que je devais faire très attention parce que les gens avec qui je travaillais étaient tous de dangereux agitateurs communistes, et que vu mes antécédents et ceux de Skip, il m'incitait vivement à cesser toute forme de collaboration avec l'association, dans les plus brefs délais.

L'alarme se déclencha dans un recoin du cerveau de Toni.

– Il cherchait à me faire peur, c'était visible, et il n'était certainement pas celui qu'il prétendait être. Avez-vous déjà entendu parler de la First Line ?

Zambudio secoua la tête en signe de dénégation.

– C'est un département de la CIA chargé plus particulièrement de l'Amérique centrale, elle précisa. Nicaragua, Salvador, ils étaient dans tous les mauvais coups, y compris le financement des contras par le trafic de drogue. Bref, j'ai écrit à San Antonio, au Texas, à la fédération dont je vous ai parlé. Le type m'avait laissé sa carte de visite. Le salopard ne se cachait même pas, il agissait sous son vrai nom. Il voulait vraiment m'effrayer. La présidente de la Fédération pour la justice sociale dans les *maquiladoras* est une religieuse proche de la Théologie de la Libération, alors vous pensez si elle connaissait l'histoire. Ce salaud avait organisé pour la *First Line* les viols et les meurtres des treize nonnes suppliciées au Salvador. En guise de représailles à l'assassinat d'un agent des services secrets américains. Quand je vous dis que les vies américaines sont très cotées sur le marché.

Zambudio revoyait les images, à la télé. Le charnier, l'exhumation des corps.

Le scandale avait été planétaire.

– Comment s'appelait-elle, votre taupe ? demanda Zambudio, le souffle suspendu aux lèvres de Lourdes Simpson.

– Il avait un bureau à Juárez, elle répondit, et son job était désormais de contrôler l'éventuel développement des activités syndicales indépendantes dans les *maquiladoras*. Harding, il s'appelait. Lawrence Harding.

Ça, il s'en serait douté.

Alfonso Pazos posa la chemise qu'il venait de refermer sur une pile de dossiers.

Pas vraiment ragoûtant, mais guère surprenant.

On venait de retrouver en plein désert les corps affreusement mutilés des trois chirurgiens qui avaient opéré Amado Carillo, le parrain du cartel des narcotrafiquants locaux, récemment décédé au cours d'un accident d'anesthésie.

Non, décidément, rien d'étonnant dans tout ça, se dit le petit homme.

Les dépouilles avaient été volontairement exposées. Pour l'exemple.

Pazos soupira. Ce foutu désert serait bientôt un immense charnier, si ça continuait.

Il eut un renvoi de *frijoles*.

Enfin. Tout ça n'était que routine.

Ce qui par contre l'ennuyait infiniment plus, le *señor* Pazos, chef de la police, c'était le dossier ouvert sous ses yeux : encore des corps suppliciés, les liens enfoncés dans les chairs, les poses obscènes.

Cette fois, elles étaient deux. Retrouvées dans les chiottes de la Gozmex.

Profil désormais classique : jeunes, de type indien, cheveux longs, des ouvrières.

Ce qui en revanche était nouveau, c'était le doublé,

les cadavres abandonnés bien en vue dans la *maquila*. Les meurtres reprenaient, avec une violence accrue, comme si le ou les tueurs en série ne craignaient décidément plus rien. Et ils n'arrêtaient plus d'innover. La mère d'une victime, et maintenant, un doublé. De quoi rendre perplexes les profileurs des *federales*.

Pazos se sentait humilié.

Et en plus les patrons de la Gozmex faisaient pression sur lui pour qu'il étouffe l'affaire. Pour la première fois, des employées avaient été violées et tuées sur leur lieu de travail. Si la nouvelle était rendue publique, ça voudrait dire plus de médias. Cette fois, il en viendrait du monde entier, à pleins charters.

Cette perspective lui ferait regretter les précédentes semaines et les parties de cache-cache avec ce journaliste espagnol.

Et où est-ce qu'il avait bien pu passer, celui-là, d'ailleurs ? Tout le monde le cherchait, à présent, sa famille, son journal, son collègue Montoya qui avait repris l'avion pour Madrid plutôt bredouille après avoir pondu dans *El Diario* un article fumeux accusant les narcotrafiquants d'être à l'origine des meurtres. Des hommes de main pratiquant la chasse aux femmes pour un parrain local. Tu parles ! Ils avaient sûrement d'autres chats à fouetter.

Les chefs de cartels ne faisaient pas joujou dans des chiottes d'usine avec des jeunes filles pauvres. Ils les mettaient sur le trottoir. On ne joue pas avec la marchandise.

Ce Montoya. Il n'arrivait pas aux chevilles de son collègue.

Ce qui, peut-être, lui avait sauvé la vie, pensa Pazos en réprimant un second hoquet chargé de relents de haricots rouges.

Si ça se trouvait, le corps de Zambudio était en train de servir de pâture aux coyotes, quelque part dans le désert. Un de plus.

Les derniers mots de Lourdes Simpson avaient heurté son estomac avec la violence d'un train lancé à grande vitesse. Une éruption de bile et de *horchata* mêlées remontait le long de son œsophage.

D'abord, elle l'avait vu pâlir et vaciller.

Elle l'avait interrogé, la voix pleine d'appréhension, et il lui avait demandé de partir, de rentrer chez elle, de ne pas revenir de ce côté de la frontière avant longtemps. Des visions de chairs à vif, de membres arrachés, avaient pris possession de lui.

– Mettez-vous à l'abri. Vous avez raison. Nous ne savons pas à quel point ils sont dangereux. Ni vous ni moi. Je vous raccompagne à pied jusqu'à la frontière. Avez-vous un moyen de regagner San Diego, une fois de l'autre côté ?

– Je prendrai le petit train qui va de San Isidro jusqu'au centre-ville, avait-elle répondu, anxieuse. Mais qu'est-ce qui ne va pas, qu'est-ce que j'ai dit ? C'est Harding, n'est-ce pas, vous le connaissez ? Parlez-moi, je vous en prie. Pourquoi ne venez-vous pas avec moi en Californie ? Vous y seriez en sécurité.

– Lourdes, je ne suis plus en sécurité nulle part, ni ici ni là-bas, et passer la frontière à Tijuana, ce serait de la folie. Avec les flics qu'il y a au poste frontière, ils me repéreraient tout de suite. Je suis sûr qu'ils nous cherchent, à l'heure qu'il est. Je ne peux rien vous dire de plus sans vous mettre en danger. Je comprends, à présent, pourquoi Guadalupe a eu si peur, quand j'ai parlé d'Harding, pourquoi elle s'est fermée comme une huître ; ils sont capables de tout. Dites-moi. Elle connaissait son existence ?

– Bien sûr.

– Il l'a tuée. Il les a toutes tuées. Mais pourquoi ? Pourquoi ?

Zambudio avait laissé la voiture de location dans un de ces grands parkings à touristes situés près de la douane. Perdus dans la foule des badauds qui allaient et venaient de part et d'autre de la frontière en quête de Prozac ou de prothèses dentaires à prix réduit, ils marchaient à présent vers les États-Unis en suivant l'itinéraire piétonnier violemment éclairé par les lampes à arc tandis que des marchands ambulants tentaient d'arracher aux passants d'ultimes dollars. Au moment de s'engager dans la queue qui menait aux bureaux de l'US Immigration, elle s'arrêta et se retourna vers lui :

– Ça n'est pas la peine de vous demander de faire attention à vous.

Comme il ne répondait pas, elle lui serra doucement la main – plus une caresse qu'autre chose – et marcha vers l'interminable file d'attente illuminée par les néons américains.

Zambudio fit demi-tour en retenant le plus longtemps possible le contenu de son estomac et marcha vers le parking où il avait abandonné sa voiture de location. Il ne tint pas plus de trois cents mètres avant de soulager ses organes à la torture.

Il inspecta ses déjections. Pas trace de sang. C'était déjà ça.

Comme il se rapprochait du parking, il acheta à un éventaire tenu par un Indien Yaqui édenté un tournevis bon marché. Et, pour faire bonne mesure, une provision de Pepcid AC dans une de ces grandes surfaces de produits pharmaceutiques dont regorgeait l'*avenida* Revolución, l'artère la plus animée de Tijuana.

Ce fut difficile. Il se glissa sous le grillage du parking et rampa entre les voitures.

Il n'avait que l'embarras du choix.

Il se décida pour un petit camping-car immatriculé dans l'Oregon.

Il n'était pas bricoleur, c'était un euphémisme.

Évidemment, son choix s'était porté sur un tournevis merdique.

À mauvais ouvrier, mauvais outil. En plus les vis étaient rouillées.

En pestant et jurant à voix basse, il finit pourtant par avoir la peau des deux plaques minéralogiques du véhicule, bien qu'il dût s'interrompre à plusieurs reprises pour se cacher de joyeux fêtards venus reprendre possession de leurs bolides, et que ce foutu tournevis rompît juste à la dernière vis qu'il fut obligé d'achever de dégager à la main.

Toujours en rampant, il refit le chemin en sens inverse et, après avoir glissé les plaques du camping-car sous sa chemise, entra dans le parking par le chemin normal, récupéra sa Chrysler, fourra discrètement le fruit de son larcin dans le vaste coffre avant de demander au gardien, à qui il venait de laisser un confortable pourboire, l'adresse d'un hôtel digne de ce nom.

Il rumina fiévreusement toute la nuit.

Allongé tout habillé sur un des immenses lits de sa chambre de l'Hacienda del Rio Hotel, il ne cessait de se retourner, en sueur malgré la climatisation.

Puis il se relevait pour contempler l'eau turquoise de la piscine, tandis que la télé allumée en sourdine projetait des reflets animés sur les murs immaculés de sa chambre.

C'était à devenir fou.

Où était la vérité, dans tout ça ?

Si ce que lui avait raconté Lourdes Simpson était vrai, si tout ça n'était pas une chausse-trape de plus, alors... alors c'était tout bonnement terrifiant.

Harding, agissant pour le compte de la CIA, l'avait entraîné sur une fausse piste, celle des meurtres rituels.

Avec la complicité de Guadalupe ? Insensé.

Et pourtant, elle avait écrit de sa main le mot qui l'avait conduit au *Rancho del Doble A*.

Quand on a un fils à protéger, on peut faire beaucoup de choses.

Le *Rancho del Doble A*. Parlons-en.

Macabre mise en scène, autel bidon.

Tout autant que la piste des tueurs de Matamoros.

Mais les couches de sang coagulé dans la caravane provenaient bien des corps des nombreuses victimes suppliciées.

Et Dolores Guevara, pourtant, était bien réelle. Ils l'avaient torturée, mutilée, éviscérée.

Juste pour le mener en bateau ? Ce qui signifierait alors que jamais ils ne l'avaient quitté d'une semelle.

Il réalisait peu à peu. Tout ça était bidonné.

Pantelant, étalé sur le dessus-de-lit froissé de sa chambre luxueuse, Toni Zambudio, le regard halluciné, contemplait le ciel de Basse-Californie qui pâlissait au fil des minutes.

La piste des *mayomberos* n'était rien d'autre qu'une mascarade.

Harding l'avait mené en bateau.

Le plus humiliant était que cet enfoiré fût si sûr de lui qu'il ne cachait même pas son nom. Était-il possible qu'il ait personnellement participé aux crimes ?

Non, c'était quand même bien l'œuvre d'un psychopathe, fût-il au service de la CIA.

Et alors, connard, un type qui organise une boucherie pareille, c'est pas un psychopathe, peut-être ?

Ils vont me tuer.

S'ils peuvent, ils me tueront, au stade où j'en suis arrivé. Et Lourdes avec.

Toni grelottait. Il se força à gamberger logiquement.

Le seul moyen de s'en sortir, c'était de découvrir la pièce qui manquait à ce puzzle infernal. Le mobile. Il était là, tapi quelque part au fond de son crâne.

Ah putain, il avait été long à comprendre, mais il fallait trouver vite à présent, et pondre un papier qui créerait une telle onde de choc d'un bout à l'autre de la planète qu'ils ne pourraient plus agir.

Comme pour les commandos du GAL. Pourquoi ? Pourquoi ? Pourquoi retrouvait-on la CIA derrière plus de cinquante viols, cinquante meurtres de jeunes ouvrières ?

Ça a un rapport avec les *maquiladoras*, forcément, *basta* la sorcellerie, réfléchis, nom de Dieu, réfléchis.

Cette nuit-là, Toni Zambudio ne put rien extirper de plus de son cerveau épuisé.

Lorsqu'il s'éveilla, le soleil incendiait la pièce et la télévision allumée, imperturbable, continuait à diffuser les images d'un concert symphonique à Vienne.

Une cuite sèche. Ainsi aurait-on pu qualifier l'état second dans lequel il se trouvait.

Le journaliste se traîna jusqu'à la douche, qu'il prit glacée en poussant des gémissements de douleur. L'impact des centaines d'aiguilles d'eau froide sur son corps lui trouait la peau.

Rapidement, il ramassa son sac qu'il n'avait même pas défait et descendit à la réception.

Là, un concierge souriant de toutes ses dents lui annonça qu'étant donné l'heure tardive, il ne pourrait lui être servi de petit déjeuner et il se rabattit sur un chocolat à la cannelle gracieusement offert par la maison. Délicieux.

Ce que c'est que le luxe, tout de même.

Il griffonna « Surtout ne revenez pas au Mexique ! » au dos d'une carte postale achetée au magasin de l'hôtel, la glissa dans une enveloppe adressée à Lourdes Simpson qu'il confia au préposé de l'hôtel en même temps qu'un billet de 20 dollars, en lui demandant de faire en sorte que la missive soit postée des États-Unis.

Puis, après avoir réglé sa note avec sa carte bancaire toute neuve, il traversa le parking ombragé planté de bananiers, de palmiers et de lauriers-roses, s'engouffra dans sa Chrysler de location, remonta l'Avenue Sanchez Taboada en direction de l'est avant de déboucher sur la Mesa où débutait la Route n° 2 qui menait à l'océan Atlantique.

À Tecate, il quitta la route à quatre voies pour gagner le centre-ville.

La petite agglomération aurait eu quelque chose d'infiniment doux et provincial, n'eût été le mur d'acier qui là encore, là toujours, séparait la cité nichée au creux des montagnes de ses voisins américains, et dont on apercevait la ligne par-delà les croix du cimetière communal.

Zambudio entra d'un pas décidé dans la boutique d'un barbier, pour en ressortir une heure plus tard absolument glabre, crâne inclus.

Dans un petit magasin qui vendait un peu de tout, il fit l'achat d'une nouvelle paire de lunettes de soleil, rondes, celles-là, d'une casquette frappée du sigle des Chicago Bulls et d'un tournevis un peu plus solide que le précédent.

Il s'abreuva ensuite sobrement d'un jus de papaye

dans un débit de boissons de la chaîne La Michoacana avant de remonter en voiture.

À la sortie de la ville, il prit une piste qui s'enfonçait vers de vertes collines aux ondulations fessues, sur sa droite.

Lorsqu'il s'estima à l'abri des regards, il dévissa les plaques de la Chrysler et les remplaça par celles du camping-car. Il avait vu faire ça des millions de fois dans des mauvais polars.

Qui sait, ça marcherait peut-être.

Il avait observé qu'à la frontière les douaniers s'intéressaient de nettement plus près aux passeports qu'aux papiers des voitures.

Du dos de la main, il s'essuya le front en levant les yeux vers le ciel impassible d'un bleu profond.

Un aigle royal enroulait sa trajectoire dans les courants ascendants et ses ailes déployées se reflétèrent un instant dans les verres de lunettes de Zambudio.

Il creusa maladroitement un trou à l'aide du tournevis et y enterra ses plaques du Texas du mieux qu'il put, avant de tasser la terre par-dessus à grands coups de talon et de démarrer en trombe, son capot ouvrant la route vers Mexicali comme si le diable lui mordait le cul, ce qui, se dit-il, n'était pas loin d'être le cas.

Ce qu'il fallait, c'était se dissoudre, disparaître dans la nature.

Un peu avant San Luis de Rio Colorado, Toni Zambudio cessa de compter les jours et perdit le fil du temps.

Ce soir-là, à San Luis, il prit une cuite carabinée.

La chose arriva le plus simplement du monde.

Il était descendu au Rio Colorado Motel, le genre d'établissement où votre anonymat était garanti. Si vous donniez un nom bidon et possédiez suffisamment de liquide.

L'agglomération avait poussé en longueur au bord de la Route n° 2 qui longeait la frontière.

De sa fenêtre, Zambudio avait une vue imprenable sur le sempiternel mur de métal américain et, au-delà, sur le désert de Yuma parsemé de broussailles et de *mesquites* calcinés.

Plus loin, la haute silhouette brune des Chocolate Mountains barrait tout l'horizon.

Vision, à l'image de son humeur, parfaitement déprimante.

Il quitta sa chambre au mobilier spartiate et aux murs blanchis à la chaux, l'estomac dans les talons.

Pour ce qu'il pouvait en voir, il n'y avait aucun lieu accueillant alentour pour noyer son cafard, à l'exception d'une *cantina* qui répondait au doux nom de « Viva Mexico ! », si l'on en croyait l'enseigne fatiguée.

Le M de Mexico avait depuis longtemps disparu de son support rouillé.

Il pénétra dans la salle dont la décoration évoquait un

improbable club américain de grand hôtel soviétique dans les années 70. Visiblement, il était le seul client.

Deux entraîneuses boulottes étaient plongées dans la contemplation d'un match de catch à la télé et le patron gisait endormi la bouche grande ouverte sur un canapé de velours frappé orange aux franges usées.

Contrairement à ce que redoutait Toni, le *T-bone steak* qu'on lui servit était splendide, juteux à souhait et, de plus, on lui ficha une paix royale.

Seuls les commentaires du journaliste sportif lui parvenaient du bar.

Mais dès qu'il entama de la lame du couteau la viande saignante, il se sentit pris de nausée. L'appétit coupé, il posa sa serviette sur la nappe, régla l'addition et se retrouva dans la rue.

Vers le poste de douane, San Luis était plus animé, oh, à peine, mais au moins il y avait du monde sur les trottoirs, des couples déambulaient aimablement bras dessus, bras dessous.

De la musique sortait d'un petit bar aux murs peints en vert clair.

Toni entra dans la salle aux trois quarts vide où les néons avaient repoussé la moindre parcelle d'obscurité jusque derrière les meubles.

Assis à une table de Formica rouge, un vieil homme chantait *Golondrina*, un air traditionnel, en s'accompagnant à la guitare, tandis qu'à ses côtés un paysan coiffé d'un chapeau *ranchero* s'attaquait placidement à un poulet grillé.

Ses mains calleuses et luisantes de graisse travaillaient lentement mais efficacement. De temps en temps, il engloutissait une gorgée de bière, sans jeter un regard à son voisin qui s'égosillait.

Intrigué, Toni s'installa à la table voisine et commanda une Bohemia.

Merde pour le toubib.

S'ils devaient le tuer, qu'il en profite au moins avant. *Carpe diem*, comme disait l'autre. Et si l'ulcère avait sa peau avant la CIA, ce serait tant mieux.

À la fin du morceau, la patronne grassouillette applaudit à pleines mains et Zambudio se joignit à elle. Les claquements de leurs paumes résonnaient dans le bar déserté par les clients.

Le regard déjà embrumé du paysan croisa celui du journaliste, avant de se poser sur la bouteille de Bohemia.

– Connaisseur, n'est-ce pas ? constata-t-il.

Le vieux guitariste attaqua un air inconnu de Toni.

– Ma foi, répondit-il, j'aime la bonne bière… et la bonne musique aussi.

– Y a pas grand monde, ce soir. Normal, c'est dimanche. Vous n'êtes pas d'ici. Qu'est-ce que vous faites de beau à San Luis de Rio Colorado, *hombre* ?

– Je passe, je passe, c'est tout, répondit le journaliste.

– On en est tous là, *vato*. Joignez-vous à nous et laissez-moi vous offrir un verre. Il est temps de passer aux choses sérieuses. Conchita !

Zambudio se leva et vint prendre place à la table du paysan.

Ils échangèrent une brève poignée de main. Celle du fermier était calleuse.

La tenancière déplaça ses cent kilos et remplit les verres des trois hommes de mescal.

– Au hasard, proposa le *peón*.

– Et aux femmes, conclut Toni.

Ils burent tous trois cul sec avant que le musicien ne se remette au boulot.

Il commença d'exécuter *La Tequilera*, une chanson d'Astrid Hadad y los Tarzanes.

– Ah, les femmes, parlons-en ! Conchita, remets-nous ça !

La voix de l'homme devenait pâteuse.

– J'ai pas envie de boire seul, ce soir, étranger. J'ai le cafard. Je possède une petite ferme, dans les environs, en descendant vers le golfe de Californie. Ça marche pas mal, et il y a une dizaine d'années, j'ai épousé en secondes noces – je suis veuf – une fille d'El Faro. Elle avait vingt ans de moins que moi, tu l'aurais vue, une beauté. Mais elle s'est ennuyée, à la campagne. Elle a fini par partir, ça fera deux ans aujourd'hui.

– Je suis désolé, compatit Zambudio.

Le mescal avait fait l'effet d'une bombe à hydrogène miniature dans son estomac vide et son élocution commençait à pâtir également de la situation. Ils en étaient à la quatrième tournée, à présent, et la patronne avait abandonné la bouteille sur la table.

– Faut pas. Tu vois, je me soigne, répondit le *peón* en levant son verre. Et lui, il m'aide, ajouta-t-il en montrant le vieux qui chantait de plus en plus faux. Comme j'avais pas le moral, je l'ai embauché pour toute la soirée. Pour qu'il me chante des chansons pendant que je mange… et que je bois. Tu vois, *vato*, ici on se les soigne comme ça, les déprimes : musique, poésie et mescal.

– *¡Salud!* fit Toni d'un ton approbateur en lampant son verre.

Vers minuit et demi, une bagarre faillit éclater. Le journaliste insistait pour payer une partie des nombreuses consommations et le *peón* ivre ne voulait rien entendre. Finalement, la patronne les mit tous deux dehors. Comme ils se retrouvaient sur le trottoir, Zambudio vit le musicien se lever avec difficulté tandis que la tenancière lui apportait un déambulateur chromé. Péniblement, le vieil homme se dirigea vers la sortie, alors que le fermier disparaissait dans la nuit et que Toni reprenait avec peine le chemin de son motel.

Il ne croisa personne, si ce n'est un maigre chien pelé qui se grattait l'oreille devant une publicité murale où un clown triste vantait les mérites d'un McDonald's installé de l'autre côté de la frontière, à San Luis, Arizona.

Le réveil fut difficile, et le crâne de Zambudio était peuplé de troupeaux de bisons qui dévastaient au grand galop sa plaine cervicale. Prévisible.

Il faisait encore nuit. Il alluma péniblement sa lampe de chevet et tenta de consulter sa montre. Les diodes lui apparurent floues.

Tout compte fait, il faisait déjà nuit.

Sept heures du soir le jour suivant.

Quel jour, déjà ? Il décida que c'était sans importance et se rendormit aussitôt.

Le paysan avait eu raison. Son cafard s'était envolé. Et pour cause.

La migraine prenait toute la place.

Le lendemain, il s'éveilla tôt.

Il lui fallut une bonne dose de son régime médicamenteux habituel avant de pouvoir avaler quoi que ce fût. L'ulcère ne s'était pas rouvert.

Qu'est-ce que le tabac lui manquait !

En passant devant la glace ébréchée, tout fumant encore de la douche, il croisa son reflet amaigri. Il ne reconnut pas cet homme déplumé au ventre blanc.

Soigneusement, il se rasa le crâne et les joues avec un rasoir jetable.

Attablé devant un petit déjeuner à base de *tamales*, il consultait à présent une carte routière inondée de lumière par le soleil levant qui éclaboussait la baie vitrée de la cafétéria. La Route n° 2 quittait la frontière après Sonoyta pour plonger vers Hermosillo, plus au sud. Puis à la bifurcation avec la 15 qui venait de Nogales, elle remontait au nord-est, vers Agua Prieta. Une soixantaine de kilomètres avant de longer de nouveau l'Arizona, il repéra un embranchement qui menait au poste frontière de Naco, visiblement le plus petit passage d'un océan à l'autre.

Il décida qu'il tenterait là sa chance. Il était maintenant hors de question d'être repéré par une quelconque autorité américaine. S'il devait passer la frontière en douce pour rejoindre au plus vite Brownsville par la route, autant choisir un endroit où la *migra* ne pullulerait pas.

Ça faisait une trotte, mais en roulant bien, il pouvait y être avant la nuit.

La route n'était plus qu'à deux voies, encombrée de camions qui roulaient à une lenteur exaspérante sur le ruban d'asphalte ondulant dans la chaleur.

Et la traversée des villes mettait au supplice les amortisseurs de la Chrysler.

Un ralentisseur tous les dix mètres.

Sans compter les innombrables mules, chevaux, piétons et troupeaux qui longeaient la nationale bordée d'ex-voto dédiés aux victimes apparemment nombreuses d'accidents de voiture. Les morceaux de carrosseries froissées, les couronnes de fleurs en papier multicolore jetées sur de pauvres croix de bois, les photos jaunies des disparus que Toni dévisageait lorsqu'il s'arrêtait pour pisser, tenaient lieu de bornes kilométriques.

Une fois, il dut battre en retraite dans la voiture après avoir dérangé un crotale qui dormait à l'ombre d'un *palo verde*. Il était déjà midi lorsqu'il dépassa la silhouette majestueuse du Cerro Pinacate. Le désert de Sonora se consumait dans la lumière, déroulant ses arides champs de lave et ses volcans éteints couronnés de pierraille couleur de rouille sous un ciel blanc.

Sur sa droite, la frontière qui bordait la route n'était

plus matérialisée que par un simple barbelé d'un mètre de haut. Les hautes sierras d'Arizona étaient à elles seules un mur autrement efficace. Un mur de soif et de chaleur dont les pumas, les serpents et les coyotes étaient les seuls habitants.

La Chrysler se traînait tandis que Zambudio, réfugié dans l'habitacle, se laissait bercer à quatre-vingts kilomètres heure par la musique *ranchera* que diffusait en continu l'autoradio.

Vers six heures du soir, il s'arrêta à Magdalena pour manger un morceau, sous les arcades de la vieille place centrale. Le temps s'était figé. Il aurait voulu rester là, simplement. Le Mexique éternel.

Mafialena. C'était là le surnom donné par les Mexicains à la ville de Colosio, candidat malheureux du PRI qui avait été exclu de son parti à coups d'explosifs.

Il contempla longuement le squelette d'un saint local à travers une vitre disposée sur la place qui permettait d'apercevoir la dépouille de l'ancien missionnaire dans sa crypte.

Et sans plus attendre, il se remit en route, un soleil couchant emprisonné dans les chromes de son pare-chocs arrière.

Il faisait nuit noire lorsqu'il atteignit enfin Naco. La petite ville sommeillait repliée sur elle-même, comme pour se protéger des silhouettes trapues des monts environnants, couchés tels des géants sur le désert, masquant les étoiles aux regards des hommes.

Une piste de terre battue traversait le village jusqu'au poste frontière minimaliste qui gardait l'entrée des États-Unis : une guérite peinte en blanc, violemment éclairée, sur laquelle flottait la bannière étoilée, une barrière abaissée. C'était tout.

Un douanier assoupi sur son siège dormait du sommeil du juste, ses multiples mentons tombant sur son uniforme vert olive.

Mais il y avait le mur.

Les *gringos* avaient érigé leur foutu mur jusqu'ici.

Incontournable, à moins de posséder un 4×4 et de passer plus loin, dans le désert.

Il fit demi-tour et emprunta tous feux éteints le chemin qui longeait la barrière métallique, à la recherche d'une issue.

Tout était calme. Pas de clandestins aux aguets. Rien que les jappements des coyotes au loin.

Finalement, le mur s'arrêtait à la sortie du village. Travaux en cours, visiblement.

Malheureusement, la piste n'allait pas plus loin, elle non plus.

Au-delà, il n'y avait que le sable et de maigres cactus.

Toni descendit de voiture et frissonna. On était en altitude et l'air était glacé.

Du talon, il testa le terrain sur plusieurs mètres, passa la ligne symbolique qui séparait les deux pays avant de revenir sur ses pas. Peut-être.

De l'autre côté il y avait une piste identique, sans doute destinée à la police frontalière américaine.

Il réfléchit un moment, prêtant une oreille distraite aux cliquetis métalliques du moteur qui refroidissait.

Si la voiture s'enlisait, il pourrait toujours continuer à pied et prendre un bus en Arizona. Mais il lui faudrait alors marcher longtemps, et il courrait le risque de tomber sur un véhicule de la *migra*.

De plus, ils trouveraient la Chrysler au matin. Ils seraient en mesure de le localiser. D'un autre côté, s'il se faisait prendre aux États-Unis, ils l'expulseraient probablement vers l'Espagne et tout serait terminé.

Madrid. Fina. Les enfants. C'était dans une vie antérieure. Il se força à se secouer.

Ça lui paraissait de toute façon moins dangereux que de rester au Mexique où il ne pourrait passer indéfiniment inaperçu.

Il jeta un dernier regard autour de lui – personne –, remonta en voiture et lança les mille cinq cents kilos de tôle de Detroit dans le noir sur le sable tassé par le vent.

La Chrysler ahana sur les cinq premiers mètres en dérapant à droite et à gauche, fit mine de s'enliser sur le sixième, et les roues finirent par mordre une bande de terrain plus solide. Zambudio, inondé de sueur, était cramponné au volant.

Décrivant un demi-tour parfait, il déboucha sur la piste arizonienne dans un nuage de poussière et s'éloigna du mur dès qu'il le put, par un chemin perpendiculaire.

Si Naco, Mexique, n'était pas grand-chose, Naco, USA, c'était moins que rien.

Quelques bungalows en ruine, des rues aux trois quarts abandonnées et deux ou trois maisons éclairées.

Fonçant vers le nord, il quitta la terre battue et rejoignit Bisbee Junction par la route asphaltée.

Le jour suivant, il traversa El Paso à fond de train sans oser accorder un regard aux *colonias* pouilleuses de Juárez qu'il apercevait par-delà le Rio Grande del Norte.

Il quitta la 10 à Van Horn, obliquant au sud-est, et s'arrêta pour dormir à Del Rio, dans un motel de bord de route à 14 dollars la nuit, tenu par un couple de Mexicains qu'il paya en liquide.

Il se sentait au bout du rouleau.

Un vieux défiguré au vitriol tétait tranquillement une canette de bière et le dévisageait, cul posé sur le pare-chocs de son pick-up, tandis que Toni déchargeait son sac en titubant de fatigue.

La chambre sentait le renfermé, il y avait une traînée de sang séché sur un mur. Il alluma la télé antédiluvienne posée sur une caisse en bois à même le sol. Mais il eut beau tourner rageusement tous les boutons, il ne put capter qu'une chaîne frontalière en espagnol. Les meurtres avaient repris.

Deux ouvrières assassinées dans des circonstances apparemment mystérieuses. On se perdait désormais en conjectures, et plus que jamais l'enquête piétinait.

Accablé, Zambudio arracha le fil du téléviseur de la prise qui pendait hors du mur.

Le désert avait cédé la place aux chênes rabougris. Le paysage était devenu plus peuplé, plus plat, aussi. Et finalement, marécageux.

L'air moite de l'Atlantique envahissait l'habitacle de la Chrysler tandis que Zambudio, toutes vitres ouvertes, savourait l'atmosphère quasi tropicale du golfe du Mexique. Il avait traversé le continent sans cesser de se poser les mêmes questions, encore et toujours.

Quel était le mobile des meurtres ? Qu'avait-il à apprendre de ce Roni Torres, cet avocat dont lui avait parlé Lourdes et qui vivait dans une prison ! Est-ce que ça valait la peine de faire trois mille kilomètres d'un océan à l'autre pour rencontrer cet homme ?

Un voyage pareil, ça donne le temps de réfléchir.

Il avait à présent sa petite idée.

Il déchiffra les grandes lettres peintes sur le château d'eau qui dominait la ville.

Il était arrivé à bon port.

Brownsville était presque à la latitude de Cuba, et en tout cas, à chaque carrefour, la salsa jaillissait des autoradios par les vitres ouvertes.

À part ça, les sempiternelles boutiques de prêteurs sur gages, de marchands de voitures d'occasion, les églises et les fast-foods se disputaient le terrain.

L'ancienne prison du comté était située au cœur d'un

quartier pavillonnaire qui avait dû être relativement prospère trente ans plus tôt.

Mais les années Reagan étaient passées par là.

Toni gara la voiture maculée de toute la poussière de la route qui séparait les deux océans le long d'un trottoir, devant l'édifice de briques rouges.

Roni Torres avait conservé toute l'ossature du bâtiment : lourdes portes d'acier, épais barreaux aux fenêtres, grilles dans les couloirs et cellules transformées en bureaux.

À part ça, les vitres étaient teintées, l'éclairage diffus, et tout était soigneusement rénové jusque dans les moindres détails. Même la jeune femme brune au décolleté plongeant sur une poitrine généreuse qui trônait derrière son comptoir, à la réception.

Elle le dévisagea de la tête aux pieds, détaillant sa casquette des Chicago Bulls, son T-shirt informe, ses jeans fripés et ses bottes éculées.

– Vous avez pris rendez-vous ? s'enquit-elle en fronçant ostensiblement les narines comme Zambudio demandait à voir l'avocat.

– Dites-lui simplement que Guadalupe Vidal et Lourdes Simpson m'envoient. Il me recevra.

– De la part de… ?

Il se souvint du nom d'un bled signalé quelque part sur l'autoroute, en traversant le Nouveau-Mexique, et qui l'avait frappé.

– Animas, répondit-il. Pedro Animas.

Les seins rebondis frémirent tandis que l'hôtesse se demandait s'il convenait de déranger son patron.

Fasciné, Zambudio avait du mal à détacher les yeux des deux globes jumeaux. Il ne pouvait s'empêcher d'imaginer la douceur, la tiédeur du contact de cette peau.

Le pire était sans doute le petit grain de beauté noir qu'elle arborait près de la naissance du sillon qui attirait le regard du journaliste aussi sûrement qu'un aimant.

L'air de rien, elle décrocha le téléphone et annonça la visite de Toni.

Elle écouta avec attention, fronça les sourcils, qu'elle avait épais et domestiqués, une expression d'étonnement arrondissant ses lèvres pleines, puis elle se tourna vers lui et surprit son regard concupiscent :

– Il va vous recevoir dans une dizaine de minutes. Le temps de terminer un entretien avec un client. Veuillez vous asseoir, s'il vous plaît. Désirez-vous un café ?

Zambudio déclina l'offre en rougissant et opta pour un jus d'orange.

Il battit en retraite dans un profond fauteuil de cuir noir où Pamela – c'était en tout cas le nom inscrit sur le badge qu'elle portait – lui apporta un gobelet de polystyrène blanc rempli d'un liquide non identifiable.

Roni Torres, sanglé dans un costume prince-de-galles, était bronzé juste ce qu'il fallait, manucuré jusqu'au bout des ongles, et le brushing qui domestiquait ses cheveux poivre et sel était impeccable. Il devait avoir plus ou moins le même âge que Toni. Il ressemblait à l'avocat d'El Aziz, en moins grand et plus rond.

Il entama naturellement la conversation en espagnol, avec ce léger accent chantant qu'ont les Mexicains.

Sa poignée de main était ferme et chaleureuse, et il introduisit le journaliste dans un bureau de la taille approximative d'un court de tennis. Plusieurs trophées, d'ailleurs, y servaient de décoration.

Évidemment, la climatisation était réglée quelque part entre Verkhoïansk et le pôle Nord.

– *Señor* Animas, bienvenue à Brownsville. Permettez-moi de vous faire visiter nos superbes locaux.

L'avocat prospère entraîna Toni dans les coursives de l'ancienne prison en trottinant, malgré les tentatives d'explication de celui-ci.

Manifestement, il avait gagné beaucoup d'argent ces

dernières années et un personnel nombreux œuvrait à tous les étages de l'étude.

– *Señor* Torres…, commença Toni.

L'autre posa un index sur ses lèvres et lui adressa un regard impérieux.

Une alliance en or brillait à son annulaire.

– Venez, cher ami, allons faire un tour, c'est une belle journée pour marcher un peu.

Et ils sortirent bras dessus, bras dessous, sous l'œil songeur de Pamela qui finit par lever les yeux au ciel avant de décrocher le téléphone qui sonnait avec insistance. Ils s'abritèrent du soleil à l'ombre d'un sycomore.

– Vous êtes Toni, n'est-ce pas, affirma Torres.

– Comment diable… Vous ne saviez pas à quoi je ressemblais.

– Outre que j'étais averti de votre venue, peu de gens se présentent désormais chez moi dans cette tenue et sans rendez-vous. Quant à Animas, c'est un pseudonyme bien farfelu. « Les Âmes. » Pourquoi ?

– Je ne sais pas, avoua Toni. C'était le nom d'un village, sur la route en venant.

– Je vous attendais d'un jour à l'autre. Lourdes m'a faxé pour me dire que vous étiez en route. Pauvre Guadalupe, n'est-ce pas terrible, ce qui lui est arrivé ? Voyez-vous, il y a certaines affaires que je ne traite jamais à mon bureau. Les murs, vous savez ce qu'on dit… même si les miens sont épais. Et les affaires qui impliquent une collaboration avec les associations ouvrières de la frontière sont de celles-là. Cette prudence m'a rendu riche. Pardonnez-moi, les avocats sont des bavards chroniques, vous le savez sans doute. Qu'est-ce que je disais, au juste ? Ah oui, bon, que puis-je pour vous ?

– Guadalupe vous avait-elle prévenu de ma visite ? s'enquit Zambudio.

– Pas que je me souvienne, non. Je ne vous attends que depuis le fax de Lourdes, pourquoi cette question ?

Le journaliste regarda Torres, décontenancé.

Il n'avait aucun moyen de deviner l'état des connaissances de l'avocat sur l'affaire, aussi opta-t-il pour la prudence. Son expérience malheureuse avec Harding l'avait refroidi.

– *Señor* Torres, comment êtes-vous devenu riche ?

– Vraiment ! Vous avez fait tout ce chemin pour me demander ça ?

Il n'y avait décidément qu'un avocat pour répondre à une question par une autre question. Ce type lui évoquait irrésistiblement Pazos, sous bien des aspects.

– Eh bien, je vais vous répondre. Parce que vous m'êtes envoyé par Lourdes et par Guadalupe, se justifia-t-il, voyant que Toni conservait le silence. Il y a de cela quelques années, un enfant est mort à la naissance, atteint du spina-bifida, ici, à Brownsville. J'étais proche de la famille, parce que la maman du petit avait été ma cliente lors d'un premier divorce. Et voilà qu'à peine quelques jours plus tard, en lisant le *Brownsville Gazette*, j'apprends qu'un autre enfant est mort-né, sans cerveau du tout, celui-là. Anencéphalie. En quelques semaines, le scénario s'est répété vingt-quatre fois.

Zambudio l'écoutait à présent avec attention

– Je ne suis pas médecin, poursuivit-il, mais ce n'est pas le genre de malformations dont on entend souvent parler. Ça m'a paru trop pour être une coïncidence.

Ils quittèrent l'ombre protectrice du sycomore. Ils cheminaient lentement.

La lumière devenait plus ocre, plus rase, dessinant avec netteté les formes des toits et les bosses des trottoirs.

– Alors j'ai commencé à lire sur le sujet. C'est une maladie qui…

– Je sais, l'interrompit Toni, le tube neural ne se referme pas. Les solvants.

– Bravo. Vous me coupez l'herbe sous le pied. Mais dans ce fin fond du sud Texas, personne n'utilise de tels produits, voyez-vous. Alors j'ai cherché ailleurs.

– Les *maquiladoras*, le devança Zambudio tandis qu'une voiture les dépassait en roulant au pas.

– Vous êtes décidément un très brillant journaliste. Les *maquilas*, effectivement. J'ai d'abord établi une liste de toutes celles qui étaient installées de l'autre côté de la frontière et qui utilisaient de tels types de produits. Ensuite, j'ai contacté la Fédération pour la justice sociale dans les *maquiladoras*, à San Antonio. Je me suis rendu à leurs bureaux et là, on m'a donné les noms des sociétés correspondantes aux États-Unis.

– Attendez, s'énerva Toni, vous voulez dire qu'à San Antonio, les gens de la fédération ont ce fichu annuaire des entreprises ayant installé des *maquilas* au Mexique !

– Bien sûr, qu'ils l'ont. Et ils sont bien les seuls, d'ailleurs. Après ça, je n'ai eu qu'à faire ma liste. J'ai assigné en tout quatre-vingt-une *maquiladoras* pour empoisonnement provoqué par des substances prohibées aux États-Unis. Les analyses auxquelles nous avons fait procéder sur les buses d'évacuation des usines faisaient état d'une concentration de Toluène 130 000 fois supérieure au taux maximum tolérable sans danger pour la santé humaine. Pire, dans ma liste, j'avais un fabricant de jouets dont la renommée est planétaire. Vous vous rendez compte ! Impliqué dans un procès pour avoir empoisonné des enfants. C'était une bombe !

Toni avait à peine assez de salive pour déglutir.

– Oh, ils ne sont pas allés jusqu'au procès. Le problème des nuages toxiques, c'est qu'ils ne connaissent pas les frontières. Ils vont, ils viennent. Ils savaient qu'ils perdraient. Ils ont payé. 16 millions de dollars.

La vache.

Les morceaux manquants du puzzle se mettaient lentement en place.

Ils s'étaient de nouveau arrêtés de marcher.

Zambudio leva les yeux vers un flamboyant chargé de fleurs rouge sang.

– Dites-moi, est-ce que Cortez Electronics était du nombre ?

– Et comment ! Ils sont partout, de l'Atlantique au Pacifique. On ne peut pas les rater. Et, bien entendu, ils ont un centre de production à Matamoros. Ou plutôt, ils en avaient un. Ils l'ont liquidé peu après. J'ai dû leur coûter trop cher, répondit fièrement Torres.

Cortez Electronics avait fermé son usine de Matamoros à cause de cette histoire, qui lui avait coûté des millions de dollars.

Cortez Electronics, qui avait employé El Aziz, d'abord ici, au Texas, puis à Juárez, chez Cerraduras Locks.

Encore une histoire d'empoisonnement chimique. Ils étaient partout, leur nom revenait sans cesse. Le lien entre la CIA, les *maquilas* et les tueurs, c'était, il fallait forcément que ce fût, Cortez Electronics. Il se souvenait de ses premières grèves étudiantes contre le coup d'État de Pinochet au Chili. ITT Oceanic avait abrité les services secrets américains et ils avaient contribué à renverser Allende.

Harding était le sous-marin de Cortez Electronics. Ils tuaient. À tour de bras.

Ouais. Bon. Sauf que les ouvrières de Tijuana étaient bel et bien vivantes. Aucune d'entre elles, là-bas, n'avait été assassinée. Donc, il y avait autre chose.

– Dites-moi, demanda Toni à l'avocat, et les familles mexicaines exposées au Toluène, à Matamoros. Elles ont été indemnisées ?

– Mais il n'y avait aucune raison. Aucune n'avait porté plainte. D'ailleurs, maintenant que vous en parlez, en fait, c'est drôle, c'est comme ça que j'ai connu Guadalupe…

Mais déjà Zambudio ne l'écoutait plus.

La voiture qui les avait dépassés peu de temps auparavant, une vieille Lincoln *low-rider* couleur prune métallisée, revenait vers eux en roulant au pas tandis que la vitre fumée s'abaissait.

À vingt-cinq mètres, le journaliste distinguait déjà la forme cylindrique qui dépassait par la portière. Mû par un instinct de survie, il donna un grand coup du plat de la paume sur la poitrine de l'avocat qui bascula cul par-dessus tête derrière une petite barrière blanche à laquelle il était adossé, puis il bondit à son tour dans le jardin où Torres avait atterri. D'un geste de la main, Toni le maintint plaqué au sol, tout en scrutant la rue à travers un buisson.

La Lincoln passa au pas le long du trottoir, vitre ouverte. Le passager, un *chicano* au visage grêlé, contemplait d'un air étonné l'emplacement où les deux hommes se trouvaient quelques secondes auparavant. L'objet cylindrique d'où s'élevait à présent un filet de fumée bleutée regagna sa place entre les lèvres du type assis à la place du mort.

– Ben dis donc, on leur a foutu une de ces trouilles ! On peut même plus demander un renseignement. Mais où va cette foutue ville ? Si tu veux mon avis, ces deux cocos n'avaient pas la conscience tranquille. Bon, allez, roule, c'est pas ça qui va nous faire retrouver la boutique de prêteur sur gages où travaille Enrique.

– Ouais, ben, laisse la vitre ouverte, ça pue, ton cigare, répondit le chauffeur en pianotant sur les maillons de son volant en forme de chaîne chromée.

Il accéléra et le bruit de leurs voix se perdit dans un vrombissement de V8.

Torres se relevait en époussetant son beau costume maculé de poussière rougeâtre. Ulcéré, il contemplait

Zambudio d'un œil noir. Une égratignure ornait sa pommette et son brushing impeccable appartenait désormais au passé.

– J'ai cru…, tenta Toni.

– Vous êtes cinglé ! Je suis peut-être prudent, mais vous, vous êtes carrément parano, mon vieux, éclata l'avocat. Il faut vous faire soigner. Regardez dans quel état vous m'avez mis !

– Si vous étiez passé par où je suis passé, vous seriez sans doute devenu pire que moi. De loin, j'ai vraiment pensé, en voyant la vitre s'abaisser… Et puis son cigare… Je l'ai pris pour, enfin vous me comprenez, j'ai réagi instinctivement. Mon geste aurait pu nous sauver la vie. Je me suis dit qu'ils m'avaient retrouvé, qu'ils surveillaient votre étude, je ne sais pas moi. Enfin, je suis confus. Excusez-moi.

– C'est si grave que ça ? demanda l'avocat.

– Pire encore. Écoutez, je ne peux rien vous dire de plus, si ce n'est que tout ça est lié à la vague d'assassinats de Ciudad Juárez, expliqua le journaliste.

– Rien que ça, souffla Torres. Eh bien.

– J'ai une faveur à vous demander. Pourriez-vous m'accompagner à Matamoros, je voudrais me rendre compte de la situation par moi-même.

Zambudio regardait le bout de ses santiags agonisantes en formulant sa demande à mi-voix.

– Vous avez salopé mon costume à 1 000 dollars, vous avez failli me rompre le cou, et vous avez le culot de me demander de… – L'avocat fulminait. – Vous me faites perdre mon temps. Connaissez-vous mon tarif horaire, celui que je vais vous appliquer sans tarder, à moins que je ne décide de vous planter là ?

– Pourquoi croyez-vous que Guadalupe m'ait envoyé jusqu'à vous ?

– Aucune idée. Je vous l'ai dit, elle ne m'a pas contacté.

– Le temps lui aura manqué. Ils l'ont tuée, *señor* Torres.

– Vous affirmez que votre venue est liée aux meurtres de Juárez – une pointe d'intérêt perçait dans son intonation. Si au moins vous pouviez m'en dire plus. Je ne vois pas bien le rapport avec les problèmes dont je m'occupe, si ce n'est que les victimes travaillaient dans les *maquilas*. Comme plus d'un million de personnes sur la frontière.

Ils se dirigeaient de nouveau vers l'étude, en marchant plus vite.

L'avocat ne semblait pas désireux, cependant, de prolonger l'entretien.

Les deux hommes parvinrent au terre-plein écrasé par la silhouette massive du bâtiment de briques. Ils restèrent quelques secondes face à face, silencieux. Torres frotta son égratignure du bout des doigts, le regard encore chargé de reproches. Manifestement, il hésitait.

– Comment votre tarif horaire est-il devenu si élevé, cher ami ? l'interrogea Toni. Les familles dont les enfants étaient frappés de spina-bifida n'avaient sans doute pas les moyens de se payer vos services, ni de contribuer à rentabiliser vos somptueux et ô combien originaux locaux.

C'était un coup bas.

– Je n'avais pas encore racheté la vieille prison, à l'époque. Je ne leur ai rien demandé au départ, répondit l'avocat d'une voix timide. J'ai juste pris un pourcentage au final sur les 16 millions de dollars, quand nous avons gagné.

– Combien ? le poussa encore Zambudio.

– Cinquante pour cent, avoua piteusement l'avocat.

– Je suis sûr que vous allez m'aider.

Roni Torres, visiblement en proie à des sentiments contradictoires, soupira longuement en regardant Toni. Autour d'eux, les ombres s'allongeaient encore, la lumière devenait plus chaude.

– Vous pouvez remercier Guadalupe Vidal, lâcha-t-il finalement. Si le fait de vous accorder mon aide ne figurait pas au rang des ultimes volontés d'une morte, vous pourriez aller vous faire voir ailleurs. Rendez-vous demain matin neuf heures précises, sur la petite place centrale de Matamoros. D'ici là, démerdez-vous. Et ne m'appelez pas.

Il tourna les talons pour disparaître dans ses luxueux locaux climatisés.

Assis sur le sable à l'extrémité nord de la Playa Bagdad, Zambudio contemplait le lever du soleil sur le golfe du Mexique.

Les larges eaux calmes et empoisonnées du Río Bravo coulaient dans l'océan et l'on n'apercevait même pas la rive du Brazo Santiago Pass, en face.

De l'autre côté de l'Atlantique, il y avait l'Afrique. Le Maroc, ou peut-être même la Mauritanie. Le tropique du Cancer était un peu en dessous.

Il eut une pensée fugitive pour l'Espagne, et comme un étrange pressentiment.

S'il ne devait jamais retourner là-bas, ni revoir Diego et Juan ?

Il fut distrait à ce moment précis par le disque sanglant qui émergeait d'une lointaine bande de nuages, au large.

Difficile de s'imaginer la violence du sort des clandestins qui, ailleurs sur la frontière, cherchaient à passer aux États-Unis.

Difficile même de penser à ces crimes odieux commis à Matamoros quelque dix années plus tôt. La vieille ville avait des airs de Havane subtropicale, avec ses maisons basses de style espagnol, ses façades aux grilles rongées par l'iode, aux couleurs oxydées par l'air marin.

La veille au soir, il avait trouvé une chambre au Plaza Matamoros, un établissement de seconde catégorie, non loin du centre. Après quoi, il avait erré un moment dans les rues, à savourer la langueur particulière de l'endroit, à retourner dans sa tête les différents aspects de l'affaire.

Les ouvrières violées, torturées, assassinées à Juárez. D'accord. Les organisations ouvrières et féministes. Toujours d'accord. La CIA. Soit. Et donc Harding ourdissant un complot en forme de meurtres… camouflés en crimes sexualo-religieux, œuvre de tueurs en série fanatiques. Sur ce, il déboule à Juárez, lui, Zambudio, comme un chien dans un jeu de quilles, auréolé de la réputation de son journal.

Il contacte l'Alliance des femmes et une famille de victimes.

Et les crimes reprennent. Harding sort du bois.

Diversion en forme de magie noire. Il bluffe Toni, compte bien le remettre dans le premier avion avec son bobard. Va pour le paravent. Même Pazos le croit, la preuve, il le présente à l'Américain.

Le chef de la police était-il également mouillé ?

Le journaliste joua un instant avec l'idée. Non, il n'y croyait pas plus que ça.

Ensuite ? Contre toute attente, Zambudio ne se satisfait pas de son scoop et reste scotché à Juárez où il finit par rencontrer Guadalupe qui connaît tout ou partie d'une vérité qu'elle cherche à lui dissimuler.

Elle craint pour la vie de son fils et pour la sienne. Fort bien.

Toni finit par convaincre Guadalupe de lui faire des révélations sur l'affaire, ce à quoi elle ne consent que du bout des lèvres.

Toni brûle. Harding doit mettre au point un nouvel écran de fumée.

L'agent secret utilise Guadalupe Vidal pour expédier le journaliste sur une fausse piste avec un faux message, puis il la tue, comme il tue Dolores. D'une pierre deux coups.

C'était vraiment trop gros, vite et mal monté, en fin de compte. Si Harding avait été malin, il n'aurait jamais dû les supprimer. Il aurait dû savoir que Toni n'avalerait jamais un truc pareil. À moins que la disparition de Zambudio ait également été à l'ordre du jour à très brève échéance. Plus dingue encore, Lourdes Simpson dévoile accidentellement la vraie fonction d'Harding. Rocambolesque. Invraisemblable.

S'il écrivait ça, personne n'en croirait un mot. Un scénario de mauvaise *telenovela*.

Et pour finir, Torres. Pourquoi Torres ? Toni se sentait comme une marionnette au bout d'un fil, une toute petite marionnette, incapable de voir qui tirait les ficelles au-dessus de lui, qui guidait le moindre de ses gestes.

Et Cortez Electronics qui revenait, à tous les stades de l'affaire. Sans compter qu'il manquait toujours un mobile, une réponse à cette lancinante question : pourquoi la CIA, cachée derrière une multinationale américaine, aurait-elle maquillé des meurtres d'ouvrières en si grand nombre ?

Corollaire : pourquoi à Juárez, et uniquement à Juárez, alors que partout, absolument partout, la situation était la même, aussi désespérante ?

Corollaire du corollaire : est-ce que tout ça n'était pas une autre intox, un faux-semblant de plus ?

Pris dans l'étau de la migraine, il avait renoncé à réfléchir plus longtemps et avait regagné l'abri de sa chambre d'hôtel. Il s'était réveillé de bonne heure, calme et déterminé. Puis il était venu jusque-là avec l'envie de tremper ses pieds dans l'Atlantique. Une eau plus familière.

Il secoua le sable de ses orteils et renfila tant bien que mal ses bottes fatiguées.

Ce n'était pas l'idéal pour marcher dans le sable. Il s'arrêta dans une gargote sur la plage pour avaler une *sopita de camarón* avant de retrouver la Chrysler crasseuse.

En chemin, il avait croisé un homme affairé à terminer une femme de sable grandeur nature. Seins, sexe, cheveux, tout y était représenté avec un réalisme troublant.

Une vague plus puissante que les autres mordit un bras et la main fondit dans l'eau, grains de sable emportés vers le large. Le sculpteur amateur matinal haussa les épaules en signe d'impuissance, tandis que l'épaule s'effondrait à son tour dans l'Atlantique.

Zambudio eut bien du mal à repérer Torres au milieu de la foule bon enfant qui déjà se massait sur la petite place de Matamoros.

Les stands de spécialités locales et d'artisanat indien attiraient les habitants des bourgs environnants sous les palmiers du Paseo et les conversations allaient bon train.

Ce fut l'avocat qui tapa sur l'épaule de Toni.

Le journaliste faillit bien ne pas le reconnaître. Il avait enfilé des jeans retenus par une ceinture où brillait une large boucle d'argent ouvragé sertie d'une turquoise grosse comme une noix. Il arborait une paire de bottes fauves brodées, à la mode mexicaine, et sa brioche tendait la toile de coton d'une chemise à manches courtes d'un blanc immaculé.

– *¡Hombre, muy ranchero !* le nargua Zambudio.

– On prend votre voiture, répondit Torres, visiblement insensible à l'humour narquois du journaliste.

– Comme vous voudrez, fit ce dernier en ajustant sa casquette des Chicago Bulls sur son crâne lisse.

Le bidonville était semblable à tous ceux que Toni avait traversés depuis son arrivée dans ce pays. Peut-être un peu plus de chevaux efflanqués, un peu plus d'arbres.

Et toujours ces myriades de sacs plastique qui se balançaient dans les branches comme des pendus au milieu d'un gibet post-industriel.

Évidemment, ils se perdirent en route.

Ils s'arrêtèrent pour demander leur chemin devant une cabane en planches couverte de tôle ondulée. Une basse-cour déplumée s'ébattait au bord d'un ruisseau qui séparait l'habitation précaire d'une usine de construction récente.

L'eau du ruisselet était noire et huileuse. De temps à autre, une bulle de fermentation crevait la surface avec un rot sonore. L'odeur était intenable.

– Une fois, dit une voix derrière eux, une poule a essayé de boire ici. Elle est tombée raide morte dans les trente secondes.

L'homme qui venait de parler était en train de remonter son pantalon de toile crasseux et déchiré. Son visage buriné, sans âge, était encadré de cheveux noirs collés à son crâne par la graisse. Une vilaine cicatrice, déjà ancienne, déformait sa lèvre inférieure. Il était torse nu et se grattait le ventre qu'il avait rebondi.

Un tatouage figurant la Vierge de Guadalupe ornait son bras.

Il indiqua aux deux hommes le chemin pour se rendre dans cette partie de la Colonia Amistad où Torres désirait conduire Toni.

Sur le pas de la porte, une femme enveloppée de chiffons – il n'y avait pas d'autres mots – tenait un bébé dans ses bras. Deux petites filles se cramponnaient à ses jupes avec des regards craintifs. Elle lança sèchement :

– Roberto, rentre à la maison. Il ne faut pas parler aux étrangers. Tu sais bien qu'ils volent les enfants !

Après quoi, drapée dans sa dignité, elle referma le panneau d'aggloméré qui tenait lieu de porte à la masure.

Tournant le dos aux deux hommes, Roberto battit piteusement en retraite vers le logis familial.

– Ce sont les tristes séquelles de la vague d'assassinats de Matamoros. Ça fera bientôt dix ans et les gens ont toujours peur pour leurs enfants, expliqua l'avocat tandis qu'ils remontaient en voiture.

Ils quittèrent la zone industrielle pour s'enfoncer plus profondément dans le bidonville.

Malgré toute la misère étalée là, les cabanes étaient moins pouilleuses qu'à Juárez ou même Tijuana, et le bois plus fréquent que le carton.

Maisons de papier, d'allumettes, où le grand méchant loup entrait sans difficulté.

Toni, ballotté au rythme des ornières du chemin, était plongé dans ses pensées.

Ils parquèrent la voiture devant la « Boucherie de l'Ultime Lutte », et rien que le nom du magasin provoqua chez Zambudio des haut-le-cœur éloquents.

Les nuages aperçus au lever du jour se rapprochaient, chargés de pluie tropicale.

Une vision de bidonville transformé en un gigantesque bourbier traversa l'esprit du journaliste. La rue où le conduisit Torres était bordée par un terrain vague recouvert d'immondices.

Ils frappèrent à la porte d'une maison de bois sombre et un jeune homme moustachu en maillot de corps vint leur ouvrir. Des muscles fins roulaient sous la peau de ses épaules. Son corps nerveux contrastait avec la douceur de ses yeux.

– Octavio, fit l'avocat, je te présente Toni. Toni Animas, ajouta-t-il en lançant à Zambudio un regard en coin. Toni est un ami qui vient d'Europe. Il est journaliste et veut écrire un article sur les ravages causés par la pollution industrielle.

– Entrez, je vous en prie, ma maison est la vôtre, fit le jeune homme en leur serrant chaleureusement la main.

Ils pénétrèrent dans une petite pièce au plafond bas où trônait un bahut mexicain bancal et prirent place à une table recouverte d'une toile cirée. Pendue à son clou, une pendule publicitaire pour les pneus Michelin égrenait les heures.

Une très jeune femme en T-shirt Gap berçait un bébé enveloppé dans ses langes, assise sous un poster de Jean-Paul II.

– Voici Blanca, mon épouse. Et Patricio. Mon fils, notre premier-né, dit encore Octavio en baissant la tête.

Ils restaient plantés là comme la Sainte Trinité, figés dans la lumière pâle diffusée par les vitres sales de l'unique fenêtre.

– Blanca travaille dans une filiale de la Somermex, et Octavio chez American Automobile Company. Tous deux sont exposés en permanence au Toluène. Le petit Patricio est né il y a trois mois, commenta sobrement Torres. Montrez-lui votre fils, s'il vous plaît.

– Mais… si j'enlève son pansement, je serais obligé de le désinfecter complètement avant de le lui remettre, *señor*, protesta faiblement le père du bébé.

– Vous n'êtes pas obligé de faire cela, bien sûr. Mais cet homme doit faire son travail, fit Torres en montrant Zambudio du menton. Et il n'écrit que ce qu'il voit.

– Non, intervint le journaliste, vous n'avez pas à vous sentir obligé de…

Le jeune homme interrogea son épouse du regard et lentement, elle ferma les yeux en guise d'assentiment. Elle commença à défaire les langes, puis les bandages du bébé qui se mit à pleurer. Le père tendit alors les bras vers son fils et prit contre sa poitrine la petite chose nue. Il se tourna vers les deux hommes.

La tumeur, grosse comme le poing, jaillissait de la colonne vertébrale. La moelle épinière s'était mise en pelote sous la peau squameuse tendue à craquer.

– Les patrons ont été très gentils, ils ont pris le petit, ils l'ont emmené aux États-Unis, il a vu les meilleurs docteurs – sa voix se brisa –, ils disent qu'il ne marchera pas. Il ne vivra même probablement plus très longtemps.

Les mêmes mots qu'à Juárez.

Le père du petit handicapé qui attendait sa femme à la sortie de la Gozmex avait dit exactement la même chose.

– C'est les produits, ils nous font travailler avec des choses qui sont mauvaises pour nous, et on a pas de gants, ni de masques, ni rien, expliquait sa femme d'une voix chargée de ressentiment tandis que le père emportait le petit Patricio dans une minuscule pièce attenante.

Elle insista pour leur offrir un rafraîchissement qu'ils burent silencieusement debout devant la table. Ils reposèrent leurs verres vides sur la toile cirée et prirent congé. Torres remercia chaleureusement Blanca. Dans la chambre, à côté, on entendait l'ouvrier chanter une complainte à son fils :

Vole, vole petite colombe,
Vole si tu sais voler,
Le corrido *est terminé*
Et moi, je m'en vais.

Zambudio reconnut une chanson qu'Alta Gracia lui fredonnait quand il était enfant.

– Saluez pour nous votre mari, dit l'avocat à la jeune mère.

– *Vaya con Dios*, répondit-elle.

Dehors, le plafond s'était encore abaissé et l'orage était imminent.

– C'est la saison qui veut ça, commenta Torres.

– Ils sont vraiment très jeunes.

– Dix-huit et dix-neuf ans. C'est loin d'être un âge anormal pour fonder une famille, par ici. C'est même un peu tard, je dirais. Beaucoup de filles se marient encore vers douze ou treize ans, selon la tradition mexicaine. Même si c'est en train de changer.

– Il va vivre ?

– Vous avez entendu son père. Aucune chance. Dans un mois au plus tard, il est mort. Octavio se sent très coupable. Les hommes qui travaillent au contact du Toluène ont quatre fois plus de chances d'engendrer un enfant malade du spina-bifida. C'est ce qu'a montré l'étude que nous avons menée, et le taux atteint ici par cette maladie est déjà anormalement élevé, conclut l'avocat.

C'était exactement la même chose qu'à Juárez. Et à Tijuana.

Une grosse goutte s'écrasa sur le crâne nu de Zambudio qui pressa le pas vers la voiture en sortant sa casquette de la poche arrière de ses jeans.

Avant de monter dans la Chrysler, il jeta un ultime regard vers la plaque qui indiquait le nom de la rue.

Certains jours, la fiction n'arrivait pas à la cheville de la réalité.

Octavio, Blanca et Patricio habitaient la rue du Bonheur.

Ils avaient réussi à se tirer du bourbier avant que la pluie ne transforme le bidonville en piège de boue. Des gouttes grosses comme des pièces d'un peso martelaient à présent le toit de la voiture coincée dans un embouteillage.

La poussière accumulée sur les routes dégoulinait en longues traînées sombres sur la carrosserie éclaboussée par les véhicules qui roulaient en sens inverse.

De véritables lacs se formaient au gré des trottoirs et dans les déclivités du boulevard où personne, jamais, n'avait songé à installer un système d'évacuation des eaux de ruissellement digne de ce nom.

– Il y a énormément d'argent en jeu, était en train d'expliquer l'avocat à Toni. Les patrons ont la trouille, après ce que je leur ai coûté à Brownsville. Quand une femme met au monde un enfant mort-né, ils l'escamotent avec la complicité des médecins. Et depuis que je leur ai fait cracher des millions de dollars, aussitôt qu'une de leurs employées accouche d'un bébé atteint du spina-bifida, ils dépensent sans compter pour s'occuper de lui. Ils prennent tout en charge. Rien n'est trop beau. Hôpitaux américains, spécialistes réputés. Forcément, les parents sont touchés. Donc, ils s'écrasent. Le peuple mexicain est un peuple humble. Seulement, sa patience n'est pas sans limites. Alors, les directeurs des *maquilas* n'ont qu'une peur, c'est que l'affaire gagnée par moi aux États-Unis ne donne des idées à d'autres hommes de loi, mexicains ceux-là. Vu le nombre de cas sur la frontière et vu le nombre d'usines qui utilisent illégalement le Toluène ou d'autres produits du même genre, vous imaginez ce que ça leur coûterait ? Du reste, c'est exactement ce que Guadalupe voulait faire.

– Comment ça ? sursauta Zambudio.

– Si vous n'aviez pas essayé de m'assommer, hier, c'est ce que je vous aurais raconté. C'est comme cela que nous nous sommes connus. Elle est venue me trouver ici, à Brownsville, après ma victoire sur les *maquiladoras*. Un groupe d'ouvrières de Juárez victimes de la contamination avait décidé de se constituer en comité pour se porter partie civile. Aucun de leurs enfants n'avait survécu à l'absence de bulbe rachidien, de cerveau ou même de moelle épinière à la naissance. Guadalupe voulait savoir s'il était possible que je m'occupe de ces affaires au Mexique. C'est infernal, cet embouteillage, on n'avance pas.

– Que lui avez-vous répondu ? demanda Toni, soudain au comble de l'excitation.

– Qu'il fallait que j'étudie le dossier, en comparant avec la loi mexicaine. Mais qu'est-ce qu'ils foutent, bon sang ?

Un camion avait calé au milieu du carrefour, moteur noyé par l'eau boueuse qui lui arrivait à mi-roues.

– Mais d'où a-t-elle sorti l'argent pour vous payer cette étude ? s'étonna le journaliste.

– J'avais gagné environ 8 millions de dollars avec cette affaire, au Texas, et personne n'avait rien touché à Matamoros. Vous avez vu comme moi le petit Patricio. C'était le moins que je pouvais faire. Si elle avait réussi, les procédures se seraient répandues comme une traînée de poudre de Matamoros à Tijuana. Je ne lui ai pas réclamé un peso. Moi aussi, j'ai des enfants, cher ami.

Torres consulta nerveusement sa montre et soupira.

– Et… ?

La voix de Toni n'était plus qu'un murmure.

– J'ai travaillé un moment sur le dossier et je lui ai rendu mes conclusions. Les substances utilisées sont en principe illégales au Mexique. L'empoisonnement était plaidable. Mais les *maquilas* sont puissantes et la justice de ce pays corruptible. Ce n'était pas gagné et je le lui ai dit.

– Empoisonnement. C'est un euphémisme, fit le journaliste, narquois. Crime économique contre l'humanité serait plutôt le mot qui convient. Qu'est-ce qui est arrivé ensuite ?

– Eh bien, en fait, rien du tout. Je n'ai plus entendu parler du projet. À présent, Guadalupe est morte. Et je n'ai aucune idée de ce qu'il est advenu du comité d'ouvrières en question. Quant à Lourdes Simpson, elle n'en sait pas plus que moi.

Si l'intuition de Zambudio s'avérait juste, c'était énorme.

Il avait la gorge sèche. Machinalement, il porta la main à la poche de sa chemise où il avait rangé – définitivement, avait précisé le médecin – ses cigarettes.

Mille fois par jour, il répétait ce geste. La présence du paquet était réconfortante.

La dernière pièce du puzzle était en train de se mettre en place.

C'était trop fort.

Il sortit une Lucky et commença à jouer nerveusement avec, à tasser le tabac contre l'ongle de son pouce.

Il tenait peut-être enfin un mobile à la hauteur des crimes commis.

– Ce que vous êtes en train de me raconter, le projet de Guadalupe, c'était avant ou après le début de la vague d'assassinats d'ouvrières, à Juárez ? demanda encore Toni en portant la cigarette à sa bouche.

Il baissa la vitre de sa portière et se pencha pour allumer sa clope.

La première depuis des lustres, tant pis pour le toubib, la pression était trop forte.

– Pour autant que je sache, c'était avant, vers la fin 94, répondit l'avocat en jetant un regard de désapprobation sur le mégot coincé entre les lèvres du journaliste. Mais je ne peux pas en être certain, on a commencé à entendre parler des meurtres vers 95.

Il s'interrompit, soudain horrifié.

– Vous ne pensez tout de même pas… ?

La cigarette était mal allumée et Toni se pencha de nouveau pour la rallumer à l'abri du vent.

C'est à ce moment qu'eut lieu l'attentat.

Le type à l'arrière de la moto jubilait à l'avance. S'ils réussissaient leur coup, c'était sûr que lui, Hector Cristóbal Ledesma, monterait d'un cran dans la hiérarchie du cartel de Matamoros. On lui avait dit de faire ce boulot proprement, et Dieu sait que c'était un boulot délicat. Il fallait laisser en vie cette *puta chingada* d'avocat *chicano* et liquider l'autre. On ne lui en avait pas dit plus, et d'ailleurs, il s'en foutait.

Il ne songeait qu'à la fête qu'il donnerait ce soir dans une *discoteca* en l'honneur de Vanessa. Cette pute s'appelait en réalité Dolores Carmen Incarnación Nuñez et sautait sur toutes les braguettes qui passaient à sa portée, mais ça lui était bien égal. L'important, c'était qu'elle fût la fille d'un des parrains du cartel. Certes, elle était moche comme un pou, mais Hector Cristóbal Ledesma était un jeune homme ambitieux. De plus, ce que son père ignorait bien évidemment, Vanessa était junkie jusqu'à la moelle et lui, Hector, la fournissait gratuitement. Elle se serait jetée dans le Río Bravo pour lui. Quand il serait riche, il aurait toutes les maîtresses qu'il voudrait.

Ils avaient pris l'avocat en filature à la sortie de son domicile, le matin même, après avoir volé une Suzuki du côté américain. Ça n'avait pas été facile d'en trouver une.

Ces Texans de merde préféraient les Harley-Davidson. Ils disaient, ces *bikers* foireux, que Dieu avait inventé les motos japonaises pour que les pédés puissent grimper sur un deux-roues.

Sauf que leurs gros cubes américains, ça ne valait pas un caramel pour s'évaporer dans la nature en quelques secondes. Alors qu'avec un de ces bolides nippons, il suffisait de mettre la poignée dans le coin pour être instantanément téléporté à des kilomètres, comme dans *Star Trek*. Et Chavez, le pilote, était un as pour ce genre d'acrobaties.

Le bavard avait retrouvé l'autre type sur la place centrale de la ville.

Heureusement que lui, Hector Cristóbal Ledesma, était physionomiste, parce que la photo qu'on lui avait refilée la veille au soir était loin d'être ressemblante.

Le type avait maigri, il avait rasé ses cheveux mi-longs et sa barbe. Mais en y regardant à deux fois, c'était bien lui.

Quand on en est à son dix-neuvième contrat, on ne vous la fait plus. C'est ça, le professionnalisme.

Ledesma cogna un coup sur le casque de Chavez, qui ralentit aussitôt. Il avait compris.

Depuis le matin, ils suivaient les deux hommes à travers la ville en attendant le moment propice.

Le carrefour était complètement bloqué. Idéal. En plus, sa proie lui facilitait la tâche en ouvrant sa vitre ! Ce mec était incroyable.

Tandis que le pilote ralentissait à hauteur de la Chrysler, Hector Cristóbal Ledesma extirpa de son blouson le Desert Eagle chargé avec des balles de calibre 50 AE et déverrouilla le cran de sécurité. C'était son arme favorite.

Il appuya sur la détente juste au moment où Zambudio se penchait en avant pour rallumer sa cigarette et logea huit balles en deux secondes pile dans le corps tressautant de l'avocat. Merde, trois fois merde. Ce fut tout ce que le tueur à gages eut le temps de penser avant que Chavez, entendant le déclic symptomatique du percuteur qui claque dans le vide, n'accélère à fond et disparaisse dans l'avenue détrempée sur une magistrale roue arrière après avoir zigzagué entre les voitures bloquées au carrefour.

Instinctivement, Toni s'était tassé sur lui-même, tête rentrée dans les épaules, assourdi par le fracas des détonations, tandis que le sang de Roni Torres mêlé d'éclats d'os et de cervelle éclaboussait l'intérieur de la voiture.

Les oreilles encore bourdonnantes, le journaliste jeta un regard plein d'incompréhension autour de lui en se redressant lentement. L'avocat, ou plutôt ce qu'il en restait, gisait sur le siège passager, affaissé sur lui-même, retenu par sa ceinture de sécurité.

Pendant quelques instants encore, tout, autour de la Chrysler, ne fut que silence, troublé seulement par le va-et-vient des essuie-glaces sur le pare-brise maculé de taches écarlates. Les automobilistes, scotchés à leur volant par la surprise, mirent un moment à réagir, de même que les passants affolés qui s'étaient réfugiés, pour ceux qui en avaient eu le réflexe, à l'abri d'une carrosserie. Les autres restaient là, figés sur place.

La vie de Toni était en train de bégayer. Il tremblait de tout son corps.

Là, autour de lui, ce n'était plus Matamoros, mais un brouillard.

Alta Gracia baignait dans son sang.

Homero Cardona tenait le canon de son arme fixé sur le front de Toni. Du pouce, il relevait le chien et l'enfant voyait l'index se crisper sur la détente.

La cigarette posée sur la lèvre inférieure de Zambudio tomba sur son pantalon constellé de gouttelettes de sang et il sursauta, brutalement tiré de l'état de choc.

Les portières alentour commençaient à s'ouvrir et quelques piétons se dirigeaient déjà vers la voiture.

Toni s'arracha de la contemplation hébétée de la vision de cauchemar offerte par l'habitacle et bondit hors de la Chrysler en jetant des regards affolés tout autour de lui. De partout l'on convergeait à présent vers lui tandis qu'un passant parlait à toute vitesse dans son portable. Les flics ne tarderaient pas à rappliquer.

Sans plus réfléchir, il prit son élan et fonça, bousculant la foule qui se massait peu à peu autour du véhicule. Courant comme un dératé, il se dirigea vers le centre-ville en pataugeant sous l'orage. Lorsqu'il parvint à la place centrale, il se noya dans la foule des visiteurs de la petite foire commerciale.

Une pluie bénie ruisselait sur son crâne, diluant dans les tissus de ses vêtements les taches suspectes et le lavant des traces sanglantes qui collaient à sa peau.

Le regard fou, il continuait d'avancer vers la frontière tandis que les passants se retournaient sur lui.

Il fallait qu'il se tire de là au plus vite.

Il héla un taxi qui passait et s'affala sur la banquette arrière de la vieille Falcon qui l'avait pris en charge.

Le chauffeur devait approcher la soixantaine. Il jeta à Toni un regard fatigué et demanda d'un air las où on allait. Zambudio lui dit de le déposer près du poste frontière, là où un petit pont franchissait le Río Bravo pour déboucher au centre de Brownsville. En chemin, ils croisèrent plusieurs voitures de police qui se dirigeaient toutes sirènes hurlantes vers les lieux de l'attentat.

Le journaliste se força à réfléchir. Surtout, ne pas paniquer. Il tenta d'extraire son paquet de cigarettes de la poche de sa chemise.

L'emballage de carton détrempé était bon pour la poubelle. Et les cigarettes ne valaient guère mieux. Décidément, tout allait mal et ça devenait un classique.

Il n'avait sur lui que sa chemise, ses jeans et ses vieilles bottes. C'était tout ce qui lui restait. Ça et son portefeuille. Son sac de voyage, ses vêtements de rechange, et surtout les quelques feuillets de notes rescapées du motel La Vela, tout était dans le coffre de la voiture de location. Même son blouson et sa casquette étaient restés à l'arrière de la Chrysler. Les flics trouveraient largement de quoi l'identifier.

Il descendit jusqu'au bout le boulevard qui menait aux États-Unis et régla sa course au vieil homme taciturne en lui laissant un pourboire conséquent. Après tout, peut-être que la reconnaissance du ventre lui ferait oublier qui il avait chargé ce jour-là vers midi.

L'orage s'était éloigné.

Zambudio entra dans l'un des magasins frontaliers et acheta quelques vêtements de rechange ainsi qu'un sac de voyage en toile avant d'aller dans un petit complexe commercial. Personne ne l'avait suivi.

Enfermé dans les toilettes, il enfila vite fait une paire de jeans de fabrication mexicaine et une chemise de coton bleu marine bon marché avant d'ajuster sur sa tête un genre de panama à 9 dollars. Il fourra le reste, chaussettes, caleçons et maillots de corps, dans le sac et fit une boule de ses oripeaux trempés qu'il balança dans la première poubelle venue.

Il acheta également un tube de somnifères à la pharmacie du centre commercial avant de marcher d'un air dégagé jusqu'à la frontière. Il en aurait bien besoin.

Il fallait qu'il dorme, s'il voulait arriver à bon port. La route était longue jusqu'à San Antonio, Texas.

S'il avait raison, ce serait la cerise sur le gâteau.

Tandis qu'à la douane la queue rétrécissait devant lui, il essayait de s'exhorter au calme, de maîtriser les tremblements de ses mains.

Des familles mexicaines installées à Brownsville poussaient devant elles des cartons ficelés, des colis maladroitement scotchés ramenés des magasins bon marché de Matamoros et les déposaient en face d'un douanier indifférent qui jetait sur les passeports un regard routinier avant de faire signe aux suivants d'avancer.

Le type ne devait pas être loin de la retraite et les enjeux frontaliers constituaient visiblement le cadet de ses soucis comparés au bungalow qui l'attendait sans doute quelque part du côté de la Floride.

Quand le tour de Toni arriva, c'est à peine si le fonctionnaire posa un œil chargé d'ennui sur ses papiers.

Le journaliste se retrouva de l'autre côté de la douane, encore tout étonné par la chance insolente qui le favorisait.

Manifestement, en matière de trafic, Matamoros n'était ni Juárez ni Tijuana.

Il se retourna une dernière fois pour contempler le fleuve, s'attendant à voir surgir les agents de la *migra* lancés à ses trousses, ou bien un commando d'hommes de main armés jusqu'aux dents. Tout était calme. Sous le pont, côté mexicain, un paysan menait devant lui un troupeau étique de vaches à longues cornes.

Tout de suite, Zambudio loua une nouvelle voiture dans une agence concurrente de la première. C'était une Geo Prizm, un modèle de base qui sentait encore le plastique neuf.

Sa réserve d'argent commençait à diminuer dangereusement. S'il sortait vivant de ce merdier, l'addition serait salée. Il espérait que le journal paierait, sinon, il risquait fort de séjourner pour un temps dans les prisons américaines. C'était futile, comparé à tout ce qu'il avait vécu, à ce à quoi il venait d'échapper.

Torres, lui, ne risquait plus rien à présent, pas plus d'ailleurs que Guadalupe, Dolores et toutes les autres.

Il était seul à savoir, et, s'il avait raison, il ne lui restait que très peu de temps.

Tout en conduisant le plus vite possible sans dépasser la vitesse autorisée, il se dit en souriant que, quand même, c'était sans doute la première fois depuis longtemps que quelqu'un devait la vie au tabagisme chronique. S'il n'avait pas craqué…

Il se souvint de ce que lui avait dit Lourdes Simpson. Les vies américaines étaient cotées sur le marché. Même si l'avocat était un *chicano*, ils n'auraient pas tué un homme de la stature de Torres. Il avait acquis une certaine notoriété à Brownsville et sa mort occasionnerait pas mal de remous.

Non, décidément, c'était lui qu'ils visaient.

Il n'avait rien vu venir. Les tueurs avaient surgi de nulle part. Les détonations, assourdissantes, le rugissement du moteur de la moto, les deux hommes à peine entrevus du coin de l'œil le temps d'un clignement, et tout avait été terminé.

Comment l'avaient-ils retrouvé, ça, c'était une autre histoire. Il n'avait pas téléphoné. L'entretien avait eu lieu en pleine rue. Lourdes ? Impossible. À moins que..
Il préféra ne même pas y penser.

Il revit le *low-rider* passant au ralenti le long du trottoir, la veille.

Pour ce qui était de sauver Torres, on pouvait dire qu'il avait eu le bon réflexe au mauvais moment.

Il dormit ce soir-là dans un motel pour routiers de Corpus Christi, Texas, coincé entre un loueur de cassettes vidéo pour adultes et un débit d'alcool, à la jonction de la 77 et de la 37.

Les constellations de néons et de lampes à arc des raffineries de pétrole se reflétaient dans la lagune et les flammes jaillissant des cheminées illuminaient au loin les gigantesques réservoirs. L'air était saturé d'ozone et de vapeurs d'essence.

Zambudio s'assomma à grand renfort de somnifères et sombra presque immédiatement, bercé par le chuintement des poids lourds qui filaient sur le freeway voisin.

Le siège de la Fédération pour la justice sociale dans les *maquiladoras* était situé en plein cœur du quartier *chicano* de San Antonio, au 3224, à l'angle de la Dix-huitième Rue et de Cypress Avenue, dans une petite impasse bordée d'eucalyptus un peu moins pouilleuse que les rues avoisinantes.

Rien au-dehors ne signalait la raison sociale de l'endroit.

Zambudio frappa à la porte du pavillon d'habitation modeste qui abritait l'association. Comme personne ne venait ouvrir, il s'approcha des fenêtres obturées par des stores vénitiens et colla en vain son visage contre une vitre.

– Vous cherchez quelque chose ? fit soudain une voix masculine derrière Toni qui sursauta.

Le jeune Américain blanc qui se tenait là n'avait certainement pas plus de trente ans, même s'il tentait de paraître plus, avec sa barbe blonde abondamment fournie. Il était plutôt mince, vêtu d'un ample T-shirt rose orné du slogan « Sauvez la forêt tropicale » et d'un pantalon de toile large. Ses pieds nus étaient chaussés de *huaraches*. Il sondait le journaliste de ses yeux bleus tranquilles et un tantinet facétieux.

– Je voudrais rencontrer la présidente de votre fédération, répondit ce dernier en essayant de décoller sa chemise trempée de sueur de son dos.

Dans les arbres alentour, des nuées de *cicadas* réjouies par la chaleur moite voletaient en tous sens, ne s'arrêtant que pour lisser leur plumage, et leur gazouillis était assourdissant.

– Je vous avais entendu frapper, dit le jeune homme en souriant, mais j'ai fait le tour par-derrière.

Il eut une expression comique.

– Nous avons perdu la clé de la porte d'entrée hier, et il faut que nous fassions venir un serrurier. Vous êtes attendu ?

– Pas vraiment, fit Toni, gêné. Je viens de la part de Lourdes Simpson. Et de Roni Torres, ajouta-t-il, mû par une soudaine inspiration.

Le sourire juvénile disparut instantanément du visage du militant.

– Veuillez m'attendre un instant, répondit-il en contournant la maison par le côté pour disparaître entre deux massifs de bougainvillées en fleur.

Soit l'évocation du seul nom de l'avocat lui ouvrirait les portes de l'association, soit ils allaient appeler les flics et c'en serait fini de sa cavale.

C'était quitte ou double, mais si ces gens étaient bien ce qu'ils prétendaient être, ils ne pouvaient ignorer l'attentat de la veille.

– Mon nom est Sam. Sam Levin, fit le blondinet lorsqu'il reparut en lui tendant une main amicale. Sœur Mary Wiscniewski vous recevra dans un instant. Donnez-vous la peine d'entrer.

Zambudio ne se présenta pas. C'était apparemment inutile.

Il se contenta de suivre son guide dans un jardinet arrière où un bananier couvrait de son ombre parcimonieuse une piscine minuscule en forme de haricot. La vue de l'eau bleutée éveilla chez le journaliste des regards concupiscents qui n'échappèrent pas à Sam Levin, puisque tel était son nom. Il allait dire quelque chose lorsque la porte s'ouvrit sur une petite bonne femme quinquagénaire et frisée, au minois de souris, sanglée dans un tailleur rose impeccable.

– Sœur Wiscniewski, se présenta-t-elle. Mais vous pouvez m'appeler Mary. Par ici, je vous prie.

L'intérieur de la maison était frais, plongé dans une pénombre apaisante.

Le pavillon avait été transformé en bureaux. Une secrétaire mexicaine tapait un courrier en espagnol sur un ordinateur, tandis qu'une très jeune *chicana* s'agitait autour du photocopieur. Les murs étaient couverts de cartes de la frontière, de tracts syndicaux et d'affiches politiques.

Levin s'éclipsa discrètement alors que la religieuse refermait la porte de la petite pièce où ils s'étaient isolés. Elle contourna un bureau métallique, invita Toni à s'asseoir sur une chaise fatiguée tandis qu'elle-même prenait place dans un fauteuil directorial en face de lui. Elle chaussa une paire de lunettes sans monture et ficha ses yeux noisette dans les siens, coudes solidement plantés sur le plateau, mains jointes sous le menton, qu'elle avait pointu.

La petite croix d'argent qui ornait le col de son chemisier luisait doucement sous les néons du plafond.

– Bien, fit-elle. Si vous me disiez qui vous êtes exactement.

– Toni Zambudio, journaliste au quotidien *El Diario*, de Madrid. J'enquête sur les meurtres d'ouvrières de Ciudad Juárez et…

– Toni Zambudio est mort, cher monsieur, comme Roni Torres, Guadalupe Vidal et probablement Lourdes Simpson. Qui êtes-vous donc au juste ?

Le journaliste accusa le coup. Il ne cilla pas sous le regard inquisiteur de la bonne sœur, mais ses yeux s'arrondirent sous l'effet de la surprise.

Gardant le silence, il plongea la main dans la poche

arrière de ses jeans pour en extraire un portefeuille déformé. Il se saisit de son passeport et de sa carte de presse et les jeta sur le bureau.

Sans se presser, la religieuse feuilleta les papiers de Toni. Elle les reposa sans plus de commentaire. Ouvrant une chemise de carton posée sur le bureau, elle en sortit une coupure de journal qu'elle poussa devant elle, comme s'ils jouaient une partie de poker. Zambudio se pencha sur l'article. C'était un extrait du quotidien du soir de Matamoros. Il relatait l'attentat de la veille en termes circonstanciés.

UN CÉLÈBRE AVOCAT DE BROWNSVILLE
ASSASSINÉ EN PLEINE RUE À MIDI !

Il était effectivement près de midi lorsque deux inconnus à moto ont ouvert le feu en plein centre-ville sur le véhicule où se trouvait maître Ronald Torres, le célèbre avocat de Matamoros qui avait racheté il y a quelques années la prison de Brownsville pour la restaurer et y installer son étude.
Cet acte provocateur n'avait pas manqué de faire à l'époque beaucoup de gorges chaudes de part et d'autre de la frontière, les uns se réjouissant de la réussite d'un immigré d'origine mexicaine aux États-Unis, les autres l'accusant d'opportunisme.
L'avocat, touché à huit reprises, est décédé sur les lieux de l'attentat.
L'inconnu qui se trouvait au volant a pris la fuite, au beau milieu de la foule paniquée et, à l'heure où nous mettons sous presse, il n'a toujours pas été retrouvé.
La police le recherche activement pour recueillir son témoignage.
Les auteurs des coups de feu se sont instantanément enfuis sur la moto volée le matin même au Texas, une Suzuki qui fait l'objet d'actives recherches.

Le pilote et son passager, protégés par des casques intégraux, n'ont pu être identifiés.
La voiture de marque Chrysler où maître Torres a trouvé la mort dans ces étranges circonstances était elle-même probablement volée car elle circulait munie de fausses plaques minéralogiques.
En ville, plus que jamais, la vague de meurtres rituels qui a sévi à la fin des années 80 revient hanter les mémoires.
En effet, bien qu'immatriculée dans l'Oregon, le véhicule, d'après son numéro de série, appartenait en fait à une société de louage automobile basée à El Paso, Texas.
Il avait été loué une semaine auparavant à un certain Antonio Zambudio, un journaliste madrilène devenu le témoin principal dans l'affaire des meurtres rituels de Ciudad Juárez, qui ne sont pas sans rappeler ceux de Matamoros.
Or, le *señor* Zambudio est porté disparu depuis plusieurs jours.
Ses effets personnels ainsi que des papiers ont été retrouvés dans le coffre de la voiture. L'homme qui était au volant au moment de l'attentat ne correspond pas au signalement du journaliste espagnol. Il s'agirait d'un individu suspect qui se serait présenté à l'étude de l'avocat la veille sous une fausse identité.
Roni Torres a-t-il été attiré dans un traquenard ? La police, qui par ailleurs se montre pessimiste sur le sort d'Antonio Zambudio, déclare ne négliger aucune piste.
Dernière heure : au moment où nous mettons sous presse, des faits nouveaux sont venus corroborer les pronostics les plus pessimistes concernant Zambudio. L'homme recherché comme témoin principal dans l'assassinat de l'avocat Ronald Torres aurait loué une voiture à Brownsville, Texas, une heure après l'attentat en utilisant les papiers et la carte de crédit du journa-

liste espagnol. Un mandat d'arrêt a immédiatement été lancé contre l'inconnu aux États-Unis.

En bas de page, un autre article révélait que les têtes coupées d'Hector Cristóbal Ledesma et de Francisco Chavez, deux jeunes garçons originaires de Matamoros, venaient d'être retrouvées posées en évidence au bord de la route menant à Playa General Lauro Villar.

Déprimé, Toni repoussa la coupure de journal vers la sœur Wiscniewski.

Il parla pendant deux heures, racontant tout ce qu'il savait.

Il lui fit part de ses soupçons, de ses doutes, de ses craintes, et, pour finir, de son désarroi.

Il n'omit qu'une chose. Ce que les derniers mots de Torres lui avaient appris sur le projet de Guadalupe et les conclusions qu'il en tirait. Apparemment, la sœur n'était pas au courant, ou alors elle cachait bien son jeu.

Le mensonge est un péché capital, pensa le journaliste.

Cela dit, la présidente de la Fédération pour la justice sociale dans les *maquiladoras* n'avait pas l'air étonnée outre mesure par le récit de Zambudio. Manifestement, elle en savait déjà beaucoup.

– Au début de notre existence, elle expliqua, quand les *maquilas* ont commencé à s'installer en force, on faisait rire tout le monde. Pour les industriels, nous étions juste des utopistes, des reliquats tiers-mondistes des années 60 tombés en désuétude. Nous étions touchants et parfaitement inoffensifs, avec nos bons sentiments. Et les clubs patronaux étaient autrement puissants et cyniques. Tenez, lisez.

Elle lui tendait une plaquette rédigée en langue anglaise, intitulée : « Créer une *maquiladora*, c'est facile ! »

Suivait un texte explicatif vantant les avantages de ce genre de projet :

> Tranquillité syndicale garantie. Main-d'œuvre féminine docile et bon marché.
> Terrains industriels à bas prix. Vous n'avez que deux obligations : vous acquitter dûment des impôts et taxes dus au gouvernement mexicain. Ne pas employer d'enfants, sauf autorisation écrite des parents. Le coût de base tout compris d'un salarié non qualifié est estimé à 1 000 dollars par an, toutes charges incluses.

Si l'on en croyait la plaquette patronale, la frontière était un éden pour investisseurs.

– Bien sûr, au début, toutes nos actions ont échoué. Nous étions trop naïfs. Mais, au fil du temps, nous nous sommes entourés de gens compétents dans bien des domaines, en fédérant de nouvelles associations. Des juristes, des spécialistes de l'environnement, du droit social, des ingénieurs chimistes et des informaticiens nous ont rejoints. Et là, nous avons commencé à devenir vraiment dangereux pour eux. Nous gagnions, de plus en plus souvent. Nous avons aidé Torres. Nous avons touché les multinationales là où elles sont le plus sensibles : au portefeuille. D'où la présence d'Harding. Opération Condor, First Line, ces gens nous persécutent à travers toute l'Amérique latine depuis bientôt trente ans. Rappelez-vous l'assassinat d'Orlando Letellier, ce ministre d'Allende réfugié à Washington. L'avènement de la mondialisation est inéluctable ? Alors, les luttes, elles aussi, se mondialiseront. Le temps n'est pas loin où il faudra bien partager ce que nous offre cette terre.

Sa voix était ferme et déterminée. Ça sonnait comme une foutue prophétie.

– Vous me dites que vous êtes sans nouvelles de Lourdes ? questionna Toni et l'inquiétude dans sa voix était palpable.

– Tout comme vous, elle a disparu. Soit elle se cache, soit…

Elle laissa sa phrase en suspens.

Zambudio préférait ne même pas songer à la seconde alternative.

Tout en compulsant les volumineux annuaires des entreprises-relais des *maquilas*, le journaliste prenait des notes. À un moment, il s'arrêta, laissant son esprit vagabonder.

Avait-il même envie de reparaître devant les siens, si toutefois cette expression avait encore un sens ? Son petit monde avait sombré corps et biens. Ses enfants vivraient avec un beau-père tout neuf dont il ne savait rien. Fina dormait désormais en compagnie d'un autre homme. Toni avait coupé les ponts derrière lui. Toni était hors d'atteinte.

Il était déjà mort.

Pour le commun des mortels, du moins.

Car pour Harding et ses sbires, il était sans doute malheureusement bien vivant, trop vivant, et ils n'auraient plus qu'à finir le travail s'ils lui mettaient la main dessus.

Personne ne le réclamerait.

Cortez Electronics était une pieuvre transnationale. Ses tentacules avaient pour noms Plástico S. A. de C. V. (France), Cerraduras Locks (Espagne), mais aussi Somermex (Grande-Bretagne), Gozmex (Pays-Bas), et bien d'autres encore.

Les capitaux étaient américains, canadiens, aussi bien qu'allemands.

Les entreprises partenaires avaient leur siège à Taiwan, Hong Kong, en Corée ou au Japon.

Tous les poids lourds de l'économie mondialisée étaient répertoriés dans les pages de l'annuaire. Un vrai petit Davos, le *Who's Who* d'une mafia planétaire.

Restait à effectuer une ultime vérification.

Plusieurs des femmes assassinées travaillaient, ou avaient travaillé à un moment ou à un autre, pour Cortez Electronics via une *maquila* quelconque : Catalina, Dolores, Liza…

S'il avait raison, il devait absolument retourner à Juárez.

Après ? Une fois son article publié, il serait à l'abri et Ferrer ou Perez n'aurait qu'à envoyer quelqu'un le récupérer au Mexique et régler tous les problèmes.

Quand il eut refermé le dernier volume de l'annuaire patronal, il fit part de son projet de voyage à la sœur Wiscniewski.

– Vous prétendez être à vous tout seul capable de mettre Harding et son organisation hors d'état de nuire ! Je serais curieuse de savoir comment.

– À l'aide de mon journal, évidemment.

– Mais mon pauvre ami, vous n'êtes même plus mandaté par lui, à ce que vous m'avez raconté. Et puis, au premier contrôle routier de la Border Patrol, vous vous ferez arrêter. Vous n'irez pas bien loin ainsi. Vous n'êtes pas Superman !

– Je pourrais renouveler le coup des plaques.

– Vous feriez mieux d'appeler d'ici votre rédacteur en chef pour qu'il vous rapatrie. Vous êtes en danger, et je suppose que vous vous en rendez bien compte.

– Écoutez. Plus de cinquante femmes sont mortes dans des conditions atroces. Des ouvrières innocentes. Nous savons presque assurément qui les a tuées, et nous tenons presque le pourquoi. Ils ont tué Guadalupe. Et Torres. Et peut-être – sa voix s'étrangla – Lourdes. Toutes ces morts pour rien, en vain ?

La sœur contempla Toni d'un air pensif, assise derrière son bureau :

– Un jour, alors que j'évoquais les treize religieuses violées et sauvagement assassinées au Salvador devant un évêque venu de Rome spécialement pour nous remonter les bretelles à propos de nos principes révolutionnaires, il me répondit que Dieu veillerait à ce que justice leur soit rendue, au paradis. « Monseigneur, je n'en doute pas un instant, ai-je alors insisté. Mais en attendant ce jour, je vis ici, sur cette terre, au milieu des hommes. » C'était à peine quelques mois avant de créer la fédération. Vous comprendrez donc la raison pour laquelle je vous aide aujourd'hui. Sam ! – Elle appela et le jeune homme passa un visage souriant par la porte. – Dis-moi, tu as toujours ta vieille Subaru déglinguée ?

– Oui, répondit-il en entrant complètement dans le bureau de la présidente.

– Eh bien, tu ne l'as plus, à présent.

Le sourire de Sam Levin s'évanouit dans une vision de tôle froissée.

– On s'arrangera pour que votre véhicule de location disparaisse. Les besoins en pièces détachées sont importants dans le quartier en ce moment, monsieur Zambudio, ajouta-t-elle comme Toni lui tendait la main. Nous ne sommes pas riches. Alors, si grâce à nous vous gagnez un prix, ne nous oubliez pas dans vos bonnes œuvres. Ne faites pas comme Roni Torres qui, après avoir empoché 8 millions de dollars, ne nous a pas versé un cent. Comme vous l'avez constaté, Dieu n'a pas été content du tout et l'a bien puni.

L'antique Subaru de Sam Levin était au bout du rouleau et sa carrosserie d'une couleur indéfinissable, entre gris sale et rouille dégueulis, émettait de pathétiques gémissements à chaque tour de roue. Quant au moteur poussif, mieux valait ne pas l'évoquer, de peur qu'il ne rende le dernier soupir. Zambudio essayait de trouver une position un peu plus confortable sur le siège conducteur défoncé, tout en se cramponnant au plastique du volant craquelé par le soleil.

Si elle tenait le coup jusqu'à Juárez, ce serait un miracle authentique.

Mais après tout, si Dieu existait, ce dont il doutait, il était à présent à ses côtés. Sœur Wiscniewski lui avait donné sa bénédiction.

De nouveau, il essaya de repérer une éventuelle filature. En vain.

La nuit était tombée sur les puits de pétrole qui bordaient l'autoroute.

Épuisé, hypnotisé par la lumière des phares, Zambudio s'écroula dans le lit d'un motel crasseux d'Ozona.

Les nouvelles n'étaient pas bonnes. Un nouveau cadavre de femme torturée et violée venait d'être retrouvé dans le désert, près de Juárez. Le corps était dans un tel état de décomposition que seul le prénom de la jeune ouvrière cousu sur sa blouse avait permis de l'identifier. Un front froid descendait de la région des Grands Lacs. Pour l'instant, l'anticyclone tenait le coup au-dessus de la région d'El Paso, mais ça ne durerait pas. Déjà, il neigeait sur le nord du Texas.

Toni éteignit le poste et entreprit de compter son argent. Il devait lui rester dans les 500 dollars. En faisant attention, ça devrait suffire. Il était hors de question qu'il utilisât de nouveau sa carte de crédit.

Finalement, la petite Subaru avait tenu le coup vaille que vaille et, en milieu de l'après-midi suivant, Toni arrivait en vue d'El Paso.

La sale gueule de Juárez se profilait à l'horizon, au pied des collines brûlées.

Zambudio s'acquitta du péage sur le pont qui enjambait le Rio Grande.

Il avait l'impression d'avoir quitté la ville depuis des mois. C'était dur de croire que quinze jours seulement s'étaient écoulés depuis son départ, ou plutôt sa fuite, de Ciudad Juárez. Et dire qu'à peine plus d'un mois auparavant, il débarquait tout juste de Madrid.

C'était un autre Toni Zambudio. Sûrement.

Une fois passé la frontière, il essaya de se repérer, jetant à intervalles réguliers des coups d'œil inquiets dans son rétroviseur.

Il eut bien du mal à retrouver la Colonia Mexico 68, et plus encore à localiser la maison de Dolores Guevara. Le soleil déclinait. Toni accueillit avec soulagement le peu de fraîcheur qui accompagnait le crépuscule.

Il était presque impossible d'imaginer de la neige pour le lendemain, et pourtant maintes fois au cours de son enfance il avait connu l'été torride puis l'hiver glacé en l'espace de quelques jours.

En sortant de chez Dolores, il frissonnait déjà. Il enfila le blouson de jean qu'il avait acheté un peu plus tôt dans un complexe pour routiers du côté de Fort Stockton.

Il avait trouvé ce qu'il était venu chercher.

Liza Guevara, toute jeune qu'elle fût, avait bien fait une fausse couche quelque temps avant sa mort. Spina-bifida. Et Dolores Guevara, sa mère, également.

Mais elle, elle ne l'avait pas supporté.

C'était elle qui avait alerté Guadalupe et l'avait convaincue d'agir.

Zambudio revoyait encore le jour où Guadalupe s'était enfin décidée à l'amener ici. Il se revoyait de retour au motel La Vela, en train de taper son article, fiévreux, martelant le clavier de l'ordinateur. Ça semblait si loin, à présent.

Toni consulta sa montre. Il avait encore le temps.

Retrouver le chemin qui menait à la Colonia Fronteriza fut infiniment plus simple. Il se rappelait avoir suivi un bus en voiture depuis le centre-ville sur les conseils de Guadalupe. C'était le premier bidonville qu'il avait visité, quelques jours après son arrivée à Juárez. Il fit pourtant de nombreux détours, s'arrêtant à plusieurs reprises. Quand il fut certain de n'être pas filé, il s'engagea tout droit sur 16 de Septiembre, puis à gauche, dans la *calle* Chiapas.

L'éclairage public s'arrêtait là.

Après, c'était de nouveau la terre battue, la poussière qui tourbillonnait dans les phares, l'expression de surprise des gamins qui jouaient dans l'obscurité. De l'abri de carton ne lui parvenaient que les bribes d'un vieux film de bandits mexicains diffusé par la télévision à piles. Des câbles rampaient sur le sol, reliés à une batterie de voiture stockée au-dehors.

Toni appela plusieurs fois avant qu'Irena Cruz ne passe la tête par le rideau défraîchi. Elle le dévisagea un moment sans le reconnaître, sourcils froncés, et son visage était presque indiscernable dans la pénombre.

Il dut lui rappeler qui il était, ce journaliste venu d'Espagne qui s'était présenté pour l'interviewer sur la mort de sa petite sœur Catalina, et qu'elle avait presque éconduit avec rudesse.

– Mais qu'est-ce que vous faites ici ? – Elle chuchotait. – Un moment, j'arrive.

À l'intérieur, les *desperados* s'étaient mis à tirer sur tout ce qui bougeait.

Irena réapparut, un châle passé autour de ses épaules par-dessus le jogging bleu qu'elle portait. Ses longs cheveux étaient attachés. Elle était toujours aussi belle.

– Voudriez-vous faire quelques pas avec moi ? demanda-t-il. Vous ne risquez rien, vous savez. Je n'ai tué personne.

Et comme elle ne répondait pas, il frémit à l'idée du service qu'il allait lui demander.

Tous ceux qui l'avaient aidé étaient morts. Guadalupe, Torres, Dolores et sans doute Lourdes. Par quel miracle était-il lui-même encore en vie ?

Ils marchaient prudemment sur le petit sentier qui cheminait à travers le bidonville. Au loin, les lumières d'El Paso éclaboussaient le désert.

– On vous a vu, à la télévision, quand il y a eu cette horrible histoire du *Rancho del Doble A*, et puis vous avez disparu de la circulation. Qu'est-ce qui vous est arrivé ?

– Ce serait vraiment trop long, trop compliqué et trop dangereux de vous raconter tout ça. Je suis revenu parce que je me suis souvenu d'une chose que vous m'aviez dite, quand nous nous sommes rencontrés, la première fois : vous ne parliez jamais avec votre sœur de ses amours de *discoteca*. Sauf quand elle a rencontré son premier petit ami. Y avait-il à cela une raison particulière ?

– Vous voulez dire, pour qu'on en parle pas ? elle demanda.

– Non, enfin, oui. Je veux dire, quand vous en avez parlé ensemble, est-ce que c'était seulement parce que c'était la première fois pour elle ou bien avait-elle une autre raison pour se confier à vous ?

Irena haussa les épaules.

– Bien sûr que c'était à cause du fait que c'était la première fois… elle hésita… mais il s'était passé quelque chose d'autre. Quelque chose de mal, pour elle. Et il fallait bien qu'elle se confie à quelqu'un. C'était il y a presque deux ans. Elle fréquentait ce jeune garçon depuis plusieurs mois, quand elle s'est retrouvée enceinte. Lui, il n'avait pas plus de quinze ans et demi, le même âge qu'elle. Et puis voilà qu'elle vient m'annoncer ça. Moi, je ne savais pas quoi faire. Comment expliquer ça à nos parents ?

– Qu'est-ce qui s'est passé ensuite ? questionna Zambudio.

Il connaissait déjà la réponse.

– Oh, on a pas eu à publier les bans pour la noce. Elle a perdu le petit au bout de trois mois. Après, elle était très abattue. Une malformation.

– Irena, ce que je vais vous demander est très important. J'ai absolument besoin de rencontrer les familles des victimes. Toutes, si possible. Est-ce que vous connaissez leurs noms, est-ce que vous savez où elles habitent, et, si oui, pourriez-vous me conduire jusqu'à elles ?

– Mais c'est impossible, il y a mon travail. Il nous faudrait des jours entiers, et je serais renvoyée. J'en connais la plupart, mais…

Elle réfléchissait, lissant ses lèvres sombres d'un doigt à l'ongle court.

Toni était presque soulagé qu'elle refusât. Mais guère plus avancé.

– Est-ce que vous ne pourriez pas m'écrire leurs noms et leurs adresses ?

– Je ne sais ni lire ni écrire, mais je crois que j'ai une idée. Je suis bien bête de n'y avoir pas pensé tout de suite. Vous savez, la police n'a encore aucune piste. Sacrifices rituels, *mayombe*, tueurs en série, trafiquants d'organes, on ne sait plus à la fin. Les Diables ont été relâchés, et les meurtres continuent, toujours aussi cruels. Avant-hier, encore…

– Je sais, fit Toni. J'ai entendu ça.

– Eh bien, c'est la goutte de sang qui a fait déborder le calice. Nous avions déjà commencé à poser des croix un peu partout en ville, mais cette fois, on va aller plus loin. Toutes les familles de victimes ont décidé de manifester demain à neuf heures devant le quartier général de la police. Nous allons créer une association : « Les Voix du Silence. » J'ai été prévenue aujourd'hui à l'usine, par des collègues. Nous serons nombreux. Enfin, j'espère. Rien ne sera plus facile que de parler à tous ces gens qui ne demandent qu'à ce qu'on les écoute. Et moi, je suis comme eux. Je donnerais un bras, pour tenir de l'autre les salauds qui…

Elle se tut.

Ils remontaient à présent le sentier vers la cabane.

– Qu'est-ce qui est arrivé à vos cheveux ? elle lui demanda à brûle-pourpoint.

– Il vaut mieux que je ne vous explique pas. C'est plus sûr pour vous et les vôtres. À propos. Je ne suis pas venu ici, si l'on vous questionne.

– Vous avez une tête terrible. Est-ce que tout va si mal ?

Elle leva son visage vers lui, une expression inquiète ridait son front bombé.

Ils restèrent face à face dans un silence gêné.

– Irena, qu'est-ce que tu fous, bon sang ?

Le mari de la jeune femme se tenait sur le pas de la porte, coiffé d'une casquette de la Somermex et vêtu d'une combinaison tachée de cambouis. Il les regardait en se dandinant d'un pied sur l'autre.

– J'arrive, dit-elle, j'arrive… et sur le seuil elle se retourna une dernière fois pour voir le journaliste disparaître, happé par la nuit.

Toni fit rugir, si tant est que la chose était encore possible, les chevaux exténués du moteur de la petite Subaru.

Le ciel s'était couvert de nuages chargés de neige. Un vent glacé s'engouffrait dans les avenues, mordant les passants emmitouflés.

Toni dut encore grever son maigre budget par l'acquisition d'une parka qu'il dégota au marché couvert, derrière la cathédrale.

Ils n'avaient qu'une seule couleur en stock. Rouge. Ça tombait bien, vraiment. Et surtout, c'était discret.

Il trouva refuge cette nuit-là dans une *casa de huéspedes* excentrée.

Au matin, la voiture de Sam Levin rendit son âme épuisée au dieu des automobiles et Zambudio, qui n'avait pas prévu ce contretemps dut effectuer le trajet jusqu'au siège de la police dans des bus qui transportaient plus de sable que d'usagers. Souvent, il dévisageait les passagers, ou bien se tordait le cou pour surprendre d'éventuels pisteurs lancés sur ses traces.

Ici, ils n'hésiteraient pas un instant. Surtout pas à Juárez.

Aquí, la vida no vale nada.

Et c'était bien là le problème.

S'il avait raison, ce qui était désormais plus que probable, ils seraient là. Forcément.

Tout le monde serait là. Pazos, la presse, les caméras de télé.

Reparaître en public, c'était de la pure provocation. Est-ce qu'il avait le choix ?

Si la police l'identifiait, c'était la taule. Et si Harding le repérait, il était mort.

Oh, ils ne le descendraient pas là, en direct au milieu d'une foule, ils n'étaient pas si bêtes. Ils feraient ça plus tard, bien tranquillement.

Zambudio arriva en retard. Il inspira profondément, rabattit la capuche de sa parka sur son crâne – au moins, il y avait une bonne raison de bénir le froid – et sortit du bus.

Sur la place, devant le siège de la police de Juárez, quelques centaines de personnes étaient massées sous une banderole qui hurlait « Justice pour nos filles assassinées ! ». Des caméras de télévision étaient braquées sur l'assemblée.

Les mères se tenaient au premier rang du rassemblement silencieux.

Parmi elles, il repéra immédiatement Irena Cruz accompagnée de sa mère, Socorro, au deuxième rang.

Finalement, ce fut plus facile qu'il ne l'avait imaginé.

Quelques flocons avaient d'abord tourbillonné dans le ciel plombé, mais très vite, un véritable blizzard s'était abattu sur la ville, les coûteuses caméras avaient rapidement battu en retraite et chacun n'avait plus pensé qu'à s'abriter sous une forêt de parapluies multicolores.

Les corolles menaçaient sans cesse de se retourner sous l'effet du vent violent, mais les manifestantes tenaient bon, cramponnées aux manches.

Toni put ainsi naviguer à couvert, guidé par Irena qui le présentait brièvement à chaque fois.

Il travailla vite. À toutes, il posait la même question, demandant çà et là quelques précisions, et bien peu refusèrent de répondre.

La plupart des proches des victimes identifiées étaient là.

À un moment, il aperçut fugitivement Pazos qui contemplait la scène depuis une fenêtre et il rentra la tête dans les épaules. Il aurait bien aimé être une tortue.

Finalement, la neige redoubla de violence et les manifestantes battirent en retraite et avec elles Zambudio, silhouette écarlate aux épaules recouvertes de flocons, mains enfoncées au fond des poches.

Les mères se hâtaient vers les *colonias*, inquiètes des conséquences qu'aurait la neige sur leurs habitations de carton-pâte.

Presque toutes les jeunes femmes assassinées avaient conçu des enfants affligés du spina-bifida à la naissance, depuis la première victime découverte au cours de l'été 95 jusqu'aux plus récentes. Presque toutes avaient été, à une époque ou une autre, employées par une des nombreuses filiales de Cortez Electronics.

Précisément au moment où elles étaient tombées enceintes.

Terrorisé, Zambudio regagna l'abri de la pension de famille où il avait trouvé refuge sur Navajoa.

Il eut beau scruter les alentours, il n'aperçut ni moto chevauchée par des individus suspects ni Chevrolet Impala banalisée.

Il se retira dans sa chambre miteuse après avoir filé 20 dollars au gamin qui tenait compagnie au réceptionniste endormi. Il lui avait commandé un modèle spécifique de bloc-notes qu'il affectionnait particulièrement, celui avec des pages jaunes coincées par une grosse pince chromée en haut du bloc, fixée sur un panneau d'Isorel.

Il avait aussi demandé au gosse de lui ramener deux enveloppes de papier bulle.

Et il lui avait dit de garder la monnaie, ce qui devait représenter pour lui au bas mot un mois de pourboires. Moins de cinq minutes plus tard, le gamin hilare se présentait à la porte de la chambre de Toni, les emplettes commandées sous le bras.

Zambudio passa toute la nuit à écrire fiévreusement, assis en tailleur sur le lit défait, éclairé par la seule ampoule nue qui pendait du plafond.

L'endroit n'était pas chauffé. Il garda sur lui sa parka rouge jusqu'au matin, et ses épaules encore humides fumaient sous la chaleur de la lampe.

Torres avait coûté cher aux *maquiladoras*. Mais les 16 millions de dollars qu'il leur avait extorqués n'étaient que de la petite monnaie comparés à ce qu'aurait dû payer Cortez Electronics pour indemniser les mères d'enfants morts du spina-bifida à Juárez.

C'étaient sans doute une cinquantaine de filles qui avaient perdu leur enfant soit en fausse couche, soit mort-né. Cinquante-trois enfants morts, exactement, s'il fallait en croire les chiffres.

Elles avaient créé un comité pour demander réparation, suite à l'exemple de Brownsville.

Puis elles avaient commencé à mourir. Des jeunes femmes – certaines n'avaient pas plus de quatorze ans – violées, mutilées, assassinées.

Toni se livra à un rapide calcul mental inspiré des sommes obtenues par Torres auprès des *maquilas* : Cortez Electronics aurait dû débourser au moins le double des indemnités payées à Brownsville.

Sans compter que ça aurait servi d'exemple. À Tijuana, à Matamoros, à Mexicali, à Nuevo Laredo, le même schéma se serait reproduit.

Les sommes en jeu étaient considérables. À terme, certainement des centaines de millions de dollars. Les victimes de la pollution industrielle due à Cortez Electronics n'étaient pas les seules concernées. Il s'en fallait de très loin.

La plupart des *maquiladoras* avaient quelque chose à se reprocher.

Alors la First Line avait inventé cette histoire de tueurs en série.

Vraisemblablement suite à l'intervention des lobbies industriels auprès de Washington.

Fiévreusement, Toni noircissait les pages du bloc-notes, raturant çà et là des bouts de phrases, annotant en marge des paragraphes. Son crâne rasé luisait sous la lumière. Il écrivait, une cigarette coincée entre ses lèvres crispées, sans se soucier de la cendre qui tombait sur ses genoux.

Depuis l'affaire des *maquilas* de Brownsville, les locaux de Torres, son téléphone, son domicile, tout avait dû être mis sur écoute, truffé de micros.

Ils avaient intercepté le projet de Guadalupe.

Et ils avaient liquidé toutes les futures plaignantes. Risque zéro.

Ils avaient plongé la ville dans la terreur, réduit les ouvrières au silence.

Pour l'exemple.

Ils avaient eu besoin d'un expert compétent.

Lawrence Harding, avec ses antécédents au Salvador, était tout à fait l'homme de la situation.

Une fois les proies à portée des prédateurs, il ne restait qu'à opérer.

Puis à livrer à la vindicte populaire un Fouad El Aziz au passé chargé.

Quant aux Diables, il en aurait juré, ils étaient de près ou de loin impliqués dans l'affaire. Probablement en tant qu'hommes de main.

On avait dû leur promettre un sacré magot pour aller passer un moment à l'ombre. Surtout quand on connaissait les méthodes mexicaines en matière d'interrogatoires.

Et Zambudio avait débarqué au milieu de ce micmac comme un chien dans un jeu de quilles. Il avait posé les bonnes questions.

Harding avait alors été contraint de liquider El Aziz, Guadalupe Vidal, Roni Torres, Dolores Guevara, Lourdes Simpson et...

Zambudio s'arrêta d'écrire. Des vides subsistaient.

Le journaliste mâchonnait rageusement son stylo. Il biffa le dernier paragraphe.

Autant s'en tenir aux seuls faits et ne pas se perdre en conjectures.

Relier la série de meurtres à la CIA et à Cortez Electronics suffirait amplement à provoquer une secousse sismique d'amplitude internationale. Une fois son article publié, nul ne pourrait plus ignorer la vérité.

Une commission d'enquête serait probablement nommée, au Mexique comme aux États-Unis.

La majorité des victimes identifiées travaillaient pour Cortez Electronics au moment où elles avaient perdu leur bébé. À cause de l'usage massif du Toluène.

C'était en soi suffisant pour provoquer des interrogations sérieuses. Il y avait plus. Elles voulaient porter plainte. Elles étaient mortes avant de pouvoir le faire.

De mort violente. C'était toujours la même histoire.

La mauvaise personne, au mauvais endroit, au mauvais moment.

Des poupées de faits divers, un tueur en série. C'était énorme. Mais facile.

Envolée, la plainte collective. Elles avaient vécu des mois, des années même, dans la peur.

De temps à autre, l'une d'elles y passait. Impossible qu'elles n'aient pas compris.

Et que dire de Guadalupe. De la panique, la terreur même, qu'elle avait dû ressentir, ajoutées à la culpabilité provoquée par la mort de ces femmes qu'avec Dolores elle avait poussées à se rebeller.

Chacune s'était tue en espérant sauver sa peau. Une conspiration du silence. Si je la boucle, si je me tiens tranquille, alors ils m'épargneront. Peut-être.

Mais une grande gueule comme Guadalupe n'en pouvait plus de la fermer.

Zambudio était tombé à pic.

Et lorsqu'il avait commencé à enquêter sur les *maquiladoras*, lorsqu'il s'était trop approché du but, Harding l'avait orienté sur une fausse piste, n'hésitant pas à tuer encore, à opérer une mise en scène macabre. Toni s'était entêté.

Ils avaient presque réussi à l'avoir, à Matamoros.

À ce jour, tous les autres protagonistes de l'affaire avaient trouvé la mort dans des circonstances mystérieuses ou bien étaient portés disparus.

Ce qui, à tout prendre, était aussi son cas. Mais il n'allait pas tarder à refaire surface. Il décida de s'en tenir là et conclut son papier. Il s'étira, épuisé, et frotta longuement ses paupières gonflées par la fatigue avant d'entamer un second texte moins copieux, dans lequel il se livrait à un résumé circonstancié de la situation.

Lorsqu'il eut terminé, il glissa son article dans la première enveloppe, qu'il adressa à Ferrer, au siège d'*El Diario*, à Madrid.

Quant à la synthèse, il l'enferma dans la seconde, adressée aux bons soins de Pazos, au siège de la police de Juárez.

Puis il se leva avec difficulté et traîna son corps courbatu jusqu'à la fenêtre.

Un jour pâle et gris se levait. Il avait cessé de neiger et tout avait fondu.

Il eut une pensée pour les ruelles boueuses des *colonias*, les maisons de carton imbibées d'eau.

Restait à faire parvenir son reportage en Espagne. C'était loin d'être évident.

Il ne pouvait pas retourner à El Paso pour le poster. Il lui suffirait de présenter son passeport à la douane américaine pour être arrêté sur-le-champ. Il était recherché comme témoin principal dans l'affaire du meurtre de Torres. Et même ici, si les flics lui mettaient la main dessus avant qu'il ait réussi à envoyer son courrier, c'en serait fait de la vérité. Et très probablement de sa vie.

La seule solution consistait à se rapprocher le plus possible du poste frontière, sur le pont, et d'attendre qu'un passant digne de confiance accepte de poster le pli une fois parvenu aux États-Unis. C'était un très gros risque. Il n'avait pas droit à l'erreur.

Avant de quitter la pension de famille, Zambudio avait confié l'enveloppe de papier bulle au gamin de la réception en lui demandant d'appeler un taxi, et d'aller lui-même porter le pli au quartier général de la police d'ici une heure.

Il lui avait donné 20 dollars pour accomplir cette mission, en espérant que ça suffirait, et lui en avait promis vingt autres à son retour.

Le môme avait accepté, les yeux brillant de convoitise.

À présent, pour ce qui était de Pazos, les dés étaient jetés.

Le courrier destiné à son journal plaqué contre sa poitrine sous la parka rouge, il tourna à l'angle de Navajoa et 16 de Septiembre dans l'espoir d'attraper un bus jusqu'à la vieille mission.

De là, il pensait tenter sa chance à pied jusqu'au pont Santa Fe.

De nouveau, le vent avait tourné au sud et l'air tiédissant séchait les flaques de neige fondue. Le soleil avait fait son apparition et l'asphalte humide fumait dans la chaleur.

Toujours prudent, Zambudio regarda à droite et à gauche avant de s'immobiliser à l'arrêt d'autobus. Manifestement, il n'avait pas été suivi.

Des passants vaquaient à leurs occupations.
Une famille se dirigeait vers la station de bus.

Il entendit plus qu'il ne vit l'El Camino bleue piler devant lui en faisant hurler ses pneus. Il se raidit dans l'attente d'un coup de feu qui ne vint pas.

Tout alla très vite.

Deux types baraqués sautèrent du plateau arrière et le saisirent, une paire de menottes cliqua sur ses poignets ramenés de force dans son dos, la portière côté passager s'ouvrit brutalement, il fut poussé à l'intérieur du véhicule qui redémarra en trombe tandis que ses ravisseurs sautaient dans le bac arrière.

La voiture et ses occupants disparurent vers le fond du boulevard sous l'œil éberlué des passants, ne laissant derrière eux qu'une âcre odeur de caoutchouc brûlé et de freins chauds.

À l'intérieur de l'El Camino, Zambudio se débattait comme un possédé.

Le type assis à côté de lui sur la banquette passager venait de lui passer une cagoule sur la tête. Il sentit le contact d'un objet dur contre sa tempe.

Il n'eut aucun doute quant à la nature de l'objet en question.

Sous l'effet de la trouille, sa vessie le lâcha, et il inonda ses jeans qui se marquèrent d'une tache sombre.

– Eh bien, eh bien, monsieur le journaliste, fit une voix sur sa gauche.

Le ton était enjoué.

– On est pas bien maître de soi, à ce que je vois. Je vous ai cherché longtemps, mais j'ai fini par vous retrouver.

Harding.

– Si ça continue, il va aussi chier dans son froc, fit l'homme de main assis à sa gauche.

Même à travers le tissu, Toni pouvait percevoir son haleine.

– Ferme-là, Carlitos. Je suis sûr que notre invité va se montrer très sage. Ah, je me sens de bonne humeur, ce matin. Vous m'avez donné du fil à retordre, vous savez.

Ce salaud aimait toujours autant parler.

– On a fini par vous repérer à San Diego, avec cette égérie communiste. Leur nid de bâtards rouges est surveillé en permanence. Et puis, qu'est-ce que vous foutiez à Tijuana, voulez-vous me le dire ?

Zambudio garda le silence.

– Enfin, soupira Harding, on a eu bien du mal à faire dire à cette fouille-merde où vous étiez passé. Ravissante, au demeurant.

Cette fois, Toni essaya encore de se débattre, dérapant dans la pisse qui refroidissait le skaï de la banquette. Son voisin de droite le frappa à la tête avec le pontet du revolver.

– Tsst, tsst, soyez sage. Nous ne l'avons pas tuée. Nous ne voulions pas faire un martyr américain. Nos consignes sont très strictes à ce sujet, voyez-vous. Il se trouve que nous disposons d'une pharmacopée très complète, apte à délier toutes les langues. Après, nous n'avons plus eu qu'à vous attendre chez Torres. Nous savons nous faire très discrets. Bien sûr, je me suis un peu amusé avec elle, mais ce n'était pas très drôle, elle était vraiment trop défoncée. J'ai horreur des drogués.

– Salaud ! Espèce d'ordure, *hijo de puta* ! explosa Toni.

– C'est bien dommage, mais il est arrivé un petit accident à votre amie. Un petit accident… vasculaire cérébral. Elle est allée rejoindre son petit ami chez les bouffeurs de yaourts qu'on torche midi et soir dans les centres spécialisés. Mais nous l'avons laissée en vie, vous devriez être heureux, toutes n'ont pas eu cette chance.

La voiture bringuebalait à présent sur une route secondaire.

Pas moyen de deviner où ils allaient.

S'exhortant au calme, Zambudio décida de garder le silence, d'essayer de se concentrer sur la perception qu'il avait de l'environnement. Pas facile.

L'autre continuait son bavardage satisfait.

– Et Dolores Guevara, quel bonheur, un morceau de choix, vraiment, c'est le cas de le dire. Certes, vous m'avez donné du fil à retordre, mais au final, pas mal de plaisir également. Aussi ai-je décidé que vous ne souffririez pas. D'ailleurs, si ces deux abrutis n'avaient pas échoué aussi lamentablement à Matamoros, votre mort aurait été instantanée. Et Torres serait toujours en vie. Ce qui m'aurait évité bien des désagréments auprès de ma hiérarchie. Vraiment, je me suis fait taper sur les doigts. Ces tueurs à gages des cartels ne sont que des grandes gueules incapables, si vous voulez mon avis. Mais ces connards ont payé le prix fort. Moi, au moins, je suis un professionnel. C'est pourquoi j'ai décidé de faire le travail moi-même.

Toni, incapable d'en supporter plus, fondit en larmes.

Harding, indifférent, atteint de logorrhée, continuait à parler dans le vide.

– D'ailleurs, nous ne les avons pas toutes tuées. Figurez-vous que nous n'avons rien, mais absolument rien à voir avec les trois derniers crimes commis. Je reconnais volontiers toutes les autres, y compris Vidal, ce qui entre nous soit dit n'était guère distrayant, mais nous ne sommes pour rien dans la mort de cette jeune ouvrière identifiée grâce à son badge, ni dans celles des deux précédentes. Nous aurions plutôt eu tendance à nous faire oublier. Nous étions arrivés en bas de notre liste, et nous avions bâti une fausse piste à toute épreuve, avant que vous ne reveniez y fourrer votre long nez. El Aziz était un pantin. Il avait découvert cette sombre histoire de l'usine Cerraduras Locks. Il aurait fini par tout raconter. Il devenait dangereux. Mais c'est vous qui êtes finalement responsable de sa mort. Il n'était pas question que vous le rencontriez, vous le comprendrez aisément. Quant aux Diables, ils ont été d'excellents compagnons de jeu. Ils ont procédé à un certain nombre d'enlèvements pour nous, et eux aussi se sont bien amusés, même si, par conscience professionnelle, j'ai toujours tenu à finir moi-même le travail. Ils ont commis de nombreuses fautes. Ils n'étaient que des amateurs un peu doués. Quand par malheur ils ont été arrêtés, grâce à la sagacité de ce Pazos, nous avons eu très peur. Nous leur avions promis énormément d'argent en échange de leur silence, mais on ne sait jamais avec les voyous. Et impossible de les liquider en prison, ils étaient trop nombreux. Trop visibles. Vous nous avez fourni une occasion en or de les faire libérer. Ils ont rejoint l'immensité du désert. On ne les reverra jamais ; et vous non plus. Bien sûr, nous avons dû livrer l'endroit où les filles étaient abattues, avec une jolie mise en scène à la clé, mais ça en valait la peine, non ? J'espère que vous avez aimé le *Rancho del Doble A*. C'était un vrai petit chef-d'œuvre. Même Pazos a mordu à l'hameçon. Après ça, si vous aviez renoncé, nous aurions été tranquilles. J'ai un métier et j'ai la chance d'aimer ce que je fais. Le plaisir n'était pas le but ultime de ces viols, de ces mutilations, de ces tueries. Le but, c'était de mettre fin à une campagne communiste qui aurait mis les intérêts de mon pays en danger. Si j'ai passé d'agréables moments, ce n'est qu'accessoire. J'ai appris mon métier au Vietnam, en balançant des prisonniers viêt-congs du haut des hélicoptères. J'ai continué en Amérique latine dans les années 70. Les dictatures ! Ah ! Quel pied ! Le Brésil, le Chili, l'Argentine, j'y étais. Partout. Ils s'entendaient comme larrons en foire, les salauds, et moi je me suis régalé. Ah ça ! On en a rempli des fosses communes. On avait inventé un truc, la « danse des morts », on appelait ça. On coupait la tête des types, on les vidait de leur sang, on remplaçait par de l'essence et on y foutait le feu. Après ça, on les regardait se tortiller comme des vers de terre. Le plus drôle, c'est qu'ils étaient déjà morts. Mais, il y avait plus beau encore. Ceux qui ne voulaient pas parler, on les passait petit à petit à la scie électrique. Les doigts, la main, le bras en rondelles, on les découpait en rondelles. Vivants, bien sûr. Avant de mourir, ils finissaient toujours par lâcher quelques noms. Et puis, après ça, il y a eu le Salvador. Ces petites nonnes... Et puis le Nicaragua. Et maintenant je suis là. Ils m'ont mis au rancart. Paraît que la CIA veut des agents propres. Respectueux des droits de l'homme. Politiquement corrects. Manquait plus que ça. Bientôt, ils me mettront au placard, je le sais bien. Mais pour l'instant, j'en profite. Je prends du bon temps. Je me fabrique des souvenirs pour la retraite. Les souvenirs. Le seul truc qu'on ne peut pas vous prendre. Parce que j'aurai une retraite. Les monstres tuent gratuitement. Moi, je suis payé pour. Vous savez, quand on n'aime pas son boulot, on le fait mal. Regardez celui qui a assassiné les dernières ouvrières. Il a employé nos méthodes : elles ont été violées, étranglées, poignardées à plusieurs reprises. Un copieur. Mais un copieur consciencieux. Un bon élève. À moins qu'ils ne soient plusieurs. C'est ça qui est formidable. L'infinie créativité de nos semblables. Je suis absolument persuadé que les crimes vont continuer. Sans nous. Même moi, je n'y aurais pas songé. Et l'écheveau sera dès lors chaque jour un peu plus compliqué à démêler. À mon avis, les nouveaux crimes vont encore brouiller les cartes. C'est assez drôle, non ? Il n'y a rien là que de très logique. Ces filles sont un gibier. Elles s'offrent comme une réserve de chair fraîche, ce qu'elles sont d'ailleurs, et les hommes, leurs patrons, leurs maris, leurs pères, les traitent comme telles. Quoi d'étonnant à ce qu'on les viole, qu'on les tue, qu'on les démembre comme des poupées. C'est l'aboutissement logique de tout le reste. Si nous n'avions pas commencé, d'autres l'auraient fait avant nous. Et ce n'est qu'un début. Je suis un monstre ? Vous devriez voir ceux qui m'emploient.

L'El Camino venait de tourner à droite, sur un chemin de terre battue, s'il fallait en croire les tressautements de la voiture et l'odeur de poussière mouillée qui traversait le tissu de la cagoule. Le journaliste avait beau essayer de tirer sur les menottes attachées dans son dos, rien à faire.

– Bien. Assez discuté, nous arrivons au terme de notre voyage. Tout le monde descend.

Des mains extirpèrent le journaliste du pick-up, sans brutalité, cette fois.

Les portières claquèrent, des bottes martelèrent le sol sableux.

Ils le mirent debout en le soutenant sous les bras, et il chancela sur ses santiags avant de s'immobiliser. Il y avait un peu de vent et il avait froid au cul.

L'air embaumait la sauge.

Harding ordonna que l'on fouille Zambudio et des mains habiles le palpèrent rapidement. Ils ne tardèrent pas à découvrir l'enveloppe de papier bulle.

– Voyons ça, fit l'agent secret en décachetant le pli.

Il le parcourut en diagonale.

– Pas mal, pas mal du tout, monsieur le journaliste. C'est à peu de chose près l'exacte vérité qui se trouve consignée là. Vous êtes très fort. Nous vous attrapons juste sur la ligne d'arrivée. Nous avons eu chaud, dites-moi. Il nous aurait été difficile d'arrêter ce courrier, une fois posté aux États-Unis. Après que ces idiots vous ont manqué sur la côte Atlantique, nous avons perdu complètement votre trace. Je ne sais pas comment vous avez fait. Nous avions même le numéro de votre voiture de location. Une Geo Prizm, si je ne m'abuse. Vous êtes vraiment très doué pour vous évanouir dans la nature. Si vous n'étiez pas venu vous fourrer dans la gueule du loup à cette manifestation stupide, je ne sais pas quand nous vous aurions remis la main dessus. Enfin. Le moment est venu de nous dire adieu. J'ai eu plaisir à vous connaître. Comme je vous l'ai dit, vous ne souffrirez pas, il conclut en allumant les feuillets couverts de l'écriture de Toni avec son briquet à essence.

Il fit un signe de la tête aux hommes qui tenaient le journaliste.

– Attendez ! J'ai laissé quelque part un double de cet article, si…

– Si vous ne revenez pas, un ami très sûr postera la lettre à votre journal, je connais l'histoire. Depuis la manifestation d'hier, nous ne vous avons pas quitté d'une semelle. Nous avons passé toute la nuit à faire le guet devant la *casa de huéspedes*. Vous n'êtes pas sorti. Allons, ça ne sert à rien de vouloir gagner encore un peu de ces précieuses secondes. De toute façon, vous allez mourir. Nous mourons tous.

– Les mères des victimes manifestent, des associations de militantes ouvrières se lèvent et même les comités de travailleurs sexuels s'y mettent. Vous ne gagnerez pas, Harding. Tôt ou tard, on saura. Tôt ou tard, vous paierez.

Harding leva les yeux au ciel. Sa patience avait des limites.

– Peut-être, peut-être, Zambudio, répondit l'Américain d'une voix plus dure. Mais vous ne serez pas là pour le voir, et il accompagna ses derniers mots d'un signe approbateur des paupières.

Au silence qui se fit alors, le journaliste essaya goulûment d'analyser en vrac les ultimes perceptions qui parvenaient jusqu'à lui.

Une vague douleur au talon gauche, estompée par les battements de son cœur dans la bosse causée par le coup sur sa tempe, une démangeaison nasale due au tissu rêche de la cagoule.

Il aurait bien aimé qu'on la lui retirât pour voir une dernière fois le soleil.

Il aurait bien fumé une ultime cigarette.

Il n'eut pas le temps de demander.

Il avait quarante-cinq ans, un ulcère à l'estomac et la prostate comme une orange de Valence, mais il se dit qu'il aurait voulu vivre encore un peu.

Il ne vit pas sa vie défiler devant lui.

Le visage de Fina ne lui apparut pas, pas plus que ceux des enfants, ni même d'Alta Gracia.

Seul l'œil noir du canon du Colt 45 qu'Homero Cardona braquait sur son front trente-quatre ans plus tôt s'imposa à lui.

Il n'entendit que le déclic du chien qu'on armait.

Cette fois, il y avait une balle dans le chargeur.

Depuis maintenant deux semaines, Alfonso Pazos tournait et retournait entre ses mains les feuillets jaunes noircis par l'écriture fine et serrée de Zambudio.

Pas facile de se faire une idée.

Ce *pinche* journaliste disparaissait dans la nature après avoir détruit l'échafaudage patiemment élaboré par la police, il ridiculisait les *federales* et, pour finir, il était donné pour mort, disparu quelque part entre El Paso et Brownsville, supposé agressé par des voleurs de voitures.

Sauf qu'après une petite enquête approfondie, il apparaissait que ce satané fouineur était allé traîner ses guêtres à Tijuana.

Et à Matamoros, le jour du meurtre de Torres.

Pazos avait demandé un complément d'informations à un collègue américain de la Border Patrol.

En consultant les ordinateurs, ce dernier avait découvert que Zambudio avait passé la douane entre Tijuana et San Isidro un mois auparavant et qu'il s'était présenté au poste de Brownsville, Texas, une semaine plus tard, une demi-heure à peine après que l'avocat s'était fait descendre.

Du coup, il était plus que probable que le mystérieux passager de la Chrysler ne fût autre que le journaliste. Ce qui corroborait le récit qu'il tenait entre ses mains, vraisemblablement authentique.

Bon sang, il aurait donné cher pour le tenir, le bougre !

Des milliers de questions se bousculaient dans la tête du chef de la police.

Si tout ça était vrai, et ça l'était certainement – en tout cas, Pazos venait d'en décider ainsi –, qu'est-ce qu'il y pouvait ?

Premièrement, les crimes odieux, les viols continuaient – pas de pause pour les prédateurs –, et ça lui donnait un travail fou. Encore une hier matin.

Deuxièmement tout le monde, les politiques, sa hiérarchie et le diable lui-même voulait croire à cette histoire de *Mayombe*.

C'était une histoire qui l'avait toujours fait tiquer.

Les *maquiladoras* rapportaient beaucoup d'argent.

Troisièmement, il ne se voyait pas en train d'essayer d'arrêter un ponte des services secrets américains.

En moins de deux minutes, montre en main, le type serait dehors et lui se retrouverait sans doute dans un obscur commissariat de la péninsule du Yucatán, en train de régler la circulation des mulets.

D'ailleurs, après tout, est-ce que ce ne serait pas encore la meilleure alternative ?

Indécis, Alfonso Pazos se grattait le cuir chevelu.

Ce qui l'ennuyait, dans tout ça, au fond, c'était la triste réputation de son pays. « Au Mexique, tout peut arriver, sauf la justice. »

Eh bien, il allait prouver le contraire.

Il rendrait justice. À la mexicaine.

Il avait sa petite idée sur la manière dont il convenait de faire les choses.

Le petit homme enfila sa veste, ajusta sa cravate et trottina jusqu'à la porte du siège de la police d'un pas décidé, laissant dans son sillage un parfum d'eau de Cologne à la violette.

Lorsqu'il grimpa dans la voiture officielle, il serrait sous son bras l'enveloppe de papier bulle. Toutes sirènes hurlantes, il se fit déposer à la frontière, franchit le pont Santa Fe à petits pas pressés, passa la douane américaine en quelques minutes grâce à ses relations, puis héla un taxi sur Mesa Boulevard.

Il demanda au chauffeur de patienter devant l'Académie de police d'El Paso, tandis qu'il confiait le pli au planton de service en lui recommandant qu'il fût remis en mains propres à Angel Vidal. Après quoi, l'âme en paix, il retourna à ses précieux cactus qui avaient bien besoin d'être arrosés.

Il avait fait ce qu'il pouvait.

ÉPILOGUE

Février 1998. Ciudad Juárez.

Si l'on ne retrouva jamais le corps de Toni Zambudio, il n'en fut pas de même pour celui de Lawrence Harding, qui fut découvert exposé au soleil en plein désert au sud de la ville, dans un état de décomposition avancée.

Il avait été attaché les mains dans le dos et empalé sur un pieu de *palo verde*, qui, comme chacun sait, est un bois très dur. Son assassin avait tranché ses organes génitaux et les lui avait fourrés dans la bouche.

Les autorités américaines gardèrent un silence pudique sur la mort de l'agent secret. Angel Vidal y Battista fut reçu dernier de sa promotion à l'Académie de police d'El Paso, ce qui ne l'empêcha pas d'entrer comme stagiaire au service d'Alfonso Pazos au début de l'année 98.

Août 1999. Ciudad Juárez, Mexique.

Ronaldo Leyma consulta sa montre. Cinq heures du matin.

Il aurait bientôt fini son tour. Le bus brinquebalait à travers les *colonias* de plus en plus vastes au fil des ans, déchargeant au gré des *callejones* sa cargaison de jeunes ouvrières épuisées par leurs services de nuit.

Bientôt, il n'en resta plus qu'une à somnoler encore sur le skaï craquelé de la banquette du fond. Mmm, pas mal. Elle était toute jeunette. Ses lèvres fardées d'un rouge si sombre qu'il paraissait noir depuis la place du chauffeur étaient sensuellement entrouvertes dans son sommeil.

Leyma eut une pensée pour sa femme, pour les gâteries qu'elle lui refusait.

Qu'est-ce qu'elle avait grossi, ces derniers temps.

Tiens. À propos de grossir… Il toucha sa queue à travers le tissu de son pantalon, et sentit son couteau qui reposait là, lové bien au chaud au fond de sa poche.

Après tout, pourquoi pas lui ?

Il retourna l'image de la Vierge de Guadalupe contre le pare-soleil et engagea le bus dans un petit chemin qui menait vers le désert.

Fort Lauderdale, Floride, USA. Le 13 mars 2001.

Remerciements

L'auteur tient à remercier Éric Dexheimer pour ses compétences en matière de cactus ainsi qu'Éric Karsenty et Jean-François Fournel pour leur lecture attentive.

Merci également à Annie Morvan et Sophie Jolivet pour leur soutien.

L'auteur s'est appuyé dans ses recherches notamment sur : *Serial Killers. Enquête sur les tueurs en série* de Stéphane Bourgoin (Grasset, 1993) ; *Chasseurs de tueurs* (*Whoever Fights Monsters – My Twenty Years Hunting Serial Killers for the FBI*) de Robert K. Ressler & Tom Shachtman (1992) ; « Mortes à la frontière » de Debbie Nathan (*Courrier International/The Nation*, 1997).

RÉALISATION: PAO ÉDITIONS DU SEUIL
IMPRESSION: S.N. FIRMIN-DIDOT AU MESNIL-SUR-L'ESTRÉE
DÉPÔT LÉGAL: MAI 2003. N° 60438 (63685)